BESTSELLER

Jorge Molist (Barcelona, 1951) descubrió muy joven su pasión por la lectura y escritura, y fue tras una larga trayectoria profesional cuando decidió retomar su amor por los libros. Su primera novela, *Los muros de Jericó*, en el año 2000, hizo despegar su carrera en el mundo de la literatura. A esta obra siguieron *Presagio*, *El Anillo*, *La reina oculta*, con el que ganó el Premio de Novela Histórica Alfonso X el Sabio, *Prométeme que serás libre*, *Tiempo de cenizas*, *Canción de sangre y oro*, con el que obtuvo el Premio de Novela Fernando Lara, *La reina sola* y *El latido del mar*.

Para más información, visita la página web del autor:
www.jorgemolist.com

También puedes seguir a Jorge Molist en sus redes sociales:
@jorgemolistp
Jorge Molist
@JorgeMolist

JORGE MOLIST

Los muros de Jericó

DEBOLS!LLO

Papel certificado por el Forest Stewardship Council®

MIXTO
Papel | Apoyando la silvicultura responsable
FSC® C117695

Penguin Random House Grupo Editorial

Primera edición: octubre de 2025

Travessera de Gràcia, 47-49. 08021 Barcelona
Diseño de la cubierta: Penguin Random House Grupo Editorial
Imagen de la cubierta: © Agustín Escudero

Printed in Spain – Impreso en España

ISBN: 978-84-663-8148-2
Depósito legal: B-12.224-2025

Compuesto en Comptex & Ass., S.L.
Impreso en Black Print CPI Ibérica
Sant Andreu de la Barca (Barcelona)

P 3 8 1 4 8 2

A Florenci y Francisca

La televisión y las películas de cine
representan una de las mayores fuerzas persuasivas.

MARIO CUOMO
exgobernador de Nueva York, julio de 1997

En este mundo, creado por el diablo,
solo puedes esperar lo inesperado.

RAMÓN VI,
conde de Tolosa, 1156-1222

Levantando, pues, el grito todo el pueblo
de Israel, y resonando las trompetas... de repente
cayeron las murallas de Jericó, y subió cada cual por la
parte que tenía delante de sí, y se apoderaron de
la ciudad. Y pasaron a cuchillo a todos cuantos
había en ella, hombres, mujeres, niños y viejos...

JOSUÉ 6-20, 21

MARTES

1

Las luces tenues del monitor y de una lamparilla de habitación de hotel iluminaban el teclado de un ordenador portátil y unas manos blancas, casi perfectas.

La pantalla se detuvo pidiendo una contraseña y los alargados dedos la introdujeron, tecleando con fuerza: ARKÁNGEL.

Varios mensajes esperaban en el buzón, pero las manos dirigieron el ratón a uno que firmaba Samael.

El único dedo imperfecto, el índice de la mano derecha, que mostraba un corte vertical dividiendo la uña al estilo pezuña de ungulado, pulsó con rapidez el botón ENTER.

Un comunicado apareció en pantalla y los dedos se apoyaron en la mesita de noche.

«Se han seguido tus instrucciones al pie de la letra. En dos días, sonarán las trompetas de los elegidos y los muros de Jericó empezarán a derrumbarse. SAMAEL».

«Dios te bendiga, Samael. Y que ayude a nuestros hermanos», escribió como respuesta.

Y firmó: «ARKÁNGEL».

Acto seguido las manos ordenaron el envío del mensaje y, una vez comprobada su salida, borraron ambos textos.

Jueves

2

—Buenos días, señor Gutierres. —El guarda, pies juntos y sosteniendo un subfusil automático, mostraba al sonreír unos grandes incisivos superiores.

—Buenos días, Mike —respondió Gus Gutierres al tiempo que saludaba, con su mano enfundada en guantes de motorista, a los dos hombres que se encontraban en la garita de control.

—A pesar de lo tarde que regresaron anoche, se ha levantado usted antes que el sol. Un sueño muy corto.

—Sí, fue corto. —Su voz sonaba amortiguada por el casco—. Cenamos con el productor y el equipo de élite de una película que mañana inicia rodaje. Esas veladas se hacen interminables.

El gran portón metálico del rancho empezó a abrirse, y Gutierres lanzó una mirada a los monitores del circuito exterior de seguridad, que, a pesar de la distancia de varios metros, se podían ver iluminados en el puesto de guardia. Era un movimiento tan innecesario como reflejo. Sin duda el encargado del acceso había comprobado que nadie merodeara en la parte exterior de la entrada principal.

El faro de la Harley-Davidson iluminaba el suficiente espacio para salir, y Gutierres hizo una seña para detener la apertura; no convenía que la entrada estuviera abierta más tiempo de lo necesario.

—Hasta luego —se despidió.

—Que tenga un buen día, señor.

Bajó la visera del casco y, encontrándose alejado del edificio principal de la finca, se concedió el placer de hacer rugir el motor a toda potencia.

Las primeras luces del día aparecieron cuando rodaba con rapidez por el camino flanqueado de eucaliptos y adelfas aún preñadas de tinieblas. Después de la noche de lluvia, la mañana prometía ser espléndida; pero Gus Gutierres no apreciaba la belleza del amanecer. El día empezaba para él con desazón, de forma extraña, e intuía que aquella jornada sería una hoja de calendario más en su purgatorio personal.

Se había despertado de madrugada, con una inquietud recurrente. Sentía la tensión acumulada entre la cruz de su espalda y la nuca en forma de dolor. «Algo va mal», le decía su cuerpo, sin poder precisar el origen de la preocupación. ¿Un presentimiento? ¿Sería el resultado de una pesadilla o simplemente uno de sus frecuentes ataques de perfeccionismo profesional?

Cualquiera que fuera la causa, no pudo conciliar de nuevo el sueño y decidió comprobar físicamente que todo estaba en orden. Sin remordimiento alguno, despertó a Bob para informarle de que debía tomar el mando en el rancho.

El tráfico era escaso y pudo llegar con rapidez a la oficina. De inmediato empezó a repasar la rutina de seguridad. Los controles funcionaban, todo estaba en su sitio. Pero su ansiedad persistía.

—No crees en las intuiciones; eres un profesional —murmuraba.

No obstante, detrás de una premonición podía ocultarse algo concreto. Su entrenamiento le llevaba a grabar en su memoria, en cualquier momento y lugar, la posición que ocupaban personas y objetos. Posteriormente era capaz de recordar las variaciones habidas, evaluando lo que tuviera un aspecto raro; todo lo extraño, cualquier cambio de rutina, era un peligro posible.

Pero a veces el subconsciente registraba detalles que la parte racional de su mente no percibía; aquellas imágenes o palabras se quedaban allí dentro, y la parte incontrolada de su cerebro permanecía funcionando incluso en el sueño. Cuando algo era inusual y no encajaba, rebrotaba en forma de inquietud, de una sensación —como la de aquella mañana— de que había algo fuera de su control. Por lo tanto, y por si acaso, a pesar de luchar contra temores y presentimientos, los tomaba en serio.

En lo concerniente a la seguridad de su jefe, Gutierres no consentía el menor asomo de una broma.

Antiguo guardaespaldas del presidente de Estados Unidos, era ahora mucho más que un experto en protección. Era el jefe de los Pretorianos de David Davis. Y ese título comprendía responsabilidades muy amplias y a veces inquietantes.

Mientras el sol se esforzaba en elevarse por encima de los montes de San Gabriel, aquel hombre recorría cual alma en pena, encerrada en su castillo, los pasillos solitarios de la Torre Blanca, sede de la Corporación Davis, a la búsqueda del motivo de su insomnio.

—Todo está bien, todo va bien —repetía.

Pero el pertinaz dolorcillo entre espalda y nuca se empeñaba en contradecirle.

3

Demasiado formales. Algún residente del sur de California, con buenas dotes de observación, apostaría a que el conductor y su acompañante eran foráneos; quizá un par de operadores de bolsa procedentes de Nueva York o Chicago. Pero no habría apuestas; los cristales ahumados de la limusina blindada que conducían evitaban que fueran vistos.

Convencionales y holgados, los trajes de aquellos hombres ocultaban razones más convincentes que moda o comodidad; radioteléfonos y armas de fuego.

Solitario en la parte posterior del vehículo, y escondido detrás del *Wall Street Journal*, viajaba David Davis.

El espacioso compartimento acentuaba aún más la pequeñez del cuerpo del viejo, que a fuerza de arrugas parecía haber encogido en su interior. De pelo escaso y blanco, sus ojos se movían vivos y oscuros tras la ampliación producida por las gafas.

A pesar de su aspecto frágil y de sus setenta y muchos años, Davis era un hombre presumido; alardeaba de ser el ciudadano de California con el mayor número de amenazas de muerte pendiendo sobre su cabeza. Sus acompañantes sabían que era cierto, y sus estudiadas maneras, más que formales, quizá fueran solo producto de la tensión.

Cuando el coche giró a la derecha, el sol hacía brillar los penachos de las altas palmeras del bulevar y lanzaba reflejos desde la masa rectilínea del imponente edificio de acero, mármol blanco y cristal situado al fondo de la avenida.

Era la Torre Blanca, sede social de la Davis Communications Corporation, el *holding* de comunicaciones más poderoso del país, del cual el viejo era presidente ejecutivo y del Consejo de Administración.

Evitando la entrada del aparcamiento general, el vehículo se dirigió a una puerta que se abría en aquel momento.

Otro par de ejecutivos aguardaba en el interior del garaje. El de mayor edad, de anchas espaldas y mirada penetrante, esperó a que la entrada exterior del aparcamiento estuviera completamente cerrada, y solo entonces abrió la puerta del coche.

—Buenos días, señor Davis.

—Buenos días, Gus. —El viejo descendió del coche—. Veo que hoy te has adelantado.

—Cierto. Quería resolver varios asuntos antes de su llegada.

—Bien, no tengo problema en que trabajes horas extras. Dime, ¿cuándo tengo la primera reunión?

—No tiene visitas en la agenda esta mañana, señor; solo a las cinco de la tarde la junta con los presidentes.

—Gracias, Gus. —Precedido del conductor y su acompañante, el viejo fue hacia los ascensores.

El hombre los siguió, mirando con recelo a su alrededor. Seguía sintiendo el dolorcillo de la espalda, cual reumático que, aun luciendo el sol, sabe que se aproxima la tormenta.

Gutierres siempre examinaba con mirada crítica de jefe perfeccionista a aquellos hombres de aspecto atildado. Eran guardaespaldas, pero él sabía bien que muy pocos estaban capacitados para cumplir con las exigencias del trabajo que se les encomendaba a estos.

Se esperaba de ellos no solo que fueran capaces de mantener una estricta seguridad en torno a Davis, dentro y fuera de las oficinas, sino también de realizar funciones secretariales y ejecutivas. Conocían a la perfección las relaciones, tanto de trabajo como de amistad, del presidente ejecutivo, identificando a cada persona por su nombre, aspecto e historia.

Universitarios, no desentonaban en la mesa del restaurante más *in* de Hollywood, siendo capaces de seguir con facilidad una conversación ya fuera de negocios o relativa a los últimos chismorreos sociales.

De hecho, la mayoría de las relaciones de Davis desconocía que aquel simpático individuo que se sentaba junto a ellos en la mesa les podría partir el cuello de un manotazo. Y que no dudaría un instante en hacerlo, de intuir una amenaza por su parte hacia su jefe.

—Les presento a Gus Gutierres, del Departamento Legal —decía Davis a sus interlocutores—. Hoy nos acompañará en nuestra conversación.

A esta guardia personal los empleados de la Torre la denominaban Pretorianos en recuerdo al ejército privado de los césares. Eran independientes del servicio de protección del edificio, que trabajaba uniformado, y cuyo jefe era el responsable de seguridad de la Corporación, Nick Moore.

Los Pretorianos eran respetados físicamente y temidos profesionalmente. En ocasiones, uno de ellos pasaba a ocupar un puesto en algún departamento de la Corporación, donde a partir de entonces progresaba en su trabajo como cualquier otro ejecutivo. En esta «segunda vida corporativa» los Pretorianos eran invitados con mayor frecuencia a reuniones en el exterior del edificio y se sospechaba que formaban un «canal de información» privilegiado.

Se decía que ganaban mucho más dinero por las mismas responsabilidades y que eran ascendidos antes que los demás.

De algo valdría que el presidente ejecutivo les confiara físicamente su vida.

—Buenos días, señor Davis —saludó, dando un respingo, la empleada que ocupaba el ascensor.

—Buenos días —contestó Gutierres en nombre del grupo.

Davis se limitó a saludar con la cabeza iniciando una mueca que aspiraba a ser sonrisa.

Gutierres hubiera preferido usar las tarjetas codificadas que permitían bloquear un ascensor para conducirlo directamente a la planta trigésimo segunda, y así lo hacía con las visitas importantes.

Pero Davis se negaba. Era su forma de ojear a las gentes que habitaban las oficinas y husmear el ambiente que se respiraba. Y como Gutierres consideraba que fuera del piso treinta y dos, que él controlaba, el resto del edificio de la Torre no respondía a los requerimientos mínimos para la seguridad del presidente, a cada entrada y salida de este se veía obligado a montar toda la rutina de protección.

En la planta cero, Davis reconoció, entre los que entraban, a un empleado veterano.

—Buenos días, Paul.

—Buenos días, señor Davis.

—¿Cómo está la familia? Tenías dos hijas en la universidad, ¿cierto?

—Sí, señor. Ya hace tiempo que terminaron.

—¿Qué hacen ahora?

—Una trabaja en finanzas en Save-on y la otra en una compañía de seguros.

—¿Se han casado?

—La mayor sí.

—¡Bien! Pronto, abuelo.

—Sí, señor, seguramente.

—Cambiaste de departamento hace unos años, ¿verdad?

—Sí, ahora estoy en marketing televisivo.

—Es lo que tenía entendido. ¿Qué *rating* en Nielsen calculas que *Nuestro hombre en Miami* va a alcanzar este viernes?

Gutierres pudo ver cómo el empleado se tensaba ante la pregunta.

—Bueno… está sufriendo una fuerte competencia de la nueva serie policiaca que se emite en la misma franja horaria, pero… creo que seremos capaces de mantener al menos un *rating* de un 8,5/16.

—Eso estaría bien. Y…

—Esta es mi planta, señor Davis. Un placer haberle saludado. ¡Que tenga un buen día! —El alivio del hombre, cuando salió de allí, era evidente.

—Hasta luego, Paul.

Los empleados odiaban y temían esos interrogatorios. Si la respuesta no era la correcta, o Davis detectaba algo preocupante, en media hora un alud de preguntas y solicitudes de informes caerían como avalancha, aumentando de piso en piso, desde la planta superior, en la que Davis habitaba, hasta la del infeliz protagonista. No existía forma posible de escapar.

Con sus muchos años a cuestas, Davis gozaba de una mente despejada que detectaba cualquier anomalía y de una sorprendente memoria tanto para las cifras como para los pequeños detalles. Y no consentía explicaciones insuficientes.

4

—Desaconsejo la compra. Creo que es un error. —Karen Jansen hablaba con firmeza, enfatizando sus palabras, pero sabía que acababa de meterse en la boca del lobo.

Desde la sala de reuniones del piso trigésimo primero se distinguía aquella mañana el océano Pacífico con gran claridad. Colinas, vegetación y distintas construcciones desdibujaban la línea de la costa, pero un preciso horizonte separaba los azules de cielo y mar contrastando con los verdes y ocres de la tierra. Pero a nadie le importaba el paisaje en lo más mínimo.

El verdadero espectáculo, el drama, tenía lugar por encima de la mesa de caoba cubierta de dosieres, vasos de papel y tazas de café.

—Las leyes europeas —continuó Karen después de una pausa en la que solo el siseo del aire acondicionado se dejaba oír— son restrictivas en cuanto al control de empresas de comunicación por parte de…

—Tonterías —interrumpió con rudeza Charles White—. Los abogados estáis para aconsejar cómo hacer lo que la ley no te deja hacer y hacerlo legalmente. —El hombre se levantó de la silla imponiendo su metro noventa de estatura y más de cien kilos de peso a los presentes—. Para eso os pagamos. —Y mirando fijamente con ojos inexpresivos y pálidos a Karen, añadió arrastrando las palabras—: Claro que estoy hablando de los buenos abogados.

El combate era desigual, no solo por peso físico, sino por el poder que cada uno poseía en la Corporación. White ostentaba una de las presidencias —Asuntos Corporativos y Auditoría— más poderosas, y Karen era solo una abogada, cuyo jefe era un vicepresidente que a su vez recibía órdenes del presidente de Asuntos Legales.

Karen le miró a los ojos. Años antes habría contenido lágrimas de rabia por el tono del individuo y la ofensa de aquel insulto público e intencionado, pero ahora solo hizo lo que pocos hacían: mantuvo la mirada de White, aunque no pudo evitar morderse los labios. ¿Se habría manchado los dientes de carmín?

Quiso contraatacar y abrió la boca para responder, pero Andrew Andersen, el presidente de Asuntos Legales, acudió en su defensa.

—Charly, nuestros abogados franceses opinan que el intento de…

—Al diablo con tus abogados franceses. La Davis Communications tendrá canales de televisión propios en Europa y vamos a empezar ahora —cortó White—. Tenemos el dinero para controlar una participación mayoritaria en una importante televisión europea y no vamos a esperar a que cambie la legislación o la situación política. —White mantenía los ojos clavados en Karen y ni siquiera había mirado a Andersen cuando este habló—. ¿No es así, Bob? Explícaselo, que lo entiendan de una puta vez. Lo tenemos, ¿verdad? —dijo White dirigiéndose a Bob Cooper, el presidente de Finanzas, que no contestó.

—Señor White —continuó Karen con voz firme—, no importa el dinero que tenga si no se usa de la forma adecuada a la situación legal de cada país. Europa no es América.

White se dirigió a una ventana y quedó con los brazos en jarras, aparentemente absorto en el paisaje. Karen se encontró hablando al cogote del hombretón.

—El camino más productivo, rápido, legal y políticamente menos complicado es introducir nuestros «contenidos» a través de las plataformas de televisión digital que se consolidan en Europa. Esta estrategia ofrece la ventaja de invertir lo mínimo, estableciendo alianzas a largo plazo con los grandes operadores europeos…

—No sirve. Mala idea —dijo White, aún de espaldas al grupo, moviendo la mano en un gesto de descalificación—. Nosotros queremos el control de una parte significativa del medio. Este es el objetivo por el que todo el mundo debe trabajar. Control es la consigna. ¡Control!

—Pero ¿para qué necesitamos el control? ¿Por qué tenemos que lanzarnos a batallas innecesarias? —insistió Karen—. En Europa, encontraremos actitudes políticamente muy hostiles a que nuestra compañía controle medios locales de comunicación. Debemos concentrarnos en vender nuestros productos sacando el mejor precio y todo lo más…

—Andrew —interrumpió otra vez White girándose en redondo hacia Andersen—, dile a esta señorita que debe hacer el trabajo que se le pide. Se le paga para eso, no para que piense tanto. No precisamos de su pensamiento estratégico.

—Charly —repuso Andersen—, creo que lo que expone la señorita Jansen tiene sentido y…

La puerta se abrió violentamente lanzando una nube de polvo dentro de la sala. El estruendo parecía anunciar el hundimiento del edificio. La mesa saltó derribando vasos y tazas, mientras los dosieres se esparcían por la habitación. White se apoyó contra uno de los pilares de la ventana para no ser derribado, mientras el resto de los reunidos intentaba sujetarse a las sillas o a la mesa.

Un grito agudo ahogó las maldiciones. Karen nunca supo si fue ella la que gritó o fue Dana, la secretaria de Andersen, que tomaba las minutas de la reunión en un ordenador portátil.

The Big One, el terremoto gigante que arrasará California según predicciones agoreras, acudió a su mente, encogiéndole el pecho.

Al cesar la vibración, se hizo un silencio total en la sala, aunque desde el pasillo llegaba el ruido de objetos cayendo. Todos quedaron callados e inmóviles mirando como hipnotizados a la puerta abierta. Al cabo de unos segundos se oyeron gritos distantes.

White avanzó, primero vacilante y luego a largas zancadas, hasta la entrada, miró al exterior y, sin decir nada, salió de la sala perdiéndose en la polvareda.

Los demás se miraron entre sí y comprobaron que nadie estaba herido. Después, entre murmullos, empezaron a salir de la habitación para averiguar qué había ocurrido.

5

—Su café, señor. —Los ojos verdes de la chica brillaban con intención y cierto descaro.

El toque sordo en la puerta había hecho que Jaime levantara la vista del correo de la mañana, que amenazaba con tomar posesión permanente de su mesa. Conocía a la perfección aquel sonido discreto pero decidido. Sin esperar respuesta,

Laura había entrado con el tazón de café humeante de media mañana.

—Muchas gracias. —Intentaba ser prudente, pero al ver la expresión de ella y la forma en que depositó la taza en la mesa supo lo que venía a continuación.

—Tienes suerte de tenerme a mí. Otra no te traería el café.

Él la miró resignado y esperó a que continuara. Con su cabellera roja, y el labio superior deliciosamente voluminoso y respingón, Laura podría provocarle a algo más que a la discusión festiva que ella buscaba. La chica se había colocado al frente de la mesa, brazos en jarras, evidenciando la sangre irlandesa que bullía en sus venas.

—Las secretarias a la antigua ya han pasado a la historia; hoy se llevan los asistentes. Y los asistentes no traen el café al jefe.

—Pero nuestra relación es antigua, Laura. Después de siete años no pretenderás cambiarme. —Aceptó la discusión; a él también le divertía.

—¿Y por qué no? La tuya es la posición cómoda del macho típico. Sentado en el sillón, viendo béisbol y esperando que su mujer le traiga las cervezas.

—¡Ah, no! No voy a ceder en lo negociado con anterioridad. Desde un principio acordamos lo del café, y no estoy dispuesto a cambiar ahora.

—No negociamos ni acordamos nada. Lo hice por simple amabilidad.

—Y yo te lo agradezco infinitamente.

—Los tiempos cambian, Jaime. Tienes que ponerte al día.

—No en eso.

—¡Vaya egoísta! No me extraña que tu mujer se divorciara de ti.

Aquello le hizo daño, y Jaime deseó vengarse acusándola de feminista solterona. A pesar del tiempo que se conocían y de lo mucho que hablaban, Jaime no sabía de una relación masculina que le hubiera durado a Laura más de seis meses;

sorprendente para una mujer joven y con el atractivo de la señorita Kennedy. Quizá las ideas que ella compartía con sus padres no encajaban bien en la relajada California e intimidaban a los hombres.

Nacida en el Medio Oeste, pertenecía a una familia estrictamente conservadora y cristiana radical; aun así, pensaba Jaime, debería encontrar sin problemas un esposo en el seno de su Iglesia. Luego, al verla, se convencía de que ese tipo de hombre sería demasiado aburrido para ella. Con humor, se decía que la chica necesitaba un marido y lo había escogido a él como sucedáneo para los reproches conyugales. Pero no para lo otro. Quienquiera que fuese —si lo había—, el otro medio marido se llevaba la mejor parte.

Decidió encajar el golpe sin devolverlo, ella no sabía que la herida estaba abierta aún y que dolía. Así que moderó el tono.

—Precisamente porque soy un pobre divorciado deberías tratarme con cariño.

—¿Más? ¡Si te tengo malcriado!

—Y yo te lo agradezco tratándote como a una reina. —La discusión se agotaba y ambos sonreían.

—Estoy segura de que puedes mejorar. Bueno, regreso al trabajo.

—Trabaja mucho.

Laura ejecutó una airosa media vuelta de camino a la puerta, mientras él tomaba el primer sorbo de café y admiraba su silueta absolutamente femenina.

Se levantó de la mesa, colocándose frente a los ventanales de cristal tintado que no impedían la invasión de un sol risueño.

En el horizonte los montes de San Gabriel mostraban nieve decorando los puntos más altos, en un divertido contraste con las palmeras, que abajo, en el bulevar, resistían el impetuoso viento.

Tras una semana de días brumosos, la lluvia del martes dio paso a un espléndido miércoles y a una cristalina mañana de jueves. El planeta había dejado de ser viejo, y parecía un niño pequeño listo para dar sus primeros pasos. Todo un mundo reluciente, listo para ser estrenado.

Encontrar un momento para sí mismo, sin teléfono, reuniones o un quehacer urgente, y mirar a través de las ventanas era un lujo que se permitía con poca frecuencia.

«Una mañana radiante —se dijo—. Y para colmo de venturas el calorcillo del sol y del café. ¿Qué más necesito para redescubrir la belleza que existe fuera de estos muros de vidrio, acero y mármol?».

Pero algo iba mal.

Tenía todos los motivos para sentirse eufórico y feliz. ¿De dónde salía, pues, ese sabor amargo? ¿Era su vida personal? Seguramente.

En el bulevar, el movimiento de vehículos alrededor del centro comercial crecía con un suave ronroneo, y en el cielo unas nubecillas perezosas se desplazaban sobre un azul intenso.

—Tan lentas como mis pensamientos —murmuró siguiéndolas con la vista y admirando su blanco brillante al tiempo que levantaba la taza en busca de otro reconfortante sorbo de café.

De pronto ocurrió. Un fuerte temblor estremeció todo el edificio.

Jaime sintió el corazón en la garganta y el café en la camisa. Sus pensamientos empezaron a sucederse a tal velocidad que tuvo la sensación de que el tiempo se había detenido. El ruido siguiente pareció engullirlo todo.

«¡Dios mío, un terremoto! ¡Un gran terremoto!». Volvió la vista en busca de refugio en la habitación. Los cristales vibraban violentamente.

«El edificio está preparado, aguantará, tiene que aguantar. ¡Los cristales!».

Maldijo su elegante mesa de vidrio de diseño y deseó ardientemente una sólida mesa de madera bajo la cual encontrar seguridad cuando las ventanas se rompieran. Inició un paso hacia el centro de la habitación, mientras los libros caían de las estanterías del armario. ¡También de cristal!

Su mirada encontró los arbolitos densamente poblados de hojas verdes que decoraban la sala. En su loco temblor perdían hojas.

De repente todo paró. Y como si el mundo se hubiera detenido en su giro, se hizo el silencio.

«¡No puede ser un terremoto! ¡Demasiado corto!».

Algo atrajo su mirada a las ventanas.

Una lluvia de cristales, brillando alegres al sol, caía en el exterior. Una sombra cruzó.

«¡Dios, es un cuerpo! ¡Es un hombre!».

Creyó haber visto un pantalón gris y una camisa. ¿Blanca?

Se acercó con reparos a la ventana de cristales ahora quietos y silenciosos. El ángulo de visión y la altura le impedían ver qué ocurría abajo.

Afuera flotaban como a cámara lenta un sinfín de papeles.

Las nubes estaban en el mismo lugar, y él continuaba con la taza de café en la mano.

Lentamente apareció el sonido. Primero eran murmullos, luego gritos lejanos. Ahora sirenas.

Jaime dejó la taza de café sobre la maldita mesa de diseño cristalino y se dirigió a la puerta.

—¡Laura! ¿Estás bien?

6

El grupo se dirigió hacia la zona central del edificio cruzando la puerta de una de las escaleras de emergencia. Algunos empleados salían de los despachos preguntándose qué había ocurrido. No se veía a White.

—Definitivamente no es un terremoto —comentó Karen a Dana, que la seguía vacilante.

Al llegar a la zona de los ascensores, algunos parpadeaban sus luces anunciando su llegada, y un guarda de seguridad hablaba por su teléfono móvil. La lujosa moqueta se encontraba cubierta de papeles y algunos cascotes de yeso. De uno de los ascensores salió Nick Moore, el jefe de seguridad del edificio, acompañado por un guarda portando un extintor. De otro ascensor salieron un par más.

—¡Una explosión en el ala norte! —les gritó Moore—. ¡Seguidme! ¡Jim, consigue otro extintor!

Y los cinco corrieron en la dirección contraria a la del grupo.

Los despachos de White y de Steven Kurth, el presidente de la Eagle Motion Pictures y el hombre más poderoso de la Davis Communications después del propio Davis, estaban ubicados en el extremo norte.

Los ascensores parpadearon de nuevo, y apareció un pretoriano, que, sujetando del brazo a uno de los guardas recién llegados en otro ascensor, preguntó:

—¿Qué ha ocurrido?

—Una explosión ha destrozado el ala norte del piso.

El pretoriano se puso a hablar por su móvil, mientras el guarda se incorporaba a sus compañeros.

La mayoría de los del grupo de Karen se detuvo al llegar allí, dudando entre la huida o la satisfacción de su curiosidad. Extrañamente las alarmas de evacuación no habían sonado aún y los ascensores continuaban funcionando. Karen se dijo que la explosión debía de haber destruido los sensores de alarma.

Andersen se lanzó detrás de los guardas, y Karen siguió a su jefe. «Hay una escalera de seguridad más adelante», se dijo.

Conforme avanzaban, más cascotes y papeles cubrían los

suelos. Los pósters originales de algunas de las películas más famosas de la historia del cine que, lujosamente enmarcados, adornaban el corredor estaban inclinados o caídos.

La planta al final del pasillo tenía un aspecto desolador, distinto por completo de como Karen recordaba la zona. Excepto el extremo nordeste del piso, donde aún se alzaban algunas paredes, el resto estaba arrasado. Los despachos de White y Kurth ya no existían.

A la altura de la vista quedaba una enorme área diáfana, y en el suelo se amontonaban mesas, sillas, restos de armarios, escombros y papeles, muchos papeles.

Karen notó que faltaban los cristales tintados de la esquina noroeste y que el sol parecía mucho más agresivo que de costumbre. Allí ocurrió. En el despacho de Steven Kurth.

El falso techo había desaparecido, descubriendo la estructura interior del edificio. Los cables colgaban, y desde varios puntos del techo caían grandes chorros de agua, seguramente del sistema antiincendios.

Un sonido de sirenas empezó a llegar desde la calle.

Moore recuperaba, junto a dos guardas, un cuerpo de los escombros. Otro guarda pedía ayuda médica por teléfono y los demás removían los restos buscando víctimas.

Karen reconoció a la mujer que sacaban de entre un armario caído y una mesa.

—¡Sara! —gritó acercándose a ella. Tenía el pelo lleno de polvo y una herida en la frente que sangraba. Moore le tomaba el pulso.

—Sara, ¿cómo está? —preguntaba Andersen.

La mujer entreabrió los ojos y los cerró de nuevo.

—El señor Kurth —dijo a media voz, esforzándose—. El señor Kurth está en su despacho.

—Ya no hay despacho —dijo Andersen alzando la vista hacia donde unos minutos antes se alzaba la lujosa oficina del segundo ejecutivo más poderoso de la Corporación.

Allí, en una zona extrañamente limpia de cascotes, de espaldas y alzando su amplio cuerpo contra el sol que entraba a raudales por la apertura provocada por la explosión, estaba Charles White.

—Hay que encontrar a Kurth —gritó Andersen a los que buscaban entre los escombros.

White se giró lentamente, apartándose del lado de la calle, y dio varios pasos hacia lo que había sido el centro del despacho.

—No hace falta que busquen a Kurth. —Su vozarrón se impuso al revuelo de los que se afanaban, y todos se detuvieron para mirarle—. Lo he encontrado. —White hizo una pausa—. Está treinta y un pisos más abajo, en la calle. —Y añadió—: Que Dios se apiade de su alma.

Sara sollozó, y varios corrieron a mirar hacia abajo a través de los ventanales rotos. Las sirenas se oían más fuerte.

—¡Oh, Dios mío! —Oyó exclamar Karen a su espalda—. ¡Señor Kurth!

Volvió la cabeza y vio a Dana, que finalmente se había decidido a ver lo ocurrido. La tomó de un brazo como para consolarla y luego la miró. Los ojos azul intenso de Karen brillaban más que de costumbre cuando le dijo:

—El príncipe ha muerto. —Lanzó una mirada resentida en dirección a White, que continuaba alzando su mole en el centro de lo que había sido el despacho del difunto, como cazador fotografiado sobre la pieza cobrada—. Y ese quiere su corona —murmuró entre dientes.

7

El amplio salón situado en el ala norte del piso treinta y dos estaba adornado con cuadros y esculturas de conocidos artistas modernos. Los ventanales mostraban aún una brillante mañana, como si la tragedia ocurrida minutos antes hubiera sucedido en otro planeta.

Silenciosos, sentados alrededor de la gran mesa de raíz de nogal, estaban los presidentes de las distintas funciones de la Corporación, con las únicas ausencias de un viajero, de los responsables de las divisiones de Música y Editorial, con oficina en Nueva York, y del presidente de la Prensa Internacional, con base en Londres. Davis había requerido la presencia del jefe de seguridad del edificio, Nick Moore, un extraño en aquellas reuniones. Un pretoriano lo había acompañado, ya que, a pesar de su cargo, Moore no tenía tarjeta de acceso a la planta.

La breve agenda que les habían entregado descansaba sobre la mesa. «Desaparición de Steve. Acciones a tomar».

—El viejo es increíble —comentó Andersen a Bob Cooper, presidente de Finanzas—. Acaban de matar a su mejor amigo, y colaborador durante más de cuarenta años, y aquí le tienes, dictando agendas para reuniones.

Un sillón vacío, colocado en el centro de la mesa, esperaba al presidente ejecutivo, y justo a su hora entró Davis, con semblante serio pero firme. A su lado, el inseparable Gutierres.

—Buenos días —dijo mientras andaba hasta su lugar.

—Buenos días —contestaron los demás a media voz.

—Bien —comenzó una vez acomodado, recorriendo con la mirada los semblantes de los presentes—, ya sabéis por qué nos reunimos. —Hizo una pausa—. Vamos a discutir la situación y a establecer la estrategia adecuada.

Se interrumpió de nuevo y nadie hizo un solo movimiento. La atención de todos se centraba en su rostro.

—Hemos localizado a Alexander, que está de viaje, y a Chris y a Peter en sus oficinas de Nueva York. También a Arthur, en Londres —continuó después de unos segundos—. Les he comunicado personalmente lo ocurrido. —Davis hizo una tercera pausa y contempló otra vez el semblante de cada uno. Parecía como si le costara trabajo continuar con su explicación—. Dada la situación, he invitado al señor Moore, ya que la seguridad es el tema a tratar. Empecemos.

—David —dijo Andersen con voz solemne—, estoy seguro de que hablo en nombre de todos al expresar nuestro gran dolor e indignación por lo ocurrido a Steve. Era un caballero, un gran amigo y una persona muy querida por todos. Deseamos expresarte a ti en particular nuestra más sentida condolencia por la íntima amistad que sabemos os unía.

—Gracias, Andrew, y gracias a todos —repuso quedamente Davis. Luego, alzando la voz y mirando a Moore con dureza, dijo—: Señor Moore, explíquenos lo ocurrido.

La cara habitualmente roja de Moore palideció. El hombre, expolicía de gran tamaño, andares chulescos y voz autoritaria, estaba ahora sentado en el extremo de su silla y obviamente nervioso. La situación y el lugar parecían intimidarlo.

—Una bomba, señor Davis —farfulló—. Creemos que ha sido una bomba.

—¿Quién diablos ha podido entrar y poner una bomba en pleno piso treinta y uno? —preguntó White—. Poca gente tiene acceso a esa planta, y todos son empleados.

—Y los de mantenimiento y limpieza son estrictamente controlados a la entrada y a la salida, señor —añadió Moore.

—¿Quiere decir que lo hizo un empleado de la Corporación? —interrogó Davis, arqueando las cejas incrédulo.

—La policía iniciará la investigación de inmediato, señor, pero lo más probable es que haya sido un paquete o carta bomba exterior.

—Entonces ¿qué demonios hacía su gente? —saltó Davis—. ¡Les pagamos para que nos protejan!

—No lo sé, señor —balbuceó Moore—. Lo siento, señor, es solo la teoría más probable. Tendremos que esperar a preguntar a Sara cuando esté en condiciones. Al señor Kurth le llegaban muchas cartas y paquetes con libros o posibles guiones para películas. Le aseguro que jamás se entregaba un paquete sospechoso y solo los de remitente identificado y aceptado por Sara entraban en su oficina.

Se hizo el silencio. La furia de Davis parecía haber remitido y quedó como deshinchado. Su avanzada edad se manifestaba ahora como nunca antes, haciéndole parecer más pequeño.

—David —intervino White—, los empleados están muy excitados y no creo que nadie esté haciendo otra cosa que hablar de esta desgracia. Propongo que, en honor de Steve, los enviemos a casa y se cierre el edificio durante el resto del día en señal de duelo.

—Si me permite, señor —dijo Moore—. Es una buena idea. Deberíamos desalojar el edificio por si hay más bombas. Además, la policía está insistiendo en ello.

—¡Y una mierda! ¡No vamos a desalojar el edificio! —repuso Davis golpeando la mesa con la palma de la mano. La súbita elevación de su voz sobresaltó a los concurrentes—. ¡Eso es lo que quiere el hijo de puta de la bomba! —El viejo se interrumpió un momento y, uno a uno, buscó con su mirada los ojos de los reunidos—. ¡Quieren intimidarnos, asustarnos, doblegarnos! ¡Ah no, David Davis no les dará ese placer!

—Perdona, David, pero algunos empleados están al borde del pánico por temor a otra bomba. No les podemos pedir que sean héroes —habló Andersen—. Creo que es buena idea cerrar hoy el edificio.

—Esta Corporación, como otras del país, está permanentemente amenazada —contestó con calma Davis— y algunos de nosotros mucho más. ¿Cuántas amenazas recibes a la semana, Tom?

—Bastantes —afirmó el presidente del grupo televisivo.

—Señor Moore, ¿cuántas amenazas, insultos y bromas de mal gusto reciben nuestras centralitas?

—Docenas al día, señor.

—Charly, ¿cuántas cartas recibimos con comentarios negativos sobre nuestros programas de televisión o películas, que van desde un desacuerdo razonado hasta el insulto o incluso la amenaza de muerte?

—Incontables, David —contestó White.

—¡Incontables, esta es la palabra! —continuó Davis subiendo de nuevo el tono—. ¡Steve había recibido incontables coacciones y amenazas de muerte! ¡Yo recibo incontables coacciones y amenazas de muerte! ¿Sabéis qué hago con ellas?

La mayoría de los asistentes movió ligeramente la cabeza afirmando conforme Davis los miraba.

La costumbre del presidente ejecutivo de seleccionar y coleccionar las cartas amenazantes más originales y violentas, o las escritas por alguien importante, para luego enmarcarlas y colgarlas en todos los aseos de la planta trigésimo segunda era casi de dominio público. Las paredes de los aseos estaban materialmente cubiertas de tales cuadros de techo a suelo, y los más intimidantes se ubicaban en los excusados.

—¡Me cago en ellas! —añadió después de la pausa—. ¡Yo no solo luché por este país y contra los nazis, sino también por la libertad! ¡Incluida la libertad de expresar ideas!

Todos sabían que Davis había combatido voluntario como piloto de caza en Europa durante la Segunda Guerra Mundial y que poseía la medalla al valor.

—Steve no es el primer amigo que he visto morir a mi lado. —Su voz se quebró.

Los demás le miraban consternados y con el corazón en un puño. Sus ojos estaban brillantes por las lágrimas. ¿Iba David Davis, leyenda de duro entre los duros de Hollywood, a llorar?

—En la época del senador McCarthy y su caza de brujas conseguimos sobrevivir con dignidad —continuó con voz más firme—. Directores, guionistas, actores, todo el mundo lo sabe y se nos respeta por ello.

»¿Con qué frecuencia los defensores de la mayoría moral bloquean las centralitas, mandan toneladas de cartas, presionan a los anunciantes de nuestras televisiones porque en un *talk show* se habló a favor del aborto, o porque en tal película se hace apología de las madres solteras o por lo que llaman lenguaje obsceno? Cualquier pretexto es bueno.

»¿Con qué frecuencia hacen lo mismo desde el otro extremo? Alegan que damos papeles "indignos" en nuestras producciones a hispanos y a negros, o que pagamos menos por el mismo trabajo a las actrices que a los actores, o que no les gusta la cara de alguien. También bloquean centralitas, amenazan, y presionan a los anunciantes.

»Cada día aparecen nuevos grupos de radicales. Incluso una organización extremista hebrea nos acusó de apoyar la causa árabe contra los judíos. ¡Y promovió un boicot! ¡Diablos! Steve era judío, yo soy judío, y desde esta casa hemos apoyado activamente la justicia y el derecho del Estado de Israel. Pero no somos fanáticos y los árabes también son seres humanos.

»Siempre hemos seguido lo que nuestra conciencia dice que es lo correcto y no nos dejamos intimidar. Lo hicimos cuando Steve vivía y lo haremos ahora que uno de esos locos hijos de puta lo ha matado. —Se encaró a Charles White—. Y al contrario de lo que tú propones, en señal de respeto a Steve, hoy se trabajará normalmente.

—David, como presidente del Departamento Legal —dijo con sumo cuidado Andrew Andersen— debo insistir en la recomendación de cerrar las oficinas de inmediato como sugiere la policía. De existir otra bomba y resultar alguien herido o muerto, los juicios y las demandas por imprudencia temeraria no solo costarían fortunas en indemnizaciones, sino que es probable se resolvieran en condenas de cárcel para alguno de nosotros.

—¿Y darle el placer que busca al asesino? ¿Y enseñarle el camino para futuros chantajes? ¡No, absolutamente no!

—David, por favor, considéralo de nuevo —insistió Andersen—. Nadie pensará en ningún tipo de debilidad, sino en una señal de duelo lógica y natural.

—¡Ya basta, Andy! He oído tu consejo y el de los otros. Has hecho tu trabajo y has puesto a salvo tu bonito culo de abogado. La decisión es mía y asumo personalmente toda la responsabilidad; no estaría yo en el negocio de hacer películas si no supiera asumir riesgos.

El silencio se hizo denso. Al cabo de unos momentos Tom Palmer se atrevió a hablar.

—¿Cómo manejaremos la noticia ante los periodistas?

—Debiéramos minimizar su impacto —recomendó Cooper—. El asunto será muy negativo para nuestra cotización en bolsa. El valor de nuestras acciones se va a resentir. No solo hemos perdido a un ejecutivo clave, sino que ha sido asesinado por una bomba instalada en el corazón de la oficina central de nuestra Corporación. Si Wall Street considera que la David Communications es el objetivo de un grupo terrorista, los inversores huirán de nuestros valores.

—Desde luego que vamos a minimizar el impacto de la noticia — admitió Davis—, pero no por la maldita jodida bolsa. Los criminales deben disfrutar lo menos posible de su crimen.

—Podríamos referirnos a lo sucedido como un «accidente» —propuso Andersen—, como una explosión de gas o algo así.

—Difícil, porque el edificio no tiene gas en esa planta, pero no imposible. —Intervino Palmer.

—Eso sería aceptable, pero como último recurso —dijo Davis—. Simplemente quiero que no se hable del suceso. Tom, encárgate de contactar personalmente con los directores de las demás cadenas de televisión. Charles, a través de nuestra agencia de relaciones públicas, controla las radios y los periódicos. Aquí no ha pasado nada, ¿entendido?

Todos asintieron con la cabeza.

—Me temo que habrá dos o tres difíciles de convencer —anunció Palmer.

—En ese caso diles que voy a hablar con sus jefes —contestó Davis—. Con bomba o sin ella aún puedo patear unos cuantos culos. Y quiero hablar en persona con el policía a cargo de este asunto.

—Sí, señor. ¿Cuándo quiere verlo? —se apresuró Moore.

—Quizá hoy por la tarde, o mañana. Ahora tengo otras prioridades.

—¿Anna? —preguntó Andersen.

—Sí, precisamente. —Davis parecía de pronto fatigado—. Ya he hablado con su hijo. Iremos con el doctor de la familia para darle la desgraciada noticia.

»Es probable que las honras fúnebres sean el sábado y se restrinjan a la familia y los amigos íntimos.

»Mañana, a partir de las doce, no trabajaremos en señal de luto. Se comunicará mi agradecimiento personal a los empleados, que se dirijan a su iglesia, sinagoga o templo para rezar por Steve.

»La Torre permanecerá abierta, pero se cancelarán las visitas programadas para la tarde. Solo se atenderá a las personas que hayan hecho largos desplazamientos y no puedan cambiar su cita. Se hará por respeto a ellas; no por negocio. Las entrevistas serán breves. Al final de la tarde los empleados volverán al edificio, donde los jefes de departamento o sección leerán una nota en honor de Steve antes de la salida. ¿Queda claro?

Todos asintieron.

—David —dijo Andersen—, es inevitable que los empleados hablen entre sí y que el rumor de lo que ocurrió en realidad se extienda.

—No importa. Si los medios de comunicación no hablan de ello, la noticia no existe. No ha pasado nada. Aun así espero que hables tú personalmente con los que vivieron la explosión en la planta treinta y una y con los que vieron el cuerpo en la calle. Agradeceré su discreción.

—¿Alguna nota oficial para el exterior de la compañía? —preguntó Palmer.

—No, y en cualquier caso nos referiremos a lo ocurrido siempre como «el fallecimiento de Steve», ¿entendido?

Más asentimientos.

—Andrew.

—Sí, David.

—Habla tú ahora con ese policía. Dile que le hago responsable directo de que su gente tenga la boca cerrada cuando salgan de este edificio. Dile que se juega el culo. Que sepa que el alcalde de la ciudad está siempre sentado al lado del teléfono esperando a que yo le llame.

Davis calló un momento, y el silencio fue general. Luego continuó con lentitud premeditada y arrastrando las palabras.

—Dile que espero que encuentre pronto a los culpables. Dile que lo tomaré como un favor personal y yo siempre recuerdo los favores. Dile que si encuentra a diez de esos fanáticos responsables del asesinato, mejor que si es solo uno. Que no se preocupe, que por muy buenos abogados que tengan, se hará justicia. La piel de esos miserables no vale nada. Yo sé lo que hay que hacer.

»Gracias. Esta reunión ha terminado. —Sin decir más, salió.

Todos sabían lo que sus palabras significaban.

Levantándose de inmediato, Andersen se dirigió al extremo de la mesa donde un pretoriano tomaba notas.

—Fred, no incluyas los últimos comentarios de Davis en la minuta de la reunión —le dijo.

8

Hacía frío en la calle; la radiante mañana había terminado en una tarde deslucida y ligeramente brumosa.

El sol se había ocultado en algún punto del Pacífico, los automóviles tenían los faros prendidos y en la San Diego

Freeway el tráfico era denso. Las luces formaban dos enormes serpientes luminosas y gemelas, roja hacia el sur, blanca hacia el norte, moviéndose lentas y sinuosas.

En la radio sonaba una melancólica música country de amores no correspondidos.

No; no podía ir a su apartamento ahora. Le estaba esperando allí, acurrucada entre sus muebles. Era ella otra vez. La maldita soledad.

Jaime tomó la siguiente salida, condujo su BMW por una avenida pobremente iluminada y aparcó frente a un edificio de una sola planta y exterior decorado en madera. Un gran rótulo luminoso donde se leía «Ricardo's» dominaba las últimas luces del día.

Al empujar la puerta, un aroma de brandy, ron y tabaco, junto a un cálido ritmo caribeño, le saludó.

El establecimiento lucía una barra de madera larga y lustrosa, con dorados metálicos y altos taburetes a juego. El interior, amueblado con mesas bajas y unos sofás, estaba ocupado por unas parejas medio escondidas en la zona menos iluminada. Dos mujeres y un hombre bailaban salsa en la pista, bajo un pequeño escenario para música en vivo.

Jaime se sentó en uno de los taburetes. Una hermosa rubia de falda ajustada se encontraba varios metros más allá en la barra, y sus miradas se cruzaron. Pudo ver su sonrisa, dientes blancos, generosos labios rojos y brillantes ojos azules. Ella mantuvo la mirada unos momentos, mientras Jaime le devolvía la sonrisa, para luego atender a las evoluciones de los danzarines.

¿Era una sonrisa de invitación o un simple saludo? ¿O quizá se reía de su camisa manchada de café? Deseó tener algo en sus manos, una copa o un cigarrillo. Pero había dejado de fumar cinco años atrás.

—¡Bienvenido, hermanito! ¿Cómo te va? ¡Qué gusto verte de nuevo! —Ricardo apareció detrás del mostrador, sonriente y secándose las manos con un paño blanco.

Los dos hombres se estrecharon con fuerza ambas manos por encima de la barra.

—Bien, ¿y tú?

—Bien, hombre, pero con malas noticias para ti. —Ricardo mostraba grandes dientes blancos bajo su recto y poblado bigote negro.

—¿Cómo?

—Sí —dijo bajando la voz al tiempo que hacía un gesto con la cabeza en dirección a la chica—. La rubita estará acompañada. ¡Chin, mano! Lo siento. —Sus ojos brillaban con malicia.

Jaime se sintió más aliviado que apenado, como si su amigo le hubiera solucionado un dilema.

—Ricardo, debes promocionar mejor tu maldito local entre las señoritas solitarias.

—¡Sí, señor! Voy a hacer lo posible. ¿Cubalibre?

—No, hoy no. Tráeme un brandy.

Mientras Ricardo se alejaba, Jaime giró en dirección a la pista. Las dos muchachas movían las caderas al ritmo cálido de la música. Detuvo la mirada en el sensual movimiento de curvas y empezó a seguir el ritmo con los pies.

El hombre, vestido con chaqueta y corbata, bailaba erguido con movimientos austeros y dirigiendo su mirada y sonrisa alternativamente a ambas mujeres.

Más allá la rubia recibía con un largo beso en la boca a un muchacho moreno. Al finalizar el beso lanzó una nueva mirada y media sonrisa a Jaime antes de empezar a hablar con el chico.

Jaime se giró hacia la barra buscando a Ricardo con la vista.

—Mierda, ¿dónde se ha metido? —murmuró entre dientes. Sus pies habían perdido el ritmo de la música.

Pero allí apareció Ricardo con unas copas, la botella de brandy y su sonrisa.

—¡Eh, Jaime! ¿Qué le pasó a tu camisa?

—El café, esta mañana.

—¡Bonita mancha, amigo! —Ricardo tenía poco trabajo y ganas de hablar—. Cuéntame cómo le hiciste para ensuciarte así la camisa sin manchar tu elegante corbata de al menos ochenta dólares.

—El día que tú me cuentes cómo mantienes el bigote tan negro a pesar de tu edad.

—Bien, hombre, ¿cómo está tu hija? —Ricardo desvió la conversación—. ¿Qué edad tiene ya?

—Jenny tiene ocho niños. Está muy bien. La veré este fin de semana.

—¿Continúa Delores con el gringo?

—Sí, y el gringo es un buen hombre. Trata muy bien a la niña.

—Bueno, pero nunca entenderé cómo una mujer tan hermosa puede tener el mal gusto de irse con un tipo como ese. Perdona, ahora vuelvo.

Con su mejor sonrisa, Ricardo se fue a atender al chico que continuaba hablando animadamente con la rubia.

Sí, Delores y él venían frecuentemente aquí cuando estaban enamorados. Parecía haber pasado tanto tiempo que le resultaba difícil pensar qué ocurrió en esta vida. Había conocido a bastantes mujeres en los últimos años, pero no logró sentir aquello por ninguna. «La vida es corta —se dijo—, y por eso los juramentos eternos tienen un plazo aún más corto».

—Mis amigos de la policía me contaron que hubo una explosión donde trabajas, en la Torre Blanca, pero no lo he podido ver en la tele. —Ricardo interrumpió sus pensamientos.

—Sí, y un pez gordo voló por una ventana.

—Bueno, entonces quizá fuera un gran pajarraco. —Ricardo rio—. O quizá un pez volador.

—Muy gracioso, Ricardo. El hombre no era un mal tipo.

—Bien, lo siento. ¿Qué te pasa? Estás bastante chingado.

—Hay días mejores y otros peores, eso es todo.

—¡Vamos, hombre! —dijo Ricardo sirviendo un brandy a ambos—. Un cubano de pura cepa como tú no se raja por tontadas. Sean tiros o bombas.

—No es eso. O al menos es solo una parte. A veces te aburre lo que haces. No ves que vayas a ningún lugar, pasan los años y te das cuenta de que has dejado por el camino lo mejor de ti mismo.

—¡Pero si estás hecho un jovencito!

—Treinta y nueve, amigo. Pero no es eso. ¿Dónde está aquello con lo que yo soñaba a los diecinueve? ¿Te acuerdas de cómo veíamos tú y yo la vida a los veinte? El mundo era romántico y estaba lleno de ideales.

—¡Pero qué mala onda traes hoy, Jaime! ¡Pero si te has convertido en un exitoso alto ejecutivo de una de las mayores corporaciones de América! Manejas un gran coche de importación, tienes tu velero en Newport y si vives en un departamento en lugar de en una casa es porque quieres. ¿Qué más puede pedir un hispano en América? ¿Quieres ser el presidente del país? ¿Es eso lo que deseas?

—No. Ni quiero eso ni tampoco quiero lo que tengo. Un *yuppie*. Me he convertido en un *yuppie* y, para mayor desgracia, cuando los *yuppies* ya están pasados de moda.

—Ahora me dirás que añoras tu tiempo de flores, pelo largo y guitarra, cuando andábamos sucios y con hambre. Éramos unos hippies de mierda.

—Sí, lo añoro. Pero no añoro tanto la estética como la ética. ¿Dónde están el idealismo, la poesía, la búsqueda de la libertad? Me niego a aceptar que todo lo compre el dólar. Que llegue el final y seamos solo una cuenta bancaria a repartir.

—Jaime, no hay más brandy para ti —le dijo muy serio Ricardo llevándose la botella—. Te sienta mal.

9

Paró como en otras ocasiones en Roco, hamburguesería casera regentada por una familia griega, donde se podía comer una de las hamburguesas americanas más auténticas. Pidió ensalada, patatas fritas y, cómo no, hamburguesa y cerveza.

Su humor no había mejorado mucho en el trayecto desde Ricardo's y, como no tenía mucho apetito, se dedicó a contemplar al resto de los comensales. Varias mesas estaban ocupadas por jóvenes, quizá se preparaban para una fiesta. Bromeaban y reían. Unas parejas de mediana edad y tres mesas de un solo comensal. Dos hombres y una mujer cercana a la treintena componían el club de los solitarios.

¿Qué finalidad buscarían en su vida? ¿Sobrevivir lo mejor posible? ¿Qué ilusiones tendrían? ¿Cómo saberlo con el muro que les separaba? Podría llamar a Mary-Anne y contarle cómo se sentía. Estaban saliendo, sin mucho entusiasmo, desde hacía unas semanas, pero era una relación superficial, vacía. No le apetecía abrirse tanto con ella. Aún no. Debería ir a algún lugar, buscar alguien nuevo con quien poder comunicarse, compartir su angustia, relacionarse. Intentarlo.

Pero no; decidió ir a casa sin terminar la comida. Hoy no lo intentaría. Una noche de más o de menos en una vida no tenía mayor importancia.

Un pensamiento le asaltó. ¿Y si fuera la noche en que estaba destinado a conocer a esa persona maravillosa, ese lugar inolvidable o vivir esa experiencia única?

Sacudiendo la cabeza, se dijo que no había demasiadas probabilidades.

—Tiempo sin verte, amiga —le dijo con una sonrisa a una guitarra clásica, en bastante buen estado, que recuperó del fondo de un armario.

Desde el ventanal del salón podía ver la calle. Más allá las luces de un restaurante mexicano en una construcción de estilo español. A pesar de la oscuridad adivinaba el bonito jardín.

Y aún más allá sabía que estaba el océano.

Afinó su guitarra y ensayó unos acordes. Era su máquina personal del tiempo.

Y fue, poco a poco, viajando a un tiempo pasado de ilusiones, ideales de libertad y esperanzas conforme los viejos acordes venían a su mente. Tarareó un poco, tomó un sorbo de brandy y empezó a cantar suavemente para sí mismo: *«The answer my friend is blowing in the wind. The answer is blowing in the wind»*.

Era un tiempo en que existían motivos para luchar. Continuó cantando y tomando brandy. A través de su ventana fue capaz de distinguir una estrella que ganó su propia guerra a la oscuridad de la noche y a las luces de la ciudad.

—¡Bienvenida, bonita!

Le dedicó una canción. Poco a poco se dio cuenta de que tenía un público de estrellas. Bellas, frías e inmutables. ¿Cuánta gente y en cuántos lugares verían las mismas estrellas?

Quizá las estaría viendo esa mujer. La mujer con la que él soñaba. Esa que posiblemente no existía. O quizá sí. Viajó más allá en el tiempo y cambió de lugar y de lengua.

—«Cuando salí de Cuba, dejé mi vida, dejé mi amor».

Cantaba suavemente, sintiendo la letra.

—«Cuando salí de Cuba, dejé enterrado mi corazón…».

Y así, en español, continuó cantando a una tierra donde había estado poco tiempo físicamente pero mucho en pensamiento. Y a unas raíces que eran suyas pero estaban muy lejanas en el tiempo y el espacio.

Una luna cuarto creciente vino a sumarse al público de las estrellas.

—«Luna que te quiebras sobre las tinieblas…», le cantó como bienvenida.

De pronto se fue más lejos en el tiempo. Cuando cantaba con su padre canciones de una tierra más lejana y de un tiempo mucho más lejano. Y cambió a una lengua antigua que aprendió de su padre y que solo con él hablaba. Cantó viejas canciones heredadas de los trovadores medievales, de las olas del Mediterráneo, del olivo y del naranjo.

—«*A la vora de la mar hi ha una donzella… Veu venir un mariner que una nau mena*».

Y así, convertido en viejo juglar, cantó canciones de caballeros y damas. De amores, guerras y nobles malvados condenados al infierno. Tierras y tiempos de leyenda donde el hombre luchaba contra el demonio y contra los dragones. Y donde los ideales y su dama eran el estandarte de los caballeros.

Mientras, poco a poco, empujada por la música, la luna iba subiendo en el oscuro cielo.

Cuando el despertador sonó el día siguiente, Jaime se sentía espeso. Junto a su guitarra se amontonaba la ropa de la noche anterior. Más allá, vio la botella de brandy vacía, una camisa que lucía un gran lamparón de café y su flamante corbata *yuppie* de cien dólares. Manchada de brandy.

Viernes

10

Las manos tecleaban con la fuerza y seguridad de quien conoce la rutina a la perfección.

En la pantalla apareció la lista de mensajes en espera. Uno era de Samael:

«Hemos sido bendecidos con un éxito total. El primer muro ha caído. SAMAEL».

De inmediato escribió la respuesta:

«Felicita a los hermanos. La muralla interior y última está mucho más protegida y hay que iniciar los pasos para derribarla. Por un tiempo deberemos usar la astucia y minar los cimientos del muro. Cada cual ha de colocarse en su posición y, cuando suenen de nuevo las trompetas y caiga la muralla, Jericó será nuestra. ARKÁNGEL».

Con la misma eficacia anterior, el mensaje fue enviado y luego se borró de la memoria del ordenador.

Domingo

11

—*Hi daddy! How are you?*[1] —Jenny llegaba corriendo por el cuidado césped de la casa de su madre hasta el coche.

Delores los observaba tras los visillos, y Jaime le envió un saludo con la mano. Añoraba los tiempos en los que los tres eran una familia. No hubo respuesta por parte de su exmujer, o al menos él no la pudo ver. Esta fue antes la casa de ambos, y contemplarla le entristecía; había invertido horas y horas de ilusión, trabajando en reparaciones y mejoras para convertirla en un hogar confortable y ahora era el hogar de otro hombre.

—Buenos días, mi amor —saludó a la niña besándola. Ella le dio un fuerte abrazo colgándose de su cuello—. Yo muy bien. ¿Y tú, cómo estás?

—*Great, daddy! Are we going out today with your boat? Are we going to see the grandpas?*[2]

—Sí, cariño, pero háblame en español. Es bueno que lo aprendas y haces feliz al abuelo. ¿De acuerdo?

—*All right, daddy!* —repuso la niña de nuevo en inglés.

Jaime sonrió. Disfrutarían del día.

1. ¡Hola papá! ¿Cómo estás?
2. Estupendo, papá. ¿Vamos a salir hoy con tu barco? ¿Vamos a ver a los abuelos?

Pasaron tres horas deliciosas en el velero de Jaime. La brisa era agradable y navegaron entre las playas de Newport Beach e isla Catalina, que sobresalía en el horizonte norte sobre una ligera bruma.

Ya hambrientos, atracaron la embarcación y tomando el coche bordearon la costa por la Pacific Coast Highway hasta Laguna Beach.

Cuando llegaron, el abuelo les esperaba cuidando del jardín.

—*Grandpa!* —gritó Jenny dando a Joan un fuerte abrazo.

Joan tendría unos setenta años y demostraba el placer de ver a su nieta sonriendo generoso bajo su grueso bigote blanco.

—¿Cómo está mi princesa?

—*Creat, grandpa. And you?*

—¡Jenny, Jaime! —El grito desde el interior de la casa impidió a Joan contestar.

—*Grandma!* —gritó Jenny a su vez, y fue a dar un abrazo a la abuela.

Esta ya salía de la casa secándose las manos con su delantal.

—*Jaume! Com estàs, fill?* —le dijo Joan a Jaime mientras se abrazaban.

—*Good* —dijo la niña oliendo el aire—. *We are having* arroz cubano. *I love it!*

—Sí, mi hijita —dijo la abuela—. ¿Cómo no iba a hacerlo si tú venías?

Era un día espléndido y comieron en el porche del jardín trasero de la casa. Los colibríes visitaban las flores y los pequeños comederos que el abuelo Joan había dispuesto en lugares estratégicos.

—*Grandpa* —dijo Jenny al terminar los postres—, *tell me about* tu familia *and what happened in your old country?*[3]

—Pero si ya te he contado esa historia muchas veces —dijo

3. Cuéntame sobre tu familia y lo que ocurrió en tu antiguo país.

Joan ocultando su satisfacción—. ¿Seguro que la quieres oír otra vez?

—¡Sí, abuelo! *Please!*

—He oído eso mil veces —dijo la abuela Carmen—. Voy a preparar café.

Los demás se acomodaron para disfrutar de la sobremesa y para escuchar, otra vez, viejas historias de otro continente.

—Nací en la primavera de 1925. Los almendros estaban en flor cuando mi madre, Rosa María, me tuvo en la gran cama de nogal de la habitación de matrimonio de nuestra casa, situada en una pequeña población cercana a Barcelona. Mi padre, Pere, llenó con las rosas del jardín la habitación y se fue a comprar puros habanos para familia, amigos y clientes. ¡Y casi se le olvidan! Bombones para las señoras.

»Crecí feliz entre la escuela, las calles del pueblo, la playa y la tienda que mis padres regentaban en la planta baja de nuestra casa. Entre un padre soñador y apasionado y una madre más preocupada por las cosas terrenas y materiales. Papá discutía frecuentemente con los representantes que venían a vender paños a la tienda o con los clientes sobre cosas tales como la República, el Estatuto y muy especialmente sobre la libertad.

»A mi madre lo que le preocupaba era cómo pagar las facturas, y en ocasiones me enviaba a casa de clientes con pedidos, o a cobrar pequeñas cuentas. "Hijo, debes ser honrado y trabajador —me decía—. Paga siempre tus deudas, y tu palabra ha de tener más valor que todo el dinero del mundo".

»En una ocasión, al regresar de uno de los recados, me encontré con mi padre saliendo de la taberna. Habría discutido con alguien y estaba más excitado que de costumbre. "Joan —me dijo poniendo sus manos en mis hombros y mirándome fijamente—, acabas de cumplir once años y ya eres casi mayor. Prométeme que serás un hombre libre, que no dejarás que te pisen o te humillen, que siempre pelearás por tu libertad".

»Me quedé asombrado tanto por lo inesperado del discurso como por la forma extraña en que mi padre me hablaba. Tenía los ojos brillantes y esperaba ansioso mi respuesta. Pensé unos momentos antes de contestar: "Sí, padre. Te lo prometo". Y el denso bigote de papá se levantó cuando la sonrisa apareció en su rostro. Me abrazó, me dio un beso en plena calle, y pasando el brazo sobre mi hombro nos fuimos a casa. Mi padre me iba contando cosas importantísimas, que yo no entendía, sobre el país, la política y otros conceptos fundamentales para un hombre recién estrenado, como lo era yo a partir de aquel momento. Desde entonces empecé a interesarme por los debates políticos que mi padre sostenía con unos y otros.

»Una mañana de julio, ya en las vacaciones de verano, uno de los compañeros de *partit* de papá entró corriendo en la tienda. "¡Pere! —gritó—. ¡Los militares se han sublevado contra la República! ¡Se lucha en las calles de Barcelona!". Mi padre se arrancó el mandil blanco que vestía en la tienda, lo echó encima del mostrador y gritó a mi madre, que lo miraba preocupada: "¡Voy a escuchar la radio de galena del farmacéutico!".

»Salí corriendo detrás de mi padre y su amigo. No sabía exactamente qué implicaba aquello, pero por lo oído últimamente intuía que el asunto tenía que ver con mi libertad.

»El golpe en Barcelona fracasó, y los militares cayeron a manos de grupos de izquierdas y de la policía. Pero triunfaron en muchos otros lugares de España.

»El año siguiente fue de noticias contradictorias, rumores, discursos inflamados y jóvenes que marchaban hacia el frente de batalla cantando himnos patrióticos. "Vale más morir de pie que vivir arrodillado", decía mi padre, junto con otras cosas de tono semejante.

»Pasé aquel año yendo a la escuela, a la sede del *partit* y jugando con mis amigos a grandes combates en frentes de batalla imaginarios con nuestras escopetas de madera. Pero mi hermano y yo tuvimos que ayudar más a mamá en la tienda, porque Pere se ausentaba con frecuencia.

»Un día, desde el comedor del primer piso de la casa oímos una discusión desacostumbrada, casi a gritos, procedente del dormitorio de mis padres. Cuando Rosa María bajó, tenía los ojos enrojecidos. Yo ya no iría a la escuela el próximo septiembre y tendría que ayudar más en la tienda, porque papá iría a combatir al frente. "Joan, me voy a luchar por nuestra patria y por nuestra libertad —me dijo Pere al despedirse—. Cuida de tu hermano, obedece a tu madre y reza por mí".

»Rosa María lo abrazó con fuerza. Luego le dio una espiga de trigo para que la guardara como símbolo de nuestro hogar. Cogí la mano de mi hermano, que lloraba en silencio, y sentí cómo se me nublaban los ojos. "Buena suerte, papá", grité cuando el camión de cabina descubierta, con mi padre y un grupo de compañeros del partit, de pie en la parte de atrás, arrancó hacia Barcelona.

»Retuve la imagen de papá sonriendo con el fusil al hombro. Una bandera amarilla con cuatro barras rojas, que en realidad eran la sangre de un antiguo héroe, estaba sujeta a la cabina del camión y ondeaba al viento por encima de las cabezas de los voluntarios. Unos del camión se pusieron a cantar un himno, y mi padre se unió a ellos mientras saludaba con la mano. Los que les despedíamos también cantábamos y vi cómo mi madre corría inútilmente tras el camión cuando este se alejaba.

»Durante un tiempo recibimos cantidad de cartas de papá y, por lo que contaba, aquello, más que una guerra, parecía una aventura. Decía que quería pagar la espiga de Rosa María con poesías. Por eso escribía mucho.

»Murió en la orilla del río Ebro, en la frontera de su país. Fue un asalto a bayoneta.

Los compañeros del *partit* nos dijeron que Pere fue un hombre afortunado.

»"Murió libre, luchando por patria y libertad. —Explicaban—. Jamás supo que perdió la guerra y el dolor de sus heridas duró poco. No tuvo que sufrir la humillación de la derrota o la prohibición de hablar su lengua materna. Tampoco sufrió hambre, enfermedad o campo de concentración".

»"Ni vio a los suyos vencidos y humillados".

»"El cuerpo de Pere quedó al lado del río Ebro y jamás volvió. Pero el padre río recogió la sangre de Pere y la fue llevando a través de los campos de nuestro país. Al final la entregó a la madre mar que la mezcló con la sangre de los héroes que durante miles de años han luchado por patria y libertad a orillas del Mediterráneo.

»"Y la mar mediterránea la llevó hasta la playa de nuestro pequeño pueblo".

»Por eso, a partir de entonces, cuando yo rezaba por mi padre, siempre iba a la playa.

»Rosa María lloró cuando le contaron la historia por primera vez. La segunda vez les dijo a los del *partit* que no se acercaran más por la tienda ni hablaran nunca más conmigo. Además, ¿cómo diablos sabían ellos si el padre río no había concedido el mismo honor a la sangre del enemigo al que su marido mató?

»Les dijo que hubiera preferido ser la esposa de un cobarde que la viuda de un héroe. Y seguro que la mujer del hombre al que su marido habría matado pensaba lo mismo que ella.

»Pero yo sabía que en algún lugar cerca del río Ebro los granos dorados del hogar de mis padres fructificarían, haciendo crecer espigas de trigo. Y cuando el viento de poniente soplara, las espigas recitarían bajito las poesías que Pere no pudo terminar de escribir. Y las poesías llegarían a Rosa María. Y así Pere podría pagar al fin su deuda con ella.

»En el año 39 la derrota se hizo evidente. Grupos de soldados cansados, sin moral, cruzaban el pueblo hacia el norte. Hacia Francia. Ya no cantaban. Decían que volverían en poco tiempo y liberarían el país.

»Los supervivientes del *partit*, igual que los de otros grupos y partidos, recogieron las banderas y se encaminaron al destierro.

»Yo ya tenía catorce años y le dije a mi madre que me iba con ellos. Rosa María respondió que estaba loco y que ella no lo consentiría, pero yo repliqué que le había prometido a mi padre que lucharía por mi libertad y que no aceptaría humillaciones. Aun sintiéndolo, debía irme.

»La pobre mujer se decía que la locura debía de ser la única herencia que el padre dejaba al hijo, y me hizo hablar con el cura, con el maestro y con algunos familiares para que razonara. Pero no cambié mi decisión. "Joan, eres demasiado joven. Esperar unos años no hará que faltes a la promesa hecha a tu padre", argumentaba Rosa María para ganar tiempo. "Mamá, tú me enseñaste que mi palabra debe tener más valor que todo el dinero del mundo —repuse mirando con calma a sus profundos ojos—. ¿Quieres que te traicione también a ti?".

»Rosa María se dio cuenta de que había perdido. Pero era una buena comerciante e iba a negociar hasta el final. Y al fin consiguió que aceptara ir a Cuba, donde ella tenía un hermano que había establecido un comercio de importación-exportación. Este me aceptaría como aprendiz y, naturalmente, se me trataría como de la familia.

»La buena mujer arregló mi viaje a Marsella en un barco

de pesca que iría bordeando clandestinamente la costa. En Marsella tendría pasaje para La Habana.

»Me despedí de mi familia en el pequeño puerto al atardecer. "Joan, cuídate y escribe —me dijo mamá—. Sé trabajador y honrado, paga siempre tus deudas y jamás faltes a tu palabra".

»Me quedé mirando a la pequeña mujer de ojos verdes, llenos de lágrimas, y de cabello oscuro con demasiadas canas. Nos abrazamos mientras acariciaba aquellas canas prematuras.

»En aquel momento me pregunté a cuál de los dos admiraba más, a Pere o a Rosa María. No supe responder.

»Hay preguntas a las que uno jamás encuentra respuesta por mucho que viva.

»Y subí al pequeño barco, rumbo a la libertad.

Martes

12

—¡Jaime! ¡Qué sorpresa! —Hermosa sonrisa, ojos de un azul profundo, media melena rubia clara—. ¿Cómo estás?

Jaime regresó de inmediato del lugar entre sus pensamientos donde se encontraba perdido; estaba cenando en Roco y, terminada la ensalada, mordía una hamburguesa. De espaldas a la caja, desde su mesa podía ver la calle y observar a los habitantes del restaurancito, pero se había perdido la entrada de la rubia. Y ahora ella estaba de pie al lado de su mesa sosteniendo una bandeja con ensalada, hamburguesa y una taza de café humeante. Menú poco original, pero el propio del lugar.

—Muy bien. —Aunque sorprendido por el conjunto de pantalón y chaqueta vaquera, reconoció de inmediato a la chica—. Gracias, Karen. ¿Cómo tú por aquí?

—Me cansé del menú de mi cocinera y, acordándome de este restaurante griego, he decidido cenar una sabrosa y auténtica hamburguesa americana.

—¿Tienes cocinera? —Jaime sonreía incrédulo.

—Claro. Se llama Karen Jansen. ¡Pero bueno! ¿Me invitas a compartir mesa o qué?

—Siéntate, por favor. —Hizo un gesto de bienvenida con la mano que no sostenía la hamburguesa.

Ella depositó la bandeja y, sentándose frente a él, lo miró sonriente. Jaime no se había perdido las curvas que los ajustados pantalones resaltaban.

—Creo que es la primera vez que te veo vestir pantalones.

Hacía tiempo que se conocían, pero él siempre la había visto vestida según un código, no escrito, que funcionaba para las mujeres con responsabilidades ejecutivas en la Corporación. Faldas no muy por encima de la rodilla y blusas con cuello cerrado o alto con botones. Las medias eran obligadas incluso en verano.

Pero ahora Karen vestía una camiseta negra con escote, que resaltaba sus pechos.

—Los pantalones son una conquista social a la que no pienso renunciar. Las mujeres hace tiempo que votamos en este país, ¿lo sabías?

Una luz de alarma se le encendió a Jaime, y por un momento sus músculos se tensaron. Conocía la reputación de agresividad de Karen y la había visto en acción más de una vez.

Pero ella lo miraba con una cálida sonrisa en los labios y una chispa de humor en los ojos. No parecía buscar, al menos por ahora, batallas reivindicativas sobre derechos femeninos.

—¿Y tu cocinera también vota? —Jaime le devolvió la sonrisa.

—No, ella no. Es inmigrante ilegal.

—No tenemos muchos inmigrantes ilegales rubios, con ojos azules y apellidados Jansen últimamente por el sur de California. Tengo el apartamento hecho un desastre. ¿Crees que si le hago una buena oferta tu inmigrante ilegal vendría a arreglarlo de vez en cuando?

Ella no contestó y empezó a comer su ensalada. Jaime temía haber ido demasiado lejos, animado por los ojos azules de mirada amistosa y las recién descubiertas curvas femeninas de Karen. La compañía de la chica fuera del trabajo le estaba gustando y lamentaría estropearlo. Decidió mantener el silencio y esperar la respuesta de ella. Mordió su hamburguesa.

Al cabo de unos minutos interminables ella dejó de comer, apoyó los codos en la mesa y, acercándose ligeramente, le miró a los ojos. Había dejado de sonreír y el pequeño escote se abría sugiriendo vistas prohibidas. Al fin habló.

—Jimmy, ¿te me estás insinuando?

Él intentó no atragantarse con la hamburguesa al contestar. Ponderaba la respuesta preguntándose cómo podía ser ella, tan guapa y agresiva a la vez.

—Kay —contestó usando también el diminutivo—, se trata de negocios, nada personal.

—Yo dejé los negocios hoy a las siete. ¿Continúas trabajando para la Corporación a estas horas o tienes pluriempleo con la mafia?

—Si has dejado de trabajar, eres tan agresiva en tu vida privada como en los negocios —le reprochó mirándola con seriedad.

—No, hombre. Estoy bromeando; en mi vida privada soy muy dulce. —La sonrisa regresó a sus labios.

Jaime se preguntaba qué hubiera ocurrido de haber contestado que sí, que era una insinuación intencionada, pero prefirió no insistir y esperar acontecimientos. Siguieron comiendo en silencio. De cuando en cuando sus miradas se cruzaban.

—¿Vienes mucho por aquí, Karen?

—En realidad no, esto cae lejos de mi apartamento, pero me apetecía una hamburguesa artesanal, como las de mi pueblo, y me he acordado de este lugar.

—¿De dónde eres?

—Deluh, Minnesota.

—¡Ah! Debería haberlo imaginado. Una típica rubia de Minnesota, descendiente directa de nórdicos y destacada *cheerleader* de su escuela. Apuesto a que eres una ferviente seguidora del Partido Demócrata.

—Sí a lo primero, sí a lo segundo y lo tercero no te importa. Ya sabes que en este país el voto es secreto. Y tú ¿de dónde eres?

—Yo nací en Cuba, pero he pasado aquí, en el sur de California, casi toda mi vida.

—¡Ah! ¡Claro! Yo también debiera haberlo imaginado. Un *latin lover* con ritmo. Seguro que eres un activo anticastrista votante inalterable del Partido Republicano.

—Sí a lo primero, y lo segundo tampoco te importa. Ya sabes que los hombres tenemos en este país los mismos derechos que las mujeres.

Ella le miró sonriente y continuó comiendo en silencio.

—Tú y yo somos iguales —murmuró dulcemente al cabo de un rato.

Jaime no pudo evitar una carcajada.

—¡De eso hablábamos! —exclamó—. Estás cenando con un rubito, de ojos azules nacido cerca del Polo Norte y con formas parecidas a las tuyas. —Con descaro premeditado le miró el escote.

—Tú y yo somos iguales —insistió ella con suavidad casi felina—. Sí, somos iguales —afirmó ahora con energía ante el silencio de él—. Somos minorías que alcanzamos responsabilidades laborales donde somos más minoría aún. ¿Cuántos hispanos están en una posición de vicepresidente en la Corporación? Ninguno. Solo tú. ¿Cuántos hay en el siguiente escalón de mando por debajo de ti? Ninguno, y pasará mucho tiempo antes de que los haya de nuevo. —Karen hizo una pausa y lo observó. Luego continuó—: ¿Cuántas mujeres hay en tu nivel, Jim? Ninguna. ¿Y en el mío, tres niveles por debajo de la cabeza? Solo seis.

Él la escuchaba con atención, pero no dijo nada.

—Los grandes ideales de los setenta y los ochenta están muriendo en este país. Están matando la Acción Afirmativa.[4] La están desmantelando. Si tú y yo empezáramos ahora, posiblemente jamás llegaríamos donde estamos.

4. Acción Afirmativa: programa desarrollado por la administración de Estados Unidos dirigido a integrar a miembros de minorías en puestos ejecutivos y de responsabilidad tanto dentro de organismos públicos como en la empresa privada.

—Bien, tienes algo de razón, pero exageras —admitió Jaime continuando con su hamburguesa—. En corporaciones semejantes a la nuestra hay muchas más mujeres y en los niveles más altos.

—Muy pocas, y en varios casos han llegado gracias a relaciones familiares. No exagero, Jaime. Lo cierto es que, a pesar de la tendencia involucionista actual, a nosotros nos mantienen ahí porque les hemos demostrado que somos muy buenos pero, de empezar ahora, no encontraríamos las oportunidades de entonces. Por eso tú y yo somos iguales —concluyó—. Miembros de especies en peligro en las grandes corporaciones.

—¿Quién podía imaginar que la atractiva rubia que se ha sentado a mi mesa es la presidenta de la sociedad protectora de minorías ejecutivas? —Jaime sonreía cínico.

Ella le devolvió una sonrisa forzada.

—Gracias por el título y el cumplido, pero estás evitando la cuestión —continuó, inclinándose en la mesa hacia él. La sonrisa había desaparecido—. Dime, Jaime, ¿te es indiferente el asunto? ¿Te parece bien que los jóvenes pertenecientes a minorías no tengan hoy la oportunidad que tú tuviste de probar tu valía?

Jaime estaba incómodo y su alarma interna le avisaba de nuevo. Instintivamente se apoyó contra el respaldo de su silla, y le pareció irónico retroceder ante una mujer tan atractiva. Justo lo contrario de lo que su instinto debería indicarle. ¿O sería que su instinto de supervivencia le ganaba la partida al instinto sexual? Sin duda, Karen podía ser peligrosa.

—Quizá tengas algo de razón —contestó con seriedad—, pero creo que estás siendo emocional.

—¡Qué diablos, Jim! —repuso ella elevando la voz—. No estoy trabajando, este es mi tiempo libre, y por lo tanto puedo darme el lujo de ser emocional. —Sus ojos brillaban tanto que Jaime temió que lo deslumbrara—. Dime, ¿el asunto te es indiferente?

—No, Karen —contestó con recelo—, aunque últimamente he perdido sensibilidad en temas reivindicativos.

Volvía a sentirse incómodo. No le gustaba el rumbo que tomaba la conversación y sentía su intimidad violada al tener que descubrir sus más ocultos pensamientos a alguien que jamás había tratado socialmente.

—¿O sea, que te preocupa? —preguntó ahora Karen con voz dulce; Jaime sintió alivio—. Cuéntame. —Ella adoptó la actitud de quien va a escuchar una revelación de suma importancia.

—Lo que tú describes es solo el síntoma, el reflejo del hundimiento de las grandes ideologías. —Jaime decidió abrirse—. A mí me preocupa lo que hay detrás. Creo que hoy la gente actúa como si alguien hubiera gritado «sálvese quien pueda» y todo el mundo corriera a los botes pisando a los que encuentran en su camino.

—Así es la filosofía *yuppie*, y que me perdonen los filósofos.

—Yo lo llamaría simplemente estética *yuppie*. Pero lo cierto es que encuentro a faltar la poesía, el espíritu de aventura, la búsqueda de libertad, el tener unos ideales, el creer en algo con pasión; aunque luego resulte equivocado. —Estaba hablando más de lo que quería—. Bueno, creo que te aburro. Estoy en los treinta y muchos y debo de empezar a sufrir la famosa crisis.

—No; no me aburres, todo lo contrario. Yo estoy en los treinta y muy pocos y pienso como tú.

Él la miró sorprendido.

—¿Estos temas le preocupan a nuestra más agresiva abogada? ¿Bromeas?

—¿La poesía y la aventura le preocupan a nuestro aburrido auditor? ¿Bromeas? —Luego ella continuó con su voz felina—. Te dije que éramos iguales, ¿cierto?

—La noche oscura me reservaba una bonita sorpresa. He encontrado a mi gemela. —Él sonrió irónico.

—Quizá sí. —Ella lo miraba con seriedad.

—¿Tú crees?

—Quizá —repuso pensativa—. Bien, la hamburguesa estaba tan buena como la recordaba. Ahora tengo que irme, el camino a casa es largo. —Se levantó.

—Ha sido realmente un placer, Karen —dijo él levantándose también.

Ella calzaba botas, y su altura continuaba siendo la misma que la que tenía en la oficina con tacones. Él le tendió la mano para estrechársela, pero ella le dio un beso en la mejilla.

—Yo también lo he pasado bien. La hamburguesa es realmente como las de mi pueblo. —Y añadió sonriendo—: Si me entero de que vuelves por aquí y no me invitas, sabrás realmente lo que es una abogada agresiva. No me gusta comer hamburguesas sola. Adiós, Jim.

—Adiós, Kay.

La vio salir hacia su descapotable con el bolso colgado al hombro y un balanceo de caderas que jamás hubiera imaginado en ella. Mientras la veía alejarse, Jaime se sintió bien consigo mismo. Tan bien como hacía mucho mucho tiempo no se sentía.

Miércoles

13

—Voy a ver a Douglas. —Jaime se sentía inquieto y necesitaba salir del despacho.

—De acuerdo —contestó Laura sonriendo con malicia—. Espero que regreses de buen humor.

Jaime no apreciaba a Daniel Douglas, su colega en la vicepresidencia de Auditoría, pero al estar en la misma posición jerárquica podían abordar temas y sentimientos que raramente tratarían con el jefe, y menos con subordinados.

Afortunadamente sus áreas de responsabilidad estaban completamente separadas. Jaime revisaba las actividades de distribución tales como cine, vídeo, televisión, periódicos, música y libros. El área de Douglas se centraba en los estudios Eagle y, por lo tanto, en la producción de películas y telefilmes. Discrepaban con frecuencia sobre cómo clasificar algunas cuentas o qué debiera provisionarse y de qué forma; incluso sobre los propios procedimientos de auditoría.

Esas diferencias y sus temperamentos les llevaban a discutir más y a mayor volumen de voz de lo correcto, requiriendo en ocasiones la intervención de Charles White, su jefe, para resolver algún punto irreconciliable.

Pero ahora no importaba la falta de sintonía, Jaime deseaba hablar y compartir sus inquietudes sobre el asesinato de Kurth.

—Buenos días, Jaime. —La secretaria de Douglas le recibió con una sonrisa demasiado risueña.

—Buenos días, Sharon. —Le devolvió la sonrisa.

—¿Quieres ver a Daniel?

—Sí.

—Me temo que no podrá ser ahora. Está en una reunión y no se le puede interrumpir. —A través de la puerta se oían los murmullos de una conversación en tono excesivamente alto—. ¿Le digo que le quieres ver?

—Sí, por favor, si eres tan amable. —Y giró para salir.

Justo en aquel momento se abría la puerta, apareciendo una hermosa mujer con las cejas fruncidas y los labios apretados. Era Linda Americo, jefe de equipo de auditoría del grupo de Douglas. Cerró la puerta con furia.

—Buenos días, Jaime —saludó forzando una tensa sonrisa al verlo y, sin esperar respuesta, enfiló el corredor con paso rápido.

—Creo que ya está libre. —Sharon continuaba con su sonrisa divertida—. ¿Aún le quieres ver?

—Precisamente estaba pensando en ti. —Douglas le recibió con un tono animado, que sonaba falso.

—¿Y eso?

—Sí, con referencia al programa de rotación de posiciones claves. ¿Lo recuerdas?

—Sí, lo recuerdo, pero ¿qué tiene que ver conmigo? ¿Quieres cambiarme el puesto?

—No, hombre. Resulta que tengo al candidato ideal para tu área. Pero debe ser ascendido a supervisor principal, claro. Tú tienes la posición por cubrir.

—¿Ah, sí? —Jaime estaba intrigado—. ¿Quién es?

—Posee formación contable de primera y ha trabajado como auditor y supervisor. Tiene entusiasmo, buen criterio, responsabilidad y trabaja duro. —Douglas ponía fuerza en sus palabras—. Nuestro jefe está impresionado por su buen trabajo y seguro que aprobará su ascenso.

—Seguro que sí. Pero dime quién es.

—Hace tres años y medio que trabaja para la Corporación y obtuvo su graduación en la UCLA con notas excelentes —continuó sin contestar—. Lleva dos años como supervisor y ha demostrado que sabe liderar equipos.

—¿Quién es? —Aunque sabía ya la respuesta, Jaime insistió fingiendo cansancio.

—Es Linda Americo, una gran profesional.

—¿No era la chica que salía de tu despacho?

—Sí.

—Parecía acalorada, como si hubierais tenido una discusión. ¿No intentarás pasarme un problema?

—En absoluto —respondió contundente—. Linda es una excelente subordinada. Pero te contaré.

—Cuéntame.

—Ya sabes cómo son algunas de las mujeres del tipo muy competitivo; trabajan mucho, pero a veces tienen choques temperamentales con otras mujeres de las mismas características. Tengo otra jefe de equipo un poco más veterana, y los problemas son constantes; me están haciendo la vida imposible.

—Vaya, hombre. —Jaime fingió simpatía.

—Linda me contaba su último altercado. Está harta de esta situación y desea trabajar en armonía. Os llevaréis a la perfección y ella se sentirá muy motivada contigo.

—Deja que lo piense. No tenía planes para cubrir ese puesto por el momento.

—Jaime, lo consideraré un favor personal.

—¡Bien, hombre! Déjame ver qué posibilidades hay. ¡Después de todo es una guapa mujer! Espero que sea profesionalmente tan buena como dices.

—Verás cómo es incluso mejor.

—¿Algo nuevo sobre la muerte del viejo? —Jaime cambió al asunto de su interés.

—Al parecer Los Hermanos por la Defensa de la Dignidad han llamado a un periódico reivindicando el asesinato.

—¡Hijos de puta! ¿Quiénes son y qué quieren esos locos?

—Lo que todos. Respeto y reconocimiento para su raza en películas y series de televisión. Según eso todos los psicópatas y malos de las películas debieran ser hombres rubios y de ojos azules.

—Los extremistas y fanáticos son un verdadero peligro.

—Ya verás, un día saldrá un grupo de amigos tuyos hispanos haciendo algo semejante. —Douglas sonreía.

—¿Y por qué deberían de hacerlo? —replicó Jaime, molesto.

—Ya sabes, todo rebaño tiene ovejas negras. Descontrolados.

—A veces las ovejas descontroladas son rubias.

—Vamos, hombre, no te enfades; bromeaba. —Douglas le dio una palmada en la espalda.

—Bien, debo volver al trabajo.

—De acuerdo. Gracias por la visita. ¿Cuándo me dices algo sobre Linda?

—Pronto. Pronto. —No le apetecía en absoluto comprometerse.

—Dime algo mañana. ¿De acuerdo?

—Veremos. Hasta luego.

Jaime regresó a su despacho malhumorado. ¡Qué forma tan zafia de pedir un favor!

Laura estudió, por encima de sus gafas, su expresión al regresar. No dijo nada, pero sonrió divertida.

14

Había resistido bien la mañana, pero ahora el recuerdo de Karen volvía una y otra vez. Jaime se acercaba a la ventana, y sus pensamientos corrían como perros vagabundos tras los coches que, cruzando el bulevar, se perdían hacia algún lugar desconocido. Y ella estaba siempre al final del trayecto.

No recordaba cuándo fue la última vez que pasó un rato tan agradable con alguien, y la tentación de invitarla a salir era ya irresistible; pero habían pasado solo unas horas y no quería llamarla tan pronto. Ella se daría cuenta de inmediato de que él necesitaba verla. Entonces sonó su teléfono directo.

—¿El vicepresidente de auditoría, por favor?

A Jaime le dio un vuelco el corazón.

—¿Karen?

—La misma de la hamburguesería. —La voz sonaba risueña.

—¡Ah!, sí, Karen. —Decidió fingir indiferencia. Se aprovecharía de que era ella quien llamaba—. ¿Qué puedo hacer por ti? ¿Necesitas que te audite algo?

—Muy gracioso el señor vicepresidente —continuó ella con voz cantarina—. Tendré que hablar con mi abogado sobre el tono que usted ha usado al ofrecerme su auditoría.

—Yo no tengo abogado. ¿Me podrías recomendar alguno en caso de que esto llegue a pleito?

—Conozco a una buena abogada, pero cuesta cara.

—¿Cuánto?

—Una hamburguesa griega.

—Bien. Podríamos llegar a un acuerdo. —Se sentía Humphrey Bogart y no quería mostrar prisa—. ¿Qué tal mañana jueves?

—Imposible, tengo otro compromiso —respondió ella—. Propongo la noche del viernes.

Jaime sintió que perdía su pretendida ventaja. Quedó por un momento callado por la sorpresa. La noche del viernes era obviamente un compromiso más serio que la del jueves, lo cual le encantaba. Sin embargo, tendría que cancelar su cita con Mary-Anne. Su entrenamiento como negociador le decía que para recuperar su posición debía contestar que él estaba ocupado el viernes y ofrecerle el próximo lunes. Definitivamente el lunes.

—Mejor el sábado —se oyó decir. Esperar hasta el lunes le había producido un pánico repentino.

—¡Oh! Lo siento, pero el sábado no puedo.

—Bien, acepto el viernes. —Era una rendición, pero confiaba en que no se notara—. Pero tú invitas en compensación a un preaviso tan corto.

—Dejemos que nuestros abogados lo discutan en la cena —dijo Karen—. Por cierto, al mío le apetece más ir a un restaurancito en New Port llamado The Red Gull. ¿Te parece bien?

—Pero ¿no querías una hamburguesa?

—Sí, me apetece, pero otro día. Estamos hablando de un viernes noche. ¡No seas tan agarrado, hombre! —Reía.

—Pero has sido tú la que… —Jaime se dio cuenta de que tenía poco que argumentar—. Bien, de acuerdo —aceptó.

Recógeme en mi casa a las ocho. —Karen le dio la dirección—. Hasta entonces, cariño.

Jaime se quedó mirando el auricular, deseando besarlo.

Viernes

15

Pasaban siete minutos de las ocho cuando Jaime detuvo su coche frente a la barrera de acceso al complejo de apartamentos. Había dado un par de vueltas para llegar tarde y esperaba que Karen estuviera algo molesta, pero no lo suficiente para estropear la noche.

Desde la garita un enorme guarda con aspecto de pocos amigos le interrogaba en silencio.

—Karen Jansen.

El guarda no contestó y, tomando el teléfono, marcó un número sin perder a Jaime de vista.

Las ocho y nueve minutos, no era su intención llegar tan tarde, pero estaba seguro de que ella también planeaba hacerlo esperar.

El guarda soltó una carcajada, iluminando su rostro oscuro y serio con una gran sonrisa de dientes blanquísimos. Colgando el auricular se dirigió a Jaime.

—¿El señor Berenguer?

—Sí.

—En el primer cruce gire a la derecha, por favor. —El hombre continuaba sonriente—. A cien metros encontrará a su izquierda una zona de aparcamiento ajardinada. Puede dejar el coche allí. La señorita Jansen vive en el edificio D, piso tercero B.

—Gracias —contestó Jaime, sorprendido e intrigado por la repentina amabilidad del hombre. Este le respondió con un gesto amistoso.

La zona contenía edificios de media altura de estilo colonial sureño, con clase. El espacioso césped y los crecidos árboles de los jardines estaban ya iluminados para la noche.

Se preguntó cuál sería el edificio D, pero no tuvo tiempo de averiguarlo; ella avanzaba a través del jardín, y Jaime se dijo que habría salido de su apartamento justo al colgar el teléfono tras hablar con el guarda. Sintió un toque de remordimiento por su retraso intencionado.

Abrigo negro, bolso y zapatos de tacón a juego. Los ojos azules y los labios más rojos que de costumbre le sonreían en una cálida bienvenida. Estaba muy muy hermosa.

Bajó del coche y quedaron a treinta centímetros uno de otro.

—Hola, Jim.

—Hola, Karen. —A pesar del riesgo de herir el feminismo de la chica, lanzó el piropo—. Estás muy guapa.

—Gracias —respondió ella como encantada por el cumplido—. Y tú, muy atractivo.

A Jaime le sorprendía la actitud relajada y feliz de Karen, que no mostraba el menor rastro de agresividad. No era lo que él anticipaba. Después de un instante de vacilación se apresuró a abrirle la puerta del coche.

—Gracias —repitió ella sentándose y, cuando el abrigo se abrió, dejando ver unas hermosas y largas piernas bajo una falda escueta, no se dio ninguna prisa en cubrirlas.

Jaime tragó saliva, cerró con cuidado la puerta y dio la vuelta al coche pensando que era la primera vez que le veía tanta pierna. Hasta el momento, para él las piernas habían sido una parte de la anatomía de Karen inexistente. Y de repente habían pasado a ser una acuciante realidad.

Arrancó el coche dominando la tentación de echar otro vistazo a su fascinante descubrimiento.

Karen correspondió al saludo entusiasta del guarda.

—Hasta luego, Was.

El hombre, aún sonriente, mostraba su revólver.

Jaime no entendía aquello.

—Karen —preguntó finalmente—, ¿qué le dijiste al guarda por teléfono cuando llegué?

—Le dije que no se llega tarde a la primera cita —respondió ella con tranquilidad—, y que te pegara un tiro en la cabeza si te entretenías un segundo más.

—Pues el sujeto tenía aspecto de no importarle el hacerlo. —Jaime encajó la broma—. Pero hubiera sido un castigo excesivo.

—Naturalmente que lo habría hecho y, además, encantado de la vida. —Luego el tono de Karen se hizo severo—. ¿Así tratáis los latinos a las señoritas en vuestra primera cita?

—No siempre. Solo cuando son exitosas ejecutivas —respondió él con sorna.

—¡Ah, no! —protestó ella con un divertido acaloramiento—. Los fines de semana no trabajo y exijo mis derechos femeninos; ni se te ocurra discriminarme, sería anticonstitucional.

—Vaya, ya sale la abogada.

La miró a los ojos. Ambos sonreían. No pudo evitar, visitar con su mirada aquellas piernas; le atraían como un imán. Sabía que ella lo había notado y se maldijo por su incontinencia.

Pero luego pensó que Karen le había pedido que no discriminara.

¡Habría que cumplir la Constitución del país!

The Red Gull era un romántico restaurante de estilo marinero con música suave, poca luz ambiente y velas rojas en la mesa.

La conversación progresó rápidamente de la intrascendencia de los *hobbies* a áreas más profundas. Ambos exploraban con avidez las zonas desconocidas del otro, descubriendo las propias.

—Mi abuelo paterno murió en una vieja guerra, en Europa, luchando por la libertad —contaba Jaime—. Y mi padre abandonó su primera patria, emigró a Cuba, donde después apoyó a los castristas para luego tener que huir de la isla y venir aquí, también en busca de la libertad.

—Pues ya la ha encontrado —concluyó Karen—. Será un hombre feliz.

—No creo que él esté muy seguro de haberla encontrado.

—¿Por qué?

—Porque libertad es un concepto cambiante, una utopía que evoluciona. ¿Es la idea de libertad que tú y yo tenemos la que buscaban los padres de la Constitución de Estados Unidos? ¿O es la de la Revolución francesa?

—Bueno, no llevar cadenas, poder ir a donde te plazca y votar a tus gobernantes ayuda a ser libre, ¿no crees? —argumentó Karen—. Pero a veces todos tenemos que hacer cosas que no deseamos. Para poseer una libertad total deberías tener el poder total.

—Demasiada filosofía. Temo que voy a aburrirte y no aceptarás otra cita.

—Te equivocas. —Sus ojos brillaban a la luz de las velas—. El tema me interesa. Me hablaste en la hamburguesería sobre el vacío de ideologías de nuestro tiempo, ¿verdad?

—Sí. Creo que los idealismos han muerto. La búsqueda de la libertad ha terminado.

—Esa es la razón por la que no acepté salir contigo el sábado.

—¿Qué?

—Que ese es el motivo por el que te dije que no podía salir contigo mañana sábado. La libertad.

—¿Y qué tiene que ver con que tú y yo salgamos? —Jaime estaba sorprendido—. ¿En qué limita tu libertad salir conmigo el sábado? ¿Tengo aspecto de esclavista?

Karen rio alegremente, disfrutando de la confusión de Jaime.

—No podía salir mañana contigo porque quedé con unos amigos para ir a una conferencia en la UCLA sobre la libertad y el poder en nuestro tiempo. Como ves, la libertad es la razón final de mi negativa.

—Muy lista.

—Cierto, pero ahora soy yo la que te invita a salir mañana. Siempre que vengas a la conferencia, claro. —Y luego añadió divertida—: Creo que puedes alcanzar el nivel intelectual requerido.

—Gracias por el aprobado, doctora, pero te recuerdo que fuiste tú quien me propuso salir hoy.

—Lo niego categóricamente —exclamó ella ampliando su sonrisa—. Jamás he pedido a un hombre que salga conmigo. Son ellos los que me lo piden a mí.

La mano de Karen estaba sobre la mesa, y Jaime solo tenía que tender la suya para tocarla. Lo deseaba intensamente, pero pensó que quizá fuera prematuro y que podría estropear la velada. No quería cometer errores.

—Eres una simpática desvergonzada.

—Quizá —respondió ella con una picara mirada.

Jaime se preguntaba si lo estaría provocando premeditadamente.

Sábado

16

Llegaron tarde a la conferencia, esta vez Karen le hizo esperar casi una hora. Jaime estuvo a punto de quejarse pero finalmente decidió no hacerlo.

Unas trescientas personas, en su mayoría de aspecto universitario, escuchaban con atención. Vestían de forma informal y algunas estaban sentadas en el suelo cerca del orador. Ellos se acomodaron en unos asientos vacíos al fondo de la sala.

—El gran logro moderno es que la inmensa mayoría de los dominados y expoliados no se dan cuenta de ello. Y se creen libres. —El hombre que hablaba habría superado ya los treinta y cinco, lucía perilla y usaba sus manos para dar mayor énfasis a las palabras—. ¿Estamos caminando hacia ese famoso mundo feliz?

»En la evolución humana existen momentos en que se forma una masa social crítica. Definimos «masa social crítica» como el número suficiente de individuos que, pensando y actuando en una misma dirección, hacen cambiar las cosas. Antes los cambios sociales sucedían mediante revoluciones o conquistas, ahora ocurren gracias a los votos de los ciudadanos.

»¿Y cómo se crea esa masa crítica? —El conferenciante hablaba sin elevar la voz, con cierta lentitud, pero ponía fuerza en sus Palabras—. La religión, la cultura definida como sentimiento de lo justo e injusto y la práctica económica son los ingredientes para la formación del pensamiento del individuo y de las masas.

»Mezclas de estos tres elementos producen el concepto de lo que es lo correcto y justo y definen la posición política de los ciudadanos.

Los ojos oscuros del orador buscaban los de la gente que le escuchaba y se detenían clavando la mirada en alguno. Parecía leer en ellos, tomar energía, y así aumentaba la fuerza de su mensaje, que poco a poco iba creciendo en tono y volumen.

—Así pues, en una sociedad como la nuestra, en la que cada ciudadano tiene un voto, la persuasión y la convicción son las armas fundamentales para obtener el poder, ya sea político, económico o incluso religioso.

»Pero para que se produzca la masa social crítica es necesario que el concepto de "lo que es correcto y justo" sea transmitido. Que llegue convincentemente a un gran número de ciudadanos.

»En la antigüedad, eran los predicadores desde la religión y, desde el entretenimiento, los trovadores y los comediantes los encargados de transmitir y convencer a los ciudadanos de lo que era correcto y justo. En nuestros días, son los medios de comunicación, los que se han apropiado de ese gran poder y lanzan continuos mensajes, ya sea en películas, programas de televisión o artículos de prensa.

»Hemos dado a la radio, a la televisión y a los periódicos la llave de nuestra casa y el acceso a nuestro voto. Y en democracia, al votar, cedemos nuestra pequeña gota de poder político a alguien que finalmente lo usará según su propio criterio y conveniencia.

Jaime pensó que la forma en que el hombre se expresaba le recordaba más a la de un predicador televisivo que a la de un profesor universitario. Definitivamente parecía un misionero, y eso le hizo sentir recelo hacia aquel personaje.

—Las películas de cine y los programas de televisión son la segunda exportación, en valor monetario, de Estados Unidos. Pero su importancia supera la económica; es un arma muy efectiva. La venta del estilo de vida americano en los cinco continentes ha propiciado la caída del telón de acero y el derrumbe y transformación de los sistemas comunistas.

»Sus ciudadanos, consumidores ávidos de imágenes y entretenimiento, fueron persuadidos, a pesar de las máquinas locales de propaganda, de que el alto estándar de vida americano era el objetivo de sus vidas y empujaron los cambios en sus países, ayudados por la ineficiencia de aquellos sistemas que proponían filosofías de vida alternativas. Y así es como Estados Unidos ha ganado la Tercera Guerra Mundial. Sin tener que disparar un solo tiro.

Jaime observó a Karen y, viendo la avidez con la que escuchaba al orador su prevención hacia el hombre aumentó.

—Este es solo un ejemplo del poder de los medios de comunicación; convencen y seducen al ciudadano. Consiguen las ventas, los votos, los creyentes de nuevas religiones. Elevan al poder a los presidentes que rigen el destino de las naciones. Persuaden al individuo de que el sistema en que vive es justo y que él, el individuo, es libre.

»Pero ¿es libre nuestro ciudadano medio? ¿Tiene libertad para decidir cuántas horas duerme? ¿A qué hora se levanta y si va a trabajar o no? ¿Tiene realmente esa libertad? Yo les reto a que lo piensen. Podemos decidir qué hacemos el domingo o al lugar adonde vamos de vacaciones; siempre que tengamos el dinero, claro. Pero ¿cuántas de las cosas fundamentales de nuestra vida podemos cambiar? Analícenlo y verán que realmente pocas. ¿Somos libres? ¿O nos han convencido de que lo somos?

—Aquí el hombre hizo una larga pausa—. Termino con un dato final: el 75 por ciento de los medios de comunicación está controlado hoy por las grandes multinacionales. Y esas grandes corporaciones tienen el poder de comentar, manipular y censurar las noticias.

»Jeff Cohen, excolumnista de *USA Today* y *Los Angeles Times*, dice que "estamos asistiendo a la creación de un sistema de propaganda, en este país, mucho más sofisticado que el de la antigua Unión Soviética".

»Piensen sobre esas palabras. Muchas gracias.

La sala se llenó de aplausos y, terminados estos, un muchacho de la cuarta fila inició el turno de preguntas. Karen se inclinó hacia Jaime y le habló al oído.

—Interesante, ¿verdad?

—Sí. Ese hombre es un revolucionario. —Pero calló su pensamiento: ¿no sería un manipulador a la búsqueda de aquel poder, que tanto criticaba, para sí mismo?

Terminadas las preguntas, muchos de los asistentes se agruparon en corros de animada conversación.

—El conferenciante es amigo mío. Se llama Kevin Kepler. Te lo presentaré luego; ahora tiene demasiada gente alrededor. —Cogiéndole de la mano, tiró de él hacia un lado de la sala—. Quiero que conozcas a otro amigo, ven.

Se acercaron a un grupo, del que un hombre se apartó al verlos.

—Peter, este es Jaime Berenguer —presentó Karen—. Jaime, mi amigo Peter Dubois.

Se estrecharon las manos. El hombre, de pelo y barba blancos, tendría unos sesenta años. Vestía un amplio chaquetón de lana con dibujos indios y pantalones y botas vaqueros.

—Encantado de conocerlo, señor Berenguer. —Le miró con sus ojos claros, de extraña fijeza.

—Un placer —contestó dudando de que llegara a serlo.

—Jaime es un compañero de la Corporación —informó Karen.

—Tiene usted un apellido interesante, señor Berenguer. ¿De dónde es originaria su familia?

—De Cuba.

—¿Y antes? ¿De dónde proceden?

—De España.

—Y me atrevería a afirmar que del antiguo reino de Aragón.

—Sí, está usted en lo cierto. —Jaime sonreía asombrado—. ¿Cómo lo ha adivinado?

—Peter enseña historia —intervino Karen—. Y su especialidad es la historia medieval.

—Usted es un descendiente de los Ramón Berenguer, condes de Barcelona, y con posterioridad reyes de Aragón —continuó Dubois con solemnidad pero sonriendo—. He dedicado mucho tiempo de estudio a ese periodo histórico y a los hechos que esos personajes y sus descendientes protagonizaron. Unas gentes fascinantes.

—No tenía noticia de tales ancestros. —A Jaime le divertía la sorpresa—. Me gustaría saber más de ellos.

—Estoy seguro de que sabe más, pero ahora no se acuerda. —El hombre mantenía una mirada fija, de ojos demasiado abiertos, que recordaban a los de una serpiente.

—¿A qué se refiere? —quiso saber, sorprendido.

—La persona, señor Berenguer, tiene en su interior registros insospechados. Unos les denominan memoria genética y otros les dan distintos nombres. Está allí, y solo hay que llamarla; le sorprendería lo que almacena su memoria.

—¿Está usted bromeando? —inquirió Jaime—. ¿Así, sin más? ¿Como si se tratara de un disquete de ordenador?

—No. No está bromeando —intervino Karen—. Tengo conocidos que han sido capaces de recuperar parte de su memoria. Es una experiencia única.

—Sí, señor Berenguer. —Dubois hizo un gesto con su mano izquierda, y Jaime distinguió un anillo con la extraña forma de una herradura—. Precisamente yo colaboro con un grupo de trabajo que desarrolla técnicas para conseguir esas experiencias. Y hasta el momento el éxito nos ha sonreído en un considerable número de casos. Y créame, cuando ocurre, compensa con creces el trabajo invertido.

—Estoy asombrado. Recuerdo haber leído algo semejante, pero jamás he creído esas historias.

—Pues le aseguro que algunas son ciertas.

—¿Quiere usted decir que yo podría llegar a «recordar» algo que jamás me ha ocurrido a mí, pero sí a un antepasado mío?

—Es muy posible que usted recuerde. Depende de la actitud positiva y la fe que tenga al enfrentarse a ese tipo de experiencia no cartesiana. Los hay que su incredulidad les bloquea por completo y jamás llegan a conseguirlo.

—¿Podría yo recordar los hechos de mi antepasado el rey? ¿De Ramón Berenguer, como usted le llama?

—Sí, pero es improbable. Lo lógico es que se topara antes con experiencias de otros. Su historia genética está formada por el aporte de miles de individuos.

—No se ofenda si soy escéptico, pero me suena a prácticas espiritistas. No creo en estas cosas.

—No me ofendo. Usted es libre de creer en lo que quiera, pero conozco a multitud de personas cultas, inteligentes y de gran nivel intelectual que lo han vivido. Si usted decide prejuzgar, se aferra a las creencias oficiales y no tiene interés por ello, está en su derecho y no seré yo quien lo censure. —Sin perder su sonrisa, el misterioso personaje cambió de conversación—. ¿Qué opina de la conferencia?

—Interesante. Pero volviendo a lo de la memoria, comprenda mi asombro —se apresuró a añadir Jaime— y, desde luego, me encantaría vivir una de esas experiencias.

—Bien, en tal caso, acuda a una de las reuniones. Precisamente mañana salimos de excursión. Quizá Karen, si no tiene otro compromiso, le quiera invitar.

—Claro que tengo otro compromiso —dijo Karen—. Además, ¿para qué querría invitar yo a este cubano descreído?

Jaime notó la divertida provocación de Karen y se quedó mirándola, ladeando la cabeza con mirada suplicante.

—Bueno. Si me lo pide bien y se lo gana, quizá cambie mis planes y lo invite.

—Por favor, Karen.

—Veré qué puedo hacer. Pero primero he de consultar mi agenda.

—Disculpen, tengo que dejarles —dijo Dubois con amabilidad, tendiéndole la mano—. Encantado de conocerle, señor Berenguer. Ya sabré mañana si consigue convencer a Karen.

—Encantado y hasta pronto —respondió Jaime estrechando la mano.

17

—¿Cómo se encuentra Sara? —Davis usaba su habitual estilo enérgico.

—Se recupera bien del *shock* —respondió Andersen, el presidente de Asuntos Legales—. Insiste en volver al trabajo, pero el médico quiere que continúe en reposo. Llevaba más de treinta años trabajando con Steve y no se puede quitar de la cabeza que ella le pasó la bomba. Se siente culpable.

—¡Qué tontería! Que vuelva a trabajar si quiere. La actividad es la mejor medicina y estar con los demás le ayudará a quitarse bobadas de la mente. —Davis se dirigió ahora a un hombre de unos cincuenta años, sentado a la mesa de conferencias—. Inspector Ramsey, imagino que ya ha interrogado a Sara. ¿Qué recuerda ella?

Habían tenido que esperar al sábado para que Davis pudiera encontrarse por primera vez con el inspector encargado de la investigación. Ramsey vestía un traje vulgar, corbata barata y estaba jugueteando con un cigarrillo en sus manos. Su aspecto contrastaba con el traje caro y la corbata italiana de Gutierres. Parecía un funcionario cualquiera de la administración de la ciudad, y su aspecto era poco brillante, pero el propio alcalde lo había recomendado a Davis, y este había vivido lo suficiente para que no le impresionara el precio de trajes y corbatas.

—No recuerda nada que pueda aportar pistas —contestó con lentitud—. Dice que pasó al señor Kurth un par de sobres grandes con indicaciones de «abrir solo por el interesado» que parecían guiones de película. Habitual. Le hemos mostrado pedazos de envoltorios recuperados de los escombros del despacho, pero Sara no ha podido identificar ninguno como perteneciente a los paquetes llegados aquella mañana.

—¿Algo en la carta de reivindicación del atentado? —intervino Gutierres.

—El FBI no tiene constancia de ninguna organización llamada los Defensores de América, aunque puede ser un segundo o tercer nombre que use algún grupo paramilitar extremista. Están investigando. Otras compañías de comunicaciones han recibido cartas de ese grupo. Amenazan por lo que ellos consideran contenidos liberales y antiamericanos de programas televisivos o películas. Pero jamás habían reivindicado un atentado.

—Son viejos conocidos nuestros —informó Gutierres—. Desde hace más de un año, no dejan de enviar cartas con insultos y amenazas para todos, pero en particular para los señores Kurth y Davis.

—Necesito esas cartas —dijo Ramsey—. ¿Las conservan ustedes?

Gutierres miró a Davis, que asintió levemente con la cabeza.

—Sí, las tendrá hoy mismo.

—¿Encontraron algo en la carta? —inquirió Davis.

—No había huellas y se imprimió en papel corriente, con la impresora más vendida en América y con un programa de escritura de lo más vulgar. Sin huellas digitales. Ninguna información relevante.

—¿Qué han averiguado sobre la llamada telefónica de Los Hermanos por la Defensa de la Dignidad?

—Nada. El FBI tampoco tiene constancia de tal grupo. El individuo que llamó tenía acento de Nueva York y esa es la única pista.

—¿Y de los análisis de los restos de la oficina?

—Fue una explosión tremenda. Los cristales exteriores del edificio son a prueba de golpes fuertes y logró romper un buen número. El señor Kurth estaba entre la bomba y los cristales. —Ramsey se expresaba con lentitud, arrastrando las palabras—. Murió al instante, literalmente reventado por la fortísima onda expansiva. Cuando voló por la ventana, ya estaba muerto.

—Puede ahorrarse usted los detalles —cortó Davis—. Le he preguntado por lo que encontraron en la oficina. Supongo que toda esa gente que usted envió habrá servido para algo.

—Señor Davis —dijo Ramsey dejando de jugar con el cigarrillo, apoyándolo por el filtro en la mesa y manteniendo el otro extremo vertical con la punta de su dedo índice—, usted dirige esta compañía y yo dirijo la investigación. —Se inclinó ligeramente hacia delante—. Aclaremos desde un principio qué hace cada cual. Nosotros investigamos y ustedes colaboran. Es su obligación y usted no quiere aparecer como una persona que obstruye la ley. Las preguntas las hago yo, y si respondo a las suyas será por pura cortesía y hasta donde yo crea que es adecuado. Tienen ustedes suficientes problemas, y será mejor que no los aumenten.

No se oyó más que el silencio. El pretoriano que escribía

la minuta de la reunión se quedó con una mano levantada sobre el teclado del PC y miraba a Ramsey con la boca entreabierta de asombro. Gutierres lanzó al policía la misma mirada que un gato lanzaría a un ratón, y Andersen trataba de evitar la sonrisa. Ese no era el tono con el que la gente se dirigía al viejo.

—Señor Ramsey —repuso Davis después de unos segundos—, creo que usted no se ha hecho cargo de la situación tal como es y se la voy a explicar. —Volvió a hacer una pausa—. Gran parte del dinero con que se paga su sueldo procede de los impuestos que paga la Corporación que yo dirijo. Y lo mismo ocurre con el sueldo de su jefe y el del jefe de su jefe. Con ese teléfono puedo llamar a alguien que va interrumpir cualquier reunión que tenga para contestar de inmediato mi llamada. Ese alguien puede patear su culo de tal forma que le quede plano para el resto de su vida. Y lo hará si yo quiero que lo haga, porque logró su puto trabajo gracias al apoyo que esta Corporación le dio. Y está cagado de miedo de perder su poltrona.

Apoyándose en el respaldo de la silla, Ramsey se tomó unos momentos antes de hablar.

—¿Le ayudo a decir lo que no ha podido decir? ¿Quería usted decir «Patear su puto negro culo», quizá? —Hizo una pausa—. ¿Está usted amenazando en público al oficial que conduce la investigación de un asesinato ocurrido en sus oficinas? Es usted muy poderoso, señor Davis, pero no ha podido evitar que asesinaran a su mejor amigo. Y no sabe quién lo ha hecho y si lo va a intentar de nuevo. Y si lo intenta no sabe si va a tener éxito también con usted.

»El poder tiene sus límites, señor Davis, y a veces una avispa puede herir a un elefante y el elefante no puede hacer nada contra ella. Y si el elefante tiene la suerte de poder alcanzar a la avispa, ello tampoco cura el dolor de la herida. Piénselo.

—Inspector —intervino Andersen—, no malinterprete la

expresión del señor Davis; es lenguaje común en nuestro negocio. La Corporación colabora totalmente en la investigación.

—Gracias por tu ayuda, Andrew —cortó Davis—, pero no la necesito. Espero que trabaje usted tan bien como habla, Ramsey. Y respeto lo que ha dicho. Vamos a colaborar con usted, pero atrape a esos cabrones de los Defensores de América pronto. Entonces tendrá más que mi respeto: mi agradecimiento personal. Y esto vale mucho en esta ciudad y en este país. Espero que maneje en todo momento el asunto con la mayor confidencialidad, en especial ante la prensa. Y no me falle, porque, si lo hace, entonces yo personalmente patearé su puto negro culo y haré que cincuenta más hagan lo mismo.

—Va usted muy aprisa —continuó Ramsey ignorando la amenaza de Davis—. Es muy posible que los Defensores de América o Los Hermanos por la Defensa de la Dignidad sean una simple cobertura de algún otro grupo o interés. Dígame, ¿quién se beneficia con la muerte de Kurth? ¿Competidores? ¿Alguien que quería su puesto en la Corporación? ¿Enemigos personales? Estoy seguro de que manejar un estudio cinematográfico no es trabajo de hermanitas de la caridad. ¿Enemigos políticos? El señor Kurth tenía gran poder político. ¿A quién molestaba?

—¿Así que cree que los Defensores de América son una tapadera? —murmuró Davis, pensativo.

—Mire, Ramsey —terció Gutierres—, llevamos años recibiendo amenazas de individuos y de grupos. Predicadores de iglesia nos han llamado el anticristo y han promovido el boicot a nuestras producciones televisivas. Esa gente es real. Existe de verdad y muchos son capaces de matar.

—Sí, existen. Claro que hay muchos extremistas y locos. Sin embargo, ¡qué bonita excusa! —repuso Ramsey.

—Ramsey —dijo Davis—, será una tarea muy difícil buscar enemigos y resentidos. Steve Kurth tuvo que pisar muchos pies y decir muchos noes en su trabajo. También yo. Esa búsqueda hará la investigación eterna.

—El análisis de los motivos puede dar algunas pistas —replicó Ramsey—, pero también los medios con que se valieron los asesinos. El señor Kurth era judío, como usted, ¿no es cierto?

—Sí, es cierto. ¿Y qué importa eso en la investigación?

—No lo sé aún. Puede importar tanto para la investigación como el hecho de que yo sea negro —repuso Ramsey con tranquilidad— o, al contrario, puede tener una importancia fundamental. ¿No es cierto que el señor Kurth no escondía su postura en el conflicto judío-palestino? ¿Y que era favorable a encontrar la paz a cambio de ceder territorios a los palestinos? ¿Y que usted también lo es? ¿Y que eso contraría a grupos muy poderosos que influyen directamente en el Gobierno del Estado de Israel? ¿No es cierto que han recibido cartas y llamadas amenazantes a causa de reportajes televisivos que proponían abiertamente la paz a cambio de concesiones? ¿Y que dichos grupos les consideran a ustedes traidores? ¿Y que algún rabino extremista les lanzó su maldición y condena? Ustedes tienen un gran poder para influir en el ciudadano americano y convencerle de quiénes son los buenos o los malos en el conflicto, y la opinión del ciudadano de la calle influye mucho más en la política del Gobierno que la presión de los grupos financieros. Y la política del Gobierno de Estados Unidos es fundamental para Israel. Luego eliminarles a ustedes puede tener un alto interés político.

—Creo que es usted el que tiene prejuicios racistas —le reprochó Davis—, y me temo que ve demasiadas películas de espías.

—Señor Davis, ha costado bastante poder identificar el explosivo usado pero, con la ayuda de algún amigo que trabaja en laboratorios especializados del FBI, lo logré. Es un explosivo raro. ¿Adivina cuál?

—Naturalmente que no. ¿Cómo diablos voy a saberlo?

—Se llama RDX. Un solo gramo es tan potente como un kilogramo de dinamita; pudo entrar en cualquier cosa sin ser detectado. El mecanismo detonador debía de ser también muy pequeño y, por lo tanto, de alta tecnología. ¿Sabe usted quién usa ese explosivo?

—¡Maldita sea, Ramsey! ¡Déjese ya de adivinanzas!

—El RDX es el explosivo favorito de los servicios secretos de algunos países —dijo Ramsey con una sonrisa—, en especial del servicio secreto israelí. Con ese explosivo y con un teléfono celular lograron matar al jefe de la milicia de choque de los integristas islámicos de Hezbolá, Isadín Ayash.

—¿Insinúa que están implicados?

—Podría ser —contestó Ramsey estudiando con detalle la expresión de la cara de Davis.

18

—Tendrás que ganarte tu invitación a la excursión de mañana. Yo no voy al bosque con cualquiera —le dijo Karen al despedirse después de la conferencia.

Ahora se encontraban cenando en un excesivo restaurante francés donde ella trabajaba con elegancia unos *escargots* y él tomaba un *foie* fresco. Traje y corbata eran obligados, y Karen vestía un elegante conjunto de noche oscuro con falda ceñida y escote generoso; el contraste con su cabello rubio y su piel muy blanca era espléndido. Estaba bellísima.

Karen decidió que parte del precio que él debía pagar para ser invitado a la excursión era una magnífica cena. Y que era ella la que escogía el restaurante.

Jaime, como comenzaba a ser costumbre en él, tuvo que cambiar los planes para la noche y el día siguiente. No se perdería por nada del mundo una oportunidad para estar con ella.

Era obvio que el restaurante era caro hasta la indecencia y que Karen no se ofrecería a pagar la mitad de la cuenta.

Aun así, él pensaba que era una buena inversión y que disfrutaría hasta el último de la larga hilera de dólares que costaría la cena.

—Háblame de la excursión de mañana. ¿Tengo que sacar el polvo a mi uniforme de *scout*?

—Iremos hasta la zona sur del Parque Nacional de las Secuoyas en coche y luego habrá que andar algunos kilómetros por el bosque. Almorzaremos con un grupo de amigos.

—¿Y qué vais a hacer allí? ¿Os dedicáis a invocar a los dioses del bosque? ¿Alguna ceremonia mística? ¿Brujería?

—En realidad ofrecemos sacrificios humanos, y tú eres el elegido —puntualizó Karen con amplia sonrisa.

La abogada sabía cómo mantener un buen combate dialéctico, disfrutaba con ello, y le encantaba devolver golpe por golpe. Maldita Karen, —pensó—. ¿Cómo logra controlar siempre la situación? Eso le retaba. ¡La veía tan hermosa! Se imaginó besándola en el bosque y fundiéndose con ella en un abrazo sobre un suelo cubierto de helechos.

—No pongas esa cara, hombre —azuzó ella ante su falta de respuesta—. Se trata de un gran honor.

—Bien, será un gran honor, pero te advierto que si la fiesta de mañana corre a mi cargo, entonces no pienso pagar también la cena de hoy.

Ella soltó una pequeña carcajada mientras atacaba al siguiente caracol. Parecía pasarlo muy bien, y eso llenó a Jaime de placer. Se animó a lanzar otra estocada.

—Al menos espero que, como es costumbre con los condenados, me concedas mi último deseo.

Karen detuvo su *escargot* a medio camino de la boca, mirándole con el cejo ligeramente fruncido y con un inicio de sonrisa en los labios. Había electricidad en sus ojos, y él sintió un estremecimiento en su interior. Al cabo de unos largos segundos Karen introdujo con lentitud el *escargot* en su boca sacando ligeramente la lengua y moviéndola levemente entre sus húmedos labios rojos. Luego apartó su mirada de la de Jaime para concentrarla en el plato mientras empezaba a manipular el siguiente animalito. No contestó nada, pero sus labios contenían aún aquella sonrisa. Él no recordaba haber visto nada tan sensual en toda su vida.

—Y aparte de las brujerías y de los sacrificios, ¿qué más hacéis? —inquirió para romper el silencio en el que Karen se había encerrado para no responder.

—Pues vivir y disfrutar de la naturaleza, estar con los amigos y charlar. También ampliamos nuestro grupo. Somos gentes que compartimos ideas semejantes sobre la vida e invitamos a otros amigos para que conozcan nuestro pensamiento.

—¿Y qué relación tiene eso con la memoria genética que mencionó esta mañana Dubois?

—A veces mucho y a veces nada. —Había misterio en la ambigüedad—. Todo depende de hacia dónde vaya la conversación.

—¿Vendrá Kevin Kepler?

—Es posible; viene con frecuencia. —La sonrisa de Karen había desaparecido y se mostraba evasiva.

—¿Desde cuándo conoces a ese grupo?

—Ya hace algunos años —dijo luego de tomarse algún tiempo antes de responder—. Conocí a algunos cuando iba a la universidad. Después el círculo se amplió. Es gente que me gusta. Hablando de gustos, ¿qué tal tu *foie*?

—Excelente. ¿Y tus caracoles?

—Saben mejor si los llamas *escargots*. Me encantan, pero prefiero no pensar que son esas cosas que se arrastran por el jardín. —Era evidente que Karen quería desviar la conversación. Jaime pensó que era mejor no presionarla; ya iría conociendo las cosas a su tiempo.

—Hablando de gustos, estás muy hermosa.

—¡Hablábamos de comida!

—Cuando los cubanos estamos frente a una mujer tan hermosa como tú, decimos que está para comerla. Y tú estás para comerte.

—¿Ves cómo estamos hechos el uno para el otro? —le recordó mirándole con sus brillantes ojos azules y manteniendo una sonrisa irónica—. Yo sacrifico a las personas y tú te las comes.

—Pero mi forma de comer no duele, sino que gusta, y luego continuas más viva y feliz.

—¿Es una amenaza o una invitación?

—Una invitación.

—Muchas gracias, sabía que invitabas tú a la cena. —Cambió a una expresión severa frunciendo ligeramente las cejas—. ¿Sabes que con ese tipo de expresiones cubanas puedes tener problemas en este país?

—Hay ocasiones en que hay que aceptar problemas —repuso Jaime alargando la mano y tocando con la punta de sus dedos la mano de Karen. Ella no se movió y le continuó mirando como si no pasara nada. Se sentía tenso y con un pequeño nudo en el estómago. Pero no se podía librar de la fascinación que Karen ejercía sobre él—. Y por ti yo podría aceptar muchos problemas —concluyó.

—¿Es un cumplido o hablas en serio?

—Completamente en serio —dijo Jaime con la convicción interior de que era cierto.

Ella lo miró de una forma extraña.

Salieron a la fresca noche, y al arrancar su coche Jaime anunció:

—Te invito a una copa en un lugar muy peculiar.

—He espiado indiscretamente la factura y creo que debiera ser yo la que invitara ahora.

—Muy delicado de tu parte el sentir remordimientos cuando he pagado la cuenta, pero no te preocupes, se te pasarán con una copia. Disfrutemos de la noche.

—Lo siento. Mañana hay que madrugar. Otro día será, Jaime. Llévame a casa.

¡No le podía hacer eso!, pensó. ¡Estaba jugando con él!

—Karen, no me puedes hacer esto. Estoy fabulosamente bien contigo. Quédate un rato.

—No. Yo también lo estoy pasando bien, pero tú querías ir a esa excursión. Mañana estaremos todo el día juntos. Ahora llévame a casa, por favor.

—Pero, Karen —suplicó él con tono cómicamente lastimero—. Solo una hora.

—Jaime, no estropees una velada tan deliciosa —le advirtió con tono serio—. Sé razonable. Dentro de unas horas nos veremos de nuevo. Ahora llévame a mi casa.

Él se sintió como si le hubieran abofeteado. No dijo más. Giró con un súbito golpe de volante en la siguiente esquina y condujo hacia la casa de Karen.

El silencio permitió oír la emisora de música country, que permanecía en un volumen bajo. Un vaquero de corazón destrozado reprochaba la ingratitud de su vaquera.

Luego de un largo silencio Karen preguntó:

—¿Vendrás a recogerme mañana o voy sola?

—Naturalmente que vendré.

—Gracias por su amabilidad, señor. A las ocho, por favor —dijo ella con tono dulce.

Was estaba de guardia y su cara se iluminó con una amplia sonrisa cuando se detuvieron en la barrera de entrada. Karen le saludó con la mano cuando abrió la barrera, y el hombre mantuvo su sonrisa moviendo la cabeza de arriba abajo afirmativamente.

Jaime arrancó, pero sentía grandes deseos de bajar del coche y darle un buen puñetazo al hombre en los dientes.

19

Jaime condujo el coche hasta la zona de aparcamientos de visitantes. Al salir dio un portazo más fuerte de lo necesario y, abriendo la puerta a Karen, le deseó buenas noches.

Ella le cogió la mano despidiéndose. El destello fugaz de una sonrisa brillaba en sus labios; Jaime hizo ademán de irse, pero ella continuaba sujetándole la mano. La miró de nuevo a los ojos; había una curiosa chispa de luz en ellos.

—¿Aceptaría el señor una copa en mi casa?

Jaime tardó unos momentos en superar la sorpresa. Luego mirando su reloj, intentó fingir indiferencia:

—Sí, acepto, pero tiene que ser rápido. Es tarde.

Ella no dijo nada, pero su sonrisa se amplió un poco más y, tirándole de la mano, lo condujo en silencio al interior del edificio.

El corazón de Jaime iba saltando en su pecho. ¿Estaba Karen jugando otra vez con él?

El apartamento era de estilo moderno, con paredes blancas y muebles negros. Grandes jarrones con flores de tela rompían el bicromismo. Por el contrario, los cuadros eran manchas de color. A Jaime le llamó la atención un tapiz, iluminado por un foco, que representaba una herradura con profusión de hilos plateados y dorados. Recordó el extraño anillo, también con una herradura, que lucía Dubois. ¿Casualidad?

—El bar está al fondo. —Karen interrumpió su pensamiento—. Un whisky con un hielo y Perrier para mí, por favor. Ponte cómodo.

Jaime se quitó la chaqueta y, tras encender la luz, empezó a servir dos whiskies.

Desde algún lugar Sheryl Crow cantaba *Leaving Las Vegas* cuando Karen se acercó. Los labios de ella, rojos y tentadores, se posaron en el vaso después de brindar con él.

—¿Quieres bailar?

—Encantada, señor.

Con su mano izquierda tomó la de ella, sujetándole el talle con la derecha. Era una cintura fina. Ella puso su mano en la espalda de él y empezaron a bailar con lentitud, ligeramente separados. Jaime se sentía embriagado por su perfume y por tenerla en sus brazos.

—Karen, eres deliciosa —dijo acercando su boca al oído de ella.

—Y yo me siento bien contigo.

Siguieron bailando unos momentos en silencio, y Jaime empezó a notar una erección.

Por un instante se sintió turbado. Luego pensó: «¡Qué diablos, somos un par de adultos y no se va a escandalizar porque yo la desee!».

Al tirar suavemente de ella notó que se acercaba sin resistencia. Ahora sus senos y vientre le rozaban. Ella ya habría notado el mensaje del deseo. Jaime la besó con suavidad en el cuello mientras ella le acariciaba ligeramente, casi sin tocarlo, la nuca.

Él se sentía como si su libido estuviera a punto de hacerle estallar en mil pedazos. Rodaba cuesta abajo y sin frenos. Pero Karen disfrutaba practicando juegos y en cualquier momento podría sorprenderlo desagradablemente.

Intentó un beso en la boca. Solo con los labios para tantear. Y como ella no apartaba los suyos, Jaime se lanzó a mayor profundidad. Fue un largo y delicioso beso que les hizo parar el baile y apretarse el uno contra el otro. Jaime la cogió de la mano y la condujo a un sofá blanco que guardaba mil promesas. Ella le decía bajito:

—¿Es ahora cuando me vas a comer?

Él no pudo menos que apreciar, aun en tal situación, el sentido del humor de la chica y le contestó en español, fingiendo, sin demasiado esfuerzo, una gran pasión:

—Sí, mi amor, enterita. Toda tú.

Karen quizá no entendió la respuesta, pero sí el tono, y rio suavemente.

Ya en el sofá, Jaime la volvió a besar mientras con una mano buscaba uno de los senos dentro del amplio escote y, acariciándolo, lo hizo salir. Estaba cálido como la boca de ella.

Pensó que tocaba el cielo. Al contrario de lo anticipado con Karen, ella le cedía la iniciativa, entregándose sin reservas y olvidando los juegos que él tanto temía.

Momentos después Jaime empezó a besarle el cuello, donde se entretuvo, para bajar lentamente hasta los pechos. Al empezar a mordisquear el pezón, oyó cómo ella suspiraba. Puso la mano desocupada sobre la rodilla, deslizándola lentamente por la media hacia arriba. Las medias se terminaron, y Jaime acarició la cálida y suave carne. Luego, levantando la costura de las braguitas, pasó su mano por debajo para acariciarle el sexo. Karen volvió a suspirar y, cuando apoyó su mano en la entrepierna de Jaime, él supo que no podía esperar más.

Buscó con su mano izquierda la cremallera de la espalda del vestido.

—Espera —dijo la chica girándose.

Jaime tiró de la cremallera suavemente hacia abajo. Al abrirse la tela oscura fue descubriendo una bella espalda de piel muy blanca y, al levantarse ella, el vestido cayó ayudado por un ligero tirón. ¡Qué bellas curvas de nalgas y caderas!

Él se dio prisa con su corbata, camisa y pantalones. Karen tenía una expresión seria cuando se giró, pero estaba intensamente provocativa. Se abrazaron y sus bocas se unieron de nuevo. Enloquecía con el contacto tibio de su carne.

Cuando Karen lo condujo al dormitorio, Jaime solo se fijó en la cama, que tenía espacio suficiente para dos. Entre caricias y besos cayeron en el lecho y, desprendiéndose de su ropa interior, se colocó para penetrarla.

Pero empujándole el pecho con ambas manos Karen lo rechazaba.

Él sintió que su corazón se detenía. No. Ahora juegos, no. ¡No podía hacerle eso!

En la penumbra la miró a los ojos. Ella sonreía con timidez y un mirar dulce.

—Espera un momento —dijo.

Y moviéndose a un lado de la cama le entregó algo. Era un preservativo.

Jaime suspiró con alivio aunque contrariado. No deseaba otra cosa que sentir en su pene el interior de ella, pero resistirse era absurdo y estropearía aquel momento maravilloso.

Después de todo, ¿cómo podía esperar lo contrario de ella? Sí; parecía como si Karen hubiera perdido el control por primera vez. Pero, sin duda, era un descontrol muy controlado.

Ella dejó ahora que la penetrara sin ningún impedimento y lo abrazó con brazos y piernas mientras se fundían en un nuevo beso. Empezaron a moverse con urgencia salvaje; Jaime sentía que alcanzaba el cielo.

Al poco ella tiró su cabeza hacia atrás, sacudiendo el cuerpo mientras llegaba al orgasmo. Él no resistió más y los gemidos de ambos se unieron a la suave canción que venía del salón. Jaime se sintió estallar en el interior de ella. Era algo mucho más que físico. Eran sus nervios y su mente los que explotaban en una placentera sensación. Y se sintió lejos. Muy lejos.

Lejos de todas las cosas del mundo, de su vida y de su historia personal.

Muy lejos de todo menos de la suave y tibia carne de ella.

—Te quiero —dijo cuando regresó a la conciencia.

Al cabo de un rato de silencio ella susurró:

—Quédate esta noche conmigo.

—¿Y la excursión de mañana?

—Pasaremos antes por tu casa para que recojas tus cosas. —Luego de unos momentos de silencio añadió—: Yo te conozco, Jaime. Te conozco.

—Yo también te conozco, cariño, y ahora mucho más.

—Pero yo te conozco de antes.

—¿De antes?

—Sí —dijo ella abrazándole de nuevo y besándole en la boca.

Él correspondió con todo entusiasmo, sintiendo de nuevo la pasión que crecía en su vientre.

Y perdió todo interés por investigar la enigmática afirmación. Deseaba amarla otra vez, y no era momento para la charla.

Domingo

20

Los dedos cliquearon en el ordenador en busca del mensaje de la noche.

—ARKÁNGEL.

Puntual como un centinela, esperaba el informe de Samael.

«Logramos poner al inspector Ramsey sobre una línea de investigación equivocada; no sospecha la presencia de nuestros hermanos en Jericó.

»Continuamos tomando posiciones decisivas a la espera de la caída del muro interior. Dos nuevos ejecutivos claves han sido contactados por nuestros hermanos. Uno ofrece grandes posibilidades de que se una a nuestro pueblo. SAMAEL».

Arkángel respondió: «Dios nos bendice, hermanos, con estos pequeños triunfos. Mantened la fe en nuestra victoria en el asalto final. ARKÁNGEL».

Con movimientos precisos, Arkángel eliminó cualquier rastro de ambos textos.

21

—¡No! —gritó Karen—. ¡No! —Se agitaba con angustia intentando escapar de aquella visión y, al fin, cuando pudo abrir los ojos, se dio cuenta de que soñaba.

Se incorporó en la cama jadeando; un sudor frío le cubría la trente y el cuerpo. Lentamente los contornos familiares del dormitorio suavizaron su tensión.

—¡No! ¡Dios mío! ¡Otra vez no! —exclamó a media voz.

Jaime se había despertado sobresaltado por el primer gritó y le acariciaba las manos.

—Tranquila, mi amor, no es nada. Ya pasó todo. Estás aquí, conmigo.

Abrazando sus hombros, la acunó como a una niña pequeña. Ella se hizo un ovillo acurrucándose contra él.

—¿Qué ha pasado Karen? ¿Qué era?

—Nada, otra vez ese mal sueño. Me ocurre a veces. La misma pesadilla —murmuró.

Pero ella sabía que no se trataba de un sueño.

—Cuéntamelo. ¿Qué pasaba?

—No puedo recordarlo con claridad, pero ahora ya estoy bien. Gracias, cariño.

Karen sí recordaba lo soñado. Demasiado bien. Recordaba a la perfección lo de esa noche y lo recordaba también de antes. Miró el despertador.

—Son solo las cinco. Duerme.

Pero ella no pudo dormir. La pesadilla se repetía siempre igual, y las imágenes continuaban frescas en su memoria. Incluso la fecha: 1 de marzo del año del Señor de 1244.

Karen se revolvió en su camastro de pieles dispuesto en el suelo. No había dormido mucho. A pesar de su agotamiento, no podía dormir.

¿Era el hambre? No. La sed y el frío lacerante eran mucho peores.

La única luz de la estancia venía de las estrellas y entraba por un ventanuco del que colgaban los carámbanos de hielo. Un tenue arco de luz indicaba a sus ojos, acostumbrados a la oscuridad, la abertura donde había estado la puerta de la estancia.

Dos días antes arrancaron puerta y ventana para quemar su madera. No para calentar cuerpos y manos, sino para fundir nieve y poder beber agua. El agua tibia era uno de los pocos placeres que les quedaban.

Se estremeció cuando una nueva ráfaga de aire helado cruzó el cuarto. A pesar de la capucha de piel que cubría su cabeza y casi todo su rostro, sintió que este se cortaba un poco más.

Alguien se revolvió y gimió cerca. ¿Sería su querida Esclaramonda?

No. Lo peor no era la sed o el frío, sino el miedo. El Dios bueno le enviaba el sufrimiento físico para que este le aliviara el temor penetrante que le encogía las entrañas. ¿O sería el hambre?

El viento traía también los quejidos de los heridos y el llanto de alguno de los pocos niños que sobrevivían. Cuando los lamentos cesaban por un instante, el silencio se hacía absoluto en la helada noche. Luego el aullido del viento iniciaba de nuevo el triste coro del sufrimiento humano. Y otra vez el miedo venía con el viento. Su cuerpo tembló. ¿Miedo o frío?

Sabía que ella, la señora de Montsegur, tenía privilegios. Descansaba sobre un suelo de madera, quizá el último grupo de vigas que quedaban y que no habían sido destinadas aún a la defensa o al fuego. Se levantó a tientas y tocó la pared helada. El frío traspasó su guante de piel.

Allí, a los pies del muro, había estado su último baúl. Ya

solo quedaba un pobre montón de objetos metálicos, su espejo y el vestido del rey.

Habían quemado los baúles y también las ropas más viejas en busca de la vida que daba el calor. Y antes quemaron los muebles. Sus joyas hacía tiempo que habían sido cambiadas por suministros e incluso para el pago de tropas. De nada sirvieron los mercenarios o los aventureros que acudieron para sostener el pueblo fortificado, tocado su corazón por las canciones de gesta del trovador Montahagol y sus amigos. Finalmente unos huyeron y otros murieron.

La cima de la montaña era como el lomo de un dragón gigante dormido y que se extendía de este a oeste, con su parte más baja en el Roc de la Torre y la más alta en el pueblo fortificado de Montsegur.

Dominando la parte alta de la cima de la montaña, el pueblo era inexpugnable, ya que no existía ninguna máquina de guerra que pudiera, desde la base del monte, lanzar piedras ni a una cuarta parte de la altura de donde ellos se encontraban.

Sin embargo, en octubre unos escaladores vascos a sueldo de los franceses lograron subir por la noche los sesenta metros de pared vertical y cogieron por sorpresa a los defensores del Roc.

Y una vez perdido el Roc, el muy superior ejército católico subió y fue conquistando, combate a combate, toda la parte este de la cima de aquel monte situado a mil doscientos metros de altura. Allí montaron sus catapultas y piedra tras piedra machacaban las casas y a sus habitantes encerrados en la fortificación.

Con la cima, se perdieron los caminos secretos que permitían la comunicación del monte asediado con el exterior. Y con ellos se perdieron los refuerzos, los suministros; la esperanza.

Luego, justo en Navidades, el enemigo logró tomar la barbacana este y los edificios exteriores al recinto central amurallado que contenían casi toda la reserva de leña; vital para sobrevivir al crudo invierno en las montañas.

De su joyero, un tiempo envidiado por todas las damas de Occitania y Provenza, solo conservó su anillo de marquesa, regalo de su esposo, y el collar de oro con rubíes rojos como la sangre, regalo del rey.

Quitándose un guante tanteó en busca de esas dulces joyas cargadas de recuerdos. Notó el frío del espejo y pensó en su belleza, que antaño los trovadores se complacían en cantar.

El espejo era su amigo íntimo, que le devolvía una seductora sonrisa, por la que los caballeros occitanos competían. Su íntima amistad con el espejo había terminado hacía poco, al perder varios de aquellos dientes perfectos.

Las canciones sobrevivían a la belleza, y en ellas siempre sería bella. Pero la belleza del cuerpo se iba con el tiempo, como todas las ilusiones físicas que el Dios malo y el diablo habían creado. Pero, más que con el tiempo, la belleza se iba con las penas. No usaría nunca más el espejo.

Encontró las dos joyas y se las puso.

Luego bajó la capucha y, quitándose su abrigo de piel de oso, lo dejó caer. Se desnudó rápidamente, sintiendo cómo su cuerpo tiritaba de frío. Vestida solo con las heladas joyas, tan cálidas en otro tiempo, encontró a tientas el vestido del rey y se lo puso.

A pesar de los treinta años pasados y de haber parido a cinco hijos, el vestido le sentaba bien.

Se arropó con el abrigo y, calzándose los guantes, empezó a andar a tientas hacia la ligera iluminación de la puerta. El suelo de madera crujía con sus pasos.

Llegando al dintel lanzó un beso con su mano a los que dormían en la oscuridad y sintió que las ráfagas de aire eran más fuertes y frías.

Con decisión inició el descenso de las escaleras de piedra,

que bajaban desde lo alto del segundo piso del caserón fortificado hasta el nivel de la calle.

Un cielo cubierto de estrellas rutilantes se extendía sobre su cabeza, y abajo el pueblo herido, amortajado por la nieve, se alargaba hacia el este, rodeado aún de sus maltrechos muros.

En la oscuridad, a su derecha, estaba la cordillera pirenaica, con el macizo de Saint-Barthélemy y Pic Soularac, de más de dos mil metros de altura, y que impedían a los cálidos vientos del sur llegar hasta allí.

Abajo, en el valle, también a la derecha, se distinguían las fogatas de los franceses que, mandados por el senescal de Carcasona, sitiaban la Cabeza del Dragón o la Sinagoga de Satanás, como ellos llamaban a su querida aldea de Montsegur. Allí estaban el arzobispo de Carcasona con sus temidos inquisidores y el obispo Durand, reputado como el mejor experto en máquinas de asalto que existía. Bien que probaba su fama, lanzando a sus cabezas bolas de fuego que prendían hasta en la roca y hundiendo paredes y murallas con las grandes piedras de sus catapultas.

Por la noche Durand detenía sus máquinas y dejaba que la naturaleza aplicara un arma más temible: el frío y la falta de leña.

Al fondo, en la muralla este, se distinguía el gran resplandor de la hoguera que los sitiadores habían encendido bajo el peñón rocoso sobre el que se levantaba, aún fuerte, una de las torres de defensa. Era peor que las máquinas de guerra del obispo.

—¡Aquí os quemaréis todos, herejes! —gritaba la soldadesca.

Sin embargo, ahora el mayor deseo de los sitiados era acercarse al resplandor de aquel fuego para aliviar el dolor lacerante del viento frío.

Pero sería un suicidio. Poco le duraría el placer del calor a quien asomara la cabeza por el muro este de la fortificación; los hábiles arqueros franceses, emboscados en la oscuridad de la noche, ensartarían al infeliz, como a una paloma, en solo unos instantes.

Karen bajó por la escalera poco a poco, tanteando los escalones con sus pies enfundados en gruesas botas de cuero y piel. El suelo resbalaba con el hielo, y a su derecha estaba el negro vacío sin barandilla que protegiese.

Cuando logró alcanzar las losas de la calleja, avanzó hacia la plazoleta de casas apiñadas. El resplandor débil del único fuego que ardía dentro del pueblo salía de la casa que cobijaba a los heridos, enfermos y niños. Cruzó la plaza hacia el extremo opuesto con paso resuelto pero cauteloso; la tenue luz del caserón y de las estrellas guiaba sus pasos.

De repente se detuvo sobresaltada. En el centro de la plazuela, insinuada por el resplandor del caserón, había una figura, de pie, inmóvil en medio de su camino.

Sintió un vuelco en su corazón y el miedo le apretó el estómago. Un contorno blanco, casi luminoso, le daba un aire de ultratumba. ¿Será un aparecido? ¡Buen Dios! ¡Habían muerto tantos!

Permaneció quieta, con el vientre encogido, oyendo los murmullos del caserón y sintiendo el viento. Notó la ansiedad crecer en su interior al ver aquello avanzando hacia ella. Su corazón saltaba aterrorizado ante la presencia desconocida y trató de huir, pero no pudo. ¡Sus piernas no se movieron, no le obedecían! Angustiada, quería gritar.

Entonces era cuando despertaba. Deseaba continuar y terminar con aquello, pero despertaba.

Miró a Jaime, que dormía feliz a su lado, y acariciando su ensortijado pelo negro, que ya delataba alguna cana primeriza, y como si de una canción de cuna se tratase, le recitó:

—Quieres saber, querido Jaime, quieres saber, pero lo que aún no sabes es ¡cuánto te va a doler!

22

—¿Cómo lo pasaste anoche? —preguntó él.

Ella se lo quedó mirando, con una chispa alegre y maliciosa en los ojos, mientras vaciaba el contenido de la boca.

El frío del exterior y los cristales empañados daban sensación de intimidad a aquel restaurancito especializado en desayunos de carretera, cerca de Bakersfield. Era uno de esos lugares cutres, pero llenos de sabor, donde camioneros, policías y vendedores en ruta terminan tomando café juntos.

Ambos estaban hambrientos y pidieron unos grandes zumos de naranja, un par de huevos fritos con jamón y beicon, acompañados de patatas *half browns*, tostadas con mantequilla y mermelada. La pequeña y gastada mesa de formica estaba abarrotada de platos.

A pesar del aspecto basto del local, para Jaime aquel era el lugar más cercano al paraíso en el que había estado desde hacía muchos años. Unos tazones de café humeante de penetrante aroma completaban la escena. Y por encima de todo, ella. Karen. Tan hermosa. Allí, frente a él, al otro lado de la mesita, con su atrayente personalidad, que llenaba el casi desierto restaurante.

Jaime se sentía feliz, intensamente feliz. Le costaba trabajo convencerse de su suerte, de que aquello era real. Había conseguido a esa mujer de aspecto inalcanzable, y para su mayor felicidad el sexo había sido excelente. Al menos para él.

—No estuvo nada mal —respondió Karen, ya con la boca vacía—. No debes preocuparte, pasaste bien el examen. ¿Cómo le fue a don Jaime? —preguntó alcanzando su café y tomando un sorbo.

—A don Jaime, excelente. Pero su tarjeta de crédito está seriamente dañada.

El eco de la risa de Karen resonó dentro del tazón de café.

—Bueno, te invito yo al desayuno. No quiero que por mi culpa te pongan en la lista de los sin crédito.

—Gracias por preocuparte de mis finanzas.

—Espero que me invites a más cenas y para eso necesitas tu tarjeta de crédito en buen estado.

—Siempre tendré un buen crédito para ti, si hay un final de noche como el de ayer para mí.

Karen soltó una risita.

—Viciosillo —sentenció—. Tú invítame; luego el destino y la suerte dirán.

—Esperaba un compromiso más firme.

—¿De un abogado? ¡Debes de estar bromeando!

Ahora fue él el que soltó una carcajada. Ambos siguieron comiendo.

«Tendría que haber aprendido más de la vida», pensó Jaime. «Con un divorcio a cuestas y varias relaciones sentimentales antes y después, no debiera estar enamorándome así». Se sentía como un colegial y más enamorado que la primera vez que amó. Este debería de ser un mal que, como el sarampión, pasara con la edad, pero ahora, con casi cuarenta años, estaba como loco por esa coqueta que él intuía sumamente peligrosa. Y la sensación de peligro lo enloquecía más.

Pero algo sí había aprendido con los años: una felicidad plena como la que ahora sentía era un regalo de Dios infrecuente, y era pecado desaprovecharla. En aquella mañana él era intensamente feliz, y sabía que debería luchar mucho en el futuro para conseguir más instantes como aquel.

Pero ahora, y hoy, eran momentos únicos. Miró cómo el primer rayo de sol traspasaba los entelados cristales. Olió el tocino y el café. Se extasiaba con el sonido de la voz de aquella mujer. Su sonrisa, la sonrisa de Karen, era mejor aún que el sol en la fría mañana. Y buscando espacio en la abarrotada mesita, capturó su mano y ella aceptó la caricia. Y al contacto de las manos se unió el de las miradas. Jaime sintió que las puertas del cielo se abrían y que una oleada de esa plena, infrecuente, embriagadora felicidad los envolvía.

Cruzaron Bakersfield y tomaron la 178 hacia Sierra Nevada. Al poco, a la izquierda de la carretera apareció el río Kern; luego los carteles anunciando la entrada del Parque Nacional de las Secuoyas.

Siguieron un tiempo el curso del río, paralelo a la carretera, y Karen indicó a Jaime una zona de aparcamiento donde ya había un buen número de coches.

—Vamos, hay que andar un poco.

Se pusieron los chaquetones y guantes, y se sumergieron en la fresca mañana. Karen tomó un sendero ancho entre los altos árboles y avanzó como quien conoce bien el camino; Jaime, cogido de su mano, sentía el vértigo de la altura de los gigantes. Los rayos del sol y los ruidosos pajarillos jugaban allá arriba, a cincuenta metros de sus cabezas.

En un recodo tiró de ella hasta detrás de uno de los enormes troncos. Karen se dejó llevar y, abrazados, se besaron sobre el suelo del gran bosque. Lo que apenas hacía catorce horas era una fantasía resultaba ahora fácil. Pero él quería más.

—Vamos, Jaime, llegamos tarde —le cortó ella—. Y no nos van a esperar.

Jadeantes, soltando vapor por la boca al aire cristalino de la sierra y alegres, reanudaron el camino a paso rápido.

Al rato, tomando un caminito estrecho, llegaron a un claro entre los árboles más altos y allí se encontraron con unas cincuenta personas. El grupo charlaba, reía y tomaba café de varios termos gigantes. Más allá se veían los todoterrenos que sin duda habrían acarreado los suministros.

Karen fue recibida con numerosos y cálidos saludos, y empezó la sesión de presentaciones. A Jaime le ofrecieron un café, y un hombre llamado Tim le empezó a hablar sobre aquellos maravillosos árboles, mientras Karen entraba en una animadísima conversación con un grupo de tres mujeres que la acogieron con grandes muestras de entusiasmo y exclamaciones. Pasados unos minutos, Karen dejó de hablar y, acercándose a Jaime, le señaló a un hombre que, sentado y apoyado contra uno de los árboles, se dirigía a un grupo de unas diez personas que escuchaban con atención.

Era Peter Dubois, y parecía como si solo hablara para los que estaban alrededor, pero en pocos momentos las conversaciones se apagaron y todo el grupo escuchaba.

—Es Peter, algunos le llaman «Perfecto» —le dijo Karen en voz baja—. Pero él prefiere que se le llame «Buen Hombre» o «Buen cristiano». Así es como nosotros llamamos a los que tienen los conocimientos para enseñar y ayudar a los demás.

—A pesar de que alguno de estos gigantes que nos rodean tiene más de dos mil años, nuestra tradición es más antigua —decía Dubois—. Arranca de los tiempos bíblicos, pero casi la totalidad viene de las enseñanzas de Cristo, de la sabiduría del cristianismo primero, del aprendido de la fuente original y transmitido en el Evangelio de san Juan. Las palabras de Cristo fueron mutiladas con el paso del tiempo, escondidas y censuradas por los que han usado la religión como una forma de someter al individuo. Somos depositarios directos de la herencia de los buenos cristianos. De aquellos que en el siglo XIII querían leer directamente de la Biblia y de los Evangelios para conocer la palabra primera y rechazaban las versiones oficiales. De los que no aceptaron los poderes y posesiones terrenales de la Iglesia por creerlos fuente de corrupción y de interpretación interesada de la palabra divina en favor de los poderosos de la tierra. De aquellos cristianos a los que los inquisidores católicos llamaron cátaros. De los que creían en la igualdad de la mujer frente al hombre y de unos hombres frente a los otros. De aquellos cristianos que creían en la reencarnación múltiple del individuo hasta que este aprendía a vencer sus debilidades, venciendo así al Dios malo y al demonio.

Su voz se alzaba entre los árboles y subía al cielo. A Jaime, el bosque se le antojó una enorme catedral gótica. Dubois era un Predicador medieval. Estaban en otro tiempo, en otro lugar.

—Contra ellos se inventó la Inquisición y las cruzadas de unos cristianos contra otros cristianos. Y fueron quemados en hogueras, exterminados. Sus posesiones fueron para otros. Sus patrias invadidas. La libertad murió entonces. Hará ochocientos años.

»Pero ellos sabían que volverían, y que serían mejores cuando volvieran, porque las almas evolucionan con el tiempo en su camino hacia la perfección.

»Nosotros somos sus descendientes espirituales y, aunque nuestras creencias hayan evolucionado, continuamos por su mismo camino.

»Amigos que os reunís con nosotros por primera vez, os invitamos a andar juntos el camino. El de la verdadera libertad. La libertad de la mente. Y la del espíritu.

Dubois calló, y por un momento el único discurso fue el del viento y los pájaros.

Luego otra voz se levantó en el claro. Era Kevin Kepler, al que Jaime no había visto antes. Estaba sentado a unos metros de Dubois.

—Lo que sí te pedimos es tu compromiso inmediato por la lucha hacia nuestro objetivo y la aceptación de nuestras normas. Y esa aceptación requiere una disciplina. Somos muchos y comprometidos. Tenemos algún poder ya, y el deber de usarlo para luchar por la libertad de la mayoría. Sí, por la libertad última, la libertad de pensamiento. Esa libertad se ve continuamente amenazada por grupos integristas de distintas tendencias que quieren imponer su creencia por la fuerza.

»A nosotros no nos importa qué religión defiendan, si siguen a Cristo, a Mahoma o a Confucio. Todos los que quieren imponer su credo como único válido, sin darle al individuo el derecho a comparar con ideas contrarias, son iguales, dañan a la persona robándole su libertad y retrasan su evolución hacia un ser mejor. —Kevin hizo una pausa y el grupo continuó silencioso—. Bienvenidos los que no nos conocíais; os invito a quedaros en nuestro grupo. Muchos lo haréis, porque los amigos que os invitaron saben que buscáis algo y que es muy probable que hoy lo encontréis. Si así es, estamos muy felices con vuestra llegada y os acogemos con alegría.

»Si no es así, también nos alegramos de que hayáis venido y os deseamos un feliz día de excursión. Sabed que cuando el camino de la vida os lleve a pensar de forma parecida a la nuestra, continuaréis siendo bienvenidos. —Hizo una pausa y sonrió—. No más sermones por hoy, solo charlas de amigos. Y ahora, la comida.

23

—Ella miente, Andy —repitió Daniel Douglas.

—Puede ser, no dudo de tu palabra, pero ¿qué pruebas tienes? —Andrew Andersen, el presidente de Asuntos Legales de la Corporación, sentado detrás de su mesa de escritorio, se apoyó en su sillón mientras alisaba su pelo rubio canoso con la mano.

El hombre vestía pantalón blanco, zapatos náuticos y jersey azul marino; parecía que iba o venía de una regata.

Al otro lado de la mesa, en pantalones vaqueros y jersey, se sentaban Douglas y Charles White, el presidente de Auditoría y Asuntos Corporativos.

La tercera silla, ahora vacía, había estado ocupada hasta unos minutos antes por Linda Americo.

Por alguna razón Andersen había querido poner su mesa como barrera, distanciándose de sus interlocutores, cuando generalmente usaba una mesa de cristal redonda situada en la otra sección de su despacho, donde las conversaciones tenían un aire más informal e igualitario.

—¡Por favor, Andy! He trabajado para la Corporación, con total fidelidad, durante quince años. No ha habido ninguna queja de mí, ni en lo profesional ni en lo personal. —Douglas estaba sentado en el borde de su silla y miraba alternativamente a los otros dos—. Al contrario, hasta el momento todo han sido elogios y ascensos, y desempeño mi trabajo como vicepresidente a total satisfacción de mi jefe. ¿No es así, Charles?

White asintió con la cabeza, pero no abrió la boca.

—Creo que merezco alguna credibilidad frente a esa chica, que no es más que jefe de Auditoría y que lleva poco tiempo en la Corporación. Es mi palabra frente a la suya.

—No importa lo que nosotros creamos, Daniel —dijo lentamente Andersen—. Lo que cuenta es lo que un jurado decidiría si Linda nos llevara a juicio. Y siempre le darían la razón a ella.

—No es como ella lo ha contado.

—Lo siento, no podemos permitir el escándalo de que la Corporación vaya a los tribunales por acoso sexual.

—Charles, dijiste que hablarías con Davis. Él conoce mi trabajo y mi fidelidad de todos estos años.

—Lo he hecho —dijo moviendo la cabeza negativamente.

—Quiero hablar personalmente con él.

—Ya está todo hablado —repuso Andersen—. Ha dado instrucciones muy claras. No quiere saber más y no te va a ver.

—¿Qué quieres decir con eso? —La alarma sonaba en su voz.

—A estas alturas debieras saberlo tan bien como nosotros.

—Andersen bajó la voz—. Tu relación con la Corporación ha terminado.

—¿Así, sin más? Hace solo tres días que Linda entró en tu despacho con esa historia y hoy, domingo, me echáis —exclamó subiendo la voz.

—¡Daniel, por Dios! —repuso Andersen elevando también su voz al tiempo que daba una palmada encima de la mesa—. Se ha llevado a cabo una investigación a fondo e imparcial. Tú has expuesto tus puntos y ella los suyos. Hemos entrevistado a testigos. Dime ¿puedes negar que te has acostado con ella?

Douglas permaneció callado.

—Claro que no puedes negarlo —continuó Andersen—. Ella tiene todas las pruebas posibles de vuestra relación y testigos que declaran que tú la presionabas continuamente. Y mantiene que has forzado su voluntad gracias a tu posición jerárquica.

—Pero Charly —dijo Douglas dirigiéndose al otro hombre—, tiene que haber otra solución. Lo nuestro fue una relación entre adultos, libremente consentida por ambos. Completamente libre. Lo juro. Además, tengo una familia con cuatro hijos, que no van aún a la universidad, y necesito el dinero.

—Lo siento, Daniel —repuso Andersen—. No lo pongas más difícil. Yo no puedo hacer nada, y Charles tampoco. Tú sabías los riesgos que tomabas. Participas en el plan de acciones de la compañía, y su valor ha subido mucho últimamente; podemos recomprar tus acciones a precio de mercado. Además, a ti no te interesa el escándalo, ya que vamos a dar buenas referencias tuyas en cuanto al desempeño de tu trabajo y te será fácil encontrar otro empleo.

Daniel bajó la cabeza, abatido. Los otros dos hombres intercambiaron una mirada en silencio y luego volvieron su atención hacia él.

—Es injusto —se lamentó al cabo de un rato—. ¿Qué va a ocurrir con ella?

—Va a mantener su empleo.

—Pero ¿por qué esa discriminación? Ella continúa tan feliz, y yo, en la calle. Es totalmente injusto.

—Te voy a decir el porqué, aunque ya debieras saberlo —repuso fríamente Andersen—. Si la despedimos, ella será la víctima de un complot y de una venganza sexista. Mala publicidad para la Corporación. Además, tú eras su jefe, tenías poder sobre ella a causa de tu posición y, por lo tanto, eres el responsable. —Abrió las manos y las dejó caer sobre la mesa como dando por terminada la conversación—. Lo siento, Daniel, pero es así.

—Pero ese tipo de cosas ocurren cada día en los propios estudios Eagle y en las demás agencias y estudios que trabajan para ellos; es algo normal en el *show business*.

—Puede ser. Quizá vaya con los artistas, su glamour, sus ambiciones y lo que pagan por ellas. Los productores sabrán cómo manejan esas situaciones para protegerse de acciones legales contra el estudio. Aquí, en este edificio y en la Corporación, esta es nuestra política, no solo como protección legal, sino porque Davis lo quiere así. —Andersen se levantó de la silla y miró su reloj para dejar claro que la entrevista había terminado—. Tengo que irme. —Y señaló en dirección a la puerta—. Buena suerte. Fuera os espera un guarda de seguridad que os acompañará.

Los dos hombres anduvieron en silencio por los deshabitados pasillos de la planta vigésimo primera hacia el ascensor.

Un soleado domingo por la mañana como este mantenía el edificio prácticamente desierto. Solo empleados con asuntos urgentes o de alta motivación y ambiciones acudían a trabajar en un día festivo. Los que lo hacían vestían informalmente, nada que ver con el estricto código de trajes de los días laborables. Parecía que querían autoconvencerse: «Será solo un ratito y luego iré a disfrutar del fin de semana». En algunos casos el ratito se convertía en todo el día.

Daniel llevaba bajo el brazo unas cajas de cartón recogidas en el despacho de Andersen para transportar sus efectos personales. Ambos conocían el ritual.

Hasta hacía unos minutos Douglas era un alto ejecutivo y merecía toda confianza. En su despacho había horas y horas de, datos en papel y disquetes. Información confidencial, vital.

De repente, después de quince años de trabajo para la Corporación, se había convertido en un individuo sospechoso que podía ofrecer sus secretos a competidores o a personas aún más peligrosas.

Allí estaba su exjefe, White, con un guarda de seguridad esperando en el pasillo para vigilar que lo que se llevara en las cajas fueran efectos estrictamente personales. Después de muchos años trabajando juntos, de salir de la oficina ya entrada la noche, de compartir problemas y confidencias, la situación era difícil para ambos y muy violenta para White.

—Ella es una vulgar puta, Charles —dijo una vez depositados los marcos de las sonrientes fotos de su esposa e hijos en una caja—. Es una vulgar puta, que me buscó y me provocó. No lo pude evitar, fui un estúpido. Y merezco este castigo de Dios por haber caído en la tentación y haber usado su maldito coño. —Continuó recogiendo sus cosas y al cabo de un rato prosiguió—. Espero que Dios y mi esposa me perdonen —dijo deteniendo su trabajo y mirando de frente a White. Luego levantó la voz—. En cuanto a la Corporación, que me debe tanto tiempo trabajado extra y jamás pagado, desvelos, preocupaciones y horas perdidas de sueño, ¡que la jodan!

—Vamos, Daniel, cálmate. —White se alegraba de que el asunto se resolviera en domingo, evitando así un posible escándalo público.

—Y a ti y a Andersen, que también os jodan —exclamó Douglas con crispación—. No me habéis ayudado para nada. Yo esperaba de ti y de los demás amigos un apoyo que no he recibido. —Se estaba encarando a su exjefe, apuntándole con el dedo índice entre los ojos.

White se puso rígido, irguió su enorme cuerpo y respondió con firmeza, arrastrando las palabras, mirándole a los ojos y elevando su fuerte voz:

—Daniel, contrólate. Sé lo difícil que es para ti, pero has jugado a un juego peligroso y has perdido. Compórtate ahora como un hombre. Tú tenías poder sobre ella y ella denuncia que tú has usado tu poder para obtener sus favores sexuales. Los conseguiste, engañando a tu mujer y cometiendo pecado de adulterio. —Luego hizo una pausa y evaluó la actitud hostil de Douglas—. He hablado con Davis, he hecho todo lo posible. Sabes bien que bajo ningún concepto deseo que te vayas, pero Andersen ha presentado a Davis mil y un argumento legales. Él es el responsable de tu despido. Él y tu propio pecado. Cálmate y asúmelo. El guarda de seguridad que nos espera en el pasillo tiene instrucciones de Andersen de echarte sin más del edificio si causas problemas. Imagino que quieres salir dignamente por la puerta. —Hizo una pausa y añadió—: Además, tus amigos no te abandonaremos.

Douglas no dijo nada y continuó llenando las cajas. Cuando terminó, preguntó:

—¿Cómo me despido de mis subordinados y compañeros?

—Les diré que has presentado tu renuncia, si alguien quiere saber más, que te llame. Es lo recomendado por Andersen y lo que Davis ordena. Tú les puedes dar la versión que quieras. La Corporación no dará ningún detalle. Seguridad no te dejará pasar si vienes sin que alguien autorizado te cite. Esperamos que no llames por teléfono a nadie, salvo a mí o Andersen.

—¿Qué más falta por hacer? —preguntó Daniel con sequedad.

—Necesito la tarjeta de seguridad de acceso al edificio, la de crédito de la Corporación, tu última nota de gastos y las llaves del coche de la compañía. ¿Está aparcado en tu plaza de garaje?

—Sí —contestó abriendo su billetera y lanzando encima de la mesa las tarjetas. Luego hizo lo mismo con las llaves del coche—. La nota de gastos te la mandaré por correo.

—De acuerdo. Una vez comprobados los gastos, se te enviará un cheque a casa por lo que se te debe. ¿Alguna pregunta?

—Ninguna.

24

De regreso de las secuoyas, Karen dormía apoyando su cabeza sobre el hombro de Jaime. En algún recodo de la carretera el sol, de camino al ocaso, lo deslumbraba a pesar de la protección de sus gafas. El paisaje era hermoso, pero sus inquietos pensamientos le impedían apreciarlo con plenitud. ¿Qué significaba lo vivido en las últimas horas? ¿Por qué aquellas ideas lanzadas por los cátaros al aire transparente del bosque se clavaron en su mente como flechas en un blanco?

Aquellas gentes no eran lo que querían aparentar. ¿Cuál sería el papel de Karen en el grupo?

El coche, de cambios automáticos, y la carretera sin curvas cerradas le permitieron apoyar su mano derecha en la rodilla de su compañera. Agitándose un poco, ella puso su mano sobre la de él.

—¿Cómo estás, Jaime? —preguntó.

—Bien, cariño. ¿Y tú?

—Excelente. Me había quedado dormida.

—Lo he notado. Y con mi hombro de almohada.

—Me gusta. Dime, ¿cómo has pasado el día?

—Contigo, estupendo.

—¿Y qué opinas de mis amigos?

—Sorprendentes.

—¿Por qué?

—Porque son algo más que un grupo de amigos. ¿De qué se trata? ¿Una secta religiosa? ¿Qué pretenden? ¿Por qué me invitaste a la reunión?

—Son mis amigos, Jaime, y tú también. He querido que los conocieras. ¿No es lo normal? —Karen se había incorporado y ahora le miraba al hablar.

—Sí, pero ellos no son unos amigos normales. Tienen una forma común de ver la vida. Y parece que un programa. Y una religión. No es lo que uno espera de un grupo de amigos.

—¿Y por qué no? Tenemos creencias comunes y eso nos hace ser afines en muchas cosas, luego somos un grupo de gente unida y, por lo tanto, amigos.

—Bien, ¿y qué me dices de los discursos de vuestros gurús? Kevin Kepler ha hablado de disciplina. ¿Era eso una reunión de amigos o la promoción de una secta?

—Los que tú llamas «nuestros gurús» son gente que tiene cosas que decir que interesan al resto. Y se les escucha con respeto. ¿Qué problema hay en compartir principios y creencias? ¿Es que es mejor que nos reunamos para comentar el último partido de béisbol o el último modelo de coche de importación? ¿O que nos citemos en el bar de moda para hablar de cuánto hemos ganado en la bolsa? Creí que te interesaban temas más profundos, Jaime; por eso te invité. Parece que me he equivocado. Si es así, lo siento. —Con expresión seria Karen apartó su mano de la de Jaime.

Él se alarmó, no quería estropear el día con una discusión; su mano abandonó la rodilla de ella para regresar al volante. Tardó unos minutos en contestar.

—No; no te has equivocado, y te agradezco que me presentaras a tus amigos y la oportunidad que me ofreces de saber más de ti. Solo que no es lo que yo esperaba.

—Por lo que tú me contaste, creí que te interesaría.

—Algo de lo tratado me interesa, y lo cierto es que siento un vacío que no puedo llenar. —Jaime decidió desactivar el conflicto y confiarse—. He renunciado a mis utopías de juventud, sin tener nada que las reemplace. Y también siento como si traicionara la tradición que te conté de mi familia.

—¿La historia de tu abuelo y de tu padre? ¡Cuéntame algo más de ellos!

Jaime se sintió aliviado al ver de nuevo la sonrisa de Karen. Era como si, al iniciarse el ocaso de aquella tarde de invierno, estuviera amaneciendo un sol mucho más bello.

—La historia es larga.

—También el camino a casa es largo.

—Intentaré resumir.

Karen se acomodó en el asiento, mirándolo como el niño pequeño al que le van a contar un cuento maravilloso.

—Mi abuelo paterno luchó en una vieja guerra civil europea por su libertad, la de sus hijos y la de su pequeña patria. Murió sin conseguir nada de ello. Lo único que logró fue dar su ejemplo a su hijo, mi padre. Le hizo prometer que sería un hombre libre, que no se dejaría pisar y que siempre lucharía por sus ideales.

»Mi padre, Joan, emigró a Cuba, donde durante muchos años trabajó para su tío, instalado en La Habana, y con su ayuda fundó un comercio floreciente. Pasado el tiempo, ya con un buen patrimonio, se casó con una señorita de la sociedad. Allí nací yo. Mi padre simpatizaba con la revolución de Castro e incluso la ayudó clandestinamente.

»En la Nochevieja de 1959 los revolucionarios entraban

en La Habana, y Batista y los suyos huyeron. A pesar de la consternación del resto de la familia, en casa de mis padres se brindó alegremente por el futuro y por la nueva vida en libertad.

»Muy pronto mi padre se desencantó. El nuevo año trajo una nueva forma de dictadura. Las tensiones con los norteamericanos llevaron a Castro a apoyarse en los rusos, y pronto se prohibió el comercio con Estados Unidos.

»Eso arruinó a mi padre económicamente. Y fue también un gran golpe moral, ya que él había puesto su pequeña aportación para aquel cambio. Había creído en el mensaje de libertad, y ahora perdía gran parte de la suya. Mi madre le dijo: "Joan, esto va de mal en peor. Ese Castro nos hace comunistas a todos. Vayámonos mi amor, antes de que la situación se estropee más".

»Vendieron lo que pudieron y con algún dinero ahorrado embarcaron hacia Estados Unidos. Podíamos haber ido a España, donde la familia de mi padre nos ofrecía su ayuda para instalarnos, pero Joan proclamó que no viviría más en una dictadura y que escogíamos la libertad. Y de nuevo se confió al mar como el ancho camino hacia su utopía.

»Desde el barco vimos la estatua de la Libertad al entrar en el puerto de Nueva York. Yo era demasiado joven para recordarlo, pero mi madre lo cuenta. Mi padre me cogió en brazos y, sujetándome con su brazo derecho, puso el izquierdo en los hombros de mi madre. Luego desde la cubierta del barco, contemplando aquel maravilloso símbolo, nos dijo solemnemente: "Esta es la patria de los libres. Llegamos a la libertad".

»El inicio de la nueva vida fue durísimo. Los amigos que por negocios tenía mi padre en Nueva York solo le consiguieron un trabajo como vendedor comisionista. Su zona era la que nadie quería. Comprendía Harlem y otros barrios pobres. Con su deficiente inglés y una familia a la que alimentar, Joan no podía escoger.

»Cuando cubría los barrios marginales, empezaba a trabajar muy pronto por la mañana. Muchos de sus clientes hablaban español y eran emigrantes recién llegados a la gran urbe de la libertad. No confiaban en los bancos, y mi padre tenía que cobrar las ventas en la trastienda, dólar sobre dólar en efectivo, sabiendo que en aquellos lugares su vida valía mucho menos que el puñado de dólares arrugados cobrados en la última "bodega" que llevaba en el bolsillo.

»Cerca del mediodía Joan intentaba abandonar los barrios peligrosos. Era el momento en que las *gangs* de muchachos despertaban después de una noche de acción y empezarían a plantearse cómo lograr el dinero para sus necesidades del día.

»Y Joan supo lo que era el miedo. No por su vida, sino por la de mi madre y la mía si él era asesinado. Y supo que mi madre también tenía miedo. Y también supo que no era libre. Que no le alistaba aquel trabajo, pero que era el único que tenía, y él era responsable de una familia. Pero lo peor era el miedo en la mañana, cuando se despedía con un beso, pensando qué sería de nosotros si él no regresaba por la noche. Y aun en las ocasiones en que se enfrentó a una navaja, sabiendo que el sustento de la familia e incluso su trabajo dependían de los dólares que había escondido en su viejo traje de vendedor, su temor era menor que cuando se despedía por la mañana.

»No era libre. No podía ser libre con tal inquietud, nadie podía ser libre de aquella forma.

»Mi padre siempre dice que en Nueva York hay dos estatuas de la Libertad. Una es gigantesca, de expresión seria y distante. Se la puede ver desde muy lejos, pero es inalcanzable, dura y fría como la piedra con que está hecha.

»La otra es pequeña y está escondida. Es amable, fácil, sonriente y cálida. Está cubierta de oro y se ofrece generosa a quien es capaz de encontrarla. Pero solo la ven los emigrantes escogidos. Los que llegan con mucho dinero.

»Pasaron unos años, y nuestro inglés y la situación económica de la familia mejoraron algo. Pero mi padre no era feliz.

»Un buen día nos fuimos hacia el oeste, de nuevo en busca de la libertad. Y así llegamos al sur de California, donde mi padre montó un pequeño negocio que funcionó bien, pero no tanto como el de La Habana. Aquí es donde nos convertimos en ciudadanos americanos y donde yo crecí.

—Pero si tu padre sintió tal desengaño con este país, ¿por qué se hizo ciudadano?

—No lo sé seguro, pero quizá lo hizo porque este país es lo más próximo a su sueño que ha podido encontrar. Te invitaré un día comer a casa de mis padres y le haremos la pregunta al propio Joan.

—Estaré encantada. —Sonreía formal—. Pero con respecto a ti, Jaime, ¿qué hay de tu libertad y de tus ideales?

—Los tuve, Karen. Fui por un tiempo un hippy tardío en busca de una libertad idílica. Los ideales se fueron y dejaron un vacío que me hace sentir mal en muchas ocasiones.

—¿Ves Jaime? Yo sabía que no me equivocaba contigo. —Ella puso ahora su mano en la rodilla de él—. Te dije que éramos iguales, ¿lo recuerdas? Y tú bromeaste sobre ello.

—Sí, lo recuerdo, pero ¿cómo sabías que yo era sensible a esos temas? ¿Cómo sabías que mi primera preocupación no era el béisbol o los coches de carreras?

—Qué importa cómo; quizá fuera el instinto; lo importante es que tú eres uno de los nuestros. Únete a nosotros para luchar por tu libertad y la de los demás.

—Karen, ¿qué papel desempeñas tú en el grupo? —Jaime se sentía inquieto, había algo que no terminaba de encajar.

—Soy una más, como todos. Creo en su lucha y lucho con ellos. El único distinto es Dubois; es un buen cristiano o perfecto que hace las funciones de obispo y tiene a sus asistentes primero y segundo ubicados en San Francisco y San Diego. Su función es puramente espiritual y rechaza cualquier tipo de violencia, aun aceptando que otros luchemos en defensa de nuestros ideales. Pero ¿qué importa ahora? Lo importante eres tú. Encajarás perfectamente. ¿Qué me dices?

—Quisiera saber más sobre el grupo, Karen. En especial sobre su lucha y lo de la obediencia. —Algo en su interior le avisaba que no se comprometiera, pero temía perder a su amiga—. Quizá esa gente tenga algo de lo que voy buscando, y me intrigan. Pero sobre todo me importas tú. Esa es la razón por la que estoy contigo ahora y por la que estaré con tus amigos para conocerlos mejor.

—¡Esto es estupendo, Jaime! —dijo ella con un saltito y dándole un beso en la mejilla—. ¡Verás cómo te gustará!

El sol se había ocultado dejando un espectacular resplandor rojizo, en violento contraste con el azul oscuro de las nubes del horizonte.

El tráfico era más intenso, y los coches llevaban las luces encendidas. Continuaron un tiempo en silencio mientras escuchaban la música de la radio y sus propios pensamientos.

—¡Esto hay que celebrarlo! —Karen rompió el silencio al cabo de un tiempo—. Tengo algo de comida en la nevera y una buena botella de vino. Creo que voy a poder convencer a mi cocinera de que nos prepare una buena cena.

—¿Te refieres a tu emigrante ilegal rubia y de ojos azules?

—La misma —Karen mantenía su mano en la rodilla de él.

—Acepto encantado.

—Pero antes deberíamos recoger tu pijama.

—¿Te molesta si duermo sin él?

Karen soltó una de sus risas cantarinas.

Martes

25

—¿Te has enterado de que Daniel Douglas ha dejado la Corporación? —preguntó Jaime.

Cenaban hamburguesa y ensalada en Roco's, y era su primera cita desde el beso de despedida, la mañana del lunes, en el apartamento de Karen; Jaime había esperado con ansiedad este encuentro los casi dos largos días pasados sin verla.

—Algo he oído. Pero tú sabrás más.

—El lunes, White me llamó para darme la noticia. Circularon una ambigua comunicación oficial terminada con aquello de «le deseamos lo mejor en sus nuevos proyectos profesionales», pero en realidad lo han echado.

—¿Sabes por qué? —Karen parecía cuidadosa.

—No oficialmente. Pero todo se sabe y Laura, mi secretaria, me dijo que era un lío de faldas. Le pedí aclaración a White y me contó, de forma muy confidencial, que Douglas había tenido un asunto con una de las mujeres que trabajaban para él. Se llama Linda Americo, es joven, atractiva y una ejecutiva ambiciosa, que ascendió muy rápido gracias a él.

—¿Y lo han echado solo por eso?

—Yo no tenía buenas relaciones con Douglas, pero sí un trato frecuente. Era de esos tipos que siempre tienen las fotos de su mujer e hijos en lugar visible y destacado del despacho. Incluso unas Navidades envió como tarjeta de felicitación una foto de toda su familia engalanada frente al hogar y el árbol decorado. Era muy conservador, política y socialmente; me asombra lo ocurrido.

—Esos que quieren aparentar ser tan morales son los que esconden los esqueletos más feos en los armarios. —Comentó Karen sonriendo con ironía.

—No sabía que existiera tal *affaire*, pero comprendí que tenía problemas con Linda cuando la semana pasada intentó convencerme de incorporarla a mi equipo, ascendiéndola.

—Parece que llegó tarde.

—Me temo que sí. He estado esperando y, como Douglas no daba señales de vida, hoy le he llamado a su casa. Está destrozado, no solo por su trabajo, sino porque quizá su mujer le pida el divorcio. Linda lo ha utilizado para progresar y, al negarle él una nueva promoción cuando ella la quería, le amenazó primero y luego cumplió su amenaza.

»La chica tenía prisa, lo ha exprimido miserablemente y cuando no ha podido sacar más de él, lo ha dejado tirado, pisándolo como pisas una lata de refresco usada, por el simple placer de oír el ruido que hace al aplastarse contra el suelo. Le ha destrozado la vida, tanto en lo personal como en lo profesional.

»Es una ambiciosa que no ha dudado en buscarlo, seducirlo y abrirse de piernas cuando Douglas le podía dar lo que ella quería. Y cuando no pudo sacarle más, se ha ensañado con él. ¿No podía simplemente dejarlo? Ella sabe lo puntilloso que es Davis en lo referente a las relaciones sexuales entre los empleados y, cuando lo denunció, sabía que acabaría con él. Linda es una mujer hermosa, pero me da un asco infinito.

—Oye, ¡espera un momento! —Karen había perdido su sonrisa y le cortó con brusquedad—. Estás sacando conclusiones demasiado deprisa. ¿Cómo sabes que la versión de Douglas es la correcta? Yo lo veo distinto. Han tenido un asunto que ha terminado mal. Tú dices que ella lo ha usado para ascender. Yo conozco a Linda y es una mujer profesionalmente muy capaz, que hubiera ascendido igualmente. Además, si ella ha obtenido ventajas profesionales gracias a su relación con Douglas, es culpa de él. ¿Qué le daba ella a cambio? —Karen fruncía ligeramente las cejas y hablaba con una dureza desconocida hasta entonces por Jaime; no esperó a que él respondiera—. Le daba una relación cómoda y halagadora en la que él se acostaba con dos mujeres a la vez. Aparte de tener en su casita a su familia ejemplar e ir a su iglesia todos los domingos, Douglas disfrutaba de una mujer joven que, como tú dices, es además hermosa. Y ella perdía su tiempo y su juventud en una relación sin futuro. No estaba nada mal lo que él sacaba del asunto, ¿no crees? Y no dudó en traicionar y mentir a su esposa, ¿verdad? ¿Y me dices que Douglas además ascendió a su amante? ¡Qué asco de tío inmoral, que paga favores personales con los activos de la Corporación!

—No es así, Karen, él se había enamorado de ella.

—¿Ah, sí? Él sí estaba enamorado de ella, ¿y ella de él no? Estás prejuzgando el asunto bajo una visión machista.

—¿Cómo que machista? —Jaime empezaba a enojarse—. Esa mujer ha ido con mala intención. Si no, dime, ¿por qué lo ha denunciado por acoso sexual cuando era un asunto personal entre ambos? ¿Qué necesidad tenía de hundirle?

—Linda es mi amiga y tú estás asumiendo lo que no sabes. Él estaba en una situación de poder frente a ella, simplemente porque era su jefe. Y ha usado ese poder para que ella cediera primero y para que alargase la relación después. Él quería mantener la situación tal cual. Se acostaba con ella cuando le parecía y luego volvía a su casa con su perfecta familia para follar con la otra. Linda le pidió que escogiera, y él quiso mantener la situación tal cual a toda costa. La denuncia ha sido la única salida que Linda tenía para recuperar su libertad.

—Aun así, estoy seguro de que había otra solución. —El tono de Jaime subía—. Y también estoy seguro de que ella ha buscado mantener sus privilegios profesionales y aumentarlos subiendo el precio de su vagina. Se le quedó pequeño su puesto, y el tonto de Douglas le habría prometido otro ascenso con tal de retenerla. Y cuando vio que no se lo podía dar, ella se ha librado de él para siempre. No necesitaba ser tan cruel y, por muy amiga tuya que sea, para mí es una simple puta.

—Bien, ¿y qué crees que le va a pasar a ella? No la han despedido y en teoría la Corporación la apoya como víctima de acoso sexual. Pero solo lo hacen porque tienen miedo a un escándalo y un posible juicio. Por eso lo hacen.

»Pero ella va a quedar marcada para toda su vida profesional, porque sus jefes son unos sucios machistas como tú, que siempre se referirán a ella como "esa puta que se acostaba con Daniel para que la ascendiera y luego le muerde la polla". Su futuro profesional en la Corporación es nulo. Linda ha demostrado un gran valor al librarse de él de la forma en que lo ha hecho.

—¡Qué valor ni qué pobre chica! Nadie la perseguía. Se acosaban juntos y lo hacían fuera de la oficina. Ahora imagina que ella es la jefe y la situación es a la inversa. Todo el mundo se reiría de él y Linda jamás sería despedida.

—Puedes desviar la conversación si quieres, pero yo apruebo los métodos que ha usado para recuperar su libertad. Y la apoyo.

—Karen, esa no es la forma. —Repuso Jaime luego de unos instantes de silencio. «Karen se deja llevar por las emociones y no razona lógicamente», pensaba—. Imagina que lo nuestro se termina por tu parte, que yo continúo queriendo verte y tú no, aunque yo insista. ¿Qué necesidad tendrías tú de denunciarme como alguien de un grado superior que te acosa? Estoy seguro de que tú no lo harías.

Karen le miró y calló. Hubo un brillo en sus ojos azules y un esbozo de sonrisa bailaba en sus labios.

—¿Ah, no? ¿Cómo lo sabes? —preguntó con suavidad.

Jaime empezó a sonreír conforme la sonrisa de ella se iba ampliando. La fuerte tensión entre los dos estaba desapareciendo. Y él se sentía aliviado.

—Porque tú eres una chica con principios morales y jamás me harías eso.

—Pero soy también una chica ambiciosa. Imagínate que no me das lo que yo quiero cuando yo te he dado todo lo que tú querías. Me podría enfadar mucho.

—Pero lo que tú quieres y lo que yo quiero es lo mismo. ¿No es así, cariño?

—No seas tan vanidoso ni estés tan seguro.

—Pero tú jamás lo harías.

—Linda es mi amiga, y yo le aconsejé como amiga y abogada. No dudaría un instante en hacer lo mismo.

Karen no sonreía y pronunció las palabras con un énfasis especial. Jaime notó cómo su propia sonrisa se borraba de su cara. Después de un incómodo silencio en que ambos mantuvieron la mirada, Karen soltó una alegre carcajada.

—¡Te tengo en mi poder, señor vicepresidente! —exclamó con dulzura.

—Bromeas, ¿no es cierto?

—Claro, cariño. Desde luego. Pero ella es mi amiga.

Jaime la miró con suspicacia. Sentía en su interior que ella era muy capaz de hacer lo que Linda había hecho. No creía que bromeara. Y había una amenaza cierta flotando entre ambos. ¿En qué lío se habría metido acostándose con Karen? Sintió de pronto una intensa, pero placentera sensación de peligro que le era extrañamente familiar.

—Además, debes ver el aspecto positivo de este asunto —continuó Karen—. Con Douglas fuera, de irse tu jefe, es casi seguro que tú serías ascendido a presidente de Auditoría. ¡No está mal para un hispano!

Jaime intuía que el juego iba más allá y que la amenaza seguía allí. Una sensación, mezcla de atracción irresistible y temor a un peligro oculto pero cierto, lo invadió.

Oyó una voz interna advirtiéndole: «Como mariposa a la llama».

Miércoles

26

El sol se ocultaba, y el senador McAllen miró los eucaliptos, palmeras y grandes matas de adelfas que bordeaban la carretera y que ya escondían sombras en su interior.

—Es testarudo —comentó a su acompañante—. Es como un viejo rey y tiene formas y actitudes de tal. No nos pondrá las cosas fáciles.

—Lleva usted un mensaje del presidente de Estados Unidos, senador, y eso abre todas las puertas del país y las de la mayoría del resto del mundo.

—No, John; no necesariamente la de David Davis —se quejó McAllen—. En realidad Davis se cree que el presidente le debe el puesto a él. Y lo proclama sin ningún rubor.

—Puede ser cierto.

—Lo sea no, el caso es que Davis espera que el presidente siga sus instrucciones y no viceversa.

—¿Es la Torre Blanca más poderosa que la Casa Blanca? ¿Está el rey por encima del presidente?

—Para Davis, este país es una monarquía; él, el rey, y el presidente, su primer ministro. —McAllen suspiró.

La limusina y los cuatro motoristas de la policía que la escoltaban pararon frente a la gran verja de hierro que daba acceso al rancho. Las cámaras de seguridad observaron al grupo atentamente.

Cuando las puertas se abrieron, se encontraron con dos hombres, en traje, rodeados de guardas, también en traje y sosteniendo fusiles automáticos, esperándoles. Parecía un pequeño ejército en formación.

McAllen sabía que no estaba todo a la vista e instintivamente buscó con su mirada a los tiradores dispuestos entre los espesos arbustos del jardín. No pudo ver a ninguno.

Las puertas se cerraron, y uno de los Pretorianos se dirigió a la ventanilla del senador.

—Bienvenido, senador McAllen. Es un placer verle aquí de nuevo.

—Gracias, Gus. Conmigo viene el señor Beck.

—Un placer, señor Beck —saludó Gutierres a través de la ventanilla—. Le esperábamos también a usted.

—Placer —repuso Beck sucinto.

—Senador, ya conoce usted las costumbres de la casa. Me temo que su escolta y su coche tendrán que quedarse aquí. Mi colega acompañará a su comitiva al edificio de recepción, donde serán bien atendidos.

—Bien, bien —gruñó McAllen mientras hacía una seña a Beck para que bajara del coche.

Otro coche se detenía en aquel momento frente a ellos, y el conductor bajó, dirigiéndose sin preámbulos a Beck.

—Estoy seguro de que el señor Beck, dada su profesión, lo entenderá —dijo Gutierres mientras el pretoriano empezaba a cachear al hombre sin demasiados miramientos—. Es el procedimiento de rutina.

El guardaespaldas encontró el revólver que buscaba pero nada más y, quitándoselo sin pronunciar palabra, lo guardó en algún lugar de su amplia chaqueta.

—Naturalmente le devolveremos su «amiguito» a la salida, señor Beck. Disculpe las molestias —le consoló Gutierres.

Luego se dirigió a McAllen—. Imagino que como de costumbre el senador no va armado. ¿No es así, señor?

—No voy armado —confirmó McAllen con cierto fastidio.

—Gracias, senador. Podemos subir al coche.

El trayecto fue de pocos minutos, siguiendo una carretera de un solo carril por sentido y flanqueada por altas palmeras y hermoso césped. Más lejos se veían grupos de árboles y jardines.

Bordearon una cerca en cuyo interior se encontraban caballos y al fondo se veían unos edificios que debían de ser las caballerizas. Al fin llegaron a los jardines del edificio principal; una amplia y bella casona de estilo colonial español, donde el coche se detuvo.

Beck pensó que no se parecía demasiado a las típicas construcciones modernas de Los Ángeles que con madera, azulejos y estuco imitaban el estilo. Aquello parecía auténtico y con más de un siglo de antigüedad. Debía de haber sido la gran casa de uno de los ranchos del sur de California, en tiempos de España y luego de México.

Gutierres les condujo al interior y luego a uno de los grandes salones laterales. Era una biblioteca construida en caoba y nogal, donde los libros llegaban hasta un techo decorado con artesonados de madera trabajada. El fuego saltaba alegre en la chimenea de piedra esculpida con motivos platerescos, dando a la gran sala un aspecto acogedor y familiar.

En abierto contraste con la aristocrática decoración, Davis contemplaba un lienzo de pared con seis grandes monitores de televisión, sintonizados a otros tantos canales.

Davis se levantó del sillón al anunciar Gutierres la llegada del grupo. Con un solo gesto del mando a distancia, los televisores enmudecieron, se apagaron, y un panel de madera que parecía tan antiguo como el resto de la biblioteca se deslizó en silencio, cubriendo los monitores.

McAllen se adelantó para estrechar efusivamente la mano de Davis.

—¿Cómo estás, David? Es un placer verte de nuevo. —El grandullón y carirrojo McAllen producía un cómico contraste de tamaño y aspecto con el pequeño y enjuto Davis.

—Muy bien, gracias Richard —dijo Davis, que no se había movido de su lugar y se erguía como para aumentar de estatura—. Te veo bien.

—Sí, gracias. Te presento a John Beck. Ya te anticipé que vendría conmigo.

—Señor Beck.

—Un placer conocerlo, señor Davis.

—Igualmente digo. ¿Quieren sentarse, por favor? —Davis señaló unos sillones enfrente del suyo.

Los dos hombres se sentaron, y también lo hizo en silencio Gutierres.

—David, quiero expresarte mis sentidas condolencias y las de todos tus amigos de Washington por la muerte de Steve.

—Asesinato.

—Exacto, asesinato. Y aunque ya te lo expresaron por teléfono, y el gobernador los representó en el funeral, el presidente, el vicepresidente y sus esposas te envían sus condolencias.

—¿Por qué no ha venido contigo el vicepresidente?

—¿El vicepresidente? —McAllen se puso a la defensiva.

—Sí —confirmó Davis—. Si el motivo de tu visita es tan importante, era de esperar que al menos el vicepresidente hubiera venido personalmente a verme.

—Bien, David, el tema es ciertamente importante, pero hoy se trata de hablar de asuntos técnicos. Estoy seguro de que el vicepresidente y el propio presidente estarán encantados de escuchar lo que tengas que decir después de esta reunión.

—¿Asuntos técnicos? Yo no acostumbro tratar temas técnicos.

—Pero estos en particular debes tratarlos tú personalmente, David. Tienen que ver con tu propia vida y con el futuro de la Corporación.

—Te escucho.

—Como sabes, el señor Beck ocupa un alto cargo en el FBI. El departamento que él dirige está especializado en la investigación de grupos de presión política o económica que no se mueven por los cauces habituales.

—¿Te refieres, Richard, a los grupos de presión que nosotros no controlamos? —ironizó Davis.

—Son grupos de ideologías políticas extremas —continuó McAllen dándose por enterado del comentario con una escueta sonrisa parecida a una mueca— o sectas religiosas que persiguen el poder dominando a sus discípulos. Grupos que usan la violencia física o psíquica y están al borde o fuera de los límites de nuestra Constitución.

—Tiene usted un trabajo interesante, Beck. Quizá un día podamos llegar a un acuerdo para que nos escriba el guion de una película. Pero ¿de qué nos sirve ahora?

—El inspector Ramsey ha pedido ayuda para identificar a los grupos que reivindicaron el asesinato del señor Kurth —intervino Beck—. En el FBI tenemos localizados a más de ochocientos grupos antigubernamentales organizados. Más de cuatrocientos de ellos son milicias entrenadas y expertas en armas y explosivos. Pero no tenemos constancia de los que reivindicaron el asesinato. El éxito obtenido y los métodos empleados son demasiado sofisticados para que sean una simple pandilla de locos o un grupo que se esté iniciando ahora. Creemos que la reivindicación es una cortina de humo para esconder a alguien bien organizado y con poder que está atacando a su Corporación. Opinamos que el asesinato es solo el inicio y que es una pieza de un plan más sofisticado y ambicioso.

—Si niega la existencia de los grupos que reivindicaron el

asesinato —interrumpió Gutierres—, ¿cómo explica que hayamos recibido durante más de un año sus amenazas?

—Los asesinos lo planearon con tiempo.

—Y tenemos buenos motivos para creer que lo van a intentar contigo la próxima vez, David —intervino McAllen—. El presidente quiere que extremes las medidas de seguridad.

—Dile al presidente que le agradezco su preocupación, pero que mi seguridad, como has podido comprobar, es francamente buena.

—El presidente quiere que prepares la sucesión en la Davis Communications. Sabes mejor que nadie cuán poderosa es la Corporación. Tenéis algunos de los periódicos y revistas líderes y uno de los mayores grupos editoriales del país. Controláis una de las cuatro mayores cadenas de televisión, además de canales temáticos, y los estudios Eagle son siempre el primero o el segundo en taquilla en el mundo. Y hay que añadir que vuestra producción televisiva lanza cada temporada nuevos programas que alcanzan máxima audiencia. La Davis Communications posee un importante valor estratégico para la seguridad del país.

—Querrás decir para la seguridad de vuestra victoria electoral, ¿verdad?

—Vamos, David, sabes bien que la importancia estratégica de la Corporación en el mundo es casi tan grande como la de la flota del Pacífico.

—Te equivocas. La importancia de la Corporación es hoy, a finales del siglo, mucho mayor que la de la flota. En especial para que el vicepresidente pueda reemplazar al presidente en las próximas elecciones.

—Con la muerte de Kurth, tu sucesor natural ha desaparecido. —McAllen obvió el comentario de Davis—. El accionariado de la Corporación está constituido de tal forma que, aunque tus herederos vendieran tus acciones, el control no estaría claro para ningún grupo. Y el valor de la compañía es tan grande que hace casi imposible un *buy-out*. Así pues, el poder que puedan ejercer los grupos de altos ejecutivos en la Corporación sería determinante para controlarla, aun sin tener casi ningún peso en el accionariado.

—Veo que has hecho tus deberes antes de venir a verme. —Davis forzó una sonrisa—. Pero ¿en qué me afecta a mí todo eso?

—La Davis Communications es la obra de tu vida. Tiene tu tilo y refleja tus ideales de libertad, que coinciden con nuestra visión de un mundo tolerante, sin la influencia de la religión en la vida civil. Esto puede cambiar dramáticamente si tú desapareces sin dejar asegurada tu sucesión. Tu obra moriría, y esa tremenda máquina de comunicación podría caer en manos de alguien que la usar en sentido contrario como tú la has conducido hasta ahora influenciando al público hacia unas ideologías o religiones concretas.

—Richard, creo que la obsesión por manteneros en el poder os hace tener pesadillas.

—No son pesadillas —repuso McAllen. Luego se dirigió a Beck—. John, explíqueselo al señor Davis.

—Tenemos informadores e infiltrados en casi todas las sectas y especialmente en las más activas. Se sorprendería de lo poderosas que son algunas y de los contactos que tienen gracias a que unos adeptos ayudan a otros a escalar posiciones de poder.

—En ese caso estará perfectamente enterado de la última donación que he hecho a mi sinagoga, ¿verdad, Beck? —bromeó Davis enseñando los dientes en lugar de sonreír.

—Algunas de esas sectas son particularmente cerradas y acometen actividades que muy pocos adeptos del grupo conocen —continuó Beck sin detenerse ante el humor ácido de Davis—. O a veces un grupo más radical dentro de la misma secta toma una iniciativa extremista sin el conocimiento del cuerpo central. La investigación en esos casos es muy difícil.

Sin embargo, puedo asegurarle que existe una poderosa secta que está infiltrándose desde hace tiempo en Davis Communications. Varios de sus empleados pertenecen a ese grupo y algún ejecutivo importante podría ser adepto secreto.

—Beck, no dé usted más rodeos. Indíqueme quiénes son y actuaremos.

—No es tan fácil. Aunque tenemos sospechas fundadas de una secta en concreto, varios miembros de grupos distintos han sido identificados en la corporación 4, no podemos demostrar aún su relación con el asesinato.

—Necesitamos pruebas fehacientes, Beck —intervino Gutierres—. No podemos permitir que se diga que en la Corporación perseguimos una religión o secta. Simples sospechas no sirven.

—Los nombres, Beck —insistió Davis.

—No puede dártelos por ahora —terció McAllen—, pero estamos seguros de que el asesinato ha sido un paso importante en los planes para la toma del control por parte de una secta. Y van a continuar, David, y tú estás en su camino. —El senador hizo una pausa para continuar con un mayor énfasis—. Hemos decidido que el agente especial Beck se haga cargo de la investigación a partir de hoy. Así estarás más protegido y...

—Un momento, Richard. —La voz de Davis denotaba su irritación—. Venís con la historia de una secta y un complot para toar el poder, pero no queréis concretar qué secta es y no habéis podido establecer su relación con el asesinato. No me dais los nombres de los empleados sospechosos. No aportáis ninguna prueba. ¿Y con esa excusa quieres poner a esta lumbrera del FBI a dirigir la investigación para que meta en mis asuntos sus narices conectadas por internet con Washington? ¿Os creéis que soy un jodido recién nacido? Cada día mis estudios rechazan diez guiones mejores que este.

La roja cara de McAllen estaba pálida.

—Por favor, David, sé razonable. Pretendemos tu seguridad y la de la Corporación.

—Bien, señor Beck —continuó Davis sin hacer caso a McAllen—, ya que está usted tan enterado, ¿qué opina del explosivo que usaron los Defensores de América? Por cierto, vaya nombre más estúpido; de superhéroe de cómic.

—No he discutido aún los detalles con Ramsey ni con el laboratorio que realizó los análisis.

—Pero sí cree que puede venir a darme unos cuantos malditos consejos —le increpó con una dura mirada—. Díselo, Gus; dile lo que era.

—RDX, un explosivo usado por los servicios secretos.

—Sí, los servicios secretos —continuó Davis—. Pues yo opino de los servicios secretos lo que opina usted de las sectas. Sé que lo habrá hecho alguno de ellos, pero no sé cuál. Senador, ¿podría ser quizá nuestro propio servicio secreto?

—Por favor, David —McAllen se escandalizó—. ¿Cómo puedes decir tal cosa?

—El señor presidente de Estados Unidos de América está preocupado por mi sucesión —continuó Davis sin hacer el menor caso al tono quejumbroso de McAllen—. ¿Ya tiene candidato? ¿Quién es, Richard?

—La primera preocupación es tu seguridad, y por favor, no nos ofendas.

Davis se mantuvo en silencio.

—Yo respeto al presidente; transmítele mi agradecimiento por su preocupación —dijo Davis luego de una larga pausa, pasando de repente a un tono relajado y conciliador—. Agradezco la información que me ha traído el señor Beck, pero prefiero que la próxima vez aporte algo más que rumores. Quiero nombres y una conexión razonable si he de volver a verle. Y pruebas. Si no, no hace falta que se moleste en verme a mí. Que trate contigo, Gus. O con Ramsey. Hasta que nos proporcione los nombres y motivos, nosotros seguiremos colaborando con la investigación, pero el inspector Ramsey continuará al frente. Él tiene toda mi confianza.

—¿Y en cuanto al tema de preparar una sucesión adecuada? —preguntó McAllen.

—Dile al presidente que empezaré a considerar opciones. Bien, señores, es el momento de la cena. —Davis se levantó del sillón y los demás lo siguieron de inmediato—. Richard —dijo al senador tomándolo por el brazo—, tú y yo tenemos asuntos que tratar sobre los viejos tiempos. Vamos a cenar los dos solos. —Y añadió—: El señor Beck y Gus cenarán por su cuenta. Estoy seguro de que encontrarán muchos temas «técnicos» de qué hablar.

Beck vio cómo Davis se llevaba a McAllen del brazo fuera del salón. Al girarse, su mirada se cruzó con la de Gutierres. En la cara usualmente inexpresiva del jefe de los Pretorianos bailaba una intencionada sonrisa divertida.

27

—¿Sabes?, Dubois instigó mi curiosidad hablándome de la memoria genética, pero no he vuelto a oír nada del asunto desde entonces.

Jaime había invitado a Karen a una copa en Ricardo's. Allí se sentía como en su casa y pensó que el ambiente íntimo permitiría una conversación en la que Karen se abriera a las confidencias y le contara más sobre los misteriosos cátaros.

—¡Ah!, pero ¿estás interesado en ello? —repuso Karen abriendo los ojos y fingiendo asombro.

—Sí, claro. Si es cierto lo que contó Dubois, me gustaría experimentarlo.

—Sí es cierto, Jaime. Es cierto. —Hizo una pausa y añadió—: Te lo garantizo.

—¿Cómo puedes estar tan segura? Hablas como si lo hubieras vivido.

—Lo he vivido.

—¿Que lo has vivido? ¡Cuéntamelo!

—No te lo puedo contar ahora. No estás preparado.

—¿Cómo que no estoy preparado?

—Mira, Jaime, este no es un asunto que puedas visitar como un turista que va a ver las secuoyas. Requiere un conocimiento previo, una actitud positiva y un compromiso.

—No te entiendo. ¿Qué conocimiento previo se necesita?

—Antes que el conocimiento está tu actitud. Debes estar preparado para aceptar como posibles, eventos que tu educación y tu pensamiento actual pueden rechazar con violencia.

—¿Como qué, Karen? ¿Qué debo aceptar?

—Prefiero no hablar del asunto si no anticipo tu actitud positiva.

—Por favor, Karen, no des más vueltas. Prometo escuchar con todo respeto lo que me cuentes. No puedo estar más positivo, créeme.

—Bien, si así lo quieres. —Karen hizo una pausa y luego le miró a los ojos. La luz del local producía un extraño reflejo en sus pupilas azules. Luego continuó bajando la voz—. Lo de la memoria genética es un eufemismo que Dubois usó. No es así. No recuerdas lo vivido por tus abuelos o tatarabuelos u otro ancestro físico. Recuerdas lo vivido por tus antecesores espirituales.

—¿Qué es un antecesor espiritual? Es la primera vez que oigo tal cosa.

—Es tu yo más interior, Jaime, tu espíritu.

—No entiendo, Karen. ¿Qué tiene que ver mi espíritu con mis antecesores?

—Tu espíritu ya ha vivido vidas anteriores y es el mismo espíritu que vivió en cuerpos anteriores. Y los individuos que vivieron con tu mismo espíritu y su propio cuerpo son tus antecesores espirituales. El cuerpo muere, el espíritu permanece.

—Me estás hablando de reencarnación. ¿Es eso?

—Sí.

En aquel momento apareció Ricardo con las bebidas y las depositó en la mesita.

—¿Todo bien, muchachos?

—Sí, gracias —repuso Jaime.

Ricardo le dio un par de palmaditas amistosas mientras hacía brillar su sonrisa. Karen le correspondió con una no menos deslumbrante sonrisa. Cuando ya se retiraba y ella no lo veía, Ricardo guiñó un ojo a Jaime y le hizo el signo positivo de aprobación con el pulgar hacia arriba. Le había gustado Karen.

—Cuesta creer lo de la reencarnación —dijo Jaime tan pronto como Ricardo se alejó.

—Ya te lo advertí.

—Pero imagina que lo creo —se apresuró a añadir—. O al menos creo que es posible. ¿Podría yo recordar vidas pasadas?

—Claro, Jaime, de eso estamos hablando. En unas condiciones especiales, puedes lograr acceso a trozos de información, a recuerdos de experiencias anteriores, que te ayudan a dar sentido a tu vida como continuación de un proceso de aprendizaje emprendido hace muchos años.

—¿Has vivido tú ese tipo de experiencia o te lo han contado?

—Ya te he dicho que lo he vivido personalmente.

—¿Qué pasó? ¿Qué viste? Cuéntamelo, Karen.

—Lo siento, Jaime, ahora no puedo. Es algo muy íntimo. No creo que tengamos aún la confianza.

—Pero ¿qué dices? ¿No confías en mí? Tú y yo nos hemos contado cosas muy personales. Nos hemos acostado varias veces y no has mostrado ninguna timidez especial, y yo tampoco. Nuestro contacto es de lo más íntimo. ¿A qué viene ahora ese recato?

—Te equivocas, Jaime. Te he ofrecido mi cuerpo sin reservas y tú a mí el tuyo. Pero es solo algo físico. Algo que va a degenerar algún día y que va a morir. Nuestros cuerpos han gozado el uno del otro y ha estado muy bien. Pero eso es poco. Es mucho más fácil mostrar lo más íntimo de tu cuerpo que lo más íntimo de tus pensamientos. Y donde está la continuidad de la vida es en tu espíritu, en tu yo más interno.

Jaime no podía apartar la vista de Karen. Se dio cuenta de que se había quedado con la boca abierta. La cerró. Si Ricardo lo veía en esos momentos, se reiría durante el resto de su vida de «la expresión de tonto que Jaime tenía con aquella rubia».

—El verdadero ser es el espíritu, que evoluciona y progresarías, en parte, a las experiencias que se obtienen en la vida física. El cuerpo es solo un instrumento. Usando el lenguaje antiguo diría que el cuerpo lo ha hecho el diablo y es finito, mientras que el espíritu es eterno.

—¡Pues diablo! ¡Qué buen cuerpo tienes, Kay! —exclamó Jaime que estaba ya más allá de la sorpresa.

Karen soltó una de sus alegres carcajadas.

—El cuerpo será un instrumento, como tú dices —continuó animado por la risa de ella—, pero yo gozo diabólicamente del tuyo con mi propio instrumento.

—¿Qué pasa? —cortó Karen, ahora seria—. ¿Te ríes de mí? ¿Ves por qué decía que no estabas preparado?

—Disculpa, Karen, no te ofendas. Respeto lo que me has contado. Solo que el tema del cuerpo y del diablo se presta a bromas y no he podido reprimirme.

—Es cierto. Ya te he dicho que era el lenguaje de la Edad Media. En realidad creo poco en el diablo, pero está bien, de cuando en cuando, poderle echar la culpa a alguien por cosas de las que somos los únicos responsables. —Ella sonreía con picardía—. ¿No lo crees así, Jimmy?

—Absolutamente. —Él también sonrió—. Y si estás hablando del cuerpo, y de lo que estoy yo pensando, en lugar de culpar al diablo, habría que darle las gracias.

—Obseso —sentenció ella—. Pero aún te veo escéptico.

—No, Karen. Deseo con toda intensidad vivir mi propia experiencia y recordar mi pasado.

—Eso requiere un compromiso. Un compromiso serio.

—¿Qué compromiso?

—Varios. Esa experiencia te puede dar las claves de un camino que no sabías que estabas andando y una conciencia de dirección en tu vida que te obligará a no desviarte y a andar sin pausas. También deberás integrarte en nuestro grupo y asumir nuestra dirección colectiva. Eso no es tan fácil. La libertad es uno de los bienes que pretendemos. Sin embargo, en el camino hay que hacer cesión de parte de ella para poder lograr el objetivo común. En otras palabras, debes prestar obediencia a los líderes del grupo.

—No entiendo las implicaciones, Karen. ¿Qué representa exactamente la obediencia? ¿Qué debo hacer? ¿No era la libertad lo que predicaban en las secuoyas?

—No sé lo que la obediencia puede requerir en cada momento.

—Pero, Karen, ¿no te das cuenta del tufo a secta que tiene lo que me estás contando? —Había alzado la voz.

—Tú me has preguntado y yo contesto. Ya discutimos eso antes y no pienso hacerlo ahora. Son mis amigos y yo estoy con ellos. Ya eres mayor de edad, Jaime. Escoge lo que quieras. Yo sí sé lo que quiero. —Karen se levantó de su asiento—. Y ahora quiero ir a casa, es tarde. ¿Me acompañas?

—Naturalmente, Karen. Yo te he traído —respondió Jaime levantándose de inmediato.

La intensidad del tráfico había bajado considerablemente, pero Jaime conducía con lentitud; quería estar más tiempo con Karen. Ella no aparentaba compartir el deseo.

—¿Nos vemos el viernes?

—Ya te he dicho que veo a mis amigos.

—¿Me excluye eso a mí?

—No, Jaime. Si vienes, serás bienvenido, pero primero debes aclarar tus ideas y tomar una decisión. Si vienes es porque quieres ser uno más del grupo.

—Gracias por la invitación. Seguiré tu consejo y lo pensaré. Te llamo y lo confirmo. ¿Hasta cuándo tengo tiempo?

—Hasta el mismo viernes, no tengo otros planes. O voy contigo o sola.

El silencio flotó entre ellos como una puerta cerrada que los separaba. Jaime se sentía presionado. Y no le gustaba. ¿Qué había detrás de aquello?

¿Era lo del espíritu y la reencarnación una fábula? ¿Qué perdía siguiendo la corriente a Karen? Empezaba a entender lo que perdería si no lo hacía. La perdería a ella. Y eso era lo último que podría aceptar. En pocos días Karen se había convertido en el pequeño sol alrededor del que giraba el planeta de su vida. Le daba miedo tal dependencia, pero otra alternativa era ya impensable.

De pronto una sospecha cruzó su mente, rápida y terrible como un relámpago iluminando la noche.

—Karen, Linda Americo…

—Sí, ¿qué pasa con Linda?

—¿Es una de tus «amigos»?

—Sí, te dije que éramos amigas.

—Lo que pregunto, Karen, es si ella pertenece al grupo de tus amigos sobre los que hemos hablado. De los que deben una obediencia a los líderes.

—¿Qué te hace creer tal cosa?

—Podría explicar lo que hizo con Douglas. No veo que ella tenga motivos propios para hundirlo con tal saña. Responde, Karen, ¿es ella una cátara?

—No voy a responder, Jaime. Pregúntale a ella y que te conteste si quiere. No te puedo dar una información sobre

Linda que yo conozca porque soy su amiga o porque soy cátara. Ya lo aprenderás si te unes a nuestro grupo.

—¿Qué interés podría tener vuestro grupo en hundir a Douglas?

—¿Qué te pasa? ¿A qué viene esa pregunta? ¿Te das cuenta de que nos estás acusando? No pienso continuar con este tipo de conversación —cortó Karen con firmeza.

El silencio volvió a convertirse en el tercer pasajero del automóvil. Era un silencio pesado, incómodo. Lleno de preguntas. Lleno de presagios.

Cruzaron la barrera de entrada del grupo de apartamentos, y Jaime aparcó en la zona de invitados.

—¿Subo contigo? —preguntó sin demasiada convicción.

—Hoy no. Lo siento. Mañana he de estar muy pronto en la oficina, tengo un día difícil. —Se inclinó hacia él y, apoyando la mano derecha en su hombro, le besó. Fue un beso que no pasó de los labios, pero cálido y prolongado. Esa actitud cariñosa de Karen iluminó la noche—. Llámame —susurró como despedida.

Al salir Jaime se sentía feliz, pero su maldita mente de auditor empezó a funcionar de nuevo. ¿Por qué lo de Douglas? ¿Habría presionado Linda a Douglas para que se uniera a los cátaros como Karen le presionaba a él? Los paralelismos de la relación de Linda con Douglas y la suya con Karen eran demasiados. ¿Fue casual su primer encuentro en Roco? ¿Estaba Karen interesada en él personalmente o quería obtener algo para su grupo? ¿Llegaría el momento en que Karen buscara su ruina como Linda hizo con Douglas? Otra vez esa sensación de peligro. Más intensa que nunca. Sí, Karen era peligrosa. Y el grupo hacia el que lo empujaba podría serlo mucho más.

Jaime supo que su decisión estaba tomada. No la había tomado su mente o su razón. Era el corazón que mandaba. Era su única alternativa. Seguiría a Karen hasta donde ella lo llevara: como mariposa a la llama.

Viernes

28

—Lo siento, jefe. —Las condolencias de Laura parecían fingidas—. Quizá esas gentes no te caigan bien, pero debes contestarles. Conmigo ya no quieren hablar. —Con una pequeña reverencia le puso la lista de llamadas pendientes en la mano y, al salir del despacho, le presionó—. Dime con quién quieres hablar primero.

Pero a Jaime no le inquietaban las llamadas a devolver ni ningún otro asunto urgente. Solo había un tema que ocupaba su pensamiento. Solo una urgencia. Solo una llamada pendiente. Y esta era a Karen.

Era ya viernes, y para fingir que meditaba la respuesta al compromiso que ella le pedía no la había llamado desde su encuentro en Ricardo's el miércoles noche.

Pero quiso hablarle pronto en la mañana y, al no encontrarla, empezó a preocuparse. Dejó recado en su oficina y en el buzón de voz de su teléfono móvil.

Al no saber de ella, después de comer bajó al Departamento Legal. La zona estaba casi desierta, pero un abogado que trabajaba con su PC le dijo que no había visto a Karen en toda la mañana. No; no sabía cuándo regresaba a la oficina. Su asistente estaría comiendo. Jaime dejó un pósit pegado en la mesa de Karen. «Señorita Jansen, llámeme. Urgente. Jaime Berenguer».

La tarde continuó tensa, lenta, agobiante. El teléfono era un instrumento de tortura. Dolía cuando estaba mudo, hacía saltar el corazón cuando sonaba, dolía más cuando la voz no era la querida. La calle se llenaba de oscuridades y las sombras se encaramaban por los edificios de enfrente persiguiendo al sol. ¡Dios! ¿Y si ella no le llamaba y no la podía ver aquel fin de semana? Solo el pensamiento de la catástrofe era devastador. Jaime ya no podía permanecer sentado. ¡Otra vez el teléfono!

—¿Señor Berenguer?

—¡Karen! —Jaime sintió un alivio inconfesable.

—La misma. ¿Deseaba usted hablar conmigo?

—He intentado localizarte todo el día. ¿Dónde estabas?

—Defendiendo los intereses de la Corporación ahí fuera, en el campo de batalla. Y tú ¿qué has hecho?

—Pensar en ti.

—La Corporación no le paga para eso, señor vicepresidente. ¿Y qué pensabas?

—Que quiero asistir a la reunión de esta tarde con tus amigos. Si la invitación sigue en pie.

—Sigue en pie. ¡No sabes cuánto me alegro!

—Pero tengo una pregunta.

—No. Ahora no, Jaime. El teléfono no es bueno para eso. Y tampoco los mensajes depositados encima de la mesa. Te espero en mi casa a las siete.

El teléfono sonó como si Karen lo hubiera besado, luego un chasquido y se quedó mudo; había colgado. Pero a él no le importó lo más mínimo. Sentía un beso cálido en su mejilla. Ahora la tarde era maravillosa, radiante, espléndida.

Jaime no sabía adónde irían, ni en qué lío se iba a meter a partir de las siete; se dijo que no le importaba lo más mínimo.

Iría a donde fuera. Aunque fuera al mismísimo infierno. Pero con Karen.

29

Era un edificio en Whilshire Boulevard; estucado en blanco, de tamaño medio, dos plantas de altura y un poco sucio por el tiempo y la contaminación. Jaime se dijo que podría haber sido igualmente un centro médico o las oficinas de una compañía de seguros. Karen giró a la derecha desde el bulevar introduciendo su coche en la zona de aparcamiento al lado del edificio.

—Ya hemos llegado —dijo sonriendo al quitar la llave del contacto.

Una vez fuera del coche, tomó la mano a Jaime y con paso tranquilo, como de paseo, lo condujo hasta la entrada. En la pared, al lado de una puerta doble de cristal ahumado que no permitía ver el interior, había una discreta placa de bronce donde se leía «Club Cristiano Cátaro».

Entraron empujando una de las hojas de la puerta y Jaime se encontró con un área de recepción de lo más corriente, le recordaba la recepción de su dentista. Unos sofás, una mesita central con varias revistas, plantas de decoración y unos cuadros de marco sencillo con imágenes de lejanos castillos encaramados en rocas escarpadas.

Detrás del mostrador una mujer de unos cincuenta años, con gafas y sonriente les saludó.

—Buenas tardes. Hola, Karen.

—Buenas tardes, Rose. —Con una gran sonrisa automática Karen le devolvió el saludo—. ¿Cómo estás? Tenemos cita con Dubois.

—Bien, muchas gracias. Sí, sé que te está esperando. Pasa, por favor.

—Rose, te presento a Jaime. Jaime, esta es Rose.

Ambos se mostraron encantados. Karen no dio mucho tiempo a los formalismos, cogió a Jaime de nuevo por la mano y lo llevó hacia una de las puertas.

—Hasta luego, Rose.

Karen lo condujo por un pasillo, golpeó levemente la puerta de uno de los despachos, la abrió sin esperar respuesta, y entró saludando:

—Buenas tardes.

En un extremo de la habitación había una mesa de escritorio y, en el centro, una mesita con sofás y sillones. Dos hombres se levantaron al verlos; eran Peter Dubois y Kevin Kepler.

—Buenas tardes, Karen. ¿Cómo está usted, Berenguer? —Dubois les dio la bienvenida con una sonrisa que suavizaba su dura mirada. Tendió la mano a Jaime, y este la estrechó.

—Muy bien, gracias, Dubois. ¿Y usted?

—Excelente —contestó mientras Karen saludaba a Kepler con un beso en la mejilla—. Ya conoce usted al señor Kepler.

—Sí, nos conocimos en el bosque.

—Un placer verle de nuevo, Berenguer —dijo Kepler mientras ambos se estrechaban la mano.

—Sentémonos y hablemos de lo que le trae a nuestro club. —Dubois acompañó su invitación con un gesto.

—Karen dice que le gustaría pertenecer a nuestro grupo. —Kepler lo abordó tan pronto como se acomodaron—. ¿Por qué?

—Bien, su discurso del bosque me pareció muy interesante. —Jaime hablaba con lentitud, mirándolos alternativamente. No esperaba aquello; se sentía como cuando iba a la búsqueda de su primer empleo y lo entrevistaban. No estaba preparado para un examen, pero deseaba aquel «empleo» y temía perder a Karen si lo rechazaban. Y no la perdería. Era la razón que le traía allí. La única. Aunque no pensaba confesarla—. En realidad —continuó—, podría aceptar mucho de lo que se dijo y, aunque me cuesta creer algún punto, mantengo una actitud positiva.

—¿Qué le cuesta creer? —inquirió Kepler. Su expresión era seria, al contrario que Dubois, que mantenía la sonrisa, pero con una mirada de ojos escrutadores.

—Lo de la memoria genética. O los recuerdos de anteriores reencarnaciones, como luego Karen aclaró. Es fascinante, una bonita historia que me gustaría fuera cierta. Pero mi razón me impide creerla.

—¿Querría intentarlo? —preguntó Dubois.

—¿Intentar recuerdos de vidas anteriores?

—Efectivamente.

—¡Estaría encantado!

—Se trata de un rito de fase avanzada —objetó Kepler—. Podría ser prematuro.

—Cierto —confirmó Dubois—. En realidad es frecuente que se intente y que el individuo no experimente nada; podría frustrarse mucho si acude a la ceremonia con grandes expectativas.

—Peter —intervino Karen—, creo que Jaime está preparado.

—Coincido con Karen —convino Dubois dirigiéndose a Kepler—. Y si el señor Berenguer está dispuesto a seguir nuestras reglas y códigos, debiéramos darle la oportunidad lo antes posible. Mañana sábado.

—Bien —aceptó Kepler—. Vosotros lo conocéis mejor que yo. También conocéis los riesgos. Si con todo ello queréis seguir adelante, que sea mañana.

—¿Qué me dice, Berenguer? —interrogó Dubois—. ¿Está dispuesto a seguir adelante y aceptar lo que comporta integrarse en nuestro grupo?

—Deseo vivir la experiencia —confirmó Jaime, que tenía la impresión de estar aprobando el examen—. Karen me habló de algunas de las normas de su grupo y estoy dispuesto a asumirlas.

—Ya aprenderá los detalles —intervino Kepler—, pero básicamente son tres puntos: primero, no comentar a nadie lo que vea, oiga o hable con nosotros; segundo, ayudar con todos los medios a su alcance a los hermanos y a los objetivos del grupo, y tercero, obligarse a una obediencia razonablemente estricta a sus líderes.

—Estoy dispuesto a asumirlos, siempre que se trate de una obediencia razonable.

—Entonces, mañana hará un juramento solemne, Berenguer. —Dubois habló lentamente—. Y recuerde que no hay camino de regreso. —Ya no sonreía, y su rostro parecía distinto, el de otra persona; Jaime sintió un escalofrío. ¿A quién le recordaba?—. Medítelo esta noche. Si mañana se siente indeciso, no hay problema. El rito puede esperar y usted podría integrase en nuestro grupo, aunque en un nivel de menor compromiso. Piénselo y, de no sentirse preparado, espere.

Jaime miró a Karen. Esta le hizo un gesto afirmativo.

—Si cambia de opinión, dígaselo a Karen por la mañana —advirtió Kepler—. Si no, nos veremos a las once. Piénselo. Debe estar seguro.

—Te invito a cenar en casa —dijo Karen a la salida.

Jaime notó la cálida y suave mano de ella y se sintió muy feliz.

Pero profunda e inoportuna, aquella voz en su interior repitió de nuevo el presagio.

Sábado

30

Jaime vestía una túnica blanca, y la salita le recordaba a las usadas para desnudarse antes de una sesión de rayos X. Pocos eran capaces de rememorar vidas anteriores la primera vez, le dijeron, y se sentía expectante, aunque aprensivo por el extraño ritual y por la forma en que había llegado hasta allí.

—Luego te lo explico todo —le había dicho Karen.

Se despertó en la mañana con el contacto cálido del cuerpo de ella en el lecho, y desayunaron entre risas en la cocina, bañada ya por los rayos del sol. Luego Karen condujo su coche hasta la zona de aparcamientos de un centro comercial y justo al entrar le dijo:

—Debes ponerte estas gafas. No te extrañes si no ves nada; es su propósito.

Eran unas gafas de sol que cubrían los laterales. Cuando Jaime se las puso comprobó que, en efecto, no veía nada.

—¿A qué viene este teatro, Karen?

—Confía en mí. Más adelante lo entenderás, ahora solo confía en mí.

A Jaime no le quedaba otra alternativa. Notó cómo Karen maniobraba el coche en el interior del aparcamiento, cómo finalmente aparcaba y cómo abría la portezuela de su lado.

—No te muevas ni toques las gafas, por favor —le advirtió antes de bajar.

Lo condujo a otro coche cercano sentándolo en la parte trasera.

—Buenos días, Berenguer. —Reconoció la voz de Kepler—. ¿Está disfrutando de nuestra pequeña sesión de misterio?

—Lo intento, Kepler, lo intento.

Karen se sentó a su lado tomando sus manos entre las suyas, y el coche se puso en movimiento. Al final del trayecto, que, duró casi una hora, Jaime notaba curvas y pendientes. Debían de estar en una zona montañosa. Al detenerse supo que la puerta automática de un garaje se abría. Recorrieron pasillos, bajaron por una estrecha escalera y cuando pudo quitarse las gafas, se encontraba en la salita.

—Te estás portando muy bien —le dijo Karen con el tono que se usa para hablar con los niños pequeños—. Ahora quítate toda la ropa y los zapatos y ponte esta túnica. No te muevas hasta que te venga a buscar.

A los cinco minutos, Karen apareció descalza y también en túnica blanca. Al cogerlo de la mano, Jaime aprovechó la ocasión para palpar a su amiga a través de la prenda, comprobando, para su regocijo, que también ella estaba desnuda bajo la fina tela. Hizo un gesto para levantar la túnica y ella se zafó.

—Ya basta, este no es el momento —le advirtió apuntándole con el dedo índice en el pecho y frunciendo el ceño—. Compórtate con respeto. Esto es muy serio e importante para nosotros y también lo será, espero, para ti. No me hagas quedar en ridículo.

Jaime no podía evitar ver el lado cómico de la situación, pero pensó que sería mejor seguir la corriente a Karen, si no quería exponerse a males mayores.

—De acuerdo, seré un buen chico.

Ella lo condujo por un breve pasillo, apenas iluminado, y

abriendo una puerta apartó unas pesadas colgaduras. Era una habitación de regulares dimensiones, donde grandes cortinajes de color granate oscuro cubrían los lados y la parte trasera ocultando puertas y posibles ventanas.

La pared del fondo estaba excavada en la roca, y Jaime sintió que se hallaban en algún lugar bajo tierra.

Un tapiz de unos tres por dos metros, protegido por un cristal, destacaba en el muro de roca y la única luz eléctrica de la estancia se proyectaba con suavidad sobre la tela.

Sobre una sólida mesa de madera descansaban un cáliz dorado, con piedras verdes y rojas incrustadas, y cuatro bujías cuyas llamas desprendían fumarolas de un extraño perfume.

La mirada de Jaime se vio atraída de inmediato por el tapiz.

Parecía antiguo, muy antiguo. Los colores estaban desvaídos, y un mundo de personajes de distintos tamaños y una expresividad primitiva, pero impactante, parecía moverse y vivir dentro del lienzo.

Una gran herradura, en profusión de hilos de oro y plata, brillaba a la luz y ocupaba la parte central del tapiz.

Sobre la herradura un Pantocrátor —el Cristo-Dios, en posición de rey y señor, del arte románico—, representado por una figura con ropajes reales, ojos muy abiertos y expresión seria, dominaba el conjunto. Tenía barba y las cejas arqueadas. Su gesto era estático, miraba de frente, estaba sentado en una silla-trono y toda su imagen se contenía dentro de una forma ovalada. La mano derecha, elevada en bendición y la izquierda sosteniendo un libro.

Transmitía sensación de serena majestad. Sobre la corona, que rodeaba la cabeza con haces en forma de cruz, la letra griega omega, la última del alfabeto. En la simbología medieval indicaba el final de los tiempos y el juicio a los hombres. Fuera del óvalo dos ángeles adorando a la divinidad.

Bajo la herradura otra figura de disposición y tamaño semejantes, también sentada en una silla-trono, pero completamente inédita para los conocimientos que Jaime tenía del románico. En lugar de bendecir la mano derecha sujetaba una espada enarbolada. La mano izquierda reposaba en su regazo con la palma hacia arriba, y sobre ella había dos pequeñas figuras humanas desnudas. ¿Adán y Eva?

La cabeza estaba rodeaba por una corona con haces de llamas y el rostro era severo, de color encendido. Esa figura era un poco más pequeña, pero simétrica a la anterior, y el óvalo era más oscuro y con pequeñas llamas rodeándolo. Encima de la corona, la letra griega alfa daba idea del principio. La creación.

Un personaje, más pequeño que los anteriores, destacaba en la parte derecha. Era un Cristo cubierto con larga bata, con los brazos en cruz, aunque sin la cruz. En el mismo lado estaban representados animales salvajes, labradores trabajando, comerciantes y, en la parte superior, monjes. Todo en aquel sorprendente arte, primitivo pero de gran expresividad.

En el lado izquierdo de la herradura aparecía un animal semejante a un dragón, con cuernos y siete ojos, que estrangulaba con su larga cola a un hombre. ¿Sería el anticristo? Encima del monstruo la figura de un diablo con cuernos y orejas de cabra, y largas unas en manos y pies. Era de color casi negro y sostenía en su mano a un hombre mucho más pequeño. Una lengua puntiaguda y roja parecía lamer la figura humana.

Monstruos marinos, ejércitos en lucha, ciudades en llamas y hombres y mujeres quemando en hogueras completaban la zona izquierda. Jaime estaba fascinado por la belleza y el movimiento que aquellas figuras primitivas contenían.

Entonces Peter Dubois apareció de entre los cortinajes, situándose al otro lado de la mesa. Karen y Kepler se colocaron a los lados de Jaime. Todos vestían túnicas blancas e iban descalzos.

Sin más preámbulos Dubois empezó a declamar en tono ceremonial y voz alta:

—¿Quién desea ser iniciado en el segundo grado de nuestra fe?

—Jaime Berenguer —contestó con tono más bajo Karen.

—¿Quiénes le apadrinan en su bautismo espiritual?

—Karen Jansen —dijo ella.

—Kevin Kepler —replicó Kepler.

—Karen y Kevin, ¿os hacéis responsables de que el iniciando esté en condiciones de recibir su bautismo espiritual?

—Sí, Buen Hombre —respondieron ambos.

—¿Os hacéis responsables de guiarlo en sus futuras dudas y necesidades espirituales?

—Sí —repitieron a la vez.

—Jaime Berenguer, ¿deseas ser iniciado en nuestro grupo?

—Sí, lo deseo.

—¿Prometes guardar en secreto todo lo que oigas y veas, así como no revelar a nadie las identidades de las personas que aquí conozcas?

—Sí, lo prometo.

—¿Prometes apoyar al grupo en su causa común, así como ayudar a tus hermanos y obedecer en lo razonable a quien se designe como tu líder?

—Siempre que sea razonable, lo prometo.

—¿Sabes que los peores males van ligados a la ruptura de esta promesa? ¿Los asumes y aceptas?

—Sí, los acepto.

—¿Aceptas someterte a la prueba del bautismo cátaro, sabiendo que puedes ser rechazado o sentir un gran dolor espiritual?

Jaime vaciló ante esos detalles inesperados pero, considerando que era tarde para preguntar, respondió:

—Sí, lo acepto.

—Entonces bebe el contenido del cáliz y no lo deposites en la mesa hasta que esté vacío.

Jaime levantó la dorada copa y la sintió extrañamente pesada. El líquido tenía aspecto de vino tinto ligero y de poca graduación, pero con un fuerte sabor a especias; dulce y picante. Apuró la bebida.

—Ahora recemos un padrenuestro, para que el Dios bueno nos ayude, a ti, a pasar tu prueba de iniciación, y a mí, a conducirla correctamente —dijo Dubois con voz suave.

—Padre nuestro, que estás… —Dubois empezó a rezar y los demás lo siguieron a coro.

La vista de Jaime se fue, atraída como por un imán, al singular tapiz. Mecánicamente seguía el rezo y percibió que ellos variaban algo la antigua oración, aprendida de sus padres y en la iglesia, pero no le dio importancia. Sentía el cuerpo y la mente que se relajaban y que una sensibilidad distinta le invadía.

¡Aquel tapiz…! ¿Realmente se había movido el dragón? El tapiz contenía algo más, estaba seguro. ¡Tenía vida propia!

La oración había terminado, y notó la mano de Karen en la suya.

—Ven —le dijo conduciéndolo detrás de la mesa.

Allí había un pequeño diván y unas sillas. Karen lo hizo tenderse, y se sentaron, ella a su derecha, Kevin a la izquierda y detrás, Dubois.

Jaime continuaba viendo el tapiz desde su posición; los personajes tomaban movimiento, los ojos de las divinidades resplandecían. Notó las manos de Dubois en su cabeza y pronto un calor muy especial que venía de ellas. Pero él miraba al tapiz; no podía apartar la vista. ¡El fuego era real! Se dijo que la tela ardería en unos segundos.

—Cierra los ojos, Jaime.

Oyó la voz de Dubois. Él lo hizo, pero las figuras en movimiento continuaban allí, ahora en su mente.

Jaime siguió las instrucciones de Dubois, que en un principio se le antojaron técnicas de relajación. Sentía el cuerpo laxo y la respiración pausada y lenta.

Pronto su mente estuvo vacía; solo quedaban en ella los movimientos de las sombras de los extraños personajes, y lo único que notaba en su cuerpo era el calor, creciente, que provenía de las manos de Dubois.

Oía distantes las instrucciones del Buen Hombre, que empezaron a tomar variantes extrañas. Jaime obedecía instintivamente, sin Gestionarlas. ¿Estaría bajo hipnosis?

Pero el pensamiento se desvaneció.

Entonces se dio cuenta de que nada le importaba. Nada en este mundo y tiempo tenía importancia.

31

Finales de julio del año de nuestro Señor de 1212.

Cinco muchachas, cubriendo su boca con un tenue velo, danzaban contoneando la cintura y lanzando sus manos serpenteantes por encima de sus cabezas. Bajo los tules que ocultaban los senos, descubrían el vientre y cubrían de caderas a tobillos, se adivinaban unas redondeadas formas agitándose al compás de una música árabe lejana. Las imágenes, primero borrosas, fueron aclarándose mientras el volumen subía. Oyó los gritos, las exclamaciones, las risas. Una muchedumbre de hombres de armas con algunas mujeres, quizá las esposas de los soldados, quizá prostitutas o ambas, rodeaba a las bailarinas, haciendo corro al otro lado de la mesa y dando palmas. Caía la tarde y el fuerte calor de julio era mitigado por la sombra de unos grandes pinos.

La tropa estaba feliz, y los nobles, contentos; era un ejército victorioso que regresaba de una cruzada donde los reinos cristianos de Hispania habían derrotado a las terribles huestes de los almohades. Sí, cierto que lucharon en tierras extranjeras contra un enemigo que no amenazaba directamente los reinos del rey don Pedro II de Aragón, su señor, pero ayudando a los castellanos hoy, libraban a su propia patria de una gran amenaza futura.

Además, el papa les había perdonado todos sus pecados con la bula de los cruzados. Todos. Sin importar cuántos eran ni cuán mortales pudieran ser. Para muchos de los allí reunidos, el perdón de los pecados era ganancia nada desdeñable, habida cuenta de la pesada carga que acarreaban antes de empezar la campaña.

Y finalmente el botín capturado a los almohades era bueno, tanto en la batalla como en la toma de varios pueblos y ciudades; caballos árabes, joyas, armas, telas e incluso las cinco bailarinas y los músicos que tocaban. Todos estaban contentos y querían disfrutar de la fiesta.

Presidiendo la celebración, en una larga mesa de toscos tablones de madera, se encontraban los nobles principales y Jaime entre ellos. El festín estaba en sus postrimerías y la mesa, cubierta de restos de carnes, pan y frutas, parecía un campo de batalla. Todos golpeaban sus copas de plata al ritmo de la música.

Pero Jaime no compartía risas y bromas como de costumbre. Algo le preocupaba.

—¡Oh, mujer! —levantándose a su lado, con la copa iluminada por el sol poniente y brindando hacia las bailarinas, su amigo Hug de Mataplana recitaba acallando la música con su voz tronante—. ¡Obras de gran maestría son el ritmo de vuestros pies, la sonrisa de vuestros labios, la luz de vuestros ojos, la curva de vuestras mejillas…! —Aquí hizo una pausa quedándose inmóvil con su copa alzada al cielo. Un expectante silencio se impuso—. ¡Las mejillas de vuestro trasero!

Risotadas y aplausos siguieron el improvisado brindis de

Hug, que saludó a unos y a otros con su copa, para luego beber el vino de un solo trago antes de sentarse.

Hug de Mataplana, noble caballero, destacado por su valor en el campo de batalla, también era un notable trovador, que no limitaba sus trovas al amor galante,[5] practicando sin limitación poesía mucho más sensual.

Hug se sentó mirando a Jaime con una amplia sonrisa, donde sus dientes blancos resaltaban entre la barba y su negro cabello ensortijado.

—¿Cuál de ellas queréis esta noche, don Pedro? —preguntó a Jaime bajando la voz y con tono cómplice—. ¿Qué os parece la de ojos azules? ¿Veis cómo mueve las caderas? Y si os habéis cansado ya de Fátima, dejádmela a mí.

Hug le hizo sonreír y Jaime lo agradecía, pero decidió no contestar y poner su atención en la danza y en las provocadoras sonrisas que adivinaba bajo los velos.

La música subía en rapidez e intensidad mientras las bailarinas giraban y saltaban haciendo sonar cascabeles. La música paró de súbito y los asistentes prorrumpieron en gritos y aplausos.

Las chicas salieron corriendo del círculo, protegidas por los guardias del rey, que no se esforzaron demasiado en ahorrarles el inevitable manoseo de los soldados más cercanos a aquellos cuerpos apetecibles.

No había terminado el pequeño tumulto cuando un muchacho de unos veinte años, con poca barba y vestido de juglar, ocupó el centro del círculo con su laúd.

—¡Es el juglar Huggonet, que viene de Carcasona y Tolosa! —exclamó Hug mientras la noticia corría entre la soldadesca al otro lado de la mesa.

5. Amor galante: amor espiritual que los caballeros y las damas de la época se profesaban y que los trovadores cantaban. Así un caballero podía declarar su amor a una dama casada, o estando casado a su vez, y esta aceptarlo como su caballero, porque en todo caso su amor no era físico.

El recién llegado hizo sonar algunas notas de su laúd, y un sorprendente silencio se hizo entre la multitud cargada de vino.

Huggonet hizo una reverencia quitándose su gorro y proclamó en voz tanto más sorprendente por lo fuerte y poderosa como por lo delgado e inmaduro de su aspecto:

—Al señor don Pedro, conde de Barcelona, rey de Aragón, señor de Occitania, de Provenza, de Rosellón, de Montpellier, del Bearn y vencedor del moro en las Navas de Tolosa —clamó—, os pido, señor, licencia para cantar unos serventesios que un trovador occitano y mi propio corazón me dictaron.

Se hizo de nuevo el silencio y todo el mundo miró a Jaime, que, después de unos instantes de inmovilidad, con un gesto de su mano concedió:

—Tenéis mi permiso.

Huggonet tañó su laúd y en voz baja empezó a medio recitar, medio cantar la invasión que desde el sur lanzaron los ejércitos almohades. La intolerancia y fanatismo de sus tribus contra los dialogantes moros de al-Ándalus. Cómo el rey don Pedro acogió en sus estados a los refugiados cristianos, judíos y también algunos musulmanes que huían de las zonas ocupadas y temían perder su religión, su vida o ambas cosas.

¡Oh, generoso, compasivo y tolerante don Pedro!

Huggonet cantaba en su lengua de oc, pero con suficientes palabras en aragonés y catalán llano para ser entendido por la soldadesca catalanoaragonesa.

Cantó cómo las madres cristianas acunaban a sus bebés, temiendo por su vida frente a la marea cruel que venía del sur, y cómo los reinos cristianos de la antigua Hispania unieron sus fuerzas y destinos para combatir la amenaza.

La voz de Huggonet subía en volumen, urgencia e intensidad conforme la previsible batalla se acercaba; la multitud guardaba un silencio total sintiendo la emoción atenazar sus gargantas.

—«Y el 16 de julio del año del Señor del 1212, cristianos y almohades chocaron en las altas llanuras de las Navas de Tolosa.

»Duros y aguerridos eran los almohades, pero valientes los castellanos, temerarios los navarros, y audaces los aragoneses y catalanes. Los de Castilla aguantaron con bravura la tremenda embestida de la antes nunca vencida vanguardia almohade.

»Mientras, catalanes, aragoneses y navarros rompían el centro del ejército almohade, como un galgo rompe el espinazo a una liebre mientras la sujeta con los dientes.

»¡Qué día de gloria y qué día de dolor! Gloria cuando los caballeros aragoneses y catalanes, con su rey don Pedro luchando al frente, destrozaron el centro del ejército enemigo y llegaron hasta la propia tienda del caudillo almohade Miramamolín.

»Gloria cuando don Pedro demostró que era el mejor y primer caballero de la cristiandad, y sus caballeros que eran segundos solo detrás del primero. ¡Y cómo se batieron los caballeros! ¡Y cómo lucharon los infantes!

»¡Qué gloria y qué dolor cuando tantos fueron heridos o muertos luchando como héroes en la batalla!».

Y recitó los nombres de los muertos más destacados para luego, con un gesto abatido, dejar caer la mano derecha, con la cual tañía su laúd, como muerta. Parecía desolado. Los hipos y los llantos más o menos contenidos de la multitud se oían ahora perfectamente en el silencio. Huggonet recorrió con su vista media circunferencia de los que le rodeaban, y continuó:

—«Tan bravos infantes, tan gentiles caballeros que no vacilaron en ser mutilados o muertos para salvar a la cristiandad. ¡Qué gloria para ellos y para los valientes que sobrevivieron!».

Huggonet empezó a descender el tono de su voz.

—«¡Qué gloria cuando hicimos que Miramamolín, el antes bravo e invicto, todavía corra hoy, desde el día de la batalla! ¡Y no parará de correr hasta cruzar Gibraltar y llegar a África!

»¡Qué gloria para los cristianos que murieron como héroes y ahora están junto a los ángeles a la derecha del señor don Jesucristo!

»¡Qué gloria y honor para vosotros, mis oyentes, que luchasteis en las Navas! ¡Pues seréis para siempre ejemplo de héroes y viviréis en Las canciones que dictan los trovadores y cantamos los juglares!».

Casi con un susurro y con una nota tañida con gran fuerza Huggonet calló.

Hubo unos instantes de silencio cuando la multitud esperó por si empezaba de nuevo. Luego estallaron en aplausos y vítores a Huggonet. Querían más.

El juglar esperó a que la ovación cesara, dio dos notas y el silencio total se impuso de nuevo. Hizo otra reverencia a Jaime para pedir su permiso, y este hizo un gesto afirmativo can la mano.

Sonó el laúd y empezó a cantar:

—«Mientras el rey don Pedro, con su sangre y la de sus súbditos, defiende tierras y almas para la cristiandad, le están robando a traición».

El silencio se hizo, incluso más profundo. La muchedumbre ni se movía. Jaime sintió que una vieja angustia le atenazaba los intestinos.

—«Con la excusa de combatir a los cátaros, los franceses han entrado por la puerta de atrás de la casa del rey don Pedro para robarle. Y el papa fue quien abrió la puerta cuando el señor de la casa, su propio vasallo, Pedro el Católico, luchaba en la cruzada contra el moro.

»¡Qué infamia cuando los que se dicen católicos roban al rey católico que les defiende!

»¡Qué traición cuando el señor rompe la promesa feudal de defender al vasallo!

»¡Qué crueldad la de los franceses matando a mujeres y niños!

»¡Preguntad a la iglesia de la Magdalena en Béziers, donde el infame legado de Inocencio III, Arnau Amalric, abad del Císter, manchó el crucifijo del altar mayor, las sagradas paredes e inundó su suelo con sangre inocente! ¡Ni la paz de Dios respetan esos que dicen representarle!

»¡Dios bueno! Ese día mataron en la iglesia a ocho mil buenos cristianos, sin preguntar si eran católicos o cátaros, hombres, mujeres, niños o viejos.

»¡Tú, Roma, y tu orden militar del Císter estaréis cubiertas de infamia y de indignidad por todos los siglos!

»Y al noble y apuesto vizconde de Béziers y de Carcasona, Raimon Roger de Trancavall, el más gentil de los vasallos del rey Pedro, que se reunió para parlamentar con los franceses y salvar a las buenas gentes de Carcasona, también le asesinaron vilmente. ¡Valiente vizconde, tu señor el rey don Pedro te ha de vengar!

»Roban al rey, matan a sus súbditos. ¡Oh, mi tierra de Oc! ¿Qué será de ti?».

Huggonet dejó caer otra vez su brazo derecho e hizo una pausa con gesto de abatimiento, bajando la cabeza sobre el pecho.

El silencio se rompió.

—¡Muerte a los franceses! —La multitud empezó a rugir indignada—. ¡Acabemos con esos cobardes!

Jaime sentía su angustia en aumento, y un sentimiento de indignación y odio rebrotó en su interior. A su lado Hug se levantó de la mesa y elevando el puño gritó hacia la muchedumbre:

—¡Pagarán cara su infamia!

La multitud aulló. A la izquierda de Jaime, Miguel de Luisián, el alférez de batalla del rey, no parecía compartir la indignación general y, golpeando con el puño la mesa, gruñó:

—Maldito Huggonet. —Sus profundos ojos azules brillaban hundidos entre cejas elevadas y una nariz que caía en vertical, destacándose del resto de la cara y dándole el aspecto de joven león.

El juglar levantó su mirada e hizo sonar de nuevo el laúd.

—«¡Qué crueldad la de Simón de Montfort cuando tomó Lavaur el año pasado! ¡Doña Cuiraude de Montreal, la hermosa dama de los bellos ojos oscuros, fue violada, arrojada a un pozo y, aún con vida, la apedrearon hasta enterrarla por completo! ¡Y el malvado Simón ahorcó a su valiente hermano Aimeric y, en aquel triste día de primavera, quemaron en la hoguera a cuatrocientas personas indefensas!».

Un murmullo de indignación, casi un clamor, se levantó cuando el juglar hizo una pequeña pausa. Jaime sentía su turbación crecer.

—«¡Mientras el rey don Pedro lucha contra el infiel, el traidor Simón, a pesar del juramento de fidelidad que le hizo, asesina a sus buenos súbditos cristianos! ¡Y ríen los franceses cuando llaman cobarde a nuestro buen rey don Pedro!».

—¡Maldito hereje! —se oyó gritar al tiempo que con gran estropicio de copas y platos Miguel de Luisián saltaba por encima de los tablones de la mesa.

Miguel se precipitó hacia Huggonet, que había parado de cantar y le miraba con ojos desorbitados. En el corto camino que le separaba del juglar, Miguel había sacado su daga, cuyo filo brillaba amenazante al sol del atardecer.

El juglar reaccionó tarde y solo tuvo tiempo de dar un paso atrás mientras su laúd caía al suelo.

Miguel le agarró con una mano el cuello mientras le pinchaba el pecho a la altura del corazón.

—¡Te voy a enseñar, traidor, lo que le ocurre a quien insulta a nuestro señor!

El juglar parecía un muñeco en manos del hombretón rubio, que lo colocó delante de sí agarrándole del pelo, apoyando la daga en el cuello y haciéndole mirar hacia Jaime. Detrás de Miguel se había colocado otro hombre rubio que todo el mundo identificó como Abdón, el escudero, también con la daga desenvainada cubriendo las espaldas de su señor.

—¡Piedad, señor! —acertó a gritar Huggonet—. ¡Lo dicen los franceses no yo!

Con más ruido de copas y platos, Hug saltó a su vez por encima de la mesa, mientras sacaba su daga gritando:

—¡Soltadlo, Miguel!

La multitud se sacudió en un rugido, y grupos de caballeros y tropa intentaban llegar al centro del círculo, algunos ya con cuchillos en mano. Los guardias del rey no conseguían contener a la soldadesca exaltada.

—Soltadlo vos si os atrevéis —contestó Miguel mostrando en una amenazante sonrisa unos dientes que le conferían aspecto aún más leonino. Mientras, presionaba con su daga el cuello del juglar, que intentaba echar la cabeza hacia atrás.

Huggonet gritó con una voz que no recuperaba su potencia:

—¡Oh, rey Pedro! ¡Salvadme! ¡Traigo recado para vos!

Jaime recuperó la iniciativa. Era obvio que, en unos instantes, otra batalla ocurriría en aquel lugar, y levantándose gritó con una voz tan potente que logró dominar el tumulto y que a él mismo sorprendió:

—¡Deteneos todos! ¡Quien dé un paso más será ahorcado en la madrugada! Y vos, Miguel, soltad de inmediato a Huggonet.

—Sí, mi señor —dijo Miguel al tiempo que con su daga hacía un rápido corte en el cuello del juglar.

Y Huggonet cayó a los pies del aragonés con el cuello ensangrentado.

32

Como en el despertar de una pesadilla, Jaime continuaba viendo el cuello bañado en sangre de Huggonet y la sonrisa de Miguel de Luisián. Más que sonrisa, era la exhibición de los afilados colmillos de un león rubio, que, disfrutando de la agonía de su presa, retaba a quien se atreviera a disputarla.

Poco a poco recuperó conciencia de dónde se encontraba, y ante sus ojos la imagen borrosa del singular tapiz se fue aclarando. Ahora los personajes estaban inmóviles.

Oía al Buen Hombre rezar una monótona e incomprensible cantinela en voz baja y notaba el calor de sus manos. El extraño olor de las candelas era más fuerte, más penetrante, y debajo de la túnica su cuerpo estaba empapado en sudor. ¡Dios, qué sensación! ¡Era como si todo hubiera ocurrido solo segundos antes!

Hizo un gesto para incorporarse pero sintió que le fallaban las fuerzas y, dejándose caer de nuevo, cerró los ojos. Aún veía la sangre y los dientes de Miguel. Cesando en su rezo, Dubois apartó las manos de su cabeza, y Jaime experimentó una sensación de frío en el lugar donde estas habían descansado.

—Jaime, ¿te encuentras bien? —Era Karen, que le acariciaba la mano con ternura.

Tardó en responder:

—Sí. —Abrió los ojos y al fin consiguió incorporarse.

—Lo ha vivido, ¿verdad? —le interrogaba Kepler, y Jaime se sorprendió de que aún continuara a su lado—. Ha viajado realmente a su pasado del siglo XIII, ¿cierto?

—¿Cómo lo sabe? ¿Cómo puede saber lo que he vivido?

—Fácil, amigo —Respondió Kepler con lentitud—. Porque es lo que estábamos esperando. ¿O he de llamarle don Pedro? Además, usted ha gritado, dándonos órdenes. No le he entendido mucho, pero con toda seguridad era en la vieja lengua de oc, o en catalán antiguo.

Jaime estaba atónito. Había deseado aquello, pero jamás hubiera esperado que le ocurriera de verdad. Se sentía confuso. Necesitaba pensar.

—Jaime —le dijo suavemente Dubois—, ¿se encuentra en condiciones de hablar ahora? Es una experiencia dura y traumática; voy a intentar ayudarle.

—Sí, pero quisiera vestirme antes. Tengo frío. —Su propio sudor le daba escalofríos.

—Cámbiese; cuando termine continuaremos la conversación aquí.

Luego de secarse con la túnica, se vistió y, al regresar, encontró a Dubois solo en la habitación, relatándole su experiencia con todo detalle.

—Es usted afortunado —afirmó este—. Los casos en que tal vivencia acontece justo en el bautismo espiritual son poquísimos, y eso tiene un significado.

—¿Qué significado?

—Que usted no solo es quien creíamos que era, sino que está predestinado a tener un papel clave. Tiene una misión que cumplir.

—¿Cómo puedo ser quien ustedes creían que era? —Jaime se extrañó—. ¿Quiere decir que me estaban buscando? Y si es así ¿cómo han podido encontrarme?

—Porque algunos de nosotros ya estuvimos antes donde usted ha estado hace unos momentos. Y logramos reconocerle.

—¿Que lograron reconocer en mí al personaje que acabo de vivir? —Jaime no podía salir de su asombro—. ¿Quién me reconoció? ¿Cómo es posible? ¿Y de qué misión me habla?

—Ya ha sufrido por hoy suficientes emociones; si hubiéramos querido adelantarle lo que acaba de vivir, jamás nos habría creído. Ahora no tiene más remedio que creer. Algunas de las respuestas a sus preguntas le vendrán solas, cuando avance en su experiencia; otras se las daremos más adelante, cuando asimile lo de hoy. También hay preguntas que aún no se han formulado, y respuestas demasiado peligrosas por ahora. Confíe en nosotros, déjese llevar, y en su momento lo sabrá todo.

—¿Qué puedo saber hoy?

—Sepa que se ha colocado en un nivel muy avanzado de nuestro grupo. Sepa que está unido a nosotros de forma indisoluble, porque una parte de usted, lo que algunos llamarían el verdadero yo, ha vivido antes. En una de sus vidas anteriores compartió tiempo y designios con muchos de los que formamos este grupo. El rey Pedro II el Católico, que vivió en la Edad Media a caballo de los siglos XII y XIII, es uno de sus antecesores espirituales. Teníamos la sospecha y ahora tenemos la certeza.

—¿Qué debo hacer ahora?

—Asimilar lo de hoy. Pensar sobre ello. Ahora ya es un iniciado y quizá experimente por sí mismo, sin la ayuda de nuestro rito, nuevas vivencias. Pero no las fuerce, deje que lleguen a usted con naturalidad. Ha revivido un instante concreto de la vida de un personaje histórico del que posiblemente jamás había oído hablar antes. ¿No es así?

—Cierto. No estoy familiarizado con la historia antigua.

—Mejor. Deje que la historia brote de usted. Pedro II de Aragón aparece en los libros de historia. No consulte ninguno. No pregunte a expertos. No deje que lo que ha quedado escrito del personaje le condicione; debe terminar su ciclo de recuerdos y entonces podrá compararlo vivido con lo que ha quedado escrito.

Jaime dedicó unos minutos a considerar las palabras de Dubois.

—Tiene sentido lo que dice —respondió finalmente.

—Ahora Karen y Kevin le conducirán de nuevo al lugar donde se encontraron. Lamento las precauciones de seguridad, que quizá le puedan parecer ridículas, pero pronto podrá conocer la ubicación de este lugar y entenderá la necesidad de tenerlo en secreto. Por ahora sepa que ha estado en nuestro Monte Seguro y que solo tienen acceso a él las personas comprometidas con nuestra organización. Disfrute del fin de semana y no se aleje mucho de Karen. Estoy seguro de que ella permanecerá muy cerca de usted.

—¿Por qué cree eso? —Jaime se preguntaba qué sabría Dubois de su romance con Karen. ¿Estaría su amor en los planes de los cátaros?

—Ella le ha apadrinado en su bautizo espiritual, lo que comporta una responsabilidad. Karen debería cancelar cualquier compromiso que tuviera este fin de semana para estar cerca de usted. Es un momento difícil y ella debe ayudarle. Kevin es igualmente responsable, pero me da la impresión de que usted va a preferir a Karen. —Luego de una pausa añadió con una sonrisa que no mitigaba su intensa mirada—: ¿Me equivoco?

33

Se sentía extraño; las gafas opacas no solo le impedían ver el camino de regreso, sino que simbolizaban su situación en aquella desconcertante aventura, en la que andaba ciego. Lo que en la mañana parecía un juego ahora era demasiado real y escapaba del todo a su control. Pero alguien sí estaría controlando el juego mientras él, como una marioneta, tenía que danzar según se tensaban los hilos que otro movía. Ese pensamiento lo irritaba.

Sin embargo, la experiencia vivida había sido extraordinaria, inesperada y real. Tenía mil preguntas, se sentía excitado; pero también confuso. Necesitaba pensar, entender lo que pasaba, asimilarlo y quizá al final del proceso pudiera llegar a creer en lo increíble.

Karen intentó entablar conversación con él un par de veces durante el trayecto de vuelta, pero Jaime se mostraba cortante y ella decidió respetar su silencio e intercambiar algún comentario intrascendente con Kepler. Finalmente llegaron al centro comercial y subieron al coche de Karen.

—¿Puedo quitarme las gafas? —preguntó él justo cuando el coche arrancó.

—Sí. Lamento el misterio, pero hay que proteger aquel lugar.

—¿Para qué necesitáis un lugar seguro? —inquirió Jaime—. En este país cualquier religión que respete una mínima legalidad está permitida.

—Pronto lo entenderás. Quizá algún día necesitemos ese refugio secreto, al que llamamos Montsegur. Por favor, no preguntes más ahora sobre él, solo confía en mí —le dijo con gracioso gesto de súplica—. ¿De acuerdo?

—Karen, entiende que, conforme avanzo, este asunto es cada vez más misterioso. En lugar de respuestas solo encuentro nuevas preguntas y me pides que confíe. Y lo hago, pero me encuentro bailando en un baile en el que otro pone la música. La sensación no me gusta.

—Bueno, pero al menos bailamos juntos. ¿No te consuela? —Ella compuso una de sus encantadoras sonrisas—. Dame tiempo y date tiempo. Poco a poco vendrán las respuestas. No es un viaje de turismo a la playa de Waikiki en Hawái, sino un viaje espiritual; no hay agencia de viajes y apenas mapas. Yo también tengo muchas preguntas y ando mi camino en ocasiones a tientas.

»¿Te apetece pasta con una buena ensalada? —exclamó de

pronto excitada—. Conozco un restaurante italiano con un gran ambiente, y está cerca de aquí. Invito yo. Me contarás tu experiencia, ¿verdad?

El restaurante era un lugar con encanto; la comida y el vino estaban francamente bien, y a Jaime el humor le mejoraba conforme comían. Karen escuchaba muy atenta su relato y de cuando en cuando le interrumpía con una pregunta.

—Estos recuerdos inician un ciclo; tenemos el privilegio de revivir las enseñanzas de nuestras experiencias pasadas —le explicó cuando él terminó su relato—. Hay algunas lecciones ya aprendidas, que están incorporadas en nuestro subconsciente. Por desgracia hay experiencias no superadas o vicios que arrastramos a otras vidas, y así vamos de equivocación en equivocación hasta que aprendemos. Este es el proceso que nos acerca cada vez más a Dios. ¿Te fijaste en el tapiz?

—¿Cómo no me iba a fijar? Es fascinante.

—Es una pieza auténtica del siglo XIII, bordada por la propia Corba de Landa y Perelha y sus damas cátaras, aunque el dibujo, quizá el modelo, es del siglo XII. Expertos en arte románico lo atribuyen a un misterioso artista desconocido, un verdadero Picasso del siglo XII. Le llaman El Maestro de Taüll. A pesar de lo poco que ha llegado a nosotros de lo que él pintó, es evidente que fue un genio.

»Los cátaros rechazaban el culto a las imágenes, y por eso, y porque la Inquisición quemó todo lo que encontró de ellos, ese tapiz es único. Lo usaban para enseñar conceptos elementales a los niños y a los no iniciados; traza algunos elementos básicos de la fe de los cátaros de aquel tiempo. Es parte del legendario tesoro que se salvó de Montsegur, el original Montsegur; un pequeño pueblo fortificado, refugio de los últimos cátaros, que resistió la Inquisición. —A Karen le brillaban los ojos y sus palabras denotaban pasión—. Con el tapiz y varios libros que contenían la verdadera fe cátara, unos pocos creyentes escaparon por los caminos secretos de la montaña antes de que el pueblo cayera en manos de nuestros enemigos. Durante varios siglos estas enseñanzas y creencias se han mantenido en secreto para evitar persecuciones, transmitiéndose la fe en grupos muy reducidos.

—¿Cómo llegó el auténtico tapiz a América? —La buena comida había mitigado el espíritu crítico de Jaime, pero no del todo—. ¿No será una imitación o un engaño moderno?

—Al tapiz se le ha hecho la prueba del carbono y, en efecto, data de los siglos XII o XIII. Ancestros de Peter Dubois lo trajeron de Francia con la esperanza de poder extender la fe con más libertad en el Nuevo Mundo. Hace pocos años que el catarismo salió de sus círculos secretos, aunque las cuestiones más complejas se reservan solo para los iniciados, los que tienen el privilegio de haber revivido vidas pasadas.

—¿Qué significa la gran herradura en el centro del tapiz?

—Es el símbolo de la reencarnación para los cátaros. Ahora, con la moda de la espiritualidad oriental, la idea empieza a ser aceptada, pero en Europa, hace ocho siglos, ellos ya creían en ella.

—Sería por eso por lo que los quemaban —repuso Jaime con una sonrisa cínica.

—Por eso y porque con sus creencias atacaban a la Iglesia católica, que vivía en la opulencia y acaparaba todo tipo de bienes materiales, dando ejemplo de todo menos de pobreza y castidad. Se expandían muy rápido, y el papa temía perder su poder temporal y las ricas donaciones que los nobles le ofrecían a cambio de salvar sus almas. Por ello, con la ayuda de la nobleza del norte, en especial la francesa, el papa organizó una cruzada contra los cátaros e inventó la Inquisición para acabar con su fe. Pero no debo contarte más; eres tú el que debe recordarlo.

—Me dijiste que tú también habías recordado, ¿verdad?

—Sí. Yo también he recordado.

—Pues es tu turno de contar —la emplazó Jaime expectante—. ¿Viviste en el mismo tiempo que Pedro II el Católico? ¿Lo conociste?

—Te contaré mi experiencia —concedió Karen—, pero te aviso que voy a omitir algo por el momento; es parte de mi obligación.

—De acuerdo, adelante —aceptó él, impaciente.

—Yo he experimentado varias veces a una dama cátara que vivió el asedio de Montsegur. ¿Te acuerdas de la noche que me desperté con una pesadilla y tú me consolaste?

—Claro, fue la primera noche que dormimos juntos. ¿Cómo no iba a acordarme?

—Bien, pues no fue exactamente una pesadilla lo que me despertó.

—¿Qué era?

—Un recuerdo. Y muy angustioso.

—¿Cómo que un recuerdo? —se extrañó Jaime—. No estabas en la ceremonia del tapiz.

—El tapiz, la bebida del cáliz, las oraciones del Buen Hombre y el resto del ceremonial son solo instrumentos para ayudarte a evocar y a veces no sirven para nada. La experiencia es tuya y sale de tu interior. Una vez que tu conciencia está activada, puede ocurrir que rememores por ti mismo, continuando un recuerdo anterior inacabado.

—¿Y qué recordabas aquella noche?

—Como te he dicho, era una situación angustiosa. Yo era una dama cátara encerrada en el pueblo de Montsegur, sitiado por los franceses y la Inquisición.

—¿Y qué pasaba?

—No lo sé, Jaime. Eso es lo que yo necesito saber —repuso Karen con gesto triste—. En realidad esa evocación se ha convertido en una pesadilla para mí. Me despierto muchas noches con el mismo recuerdo y siempre se interrumpe en el mismo instante. Estoy bloqueada, no consigo avanzar. Es como si necesitara algo más para terminar con la experiencia y así poder cerrar el ciclo.

—Pero ¿qué ves?

—Estoy en una plazoleta del pequeño pueblo sitiado, en una noche helada. Voy andando en silencio sola, y de repente aparece una figura blanca, un espectro, un fantasma, que me aterroriza. Me sobresalto y me angustio. Y aquí se corta la experiencia, que se repite una y otra vez sin que pueda avanzar.

—¿Y no te ayuda Dubois? —inquirió Jaime, preocupado.

—Sí, hemos seguido varias veces el mismo ceremonial de hoy con el propósito de continuar mi remembranza. Sin ningún resultado. Dicen que no debo de estar aún preparada. Que terminará viniendo a mí.

—No has respondido a mi pregunta. ¿Me conociste en tu vida anterior?

—No he respondido porque no te puedo contestar, Jaime. —Karen le miraba fijamente a los ojos con los suyos intensamente azules—. Debes explorar en tus recuerdos. Tú eres quien debe decir si me encuentras allí y quién soy. —Karen le dirigió una de sus luminosas sonrisas—. Si me reconoces y resulta que nuestras experiencias coinciden, y que yo era importante para ti, y tú para mí, sería fabuloso, ¿no crees?

—Sí, creo —repuso Jaime pensativo.

34

La magia que les arropaba en el restaurante se desvaneció a la salida, y al subir al Mazda convertible de Karen Jaime se sentía crítico y enojado de nuevo. ¿Por qué le habían concedido, precisamente a él, el privilegio de rememorar su vida pasada siendo solo un recién llegado al grupo? ¿Qué deseaban obtener los cátaros reclutándole? ¿Cuál era el papel de Karen en la trama? Demasiadas preguntas, demasiados misterios. Los cátaros lo envolvían en una sutil tela de araña, y Karen le ocultaba información. ¿Por qué tenía que soportar aquella ridiculez de las gafas ciegas?

—Karen, llévame a mi casa, por favor.

—¿A tu casa?

—Sí, a mi casa. Deseo estar solo.

—Pero, Jaime, yo había hecho planes para salir a cenar y pasar la noche juntos.

—No, Karen. Lo siento. Otro día será. Hoy necesito estar solo y pensar.

—Creo que lo que necesitas es hablar conmigo —repuso ella con una sonrisa y un guiño—. Venga, hombre, te voy a tratar muy bien.

—Lo siento, no insistas. —Jaime intentaba controlar su irritación, pero no podía evitar un tono cortante—. Déjame en casa.

—Como quieras, pero te recuerdo que tu coche está en la mía.

—Lo había olvidado. ¿Serás tan amable de acercarme?

—Por supuesto.

El trayecto transcurrió en silencio, mientras desde la radio del coche Mark Collie cantaba *Trouble's coming like a train* («Los problemas llegan como un tren»). En la brillante y soleada tarde de invierno, tal como en la canción, él olía la tormenta y presentía negros nubarrones cubriendo el cielo.

Al detener su coche frente al de Jaime, Karen le dijo:

—Jimy, no voy a salir hoy de casa. Mi obligación es pasar el día contigo, pero no puedo impedir que no quieras estar conmigo. Si me necesitas, llámame; te esperaré. Hasta pronto.

Y le ofreció sus labios para un beso. Jaime acercó los suyos y los puso en los de ella brevemente, casi como en un picotazo. Los labios de Karen siguieron a los de Jaime en su retirada, pero no los alcanzaron.

—Gracias. Hasta la vista —le dijo él al despedirse, y salió acelerando todo lo que le permitía el corto trayecto desde el aparcamiento hasta la garita del guarda.

Tomó la Ventura Freeway Este. Iba a demasiada velocidad. Lo sabía. ¿Había sido real lo vivido? ¿O era algún tipo de hipnosis, por la cual los cátaros habían introducido en su mente una vivencia enlatada? ¿Realidad virtual a base de sugestión? ¿Cómo podía ser un sueño tan real? ¿Cuántos antes que él habrían pasado por la misma experiencia creyéndose el rey Pedro II de Aragón? ¿Dominaban Dubois y sus amigos una técnica de sugestión tan sofisticada? Y si era así, ¡qué poderosa arma para ganar el control de voluntades ajenas!

Además, sentía que dependía de Karen, y no solo por un ardiente deseo sexual. Mucho peor. Quizá estaba enamorado. Y muy enamorado. Se sabía indefenso. Muy indefenso. Y ella. ¿Le querría realmente o solo lo usaba en su beneficio personal y en el de la secta? Ahora ella podría utilizar la relación de ambos como arma contra él dentro de la Corporación. Tendría todas las pruebas que quisiera de que se habían acostado juntos. Como hizo Linda con el infeliz de Douglas. Linda. Estaba seguro de que Linda también era cátara. Karen no había querido confesárselo. ¿Por qué Linda había acabado profesionalmente con Douglas denunciándolo por acoso sexual en lugar de limitarse a cortar la relación? Estaba seguro de que los cátaros tenían que ver con ello. ¿Pretendían controlar la Corporación? Karen le había preguntado si ahora, sin Douglas haciéndole competencia, sería él el sucesor de su jefe. Él contestó que muy probablemente sí. Entonces, de desaparecer White de la escena, como lo hizo el pobre Steve Kurth en su vuelo desde la planta 31 al suelo, él, Jaime Berenguer, sería presidente de Auditoría.

Sometiéndole a él, cuya misión era auditar lo que ocurría dentro de la Corporación, los cátaros infiltrados en esta podrían hacer muchas cosas con impunidad. Sería un paso importante para tomar el control, y dicho control representaba mucho poder. Podrían influir a millones de mentes en Estados Unidos y en el resto del mundo. Quizá miles de millones. Expandirían poco a poco sus ideas con los poderosísimos medios que aquella colosal máquina de propaganda, la Corporación, poseía. Y luego, con el campo abonado, sería fácil hacer florecer su credo. Era una razón suficiente para matar.

¿Podía él consentir tal cosa? La tradición familiar de búsqueda de libertad, su propia estima. ¡Dios! Qué indigno e inseguro se sentía ahora. ¿Cambiaría su dignidad por el amor de Karen? Temía la respuesta.

Unas luces detrás de él le alertaron. Sí, era a él. Redujo la velocidad y se detuvo en el arcén de la autovía. Un coche de la policía paró detrás del suyo. ¡Mierda! ¡Sabía que iba demasiado aprisa! Los documentos. La prueba de alcoholemia. Suerte que había bebido poco y había transcurrido ya algún tiempo. Dio cercano al límite pero sin sobrepasarlo.

Jaime pasó la tarde cantando a las aguas azules del océano Pacífico, que podía ver más allá de las palmeras del jardín. Entre sorbo y sorbo de brandy, acariciando las curvas femeninas de su amiga guitarra, rumiando y analizando lo ocurrido, le vino el sueño.

Despertó cuando el sol se ocultaba en el océano. Fue una buena siesta, se sentía fresco y despierto. Había soñado, pero no recordaba qué, y se dijo que no le importaba. Su ánimo había cambiado, tenía aún muchas preguntas pendientes, pero ya no le agobiaban. ¿Qué haría por la noche? Sabía que Karen le esperaba, que podría ayudarle en sus inquietudes, y deseaba estar con ella.

Pero ahora sentía que era tiempo de sacar sus raíces del suelo y vestir sus alas. Karen se estaba apoderando de él, lo dominaba, lo controlaba, lo absorbía; acudir a ella era como plantar para siempre sus raíces en una maceta. Y aquella noche quería volar, quería sentir su libertad.

Tomó una ducha, se vistió y se lanzó a la noche. Sentía su antiguo espíritu de la aventura, y la noche le atraía, brillante con sus luces y fascinante por lo que estas podían esconder. Sin embargo, su corazón guardaba un pequeño pesar. Y él sabía que ese dolorcillo tenía un nombre. Se llamaba Karen. Quería vencer esa pequeña pena. Quería romper la dependencia. Quería recuperar la libertad que había perdido casi sin darse cuenta. Quería a otra mujer para probar que Karen podía ser sustituida.

Recordó un restaurante japonés con gran personalidad y una excelente barra de sushi. La cena estaba resuelta. Luego iría a Ricardo's y quizá la noche se mostrara propicia.

35

Karen sintió aquella ansiedad antigua, que le apretaba los intestinos como una mano de hierro. Allí estaba de nuevo, en su mente, en el centro de la plazoleta del pueblo asediado y encaramado en la cumbre de un monte de los Pirineos. Allí estaba la aparición, de pie, fantasmal, inmóvil en medio de su camino.

Como tantas veces antes, su angustia iba a crecer cuando la presencia viniera hacia ella y su corazón se aceleraría para sentir como un golpe en él. Aquel era el momento en que despertaba de su sueño, de su recuerdo, y todo se desvanecía.

Pero hoy era distinto; estaba dispuesta a continuar hasta el final. La aparición empezó a acercarse saliendo de la tenue luz que provenía del caserón y penetrando en la zona de oscuridad que los separaba. Su corazón, acelerado, le golpeaba el pecho, y tragando saliva aguantó. Con las estrellas por única luz, notaba, más que veía, la cercanía de la silueta a pocos metros.

El contorno blanco se difuminaba en la oscuridad hasta casi desaparecer. ¡Y avanzaba, ahora oculto, hacia ella! Deseó dar un paso atrás, huir. Sentía que aquello ocultaba algo terrible. Era el preludio de la muerte. El ángel que la anunciaba. Un terror incontrolable la estaba abrumando, pero debía aguantar. Debía llegar al fin. Y el fin era la muerte de aquella vida. Si no resistía, se rompería la vivencia otra vez y la pesadilla se repetiría mil veces más. Su cuerpo temblaba mientras aquello, con lentitud, en un tiempo inacabable, se deslizaba hacia ella.

Sentía que ya llegaba, y su cuerpo, en tensión límite, se preparó para recibir el último golpe, o para que su corazón, simplemente, reventara de miedo. Pero aguantó. El contorno se perfilaba, la silueta cobraba sentido. ¡Ya estaba allí! Entonces lo reconoció.

—Dios esté contigo hermana —saludó el fantasma.

—Dios esté contigo, Buen Hombre —dijo ella, sintiendo de repente un alivio infinito y cómo sus músculos se relajaban. Necesito tiempo para que su corazón se recuperara. ¿Por qué aquel pánico frente a su mejor amigo?

Era Bertrand Martí, obispo de Montsegur, un hombre alto y delgado, que mantenía la cabeza descubierta a pesar del frío. Su abundante cabello cano se agitaba con las ráfagas de aire. ¿Por qué aquel terror frente al único que podía ayudarla? ¿Era que, por primera vez, ella pretendía hoy mentirle, ocultarle algo? ¿Era su culpabilidad?

Karen se acercó e, inclinando la cabeza, le cogió las manos para besarle los guantes; él depositó con ternura un beso en la capucha de ella.

—¿Qué hacéis levantada a estas horas, dama Corba? —preguntó con su voz profunda.

—No podía dormir, Bertrand —dijo ella sin soltarle las manos—, y me he levantado para ver despuntar el alba.

Bertrand no dijo nada, persistiendo en el apretón de manos. Ella notaba a través de la oscuridad la penetrante mirada del viejo. Bertrand transmitía una paz que calentaba el corazón y hacía olvidar el frío.

—¿Qué hacéis vos aquí? —Él no contestó—. ¿Habéis consolado a los moribundos? No me digáis quién ha muerto esta noche, no quiero saberlo, Bertrand.

—Os esperaba a vos, señora.

—¿A mí? ¿Por qué? —preguntó ella apartando las manos con un sobresalto.

Bertrand callaba, y ella sentía su mirada y su paz a través de la oscuridad.

—¿Cuánto más podremos resistir? —continuó ella al rato, sin esperar respuesta.

—Lo sabéis mejor que yo, señora. Nada. Hemos terminado la leña y también los alimentos, nuestra gente está agotada. Y las catapultas de nuestros enemigos lo destruyen todo.

—¿Alguna esperanza de que nos llegue ayuda?

—Ninguna. Ni del emperador Federico II, ni del rey aragonés, ni del conde de Tolosa. Nadie nos ayudará.

—¡Oh, mi Dios bueno! Somos los últimos y con nosotros morirá la civilización occitana. Matarán nuestra lengua de oc y nuestra religión cátara. La cultura de la tolerancia, de la poesía y del trovador desaparecerá para siempre. ¿Por qué nos persiguen, asesinan y queman en las hogueras? ¿No les enseñó Cristo como a nosotros a amar y respetar a su prójimo? ¿Por qué el Dios bueno permite esta victoria al diablo y que las obras del Creador maligno, del mal Dios, se impongan en la tierra?

—No desesperéis, mi señora, no todo termina aquí. Sabéis que hace unas semanas Pere Bonet consiguió, junto con otros hermanos, burlar el cerco y puso nuestro tesoro a salvo. Con él se salvaron los escritos de nuestra fe y el tapiz de la herradura que vos y vuestras damas bordasteis. Nuestra verdad, nuestro mensaje no desaparecerán con nosotros para siempre en las hogueras de los inquisidores. Pere triunfará en su misión y las generaciones futuras recibirán nuestro pensamiento. —Bertrand hizo una pausa, como cansado, y luego reemprendió su discurso—. Hoy, en nuestros oscuros tiempos dominados por el diablo, hay dos Iglesias. Una que huye y perdona; la nuestra. Otra que roba, persigue y despelleja; la suya. Pero los que nos persiguen también verán en el futuro la luz del Dios bueno y se unirán a su causa, y el Dios del odio será derrotado para siempre. —Bertrand le volvió a coger las manos—, Ahora, mi señora, serenad vuestro ánimo. No temáis por la vida de los que amáis ni temáis vuestra muerte. La muerte es solo un paso necesario.

—No temo a la muerte, Buen Hombre, pero sí a la rendición. Montsegur debe resistir hasta el fin. Los católicos solo podrán pisar esta tierra sagrada cuando haya muerto el último defensor.

—No es posible, señora. Los soldados que nos defienden son en su mayoría católicos y sobreviven aún niños inocentes que solo han empezado a vivir el ciclo de esta vida y deben terminarlo.

—Pero harán renegar a los niños del catarismo y perderán el mensaje del Dios bueno. No, Bertrand, más vale que mueran aquí, con nosotros, a que caigan en sus manos.

—No, señora; no podemos decidir por ellos y terminar contra natura este ciclo de su vida. ¿No veis que, de hacer eso, os pondríais al nivel de nuestros perseguidores? ¿También creéis tener la única verdad y el derecho de decidir la vida de inocentes? Deben vivir, no os preocupéis por sus almas; ellas seguirán el camino hasta llegar al Dios bueno.

—Tenéis razón, padre. Por ello vos sois un elegido y yo no. Pero no puedo soportar ver a mis orgullosos occitanos vencidos, humillados, torturados y quemados. Tampoco veré los colores de nuestros enemigos ondear en Montsegur. Yo no me rindo, pero sé que mi marido pretende negociar mañana la rendición. —Karen le cogió de nuevo las manos al viejo—. ¿Es eso cierto, Bertrand? Vos no podéis mentir y él no quiere decírmelo. ¡Responded por el Dios bueno! ¡Hablad!

El hombre la miró a los ojos sin contestar.

—Luego es cierto —concluyó ella al ver que el silencio continuaba—. Yo moriré libre. No me someteré a los príncipes del odio. Ni me juzgarán ni me quemarán.

—Dama Corba, querida mía, no os dejéis cegar por vuestro orgullo ni hagáis nada que retrase la evolución de vuestra alma. Mostrad vuestra humildad como lo hizo Cristo, que, siendo Dios, se dejó juzgar por los hombres.

—El Dios bueno sabe que voy a morir, y no creo que Él tenga preferencia porque mi muerte sea en la hoguera. Perdonadme, padre, pero en esta vida no dejaré que el enemigo ponga sus manos en mí y me humille. Dadme el *consolamentum*.

—¡No, hija mía! —exclamó el anciano soltándole las manos y abrazándola—. Quitaos esos pensamientos de vuestra mente.

Al cabo de unos instantes Corba notó cómo el abrazo se aflojaba, y distanciándose un poco de ella el anciano le dijo:

—No. No os lo puedo dar. El dolor ha ofuscado vuestra razón. Pensadlo de nuevo. Dominad vuestro orgullo.

—Lo tengo decidido desde que empezó el sitio, Bertrand. A Corba de Landa y Perelha, señora de Montsegur, sus enemigos no la cogerán ni viva ni muerta. No darme el *consolamen-*

tum no cambiará mi decisión. Lo sabéis tan bien como yo y por eso me estabais esperando aquí esta noche. Sabíais y sabéis lo que va a pasar. Me esperabais, viejo amigo, para despedirme. Y también para darme el último sacramento.

Notaba de nuevo la mirada profunda de él a través de la oscuridad y sintió otra vez cómo la angustia volvía a crecer dentro de ella, atenazándole las vísceras.

Al cabo de un rato oyó una voz débil pero decidida:

—Arrodillaos, señora.

Los cantos duros y fríos de las piedras la hirieron cuando sus rodillas tocaron el suelo y su cuerpo se estremeció durante unos largos instantes. ¿El frío? ¿El miedo?

El viejo se había quitado los guantes e introdujo sus manos huesudas en la capucha de piel de Karen y las aplicó justo en la parte superior de su cabeza.

Ella cerró los ojos y no sintió nada. Solo su corazón latiendo locamente, su respiración agitada y el frío.

Bertrand murmuraba algo, pero ella no podía distinguir si era en latín o en la lengua de oc. Poco a poco empezó a sentir una sensación cálida en el pelo. Se iba extendiendo. Ya no sentía frío en las orejas y en la nariz. Su respiración se calmaba y el calor iba bajando al resto del cuerpo al tiempo que empezaba a experimentar una paz que hacía mucho no sentía. Estaba despierta, pero no allí. Estaba por encima de su miseria presente, ya no sentía angustia, y tampoco sentía su cuerpo. Retrocedía en el tiempo viendo imágenes de su juventud, de su niñez, y se sintió en el útero de su madre, protegida, feliz. ¿Era su madre de esta vida o la madre futura? No deseaba salir nunca más de aquel lugar, de aquella sensación. Aquello era lo real, la existencia que quería y su verdadero destino. El resto, su vida actual, era solo una pesadilla. Perdió la noción del tiempo, pero pasarían solo unos instantes.

Bertrand había apartado sus manos y estaba tirando suavemente de ella para que se levantara.

—¡Oh, Bertrand! Siento ahora lo que deben de sentir los niños cuando nacen; por eso lloran. ¡Qué desconsuelo volver a este mundo! ¡Qué dura la realidad de la vida física! —dijo arrastrando las palabras—. Pero ahora sé que existe la paz en algún lugar.

—Que el Dios bueno os acoja.

—Y a vos también, querido amigo, cuidad de mis hijos y de los demás.

—Sí, señora.

Ella le abrazó y él correspondió al abrazo, pero Corba no pudo recuperar la maravillosa sensación sentida hacía unos instantes.

El viejo se alejó con lentitud hacia el edificio, del que salía una débil luz.

36

Jaime contempló a la hermosa mujer oriental que, sentada a una mesa, sonreía conversando, a pesar del volumen de la música, con una amiga. Las minifaldas mostraban generosas unas bonitas piernas. Parecían solas. Pero él no intentaría nada sin antes tomar su trago.

La música era en vivo. Un grupo de calidad tocaba una rumba mientras la concurrencia seguía el ritmo de una forma u otra. La gente danzaba en una pista repleta mientras la música caribeña sonaba más alta que de costumbre.

Una variopinta selección de gentes concurría en el lugar, y los latinos no parecían ser mayoría; sin duda la salsa estaba de moda.

Los ojos de Jaime se movían en acto reflejo hacia la concurrencia femenina. Era su instinto cazador. Hermosas latinas, orientales, alguna muy atractiva morenita y bastantes rubias y castañas. ¡Aquella rubia de espaldas! ¡Era Karen! ¿Qué haría allí? Estaba hablando con un hombre. Jaime se abrió paso entre la gente acercándose a Karen mientras su corazón se aceleraba; se sentía traicionado. ¿No dijo que se quedaba en casa? Le tocó suavemente el hombro cuando llegó a su altura. Ella se giró. Ojos azules, el mismo tono rubio de pelo, casi el mismo peinado, pero no era ella.

—Lo siento mucho —le dijo experimentando, al contrario, un gran alivio—. Creía que era otra persona.

Algo debió de ver la rubia en su cara, puesto que soltó una carcajada.

—Espero que la otra sea guapa.

—Desde luego, tanto como tú —contestó Jaime, cortés.

—Muchas gracias; eres muy amable —repuso ella.

La rubia quería seguir la conversación y había dejado con toda tranquilidad a su acompañante con la palabra en la boca dándole la espalda como si no lo conociera. «¡Buena ocasión!, pensó Jaime. Está más dispuesta al juego de la caza de lo que lo estoy yo». Pero su corazón aún latía acelerado con el pensamiento de Karen. ¡Lo que ahora necesitaba era una maldita copa!

—¿Has venido con ella? —continuó la chica.

—Sí —dijo Jaime mintiendo—. La estoy buscando.

—Buena suerte —dijo la rubia encogiéndose de hombros con un gesto ambiguo, y se giró hacia el otro hombre.

—Gracias. —Se despidió, abriéndose paso hacia la barra—. Maldita Karen —murmuró—, se me aparece como un fantasma.

Cuando el camarero le sirvió el cubalibre, oyó:

—Estás invitado, hermanito.

Allí estaba Ricardo, tras la barra, con su sonrisa de hermosos dientes y su negro bigote. Jaime se quedó helado; aquella sonrisa, aquella entonación al hablar. De pronto Ricardo le recordaba a alguien, a alguien que había visto aquella misma mañana. No aquí, sino en un lugar muy lejano y en un tiempo remoto. No podía ser, pensó, pero era: Hug de Mataplana. ¡Tonterías! Jaime rechazó de inmediato tan absurda idea. La experiencia de la mañana le había afectado más de lo que imaginaba. Empezaba a sufrir alucinaciones.

—Qué honor tenerte aquí. —Le saludó estrechándole ambas manos. Luego repentinamente interesado y con sonrisa maliciosa añadió—: ¿Trajiste a la rubia?

—Qué placer verte —respondió Jaime con rapidez—. ¿Qué ocurre contigo? ¿Te alegras de verme a mí o querías ver a la rubia?

Ricardo rio.

—Pues sí, era una mujer espléndida y me encantaría volverla a ver. Pero tal como la mirabas parecías muy interesado. ¿Qué pasa? ¿Ya la cambiaste por otra?

—No. He venido solo —respondió escueto. Aun con la confianza que lo unía a Ricardo, Jaime no deseaba iniciar una conversación sobre Karen. No era el momento. No quería.

—Llegaste al lugar indicado. —Ricardo sabía intuir y respetar la intimidad de sus amigos—. Tengo lo que necesitas. —La sonrisa le iluminaba la cara de nuevo.

—¿Y cuántos grados tiene el tequila?

—Vamos, Jaime. Tú no necesitas tequila. Tú necesitas una buena vieja.

—Creo que tienes razón, pero ¿es que te dedicas ahora a la trata de blancas?

—Amarillas, morenitas y la que se me ponga enfrente. Pero lo mío no es por dinero. Me gusta ver felices a mis amigos. ¡Espérame ahí!

Ricardo salió de detrás de la barra; tenía el negocio bajo control y podía dedicar su tiempo al placer. Y para Ricardo el primer placer eran las mujeres; la música y los amigos competían en segundo lugar. Jaime se decía que Ricardo había encontrado finalmente un negocio donde el trabajo le traía el placer a casa.

Cogió a Jaime por el hombro y le dijo con tono de gran confidencialidad:

—Hay una mexicanita nacida aquí pero con todo el sabor de Guadalajara para ti. Es muy cachonda. La amiga con la que va siempre está con un gringo. Quiero que la conozcas. Si te aplicas y le gustas, vas a ver lo que es bueno. Tiene un cuerpo y un ritmo para que te baile. Espero que no me hagas quedar mal. Un amigo mío no puede fallar en eso. ¿Entendido?

Jaime se encogió de hombros; era obvio que Ricardo tenía conocimiento de primera mano de lo que hablaba. No le importaba que lo tuviera. En su época bohemia habían intercambiado amigas más de una vez, e incluso comparaban notas.

—O sea, que me vas a usar para promocionar el negocio, ¿eh? Aquí viene Jaime a explotar la dinamita que los demás no pudieron encender porque tenían la mecha corta. —Jaime sonreía con malicia mientras miraba a Ricardo con sorna—. No te preocupes. Estoy seguro de que, después de conocerme, no perderás a la cliente.

—Pinche cabrón —repuso Ricardo con una carcajada.

37

Karen sintió frío, pero no temor, y avanzó decidida hacia el otro extremo de la plazuela. Luego, tanteando las paredes, las estrechas callejuelas la llevaron a las defensas exteriores de la aldea. Llegando al muro del noroeste palpó la pared y miró a las estrellas encima de ella. Aún era de noche, pero lo sería por poco tiempo.

Empezó a escalar el muro lentamente y con cuidado. Oyó desde arriba que gritaban:

—¡Alto! ¿Quién es? —Era un guardián.

Sonrió y bendijo a los que resistían hasta el final.

—Soy yo, Corba —le dijo con voz firme.

—Buenas noches, señora.

—¿Frío?

—Mucho, señora.

—Que el Dios bueno os bendiga, soldado.

Continuó subiendo por la escalera, que ahora giraba, apoyada contra el muro orientado al este; la hoguera que los sitiadores mantenían pegada a la muralla se encontraba al otro lado.

—¡Señora, vigilad no exponeros a la luz! ¡Los arqueros están al acecho!

—Gracias.

Al llegar a la parte alta de la fortificación Karen avanzó cubriéndose tras los parapetos para no ser vista desde el exterior. Llegando a un tramo descubierto lo cruzó con rapidez; las llamas no llegaban a aquella altura, pero sí se notaba el calor al cruzar el hueco.

Se quedó en aquel lugar, cubierta por el parapeto de la muralla pero cerca de la abertura.

Pronto despuntaría el día. Las estrellas brillaban rutilantes en el cielo helado de la primera noche de marzo.

Sentándose en una piedra tallada miró desde allí su casa fortificada; a duras penas adivinaba su silueta al otro lado del recinto. Sus hijos, su esposo, su madre estaban allí. El Dios bueno los cuidaría.

Continuaba sintiendo la paz en su interior y recordó tiempos pasados mejores, cuando el rey de Aragón se rindió a su amor. Ella había sido la bella entre las bellas, la noble entre las nobles, la dama de un mayor encanto. Cantada por todos los trovadores, pretendida por los más nobles de Occitania, Borgoña, Gascuña, Provenza, Aragón y Cataluña. Sus ojos verdes embrujaban, su voz seducía. Corba la Hechicera la llamaban las envidiosas.

No había nacido para ser humillada y no les daría ese placer a los inquisidores.

El negro cielo empezaba a mostrar líneas azul oscuro que permitían distinguir las montañas del este y del sur. El alba llegaba, y ella sentía la tranquilidad del que no sufre con las dudas.

Lentamente se desprendió de sus botas de cuero y sacando sus zapatos de baile de los anchos bolsillos de su abrigo se los calzó. Se despojó de su abrigo quedándose solo con su vestido de gala; con el que danzaba en las fiestas. «El vestido del rey —se dijo; el vestido con el que yo esperaba a Pedro y con el que lo despedí».

Un viento helado inclemente le hizo tiritar el cuerpo, pero ella no lo sentía como suyo, porque en su interior conservaba aún el calor que le había dado Bertrand.

Miró de nuevo a las estrellas y empezó a recitar:

—Padre nuestro, que estás en los cielos. Venga a nosotros tu reino. —Dio tres pasos lentamente y se colocó en la abertura de las protecciones de la muralla. Notaba el calor de la corriente de aire ascendente, y al frente, por encima de las montañas, la franja azul se había ampliado dejando ver otra más clara—. Hágase tu voluntad, así en la tierra como en el cielo. —Fue consciente de que algo se rompía en el parapeto de piedra a su derecha. Una flecha—. El pan nuestro, supersustancia, dánoslo hoy.

Se acercó al borde sintiendo de pleno un fortísimo calor ascendente. Miró hacia abajo. El fuego, fascinante, se retorcía allí, en el fondo, como un enorme dragón impaciente por su presa.

Notó el silbido de otra flecha. Los hombres gritaban fuera de la muralla, también oía gritos dentro.

—Y perdónanos nuestras deudas así como nosotros perdonamos…

Otra flecha.

Corba emprendía su vuelo. Y como un negro cuervo hembra en la oscuridad, voló para propagar la herejía por el mundo. O así lo contaron los católicos, que bruja la llamaban.

Lo cierto es que se zambulló como había aprendido a hacer de niña desde las barcas en el Mediterráneo cuando su padre era cónsul de Tolosa en Barcelona.

Sintió que entraba en un mar caliente y que los tules de su querido vestido y su antes brillante cabellera negra se convertían en luz y en calor, mucho calor.

—Y no nos dejes caer…

Continuaba sintiendo la paz.

Del impacto en el centro de las brasas del fuego se levantaron innumerables pavesas que, brillantes, se elevaron con el aire caliente hacia el alba.

Pero que no llegaron a las distantes y frías estrellas que contemplaban, indiferentes, su fin.

Karen despertó de su visión. Estaba allí, en su cama, en su apartamento de Los Ángeles. Sentía el calor agradable de las sábanas. La pesadilla había llegado a su fin.

Lo que tanto había anhelado y tanto había pretendido forzar en las ceremonias frente al tapiz cátaro acababa de ocurrir ahora espontáneamente en pleno sueño. Intentó fijar las imágenes y las emociones en su memoria. Pero ¿cómo olvidarlo? Había logrado desbloquear su memoria y avanzar hasta el final de su ciclo. Y ahora, superados el dolor y la angustia, el sentimiento era profundo y hermoso. ¡Qué terrible historia! Pero ¡qué bella! Jamás olvidaría aquellos momentos vividos. ¿Vividos cuándo? ¿Hacía segundos o siglos?

Tendió sus brazos, aún con las imágenes de su ensoñación en los párpados. Buscaba a alguien pero no encontró a nadie. Solo el vacío. Le faltaba el calor de otro cuerpo, el calor de Jaime.

¿Dónde estaba? Había huido. Llamó a su apartamento a las diez, a las once y a las doce solo para oír la voz rancia y enlatada de Jaime desde su contestador. Miró el reloj de la mesilla de noche. Las tres de la madrugada. Y Jaime se encontraba allí fuera, perdido en la oscura noche de infinitas posibilidades de aquel gigante conglomerado de ciudades llamado Los Angeles.

Jaime tenía miedo. Sí, tenía miedo de ella y del juramento de fidelidad y obediencia hecho a la congregación cátara. A perder su libertad. Esa libertad herencia de familia. Una herencia que, como toda utopía, jamás se convertiría en moneda.

Estaba huyendo. ¿Cuán lejos? ¿Por cuánto tiempo? Karen no lo sabía, pero deseaba que volviera pronto. ¡Ahora mismo! Ella sí necesitaba compartir con alguien la maravillosa experiencia de aquella noche, pero especialmente con Jaime.

Sabía que volvería. Nadie había resistido jamás la necesidad de cerrar el ciclo de memoria espiritual una vez abierto. Jaime querría volver a retomar las imágenes y sentimientos del rey Pedro y no se detendría hasta conocer el final. Aunque con ello sufriera. Aunque se convirtiera en esclavo del pasado y renunciara a parte de su libertad.

Karen se levantó de la cama, fue a la cocina y abriendo el refrigerador sacó un botellín de Perrier. Puso una generosa ración de whisky añejo de malta en un vaso y lo rebajó con el agua. Acercándose al gran ventanal del salón cerró las luces y descorrió la cortina. La noche estaba silenciosa y la luna en un brillante cuarto creciente. Se sentó sobre la mullida alfombra blanca agradeciendo lo bien que la arropaba su viejo y poco sexy camisón de algodón. Y miró las luces de la ciudad. Allí, en algún lugar, estaba Jaime. Quizá él no lo supiera aún, pero volvería a ella.

Karen lo deseaba y sabía que ocurriría. Solo tenía que esperar. Como había hecho antes, tanto tiempo atrás. Tantas veces. Solo había que aguardar a que él viniera. Y vendría.

Clavó sus ojos azules en la oscuridad.

—Ven —le dijo.

38

Ricardo localizó a Marta bailando un merengue suelto en la pista con un hombre. De hermoso pelo negro y ojos expresivos, Marta tendría unos treinta y algo. Llevaba un vestido oscuro de falda corta que marcaba las bonitas curvas de sus caderas y luego se acampanaba ligeramente para dejar descubiertas unas largas, consistentes y bien torneadas piernas. Tenía gracia y estilo al moverse. Sin ningún miramiento hacia su pareja de baile, Ricardo la llamó pidiendo a otra chica que bailaba en la pista que la avisara, ya que la música impedía que le oyera. Cuando Marta miró a Ricardo, este le indicó con grandes gestos que se acercara.

—Marta, te presento a mi mejor amigo, Jaime —le dijo cuando Marta llegó hasta ellos—. Le he hablado mucho de ti y está loco por conocerte —mintió Ricardo con descaro.

—Encantada.

—Un placer.

Se dieron la mano.

—Los dejo. Tengo un negocio que atender. Pero antes necesito hablar algo en privado con Marta —dijo Ricardo tirando de ella y empezando a cuchichear al oído de la chica mientras lanzaba miradas picaras a Jaime.

Marta parecía divertirse y miraba a Jaime con una sonrisa que se hacía más ancha o se cerraba según la historia que Ricardo contaba.

—A ver cómo te portas —retó este a Jaime al irse.

Quedaron frente a frente, ambos sonriendo, Jaime con su cubalibre en la mano, y Marta mirándolo con atención, con las suyas cogidas a la espalda.

—¿Qué te ha contado ese sinvergüenza de mí? —preguntó Jaime.

—Cosas buenas. Pero lo que yo quisiera saber es lo que te ha contado de mí.

—Maravillas; vamos, que eres la candidata ideal para mi próximo matrimonio. —Jaime conocía bien el estilo de su amigo.

Marta soltó una carcajada.

—A mí me ha dicho que eres un alto ejecutivo divorciado, que tienes mucho dinero y el corazón destrozado. Mi misión de esta noche es curártelo.

Jaime rio con ganas; típico de Ricardo.

—Ricardo es un buen amigo. ¿Piensas aceptar la misión?

—Bueno, acabo de conocer a un muchacho que no está nada mal y lo he dejado en la pista plantado —contestó ella fingiendo que tomaba una decisión importante—. Por otra parte tú vienes muy bien recomendado, y Ricardo me ha amenazado con no dejarme entrar más en el club si no te trato bien. Dime, ¿cuán interesado estás tú en que yo acepte la misión?

—Interesadísimo. Mi corazón está empezando ya a curarse un poquito solo de verte.

—Bien, pues ven conmigo a la pista. Me voy a dar el placer de tener dos galanes por un ratito —le dijo con un gracioso guiño—. Pero tú llevas un poco de ventaja.

Jaime la siguió hasta la pista pensando que Marta sabía jugar bien sus cartas. Ella le presentó a su acompañante y sin dar más explicaciones se puso a bailar. Con ritmo y provocativa, Marta evolucionaba entre los dos hombres, y sentir que tenía que competir por ella hizo que el deseo creciera en Jaime.

Luego de varias piezas empezó a sonar un bolero, y justo al identificar la música el rival de Jaime pidió el baile a Marta. Esta se excusó diciéndole que Jaime le había solicitado el primer lento justo al entrar en la pista y cogió a Jaime para bailar.

—Espero que después de lo que le he contado a ese muchacho, sabrás bailar el bolero.

—Por favor, ¿no has notado mi acento cubano al hablar? ¡Mi abuelo inventó el bolero!

Marta rio alegremente, y ambos se concentraron en bailar.

Al cabo de un rato Jaime invitó a la chica a tomar una bebida en la barra. Hablaron. Ella era americana de primera generación y había prosperado; máster en ciencias económicas, trabajaba para un importante banco del sur de California. Hacía tiempo que se había independizado de su familia y del barrio, y vivía sola en su propio apartamento. Eso no les gustaba a sus viejos, aunque se sentían orgullosos de su hija. Pero la vida la había puesto en una situación en la que no tenía que depender de sus padres ni de ningún hombre, y ella disfrutaba de su libertad. Ricardo tenía razón hasta el momento. Era una mujer estupenda, y la emoción de la caza le estaba haciendo olvidar a Jaime la experiencia de aquella mañana.

Sobre las tres Marta miró el reloj, y Jaime le preguntó si deseaba irse. Ella dijo que sí, y Jaime la miró a los ojos con una leve sonrisa y preguntó:

—¿Tu casa o la mía?

—La tuya —dijo Marta, y un pequeño escalofrío de placer anticipado recorrió el cuerpo de él.

Salieron a la transparente noche. Él la cogió por la cintura; ella hizo lo mismo y anduvieron hasta el coche en silencio, viendo el brillo de las luces.

De pronto a Jaime le pareció ver algo extraño, pero familiar en la oscuridad. Era como un destello azul, ¿quizá verde?, de unos ojos femeninos que le reclamaban desde la noche profunda. Veía los ojos y oía unas palabras que no entendía, pero que le llamaban. Algo fuera de su control ocurría en su interior.

Tenía a su lado una hembra como pocas tuvo antes. Y la deseaba. Pero algo lo atraía hacia otra mujer. Era una obsesión.

«Como mariposa a la llama», le avisó su voz interna.

—Tonterías —murmuró.

—¿Dices algo? —preguntó Marta.

—¡Oh! Nada, mi amor. Que estoy feliz de estar a tu lado —contestó Jaime abriéndole la puerta del coche.

Domingo

39

Cuando Jaime despertó, avanzada ya la mañana, en su cama, medio cubierta por una sábana dormía Marta; ambos estaban desnudos. Apartando las ropas contempló a su compañera.

De formas generosas pero sin exageración, Marta era un bello ejemplar de mujer. Otra vez Jaime comparaba. No pudo, a lo largo de la noche, quitar de su mente la imagen de Karen, hasta el punto de que en algún momento llegó a creer que era a ella a quien hacía el amor en el cuerpo de Marta. ¿Por qué?

Karen debía de ser bruja y él estaba embrujado. Las dos mujeres no se parecían en nada; Marta tendría casi la altura de Karen, aunque los miembros y curvas de Karen eran más estilizados. Una era de pelo rubio, la otra morena. Marta tenía la tez blanca con un ligero bronceado, Karen era más pálida. Una seducía con unos hermosos ojos oscuros almendrados, los otros eran de un azul intenso. El vello púbico de una era rubio y escaso, mientras que el de la otra formaba graciosos rizos negros. Con una hablaba en español, con la otra en inglés. Marta era más madura, más desinhibida en el sexo, tomando iniciativas que Jaime desconocía en Karen. Había sido una noche excelente, pero ¿qué era lo que estaba mal? Había traicionado a Karen. ¿Era eso lo que le dolía?

¿O era el obsesivo recuerdo de la experiencia del día anterior en el refugio secreto de los cátaros?

Cualquiera que fuera la causa, Jaime no experimentaba la satisfacción y el relajo que debía sentir luego de una noche de caza, en la que había cobrado una pieza tan hermosa como la que tenía en su cama. ¿Por qué?

Marta abrió los ojos. Miró a Jaime y, sonriendo, alcanzó la sábana para luego cubrirse pudorosa.

—Buenos días —saludó tapándose hasta la altura de la boca.

—Buenos días, Marta. ¿Cómo estás?

—Genial. ¿Y tú?

—Excelente. Ha sido una noche fabulosa.

—Bueno, me alegro. Misión cumplida. Ricardo me dejará volver al club.

—¿No me dirás que lo has hecho por Ricardo? —preguntó Jaime escandalizado.

—No, tonto. Te conocí por él, pero luego yo escogí entre dos opciones y no me arrepiento de la elección.

—Menos mal.

—Bien —continuó Marta con una sonrisa burlona—. ¿Qué haces ahí de pie y en cueros? ¿Alguna exhibición de atributos por si no me enteré? Estuvo bien anoche, pero tampoco hay para tanto.

Jaime no esperaba la pulla. En realidad estaba tan concentrado en sus pensamientos que no se había dado cuenta de estar desnudo y en una posición exhibicionista. Rio con ganas.

—Decidía si ir a la ducha o a la cocina a preparar el desayuno.

—¡A la ducha! —gritó Marta saltando alegremente de la cama. Jaime la persiguió.

En la ducha hicieron de nuevo el amor, bajo el agua, explorándose los cuerpos. Marta era imaginativa y una compañera alegre. Luego de secarse, fueron a la cocina, donde se vistieron solo con los delantales. Jaime observó que el trasero de Marta no era elevado y respingón como el de Karen, pero era redondeado, contundente y tremendamente sexy.

Prepararon un abundante desayuno con aromáticas tostadas, huevos fritos, beicon y café. Todo estaba perfecto, pensó Jaime, pero ¿por qué se sentía inquieto? ¿Por qué no disfrutaba del momento y de la deliciosa mañana?

—Marta.

—Dime, Jaime.

—Hoy es el día que tengo para ver a mi hija y hemos quedado en comer juntos —mintió—. Espero que no te molestes si no te invito, pero tiene ocho años y es muy sensible a mis amistades femeninas.

Marta parecía desilusionada, pero sonrió.

—No importa —dijo—. Otro día será.

Cuando Jaime la dejó en su casa, ella le besó en los labios y se despidió.

—Llámame.

—Lo haré. Gracias por esta noche.

—Adiós, Jaime.

Pero los pensamientos de Jaime ya estaban en otro lugar y, olvidándose de la multa del día anterior, aceleró hacia donde su mente había pasado la noche. ¡Dios, por favor, que Karen esté en su apartamento!

El guarda de la puerta era desconocido para Jaime y con una desesperante parsimonia llamó por el telefonillo interior mientras Jaime agonizaba en la espera. ¿Habría salido?

Al fin le franqueó la barrera haciendo un gesto para que pasara y Jaime suspiró aliviado.

Al abrirle la puerta Karen vestía un viejo y cálido camisón; no dijo nada, se lo quedó mirando de arriba abajo y le tendió los brazos. Jaime la abrazó con fuerza, se sentía tan feliz que las lágrimas asomaron a sus ojos.

—Karen. Gracias por esperarme, amor mío.

Karen lo hizo pasar cerrando la puerta, y con el siguiente abrazo Jaime sintió que había llegado a casa. Al hogar. Ya no tenía más preguntas. Al menos no entonces. No quería más que disfrutar de aquel momento maravilloso.

Karen tampoco hizo preguntas. Solo murmuró:

—Sabía que volverías.

Martes

40

Los jardines que limitan la playa de Santa Mónica se encontraban desiertos al amanecer. Una brisa fría agitaba las palmeras, y el océano Pacífico, oscuro y lejano, se distinguía al fondo, más allá de las zonas destinadas a deporte y de la ancha playa.

John Beck, pantalón corto, chaqueta de chándal y cabeza cubierta con la capucha, corría cumpliendo su rutina de deporte matinal. Le encantaban la soledad de aquellas primeras horas y el frío, que hacía humear el vapor que expulsaba por la boca.

Pero aquella mañana percibió que no estaba solo. Su ritmo era rápido, pero oía el sonido de otras zapatillas de deporte acercándose detrás de él. Inusual.

Aunque ahora su trabajo en el FBI era más de despacho, no había perdido los reflejos y desconfiaba de lo insólito. En aquel momento y lugar, lo extraño jamás traería buenas noticias. El otro se acercaba. Sin dejar de correr, abrió su chándal aferrando el revólver. Notaba que el desconocido estaba ya casi encima de él. Entonces, saltando a un lado, se encaró con él.

—Buenos días, Beck —le saludó el hombre al tiempo que

de una mirada percibía la mano del agente que, dentro del chándal, se aterraba a las cachas del revólver—. Puede dejar su arma tranquila. Hoy no tengo intención de hacerle daño. —Gus Gutierres, también en atuendo de deporte insinuaba una sonrisa divertida y le hizo un gesto para que continuara corriendo.

—Buenos días, Gutierres. —Beck continuó su carrera, ahora con Gutierres al lado—. No esperaba visitas. Porque imagino que nuestro encuentro no es casual, ¿verdad?

—Claro que no. Ese tipo de asuntos prefiero tratarlos en el bar, pero no parece que usted visite tales lugares.

—Me ha estado vigilando.

—¿No se ha dado cuenta? ¡Bien!

—¿Qué quiere? —Beck empezó a acelerar el ritmo de su carrera; era una forma de relajar la tensión que la inesperada visita le provocaba.

—Desde la cena en el rancho no hemos vuelto a hablar, pero usted ha estado entrando y saliendo a su antojo de la Torre Blanca haciendo muchas preguntas. —Gutierres le seguía sin dificultad.

—Cierto. ¿Y?

—No le he impedido hablar con quien usted ha querido y preguntar lo que se le antojara. Sin embargo, usted no me ha dado ninguna información sobre las sectas que dijo estaban tomando posiciones de control en la Corporación. Y ha llegado el momento de que me dé los detalles.

—¿Y si me niego? —Beck se sentía molesto. El tono de Gutierres era demasiado perentorio, sin duda se le había pegado la arrogancia de su jefe. Y el hecho de sorprenderlo como lo había hecho corriendo en la madrugada, alarmándolo, escondía una amenaza intencionada. Gutierres le decía con aquello que podía apuntarle en la nuca cuando quisiera y se lo advertía sin verbalizarlo.

—Washington tendrá que buscarse a otro hombre. Será

declarado persona non grata en la Corporación. Le prohibiré la entrada en nuestras instalaciones y el inspector Ramsey tampoco se esforzará en mantenerlo al día.

—No puede hacer eso. —Aceleró de nuevo el ritmo, ya muy veloz, de su carrera.

—Claro que puedo. Davis puede, luego podemos. —Gutierres se puso a su altura sin dificultades; no parecía que el esfuerzo afectara su capacidad de hablar.

—¿Qué quiere saber?

—Todo lo que usted sepa.

—Jamás le contaré todo lo que sé. La información es poder. —Beck se notaba jadeante.

—Bien. Deme algo que me satisfaga. ¿De qué secta hablaba la semana pasada en el rancho?

—Hablaba de los cátaros, pero también dije que no teníamos la certeza de que estuvieran implicados en el asesinato de Kurth. Sabemos que también hay creyentes de otras sectas infiltrados en su Corporación.

Beck redujo el ritmo de su carrera, no podía mantenerlo a la vez que la conversación; en cambio el pretoriano parecía poder hacer ambas cosas sin problemas. El maldito Gutierres se anotaba otro punto; tenía que aceptarlo, pero se dijo que ya encontraría una ocasión futura para ajustarle las cuentas.

—Los cátaros son una secta, que dice viene del siglo XII europeo, pero están surgiendo con fuerza en los últimos años aquí, en Estados Unidos. Ya tienen sedes en más de cuarenta estados. Creen en Cristo y en la reencarnación. Una mezcla muy comercial, que coincide con las tendencias de la *new age,* que está triunfando últimamente en el país y en California en especial. Se expanden rápido y continuarán haciéndolo.

—Deme nombres.

—Su jefe espiritual en California es un tal Peter Dubois y, aunque oficialmente es profesor de historia, es posible que sea su máximo líder religioso. Pero tienen una segunda faceta, más ideológica, más política; esta la lidera un tal Kevin Kepler, un carismático profesor de sociología moderna en la UCLA. Gracias a él, el grupo se expande rápidamente en medios universitarios. El contenido ideológico que proponen parece inocuo, pero existe una parte hermética en la secta que es impenetrable y creemos que contiene planes concretos para la obtención de poder terrenal. Esos planes incluyen a su Corporación.

—Deme nombres de empleados nuestros.

—Tenemos sospechas, pero nada concreto. No le daré nombres sin tener la seguridad.

—No me ha dado suficiente información, Beck.

—Creo que tiene usted bastante material para trabajar, Gutierres. Averigüe usted y luego comparamos notas. Su sede oficial está en Whilshire Boulevard, como Club Cristiano Cátaro.

—De acuerdo, ya nos veremos.

Sin añadir más, Gutierres giró acelerando su carrera hacia un coche de cristales oscuros que les seguía a distancia. Beck se detuvo y contempló, brazos en jarras y jadeante, la partida de Gutierres con la vista empañada por el vapor de su propio aliento. Las luces de la mañana crecían.

Viernes

41

Por un lado la avenida está bordeada por edificios de los años veinte y treinta, en tonos pastel, que convertidos en hotelitos se ofrecen como restaurantes y lugares de copas y que, gracias a la personalidad del *art déco*, hicieron de la zona el emblema de Miami. La otra acera da a una ancha playa que limita la isla con el océano Atlántico.

Una multitud variopinta de turistas procedentes de todo el mundo, en mezcla dinámica con la fauna local, abarrotaba el paseo mientras un guitarrista callejero cantaba el ya clásico de Gloria Estefan *De mi tierra bella*. Aunque invierno, en aquella noche de viernes el clima era suave, invitaba a caminar, y la calle estaba atestada de coches circulando lentamente con sus luces puestas. La gente, a pie o en automóvil, era la protagonista de un variado espectáculo donde cada cual oficiaba a la vez de actor y de mirón.

Linda Americo y su equipo de auditores salían del restaurante cubano situado en el Ocean Drive de Miami Beach donde habían cenado. Se sentían relajados ya que por fin habían terminado su auditoría de la serie televisiva que los estudios Eagle rodaba en Miami y volvían, al día siguiente, a casa. Al viejo L.A.

—Es un completo desperdicio meterse en el hotel con este ambiente. ¿Qué tal si vamos a tomar unas copas donde podamos mover un poco el cuerpo? —propuso Frank.

—Buena idea —aprobó de inmediato John—. Ya dormiremos mañana en el avión de regreso. Me han recomendado un par de lugares que están aquí mismo. ¿Os apuntáis, chicas?

—¿Por qué no? —dijo Dana—. Hemos trabajado todas las horas que tiene el reloj y el informe está casi listo. Nos merecemos saborear un poquito de Miami Beach. ¿No crees, Linda?

Linda había anticipado que esto ocurriría la última noche en Miami y también su respuesta.

—Desde luego que nos lo merecemos, Dana, se ha hecho un gran trabajo. Pero lo siento, yo he de ir al hotel —contestó con una amplia sonrisa.

—Vamos, jefa, no seas aguafiestas —repuso Frank—. Todo está bajo control, relájate. Danos un descanso.

—Vente con nosotros —le dijo Dana cogiéndola del brazo cariñosamente—. O vamos todos o ninguno. No me dejes sola con este par de pesados.

Linda rio con una alegre carcajada.

—Dana —repuso—, estoy segura de que no solo lo vas a pasar en grande con ellos, sino de que vas a evitar que este par de brutos se metan en líos por acosar a alguna chica latina. Anda, ve y diviértete.

Linda tenía buenas razones para no quedarse. A pesar de que era un par de años mayor que Frank y de ser su jefe, este se mostraba más cariñoso de lo normal y quizá intentara una aproximación en el plano personal. No quería quedarse en una situación de «dos parejas». Frank era un chico atractivo y simpático con el cual, en otra situación, a Linda no le hubiera importado incluso salir pero, luego de su *affaire* con Douglas, su nombre estaba por razones obvias en boca de mucha gente, y no podía permitirse ni siquiera el menor comentario que fomentara en la Corporación su fama de promiscua.

—Además —añadió—, me encuentro un poco cansada y aún tengo que trabajar aquí mañana. Tengo cita con el productor de la serie para que dé su versión, para el informe de auditoría, sobre las irregularidades que aparecen en la contabilidad y el sistema de decisión de proveedores. Y ya sabéis la fama de hijoputa que tiene el individuo; no será una entrevista fácil. Os deseo un buen viaje de regreso.

—Vamos, jefa. —Ahora Frank le cogía también del otro brazo—. No seas estirada y ven un ratito con nosotros. Solo una copa. Media horita.

A Linda no le apetecía nada ir al hotel y la forma en la que Frank le había cogido el brazo le produjo un agradable estremecimiento; pero respondió:

—No, Frank. Ya sabéis que no soy estirada. Pero hoy no puedo, de verdad. Id y divertíos. Yo cojo un taxi y me voy al hotel.

—¡Por favor, Linda! —intervino ahora John—. No nos dejes solos. ¿Qué haremos sin jefa?

Linda soltó otra carcajada.

—Os vais a divertir como nunca, seguro. Ahora me voy. Pasadlo bien, os veo en Los Ángeles.

—Espera Linda —intervino de nuevo Frank—. Te acompaño. Que se queden estos a tomar su copa.

Linda se dijo que bajo ningún concepto regresaría al hotel sola con Frank. No importaba en absoluto lo que pasara después; lo que importaba eran los sabrosos comentarios que la noticia generaría.

—No, Frank, de ninguna forma. Es tu última noche en Miami, diviértete. Te lo has ganado.

—No te dejaremos ir sola a estas horas de la noche —insistió Frank—. Me siento obligado a acompañarte. A mí no me importa tomar una copa solo en el hotel.

—¡Voy a volver sola, Frank! —aclaró Linda con tono enérgico, para luego suavizarlo con una sonrisa—. Si os sentís mejor, me podéis acompañar hasta el taxi.

42

—¿Puedo ayudarla en algo, señorita? —El recepcionista mostraba su mejor sonrisa de dentífrico.

—Despiérteme mañana a las siete, por favor. Habitación 511.

—Desde luego, señorita Americo —convino el hombre, una vez tecleado el ordenador y consultada la pantalla—. ¿Desea mañana el *Wall Street Journal* como de costumbre?

—Sí. Muchas gracias.

—Que tenga muy buenas noches, señorita Americo.

—Gracias, usted también.

El *hall* estaba concurrido en aquel momento; visitantes orientales, una pareja esperando el ascensor. Unos turistas de la tercera edad, ellos con pantalones claros de cuadros y ellas con una adaptación oxigenada de un peinado de los sesenta, salieron riendo del restaurante para dirigirse al bar. «¿Dakota del Norte o Dakota del Sur?», se preguntó Linda. Un hombre sentado en una de las butacas *art déco* color naranja pastel hablaba por un teléfono móvil y a través de los cristales biselados con cenefas del bar, que aparentaba lleno, un grupo parecía celebrar algo con grandes carcajadas.

Linda apresuró el paso al oír la campanilla del ascensor abriendo su puerta y se unió a la pareja que entraba; latinoamericanos identificó, y seguramente de luna de miel, dedujo por el aspecto acaramelado.

—Buenas noches —les deseó al detenerse el ascensor en la

planta quinta, teniendo la seguridad de que realmente iban a disfrutar de una gran noche.

—Gracias —respondió la chica.

Linda empezó a andar sobre la moqueta de suave color verde pastel con ribetes naranja. ¿Dónde habría metido la tarjeta magnética que daba acceso a la habitación? Sí, la encontró allí, en el bolso. Un hombre joven, alto, rubio y vestido con traje y corbata venía por el pasillo en dirección contraria; se encontrarían a solo unos pasos de la habitación de ella.

No le daba tiempo a entrar en la pieza y no quería tener la puerta abierta cuando el chico se cruzara con ella. Como no veía motivos para retroceder hacia el ascensor, continuaría por el pasillo para luego regresar a la habitación. Linda mantuvo la tarjeta en la mano, avanzando con paso decidido; al cruzarse con el hombre, apreció sus ojos azules y facciones regulares a pesar de una nariz algo aplastada. Le saludó con un breve «hola».

El hombre hizo un gesto de saludo con la cabeza mientras esbozaba una sonrisa torcida. Justo lo había rebasado cuando sintió un violento tirón; el individuo la cogía por atrás cubriéndole la boca con la mano. Y en el cuello, Linda sintió la mordedura fría de una hoja de acero.

—Pórtate bien y no te pasará nada —le dijo aquel individuo con una voz levemente ronca pero agradable. Acento de Nueva York. Fue el primer estúpido pensamiento que le vino a la cabeza—. Vamos a tu habitación —ordenó el hombre.

Linda intentó calmarse y pensar fríamente. El corazón le saltaba alocadamente en el pecho. No. La habitación no. Sería lo último que haría.

—Será mejor que obedezcas o te corto el cuello —le apremio con voz suave pero decidida—. Como grites, estás muerta. ¿Te portarás bien? —le dijo ahora como si ella fuera un niño pequeño.

Linda decidió aparentar que le obedecería y dijo sí con la cabeza.

—Así me gusta —aprobó el muchacho satisfecho—. Vamos, muévete.

Linda se dirigió a la habitación 515. Simularía que no funcionaba la tarjeta.

—Eso es un error, bonita. —La navaja le pinchó el cuello y ella echó hacia atrás para evitar la hoja; estaba segura de que le había hecho un corte. Al retroceder se encontró a sus espaldas, fuerte como un muro, el pecho del hombre—. Tu habitación es la 511.

«¿Cómo sabe el número? ¿Qué querrá?», se preguntaba Linda, aún más asustada, mientras el hombre la conducía a su habitación.

—Ábrela —dijo.

En aquel momento Linda oyó la campanilla del ascensor. Pudo ver de reojo cómo alguien entraba por el pasillo. ¡Quizá fuera aquella su única posibilidad! Fingió abrir la puerta colocando la tarjeta en la ranura y golpeó, con todas sus fuerzas, con el codo hacia atrás. Al dar en lo que calculaba era la boca del estómago del hombre, la navaja se separó de su cuello, y soltándose de una sacudida salió corriendo hacia la persona que llegaba.

—¡Ayúdeme! —le gritó.

Ella había visto aquella cara antes. ¡Era el hombre del teléfono móvil del *hall*! Se quedó quieto, como sorprendido. Luego, al llegar ella a su altura y antes de que Linda pudiera reaccionar, el individuo le propinó un fuerte bofetón que la hizo caer al suelo. Linda intentaba entender la nueva situación cuando sintió que con una cinta adhesiva la amordazaban y en unos segundos le sujetaron las manos a la espalda. Era algo frío. ¿Unas esposas?

A pesar de medir más de metro setenta y estar proporcionada en peso, la levantaron como a una pluma. El chico abrió la habitación con la tarjeta, y sin conectar las luces la empujaron hacia dentro. Linda tropezó, cayendo al suelo boca abajo.

Al mirar hacia las ventanas vio una hermosa luna cuarto creciente que, en camino a su plenitud, lanzaba sus misteriosos rayos dentro de la habitación oscura. Las ventanas. Quizá su última posibilidad de escapar. Pero desde un quinto piso eso equivalía al suicidio. Y Linda quería vivir.

Al no poder escapar, sus mejores posibilidades de supervivencia estaban ahora en no enojar a aquellos individuos. Claro, se dijo, el tipo del *hall* había avisado al otro que ella subía. ¿Habría oído allí el número de su habitación? O lo sabían previamente. La respuesta era clave para saber si continuaría viva por la mañana.

Oyó un ruido como de goma a su espalda y se preguntó qué sería. Uno de los tipos se acercó a las ventanas, y después de correr los cortinajes el otro abrió las luces. A Linda le dolía la cara y se sentía desprotegida y vulnerable. El más joven puso la televisión y empezó a hacer zapping hasta encontrar algo que le satisfizo; eran las noticias de la CNN. Dejó el televisor a un volumen alto pero no tan excesivo como para que llamara la atención.

Linda oyó que a sus espaldas el otro abría un armario.

—¿Te cuelgo la chaqueta? —preguntó.

—Sí, gracias.

Con toda tranquilidad y como si estuvieran en su propia habitación colgaron sus chaquetas. Luego tirándole de los cabellos la hicieron incorporar.

—Te has portado mal. Me has engañado dos veces. Y estoy a punto de enfadarme mucho. —Era el joven, que, de pie frente a ella y a una distancia de veinte centímetros escasos de su cara, le hablaba con su voz ronca y tono amenazante—. Quiero oír tu voz y quiero que me pidas perdón. Te voy a quitar la mordaza. Si chillas lo vas a pasar muy mal y luego te cortaré el cuello. ¿Me entiendes?

Linda afirmó con la cabeza.

—¿Vas a chillar?

Hizo gesto de negación.

—¿Me lo prometes?

Linda afirmó; no creía que aquel tipo bromeara. Sintió un fuerte tirón en los labios y las mejillas cuando el hombre le arrancó la cinta que le cubría la boca. Entonces se dio cuenta de que aquellos individuos se habían puesto unos guantes de goma como los de los cirujanos. «No quieren dejar huellas», pensó.

No parecía que hicieran aquello por primera vez.

—Bien, bonita, pídeme perdón. Dime: «Perdóname, Danny, no lo haré más».

—¿Qué queréis de mí? ¿Por qué me hacéis esto?

—Primero pídele perdón —le dijo el otro cogiéndola de una mejilla en un pellizco—. Di: «Perdóname, Danny, no lo haré más». Y díselo con tono cariñoso.

—Perdóname, Danny, no lo haré más.

—Buena chica. Paul, ¿qué quieres tú de esta monada? Díselo, no seas tímido. Cuéntale ahora lo que queremos.

Linda miró al otro hombre. Se había sentado en un sofá y los contemplaba con una sonrisa de satisfacción. De tez clara, aparentaba tener más de treinta años y era más grueso que el joven.

—Danny y yo somos ejecutivos como tú, tenemos que viajar y estar fuera de casa. Y nos hemos dicho: ¿Dejaremos que una preciosidad como esa se aburra? ¡Tenerse que meter en la cama a las diez de la noche! ¡Y solita! —El tipo disfrutaba—. Hemos pensado que te apetecería divertirte con nosotros un rato.

—Buena idea —convino Linda tratando de controlar algo de la situación—. Divirtámonos. Pero tener las manos atadas no me divierte nada. ¿Por qué no me soltáis y vamos a tomar unas copas por ahí? Invito yo. Nos divertiremos sin que vosotros os metáis en líos de los que luego os tengáis que arrepentir. ¿Qué os parece?

—¡Qué buena idea! —dijo el grueso con tono burlón—. A mí me apetece. ¿Qué opinas, Danny?

—Sí, es una buena idea, pero hoy he llegado cansado de la oficina y me apetece quedarme en casa con mi mujercita. Y... hacerle el amor como se merece —añadió con una amplia sonrisa dirigiéndose a Linda—. ¿Qué te parece mi programa, cariño? ¿Te apetece hacer el amor conmigo esta noche?

—No en estas circunstancias. —Sospechaba que estaban jugando con ella, pero tenía que intentar reconducir la situación—. Desatadme, salgamos a tomar unas copas y seguro que luego también me apetece a mí.

—Lo siento, cariño —le respondió Danny poniéndole las manos en los pechos—. Mañana tengo que madrugar y será mejor que lo hagamos ahora.

Linda retrocedió un paso, pero él continuó acariciándole los pechos por encima del sujetador. Ella dio otro paso hacia atrás y le advirtió:

—Mira, Danny, lo que pretendes hacer es una violación, y te puedes pudrir en la cárcel por eso. Vamos a tomar una copa fuera, eres un chico guapo y no necesitas meterte en líos para hacerle el amor a una chica. Luego lo hacemos con mi consentimiento, ¿de acuerdo?

—Mira, bonita —respondió ahora Danny con dureza—, ¿te crees que soy tonto? Claro que vamos a hacerlo con tu consentimiento. Y me demostrarás que eres una amante excelente, porque si no te corto el cuello. ¿Has entendido bien? Ahora te desnudaré, y tú colaborarás en todo si quieres salir viva de aquí. ¿Está claro?

Sin darle tiempo a responder, el otro se levantó y le puso de nuevo la mordaza.

—No me fío de esta puta —dijo—. Es muy probable que muerda. Será menos divertido pero más seguro.

Danny empezó a desabrochar la blusa blanca que Linda llevaba bajo la chaqueta.

—Ahora me vas a demostrar lo bien que te portas, nenita. —Luego, acariciándole la piel pasó las dos manos hacia atrás y le desabrochó el sujetador.

El contacto de la goma de los guantes era desagradable. Linda intentaba pensar. No podía hacer nada, salvo tratar de salvar la vida. El chico empezó a acariciarle los pechos y a morderle los pezones.

—No solamente eres guapa, sino que tienes unas tetas estupendas. ¡Qué ganas tengo de verte lo otro!

El hombre se sentó de nuevo en el sillón, acomodándose como quien va a ver un partido de béisbol. Danny tiró hacia atrás la chaqueta y la blusa sobre las manos que Linda tenía esposadas en la espalda, dejándola desnuda de cintura hacia arriba. Luego la empujó hacia atrás, y tropezando con el borde de la cama ella cayó de espaldas. Él encontró la cremallera lateral y bajándola le quitó la falda y las medias panty. Allí se detuvo y empezó a tocarle el cuerpo mordisqueándole de nuevo los senos. Después por encima de las braguitas le fue palpando el sexo. Linda le dejaba hacer sin oponer resistencia. Su objetivo era sobrevivir. La agarró de los brazos para incorporarla y le hizo dar dos o tres vueltas lentamente mientras la contemplaba a su gusto.

—Esto está pero que muy bien —murmuró satisfecho.

Luego la empujó otra vez a la cama.

Aquel sujeto se quitó la corbata y la camisa dejando al descubierto un ancho pecho de deportista, sin pelo. Linda lo pudo ver ahora con más detenimiento. Era guapo. No pudo evitar el pensamiento de que en otras circunstancias quizá le habría gustado hacer el amor con el muchacho. Él continuaba desnudándose. Los pantalones, los calzoncillos, y descubrió su sexo erguido. Se acercó a ella y quitándole los panties le abrió las piernas con las manos. Ella no opuso resistencia.

La penetró con los dedos diciéndole:

—Vamos, cariñito, debes mojarte un poquito más.

Se separó de ella, dejándola allí, abierta, y se puso un preservativo. Linda se sintió aliviada, preguntándose por qué aquella consideración; pero su temor volvió al pensar que lo que aquel tipo pretendía era evitar rastros genéticos en ella que pudieran servir de prueba. El hombre le apartó el vello y los labios con la mano y la penetró. Linda volvió la cara para evitar tenerla junto a la de él. Desde aquel lado veía al otro tipo, que puesto de pie y fumando un cigarrillo contemplaba interesado la acción. Cerró los ojos para no verlo. A pesar del lubricante del preservativo, el roce era doloroso. La tenía cogida por las nalgas y la sacudía con fuerza, pero por suerte parecía que Danny terminaría pronto. Y así fue; al cabo de pocos minutos aquel individuo terminó.

Linda se quedó inmóvil en aquella postura, con los ojos cerrados. Se sentía más humillada que herida físicamente, pero sobre todo sentía crecer en ella una extraña combinación de odio y miedo.

—Lo has hecho bien, putilla —oyó decir a Danny—. Ahora se lo tienes que hacer igual de bien a mi amigo. Y te aviso que él es más exigente.

Abrió los ojos y vio al otro, que venía hacia ella. Se había quitado la parte inferior de sus vestidos y puesto un preservativo. Conservaba la camisa y la corbata. Sin ningún preámbulo la penetró. Pesaba mucho más que el joven. Estuvo penetrándola unos minutos mientras ella sentía que su asco crecía. Olía a tabaco y alcohol. Luego sin llegar al orgasmo el tipo salió.

—Gírate —le dijo.

Como Linda no se movió, le soltó un bofetón. Pronto Linda se encontró boca abajo, con el hombre penetrándola de nuevo y jugando con sus pechos con las manos.

Pareció cansarse y trató de penetrarla por el ano. El intento fue muy doloroso, y ella quiso sacudirse al hombre de encima. Se encontró con la navaja en el cuello y la voz de Danny, que le decía:

—Quedamos en que serías buena con mi amigo, ¿no? Venga, no lo estropees ahora que se acaba. No querrás que nos enfademos, ¿verdad?

Linda se quedó quieta. Sobrevivir. Debía sobrevivir. El hombre estaba hurgando en su ano con los dedos y lo intentó de nuevo. ¡Qué dolor! El dolor espiritual era quizá mayor que el físico. ¡Qué humillación! Si podía salir de aquello con vida, esos individuos lo pagarían muy caro.

—Con cuidado, no rompas el condón —le decía Danny al otro.

El tipo lo intentaba una y otra vez, y Linda sintió algo en su cuerpo rompiéndose cuando al fin el individuo lo consiguió. El hombre empezó a moverse hacia dentro y hacia fuera. El dolor era terrible. Linda gritaba con todas sus fuerzas pero la mordaza le impedía proferir un sonido. Se estaba clavando las uñas en la palma de las manos. El tipo paró un momento y le introdujo los dedos en la vagina. Apretando con los dedos por un lado y el pene por el otro hacia su interior, repetía el movimiento. Al cabo de un dolor interminable el tipo eyaculó. Linda quedó desmadejada encima de la cama. El dolor continuaba, pero tan suave en comparación a antes que no parecía dolor. El joven la giró, dejándola boca arriba.

—Buena chica. Te has portado bien, cariñito. ¿Sabes lo que me gusta después de hacer el amor? —No esperó respuesta, ya que Linda continuaba amordazada—. Pues fumar un cigarrito y charlar un poco. Ya ves; no soy uno de esos egoístas que luego de quedarse satisfechos se duermen sin hablar un ratito con su chica. ¿Quieres un cigarrito? —preguntó arrancándole de un tirón la mordaza de la boca. Linda negó con la cabeza—. Yo sí. —Y sacando un cigarrillo de la cajetilla se lo puso en la boca y lo encendió.

—Vamos, Danny, me he portado muy bien —dijo Linda suplicante—. Y me habéis hecho mucho daño. Dejadme ya. En la caja fuerte tengo unos cuatrocientos dólares en efectivo y algunas joyas. Llevaos también las tarjetas de crédito. Dejadme aquí atada y luego, al encontraros lejos y a salvo, llamáis al hotel para que me liberen. —Danny la miraba sonriente—. Encima de diversión, dinero. ¿Qué más queréis?

—Buena idea. Dame la combinación de la caja fuerte.

Ella lo hizo, y el otro tipo, que ya se había vestido, abrió la caja y empezó a vaciar su contenido.

—Esto ha estado bien, cariño, pero no hemos hablado aún suficiente. Hablemos. ¿Cuál es el código de acceso de tu ordenador portátil?

Linda se sobresaltó. Aquellos tipos querían más que robarle o sexo. Vio cómo el grueso se dirigía al ordenador, colocado encima de una mesita, y lo conectaba.

—Pero ¿qué queréis? —preguntó muy asustada.

—Contesta, bonita, ¿cuál es el código de acceso a tu PC? ¿Cuál, el del e-mail?

«Quieren datos de la Corporación», se dijo Linda. Danny se libró del preservativo, que colocó en una bolsa junto al papel con el que se había limpiado. Vistió sus calzoncillos y abriendo las piernas de Linda, que colgaban fuera de la cama, se colocó en medio, amenazador. Chupando el cigarrillo y mostrándoselo le dijo:

—Contesta.

Linda le dio los códigos, y el otro empezó a manipular el PC.

—Bueno. Por el momento lo estás haciendo bien. Ahora dime, ¿a quién informas en la secta de los cátaros?

—¿De qué me hablas? —Linda estaba aterrorizada pero intentaba disimularlo—. ¿Quiénes son los cátaros?

Danny le puso de nuevo la cinta adhesiva en la boca y chupando el cigarrillo a fondo apretó suavemente, para evitar que se apagara, la punta encendida sobre el pezón derecho de la chica. Linda sintió cómo su espina dorsal se arqueaba mientras un tremendo dolor se expandía por todo el pecho y luego el cuerpo. Gritó como jamás lo había hecho, pero ningún sonido pudo salir de su boca. Cuando el dolor le permitió pensar, tuvo la absoluta seguridad de que iba a morir aquella noche. Ojalá fuera pronto. La ventana estaba demasiado lejos para sus fuerzas.

Empezó a rezar.

—Padre nuestro, que estás en los cielos…

Sábado

43

Jaime avanzó sintiendo en sus pies descalzos el frío contacto de las losas que cubrían el suelo y el roce ligero de la túnica sobre su cuerpo desnudo. Se encontraba en la sala del tapiz con Karen a su derecha y Kevin a su izquierda, y al contrario de la primera vez, en la que había acudido con curiosidad y divertido por el exotismo de la situación, ahora estaba muy tenso.

Su corazón latía aceleradamente y sentía un nudo en el estómago. ¡Quería vivir de nuevo aquella extraña vida! Quería sentirla. Quería comprobar su irreal realidad. La vez anterior estaba desprevenido; fue como una diversión de sábado por la mañana alternativa a salir a navegar. Pero ahora era distinto y deseaba repetir la experiencia a toda costa.

Al otro lado de la vieja mesa de madera y del extraño cáliz Dubois, impresionante con su túnica, pelo y barba blancos, parecía no haberse dado cuenta de su entrada en la habitación. Tenía las manos juntas y oraba en murmullos con los ojos cerrados. Y así, inmóviles y de pie se quedaron esperando a que Dubois hablara, pero este parecía sumido en su interior y en la oración.

La olorosa combustión de las bujías colmaba el olfato, y

Jaime miró hacia la pared del fondo. La sólida roca. La cueva. Un rito del mundo subterráneo, de viejos hechiceros. ¿Brujería?

Sus ojos acudieron al fascinante tapiz, que después de las explicaciones de Karen tenía un sentido nuevo y más misterioso. Abajo» la figura dentro del óvalo rodeado de llamas era el Dios malo, el señor del diablo, la imperfección para los cátaros modernos. Tenía el símbolo alfa sobre su cabeza, porque él era el responsable de la creación física del mundo. Y del cuerpo del hombre. Sostenía a Adán y Eva en una mano y la espada en la otra. La naturaleza sensual, erótica, creadora, pero también cruel y destructiva. En una mano el nacimiento, la creación, y en la otra el castigo y la muerte física. Pero solo la muerte física, que no espiritual. Por eso Él no era el fin. Él no podía finalizar, no tenía el poder para hacerlo, y su destino era ser derrotado al final de los tiempos.

Porque arriba estaba el Dios bueno. Tranquilo, majestuoso, imponente dentro de su círculo azul celestial y con su corona de rey del todo. Los ángeles le servían. En una mano la bendición; el perdón de los errores. En la otra el libro de la sabiduría; la enseñanza espiritual. El símbolo griego omega sobre su corona indicaba el fin del camino para el hombre; la perfección, la renuncia al cuerpo y el triunfo del espíritu. El Dios bueno triunfaría al final de los tiempos sobre el malo y el espíritu sobre la carne.

Y entre ambos Dioses la herradura; el símbolo de la reencarnación según la antigua tradición cátara. Representaba la dureza del camino que conduce al hombre a la vida eterna. Reencarnación tras reencarnación en duro aprendizaje y muerte física para pasar a la siguiente vida y siguiente lección.

Dubois terminó de rezar, abrió los ojos y dirigiéndoles un gesto de bendición les dijo:

—Bienvenidos, hermanos.

—Gracias, Buen Hombre —contestaron Karen y Kevin.

—Jaime Berenguer, tus padrinos me dicen que deseas profundizar en la experiencia espiritual que viviste durante tu bautizo. ¿Es eso cierto?

—Sí, Buen Hombre.

—Karen, Kevin, ¿consideráis al hermano Jaime digno de progresar más en nuestra fe?

—Sí, es digno.

—Jaime, ¿estás dispuesto a renovar tu juramento de no revelar nada de lo que veas o vivas aquí? ¿También a obedecer a tus hermanos mayores si en alguna ocasión, por el bien de la comunidad, te ordenan algo?

—Sí, Buen Hombre.

—Entonces apura el contenido del cáliz y no lo dejes en la mesa hasta terminarlo.

Jaime levantó la pesada copa y experimentó el sabor picante y dulzón de especias del extraño vino.

—Recemos —propuso Dubois, y empezó a rezar su extraño padrenuestro.

Jaime rezaba mecánicamente mientras su vista volvía al tapiz, que empezaba a cobrar vida; tuvo la seguridad de que la fascinante experiencia regresaba. Pasó al otro lado de la mesa y, al tumbarse en el diván, Dubois le impuso las manos en la cabeza. Cerró los ojos y notando el calor de las manos se dejó llevar a su viaje espiritual. Hacia el misterio. Hacia el pasado.

44

—Decidme, Miguel —preguntaba Hug con curiosidad profesional—, ¿cómo conseguisteis hacer tal corte y solo superficial? Parecía que habíais degollado a Huggonet.

En la tienda de campaña del rey don Pedro II de Aragón, Jaime yacía medio incorporado sobre unos ricos cojines árabes. Al otro lado, tras una mesita octogonal de complicados dibujos geométricos en nácar y maderas preciosas, descansaban sobre almohadones Hug y Miguel.

Bromeaban. Sus dientes, rodeados de frondosas barbas, brillaban a la luz de los candelabros; nadie diría que apenas una hora antes, daga en mano, habían estado a punto de matarse.

—Cortar y tajar es el único oficio que mi nobleza permite.

—También es el mío —repuso Hug—, pero cuando más hondo tajo y corto, mejor lo hago; eso de quedarse a medias es una mariconada.

—El maldito merecía una lección por su osadía y descaro. La próxima vez lo mato.

—No pretendía insultar al rey nuestro señor, solo transmitía lo que sus enemigos hacen y dicen.

—¡Voto a Dios que no! —Miguel elevó la voz—. Lo que pretende Huggonet es que el rey entre en batalla contra los franceses Para proteger a esos herejes cátaros. Y vos, Hug, conocéis también su intención. Con la excusa de cantar lo que otros dictan y de contar lo que los franceses hablan, insulta y provoca. La tropa pide ir a la guerra y los nobles están ofendidos y exaltados. Con ese aspecto frágil, el maldito trovador hereje tiene más fuerza en su laúd que cien caballeros aragoneses en sus espadas —continuaba Miguel—. Al cantar contra la cruzada, engañando la simpleza e inocencia de la tropa y de muchos nobles, pretende obligar al rey nuestro señor. ¿No los habéis oído? Hoy pedían ya la guerra contra los cruzados de Simón de Monteforte. Prácticamente la guerra contra el papa. ¡Que cante canciones de caballeros y damiselas tristes historias de héroes antiguos! Ese es el trabajo de un juglar; hacer llorar a las damas. ¡Si vuelve a hacer política con sus canciones, le corto el cuello de un tajo! ¡Mariquita de calzones ajustados! ¿No visteis cómo se meó de miedo cuando le pinché el cuello?

—Huggonet canta los hechos, Miguel —argumentó Hug—. Con la excusa de combatir a los cátaros, los franceses están asesinando a los vasallos de nuestro señor don Pedro en Occitania y toman por las armas las haciendas de los que le son fieles.

»No les importa asesinar a católicos o a cátaros, lo que pretenden es robar sus propiedades. A nuestros hermanos occitanos les han caído encima todos los aventureros y la chusma sedienta de oro y títulos de Francia, Borgoña y Alemania. Y el papa les da su bendición, les perdona asesinatos y violaciones, regalándoles tierras y propiedades que no son suyas. Les da igual si queman en la hoguera a un católico o un cátaro con tal de aterrorizar a quienes se les opongan. —Ahora Hug se dirigió a Jaime—. Cuando termine la cruzada, Occitania será del rey francés y os habrán despojado, señor, de vuestros derechos. Debemos intervenir en contra de los cruzados.

—Sería un gran error, Hug —protestó Miguel—. Si nos oponemos al papa, este podría excomulgar al rey y a todos los que le somos fieles. La excomunión representará la rebeldía de muchos de nuestros nobles y quizá la guerra civil. —Hablando a Jaime, Miguel continuó—: En Roma hay quien os acusa de hereje, a pesar del título de El Católico que vuestra majestad ostenta. Vuestra esposa, María de Montpellier, está allí con el papa, despechada por vuestro intento de divorcio, por el poco uso que habéis hecho de ella y por el mucho que hacéis de otras mujeres. Dice que una cátara occitana os ha embrujado y que con sus artes diabólicas os arrastra a la herejía.

—Vamos, Miguel —interrumpió Hug—. Es suficiente con que el rey nuestro señor lleve el sobrenombre de El Católico. Sería demasiado que ostentara también el de El Casto como su noble padre, que Dios tenga en su gloria. Hay que disfrutar de las mujeres cuando se puede, y no hay quien pueda más que el rey.

—A nuestro padre, el rey —Jaime se oyó hablar a sí mismo—, no le llamaron El Casto porque lo fuera, sino porque no quiso reconocer a sus bastardos. —Los demás sonrieron. Conocían las historias sobre las aventuras eróticas del viejo rey Alfonso, y también que las que se contaban sobre el hijo superaban a las del padre.

—Vuestro problema, Miguel, es que sois tan papista que solo jodéis con católicas. —Hug había decidido incordiar al aragonés y se dirigía ahora a este con una sonrisa cínica en su semblante—. ¿Teméis, noble señor, que el coño de las moritas, judías, cátaras u otras os llene el pene de ideas? Juro por mi espada que os convendría. Seguro que vuestro pene piensa mejor y más variado que vuestros sesos, siempre llenos de ideas fijas.

Jaime no pudo evitar reírse, y Miguel soltó una falsa carcajada antes de contraatacar.

—Vuestro problema, Hug, es que sois un hereje pervertido que solo piensa en fornicar; por eso os fingís trovador, para embaucar a las ingenuas. He oído decir que cuando no tenéis una hembra cerca le jodéis el culo a vuestro propio caballo. Y como vos sí pensáis con la polla, por eso tenéis las ideas de noble bruto que tenéis.

Jaime rio ahora a carcajadas mientras Hug resoplaba.

—¡Servicio, señor! —gritó el escudero real, responsable de la guardia, desde la entrada de la tienda.

—Adelante —concedió Jaime.

La conversación se interrumpió cuando, portando bandejas de plata, entraron dos bailarinas con un contoneo insinuante; sin velo, lucían una atractiva sonrisa en sus labios carnosos. Se arrodillaron al lado de la mesita inclinándose y, cuando Jaime les concedió permiso, empezaron a servir, en unos vasos de plata de complicado y bello trabajo moruno, un té combinado de hierbas aromáticas.

—Tengo una prima que sin duda os complacerá, Miguel.

—Hug devolvía el golpe—. Es una ferviente católica y anda loca por una buena verga, pero que sea católica con toda seguridad, como la vuestra. Su único problema es que, siendo tan fea, no ha encontrado católico con el suficiente valor como para complacerla y se hizo monja. Estoy seguro de que vuestro papa consideraría un acto de caridad y valor que solucionarais el problema a mi prima y os premiaría con una bula especial. —Hug terminó su Parlamento y sin esperar respuesta de Miguel, tendiéndose hacia la bailarina más cercana, le acarició el trasero para luego dejar su mano entre las piernas de la chica. Esta se sobresaltó y soltó unas risita—. ¡Oh, bella! ¡Concédele otra noche oriental a este pobre guerrero! —dijo Hug a la chica en un aceptable sarraceno. Ella sonrió afirmativamente, y Hug le besó la mano con gran ceremonia—. ¿Me concedéis el privilegio, mi señor?

Jaime rio y dijo:

—Hug, habéis luchado con bravura por mi causa, pero bien que os lo cobráis con ese tipo de privilegios pero, ya que os voy a necesitar pronto para nuevas batallas, a vos y a vuestro caballo, y ambos en buena salud, os lo concedo; pero solo por el bien de vuestro caballo.

Los tres estallaron en una carcajada y empezaron a tomar el té mientras Hug hacía sentar a la bailarina de ojos azules a su lado. La otra muchacha se sentó junto a Jaime.

—Señor —continuó Hug después de unos instantes de silencio—, os habéis distinguido como príncipe tolerante y compasivo con vuestros súbditos y con los refugiados de otros lugares. Permitisteis a sarracenos y judíos permanecer en las nuevas tierras conquistadas manteniendo su religión. Al papa no le gusta eso, como tampoco le gustó que no actuarais con fiereza y crueldad contra los cátaros en Occitania. Yo no veo delito en que cada uno vea a Dios como Dios le da a entender, y sospecho que vos tampoco veis delito en ello. ¿Quién es el papa para privar al hombre de tal libertad?

»¿Os acordáis de la polémica teológica que presidisteis en Carcasona en 1204? El obispo cátaro de Carcassès, Bernard de Simorre, demostró con todo tipo de pruebas y textos del Antiguo y Nuevo Testamento que la Iglesia católica ha acomodado a su conveniencia la palabra de Dios.

»Lo único que el papa pretende es eliminar a su competencia cátara para mantener el poder terrenal que ostenta sobre gentes y riquezas. Fomenta los ataques contra vos porque os tiene miedo. Pactad con él, pero solo para ganar tiempo, porque va a continuar apoyando a Simón de Montfort y a los que os despojan.

»Lleguemos a Barcelona y luego a Huesca; crucemos los Pirineos por Andorra y Foix, y ataquemos a los cruzados. Mientras, vuestro tío Sancho, con las tropas del norte de Cataluña y Provenza, entrará por el este, y vuestro cuñado Ramón, desde Tolosa, hará el resto. Una vez que derrotéis a los cruzados, el papa negociará con mayor generosidad, ya que vuestros dominios llegan hasta Niza, que no está tan lejos de Roma. Si hace falta se le podría presionar hasta con las armas.

—Estáis loco, Hug —terció Miguel—. El demonio de la lujuria os tiene comido el seso. Lo que le aconsejáis a don Pedro nos llevaría a la ruina a todos. El papa es el único representante de la única religión válida, pues es línea directa del apóstol Pedro, a quien Nuestro Señor Jesucristo confió su Iglesia, y los enviados del papa lo demostraron en la polémica de Carcasona. Además así lo reconocen todos los grandes príncipes cristianos.

»En nuestro siglo la religión es política, y un príncipe debe apoyar su autoridad en la gracia que Dios le ha concedido y tener el apoyo de los eclesiásticos que, predicando en las iglesias, comunican las ideas al pueblo. —Ahora Miguel se dirigía a Jaime—. Vos apoyáis a la Iglesia católica, y el papa y la Iglesia reciben bienes y poder. La Iglesia os ofrece el mejor apoyo publicitario posible, el perdón de los pecados y el cielo cuando muráis. Es un buen trato.

»Fue una gran idea presentar vuestro vasallaje al papa y que se os llame El Católico. Es una imagen necesaria para un rey que tiene en sus dominios a vasallos de cuatro religiones y cuyo catolicismo puede ser cuestionado en cualquier momento. Esa diversidad religiosa es un peligro, necesitáis vuestros estados unidos políticamente, y no lo conseguiréis si tenéis grupos de distintas religiones.

»¿Creéis que sarracenos, judíos y cátaros os juran sinceramente lealtad? ¿Por qué Dios juran?

—¿Y qué más da el Dios? —intervino Hug—. Lo importante es que crean lo que juren. Actuemos según nuestra conciencia; no podemos consentir que se masacre a nuestros hermanos occitanos, hablamos casi la misma lengua, cantamos las mismas canciones, pensamos las mismas ideas. Señor don Pedro, no solo les despojan a ellos. Os despojan a vos, os roban lo que es vuestro y asesinan a los que defienden vuestros derechos. Tomemos las armas y destrocemos a esos malditos asesinos que se hacen llamar cruzados.

Jaime se debatía entre ambas alternativas, que él mismo había repasado mil veces. Su impulso y su corazón iban con Hug, pero Miguel de Luisián —que ostentaba el título de alférez real no solo por su valor en el combate, sino por su buen criterio político— articulaba lo que su razón decía. Ninguna alternativa era buena.

Pero había mucho más. Detrás de la decisión estaba su propio debate religioso interno.

Dios y la verdad. ¿Cuál era el camino correcto? ¿Qué era lo que el buen Dios quería que él hiciera? ¿Con qué finalidad le había dado Dios a él la gracia de ser rey? ¡Qué tortura la incertidumbre!

La bailarina cercana a Jaime le besó la mano derecha, luego la mejilla y finalmente se acurrucó contra él. Era una bella mujer de pelo negro y ojos almendrados, que olía a jazmín. Habían pasado las noches anteriores juntos, era una dulce amante, y él agradeció el contacto cálido, que relajaba un poco su angustia.

—Olvidaros de Occitania, señor —continuó Miguel—. Si el papa no quiere que sea vuestra, dejadla a los franceses. Tenéis muchas glorias que obtener haciendo cristianas y vuestras las tierras de Hispania. Echemos de las islas Baleares y de Valencia a los sarracenos y hagamos el comercio marítimo de nuestra parte del Mediterráneo seguro.

»Podemos negociar con el papa para que, a cambio de no participar en contra de la cruzada, favorezca nuestros intereses marítimos frente a los de Génova.

—No podemos abandonar Occitania —dijo Hug—. ¡El derecho de nuestro rey es ultrajado, y sus vasallos, torturados y asesinados!

—Bien —continuó Miguel—, si queréis conservar Occitania, llevemos nuestro ejército a Tolosa. El conde Ramón VI creerá que vais en su ayuda y seremos bien recibidos. Tomemos el control de la ciudad y entreguemos al conde, a su hijo y a unos cuantos cientos de cátaros a los frailes del Císter. Que los quemen o hagan lo que quieran con ellos.

»Seremos cruzados en igualdad de derechos con los franceses y les obligaremos por pacto o por las armas a que devuelvan Carcasona, Béziers y las demás ciudades. Estableceréis la unidad religiosa en el norte de vuestros estados y obtendréis el favor del papa.

—¡Pero qué infamia, Miguel! —Hug se indignó—. ¿Dónde está vuestro honor de caballero? ¿Cómo podemos acudir en ayuda de los occitanos y luego traicionarles? ¡Pero si el propio Ramón VI está casado con la hermana de nuestro rey!

—¿Qué os ocurre, Hug? —repuso rápido Miguel—. ¿Es que os habéis creído las canciones caballerescas que escribís en serio? El ideal caballeresco es para estúpidos que mueren en el primer envite de la batalla, y no para príncipes que gobiernan grandes estados. Dejad por esta noche vuestras canciones, que hoy ya no las necesitáis. Ya tenéis quien os caliente la cama.

—¡Ya basta, señores! —interrumpió Jaime. Sabía que ahora la discusión se tornaría violenta—. Gracias, Miguel, y gracias, Hug, por vuestra opinión y consejos; dejad que los medite. Buenas noches, señores.

Miguel se levantó y Hug dijo a Jaime:

—Solicito un momento en privado, señor.

—Concedido, Hug.

Miguel se inclinó y tras despedirse con un «buenas noches», salió de la tienda.

—Huggonet trae un mensaje personal para vos de Tolosa —le dijo Hug—. ¿Lo queréis oír?

El corazón le dio un vuelco a Jaime al adivinar quién enviaba la misiva. Disimuló su emoción respondiendo escueto:

—Sí.

45

—Era una decisión difícil, y yo me debatía entre dos opciones. —Jaime se expresaba lentamente, hablando consigo mismo. Movía las manos como si cada una de ellas representara la opción opuesta—. Ambas alternativas eran malas, pero debía tomar una. Sentía angustia. Mucha. El tiempo se acababa. Debía decidirme pronto.

Sentado frente a una mesa de hierro forjado pintada de blanco, Jaime dejó que su mirada recorriera su entorno. El día era hermoso, brillante. El sol empujaba a las sombras de los árboles sobre el césped del jardín y a través de los caminos de arena. En la mesa había tres vasos con refrescos; Karen y Kevin le escuchaban con atención.

—Déjame que te ayude. —Kevin interrumpió el silencio pensativo en el que se había encerrado Jaime—. Debías decidir entre la opción representada por el papa y sus cruzados, apoyados por París; esta era la opción de las fuerzas integristas e intolerantes.

»La otra alternativa era la de una revolución pacífica que se extendía por el sur de lo que hoy es Francia y el norte de España e Italia. Era la cultura de la tolerancia, la música, la poesía, los trovadores y los juglares. Desarrolló su propio estilo de amor; el amor cortés entre caballeros y sus damas. Incluso se formaban tribunales en los que, con el consentimiento y gentil participación de los acusados, se juzgaban los pecados amorosos. El propio Ricardo Corazón de León y el rey Alfonso, el padre del rey Pedro II se sometieron a juicio ante el tribunal de la apasionante y seductora noble occitana Adelaida de Tolosa.

»Con su oposición a la Iglesia católica, los cátaros eran un elemento clave de esa revolución.

»Los cátaros iban muy por delante de su tiempo en algunos asuntos; por ejemplo, para ellos hombre y mujer eran iguales ante Dios y ante los hombres. Las mujeres podían alcanzar el mismo rango en la Iglesia cátara que los hombres y existían Buenas Mujeres o Perfectas, como las llamaba la Inquisición; eso era revolucionario hace ochocientos años y aún lo es hoy para la mayor parte de las religiones de nuestro tiempo.

»Era toda una civilización nueva, que crecía con fuerza, pero que amenazaba con destruir la sociedad feudal y católica de aquel tiempo. Y esta, más dura y más fanática, declaró la guerra a la cultura naciente.

»Es la eterna lucha entre la democracia y el absolutismo, entre la tolerancia y la intolerancia religiosa. Ocurrió entonces y ocurre ahora. La lucha entre el bien y el mal.

—Sí. Esas eran las opciones —dijo Jaime, sorprendido

por toda la información adicional que Kevin le proporcionaba—. Se nota que lo has estudiado bien.

—He leído sobre la época, pero sé más por lo vivido que por lo estudiado.

—¿Viviste también entonces? ¿Te conocí?

—Nos conocimos brevemente y quizá algún día me reconozcas, pero aún no es el tiempo.

—¿Y tú, Jaime, has identificado a alguien que conozcas en tu vida actual? —preguntó Karen.

—He reconocido a un amigo de la infancia. Más que por su apariencia física, siento una certeza interior. Es la forma en que se mueve, el estilo de hablar, de pensar, de actuar. Es él, estoy seguro.

—¿Crees que le gustaría unirse a nuestro grupo?

—Tú lo conoces, Karen. Es Ricardo, mi amigo del club.

—Sí, lo recuerdo bien. Tráelo.

—Bueno, dudo que las inquietudes espirituales sean una prioridad para Ricardo en estos momentos —dijo Jaime sonriendo al imaginar al velludo Ricardo con túnica blanca y descalzo. Su juguetona imaginación le colocó una coronita dorada y unas alitas de algodón en la espalda. ¡Ricardo de angelito! Su sonrisa se amplió y se contuvo para no soltar una carcajada—. Creo que sus intereses actuales son más físicos y sensuales que religiosos.

—Te puedes llevar una sorpresa. No prejuzgues la espiritualidad de los que te rodean. Es algo que la mayoría guarda íntimamente, y aún más un tipo que presume de macho como tu amigo, pero su espíritu está allí. No tienes derecho a privarle de la experiencia que tú vives ahora.

—Tal vez tengas razón, Karen, pero vamos a darle tiempo al asunto.

Una brisa agitó los árboles y la mirada de Jaime se perdió en el balanceo de las ramas de la palmera que crecía unos metros más allá, al lado de la piscina. Al fondo estaba la hermosa casa encaramada en una colina de los montes de Santa Mónica, desde cuyo mirador se divisaba una buena parte del valle de San Fernando. Un lugar privilegiado al que se accedía, por la San Diego Freeway y, luego de numerosas curvas, por la Mulholland Drive. A Jaime le costaba creer que hacía unos momentos él se encontrara en aquel mismo lugar, pero a unos metros de profundidad, en la oscuridad del sótano excavado en la roca frente al tapiz de la herradura cátara.

—¿A qué debo el honor de poder ver el exterior y de que se me perdone el uso de las gafas de ciego? —preguntó con sorna.

—Has vivido la experiencia dos veces —contestó Kevin con una mirada intensa—. Pronto encontrarás sentido a tus recuerdos y los relacionarás con tu vida presente; se ha iniciado el ciclo y no habrá nada que desees tanto como cerrarlo viendo cómo finalizó aquella vida. Esto te une indisolublemente a nuestro grupo. Eres uno de los nuestros y sabemos que nos serás fiel como juraste y mantendrás los secretos que te pedimos. Traicionarnos sería como traicionarte a ti mismo. Por lo tanto, podemos mostrarte este lugar.

—¿Dónde estamos?

—Estás en Montsegur, el centro espiritual de los cátaros —contestó Karen—. El Montsegur occitano basaba su seguridad en el inaccesible monte de los Pirineos, en cuya cima estaba edificado. Este lugar es seguro para los cátaros del siglo XX porque es secreto. Solo un número reducido de iniciados cuya fidelidad está fuera de toda duda lo conoce. Ahora tú eres uno de ellos.

—¿Así que esto es el Vaticano cátaro? —dijo Jaime mirando alrededor—. Nadie lo diría.

—De eso se trata —intervino Kevin—. De que nadie fuera de los iniciados lo pueda decir; este es un lugar de refugio en caso de persecución o peligro.

—No entiendo la paranoia que tenéis. ¿A qué viene este juego de lugares secretos que solo los iniciados pueden conocer?

—Debemos tener un refugio. En algún momento alguno de nosotros, o todos, podemos estar en peligro. Hay que proteger a los individuos claves de nuestra organización.

—¡Vamos! ¿Qué es ese teatro? —Jaime empezaba a irritarse con las respuestas de Kevin—. ¿Quién va a perseguiros? Estamos en un país de total libertad religiosa. La Inquisición ya no existe. ¿De qué os escondéis? ¡Ah, ya entiendo! De los inspectores de Hacienda. —Jaime empleaba un tono ácido—. En realidad habéis creado una Iglesia sin ánimo de lucro para evadir el pago de los impuestos.

—No; no lo entiendes, Jaime —dijo Karen con suavidad—. Existe una guerra.

—¿Qué?

—Sí. Existe una guerra. Como hace ochocientos años, pero esta es subterránea y secreta y solo unos pocos lo sabemos.

—Pero ¿qué dices, Karen?

—Sí, Jaime. En tus recuerdos del siglo XIII debías decidir a qué bando apoyar en la guerra y, aun queriendo evitar el conflicto, no podías quedarte neutral. Bien, ahora, en el siglo XX, la experiencia se repite. Hoy y ahora estás viviendo otra guerra; estás en medio de ella y no podrás evitarla.

Jaime miró fijamente a Karen. Estaba seria y lo miraba con ojos profundos y sinceros. El brillo pícaro y burlón de cuando estaba de buen humor había desaparecido. No bromeaba.

—Estás bromeando, ¿verdad, Karen? —No pudo evitar la pregunta.

—No, Jaime.

Miró alrededor; la luminosa paz de la tarde parecía envolverlo todo. Un pájaro cruzó el cielo y la brisa agitó las ramas altas de unos pinos y luego las de unos eucaliptos más distantes. Respiró hondo, como queriendo absorber la paz del momento.

Había intuido todo el tiempo que Karen escondía algo y sentía el peligro en ella. Ahora había llegado el momento en el que el peligro se concretaría y sintió, viva, real y en tiempo presente, la angustia que había sentido en el sueño de su vida anterior en la cueva del tapiz.

Presentía que Karen tenía razón y que no podría escapar aunque quisiera de lo que ahora vendría. Estaba atrapado.

Supo que la paz que lo rodeaba era solo aparente, que era la calma antes de la tormenta. Y la tormenta llegaría. Muy pronto.

46

—¡Qué diablos! —exclamó Davis—. Este rancho es mi casa y en mi casa hago lo que me viene en gana.

Gutierres le había aconsejado limitar su habitual paseo a caballo a los alrededores del edificio principal hasta que encontraran a los autores del asesinato de Kurth; el rancho ocupaba muchas hectáreas y, a pesar de la vigilancia, un tirador podría infiltrarse a través de las vallas exteriores.

Ante la negativa de Davis, Gutierres extremó las precauciones. Adicionalmente a las cámaras de vídeo y los detectores infrarrojos colocados en los lugares estratégicos del perímetro en los que se basaba la vigilancia habitual, el cercado exterior del rancho fue revisado aquella misma mañana para comprobar que nadie había roto el vallado, y tres parejas de jinetes recorrieron la zona de paseo varias veces, desde el amanecer, en busca de intrusos.

Incluso ahora, Gutierres llevaba un rifle colgado de su silla, un revólver bajo la chaqueta y estaba comunicado por radioteléfono con otras dos parejas de jinetes que, fuertemente armados, los acompañaban a una distancia prudente.

Con su habitual tozudez, Davis no quiso ponerse un chaleco antibalas y, aunque ambos vestían de forma semejante —vaqueros, botas y sombrero de ala ancha—, si alguien pretendiera dispararles no se confundiría; la disparidad de tamaños hacía la identificación fácil.

Y así, a pesar del tranquilo paseo a caballo y la soleada tarde de sábado, los ojos de Gutierres continuaban su incesante vigilancia.

—¿Alguna novedad sobre la investigación?

—Beck repite que su seguridad peligra. Insiste en la teoría de la conspiración de la secta y en que se debe de resolver su sucesión cuanto antes. De tener un sucesor, usted dejaría de ser objetivo de atentado.

—O al contrario, quizá pasara a ser el trofeo de caza más codiciado —dijo pensativo—. ¿Te ha dado ese tipo más información sobre la secta, o continúa escondiendo sus cartas?

Davis había desarrollado una gran confianza con Gutierres, en especial desde que había perdido a su íntimo colaborador Steven Kurth. Apreciaba su inteligencia, su buen criterio, y al no tener ambiciones de poder dentro de la Corporación, y estar fuera de las batallas políticas que los altos ejecutivos mantenían, era un consejero imparcial.

Aparte del fabuloso sueldo que Davis le pagaba, obtenía un buen bono en acciones sobre los resultados de la Corporación. Y, claro, dejaría de cobrar toda esa fortuna si él moría. Así pues, Davis estaba convencido de que, siendo Gutierres el que más tenía que perder con su fallecimiento, también era el más fiable.

—Me ha dado referencia de una secta que denomina «cátaros» y unos datos muy básicos sobre ella; pero se niega a dar nombres. Alega que existen otras sectas a las que pertenecen empleados de la Corporación y, hasta que tenga pruebas, no nombrará a nadie.

—¿Qué secta es esa?

—Solo conozco de ella lo dicho por Beck, pero he infiltrado a uno de mis hombres y en unos días tendré listo un informe.

—¿Y Beck sospecha que esos cátaros están relacionados con la bomba?

—No tiene aún la certeza, pero está seguro de que es obra de un grupo muy bien organizado, introducido en la Corporación. El FBI continúa investigando.

—No me gusta que el FBI intervenga. Siguen la agenda de Washington, y es distinta de la mía. ¿Por qué crees que tienen tanto interés en que designe un sucesor?

—La preocupación del presidente y del senador parece genuina. Y honrada. Pero es obvio que en Washington le consideran a usted alguien difícil.

—Crees que piensan que mi sucesor será más manejable, ¿verdad?

—Quizá.

—Pues esa es la razón por la que no designo sucesor; si consideran más favorable al número dos, decidirán que Davis se debe retirar. ¡Yo no pienso retirarme!

—Y es mi trabajo evitar que le retiren si usted no lo desea, aunque no me lo pone fácil.

—Si me tuvieras siempre encerrado en una caja fuerte, no te ganarías todo el dinero que te pago.

—Es verdad que si le matan yo pierdo mucho dinero. Pero usted pierde su vida.

—Por eso formamos un buen equipo, Gus; porque, como yo soy ya muy viejo, quizá perdieras tú más que yo —repuso Davis con una carcajada.

Los hombres continuaron un tiempo en silencio, apreciando la brisa de la tarde y el sol de invierno en el resguardado valle.

—¿Y cómo le va a Ramsey? —preguntó Davis al rato.

—Trabaja duro, pero tiene pocas líneas de investigación abiertas. Hoy me ha llamado con una mala noticia. Y pretende relacionarla con el asesinato de Steven Kurth.

—¿Una mala noticia?

—La pensaba guardar para el lunes.

—Te pago para que me cuides la piel, no el espíritu. ¡Suéltalo ya!

—Una auditora de la Corporación fue asesinada ayer por la noche en su hotel de Miami. Se ensañaron con ella. Parece obra de una secta diabólica o algo así. Fue violada y el cuerpo presenta múltiples cortes y quemaduras de cigarrillos.

—¿Alguna pista?

—Ninguna por ahora. No hay sospechosos. No se han encontrado huellas dactilares. Se está efectuando la autopsia, pero no parece que haya restos de semen. Ni siquiera se han encontrado las colillas de los cigarrillos; parece como si los asesinos fueran fantasmas.

—¿Crees que existe una relación entre ambos asesinatos?

—Tienen características y estilos opuestos. No parece que existan pruebas que conecten ambos crímenes.

—¿Quién era la chica?

—Una tal Linda Americo, jefe de un grupo de auditores de Producción. Le sonará; recientemente acusó a Daniel Douglas de acoso sexual. Tenía pruebas y despedimos a Douglas.

—No la llegué a conocer, pero recuerdo perfectamente el caso —dijo Davis pensativo—. Pobre chica. Lo siento mucho. ¿Estaba en Miami por motivos de trabajo?

—Así era.

—Asegúrate de que nos encarguemos de todo. Que la familia tenga todas las facilidades que necesite y gastos pagados. —Davis hizo una pausa y luego añadió—: No conocía a la chica, pero ahora es de mi familia. Y si el motivo de su asesinato tiene que ver con Kurth, este asunto pasará a mi lista personal.

—Sí, jefe. —Gutierres suspiró. Sabía bien lo que «la lista personal» de Davis significaba.

47

—¡Basta de tanto misterio! —les increpó Jaime al cabo de unos minutos de silencio—. Explicadme de una vez qué está pasando. ¿Qué es esa historia de una guerra secreta? ¿Quién es el enemigo?

Karen y Kepler intercambiaron una mirada y, luego de una pausa, ella transmitió a Kepler un gesto afirmativo y se dispuso a hablar.

—Ya conoces los ideales que nos mueven. —Karen se había incorporado en la silla, acercándose a Jaime a través de la mesa como en un esfuerzo físico por comunicarse—. Estamos contra la imposición y contra el dogmatismo. Estamos a favor del libre criterio de la persona para aceptar o rechazar las enseñanzas que nuestros Buenos Hombres imparten, porque cuando dicha persona alcance el suficiente grado de desarrollo espiritual, las aceptará sin problemas.

»En realidad es la forma en la que mucha gente se relaciona con las grandes religiones a las que se suscribe por cultura familiar o de entorno. Toman lo que su razón o lo que su espíritu, que es sabio por lo mucho que ha vivido en vidas anteriores, les permite creer. Son muchos los que en nuestro tiempo ya no aceptan más dogmas incuestionables.

—Pero también existe la tendencia contraria, y aparece tanto en pequeñas sectas como en grandes religiones. —Kevin continúo la explicación de Karen—. La que es intolerante y no acepta que otros piensen distinto. Creen que poseen la verdad absoluta y combaten cualquier opinión distinta o cualquier disidencia.

—¿Y qué tiene que ver eso con la guerra en la que se supone estoy involucrado?

—Existen grupos de intereses, que funcionan tipo mafia o camuflados como religión o secta y que persiguen obtener el poder y la riqueza material; nos enfrentamos a uno de esos grupos y es muy poderoso. Se trata de un grupo integrista radical que es facción de una de las religiones cristianas nacidas aquí, en Estados Unidos, y que opera de forma abierta y pública.

»De por sí, la religión aludida no tiene nada censurable, aparte de ciertas tendencias supremacistas blancas y misóginas, y una de sus características es una fuerte autoayuda entre sus miembros y la búsqueda de parcelas de poder que luego usa para su propia promoción o la de sus fieles. Dicha religión tiene una facción radical e integrista que opera de forma secreta y se autodenomina Guardianes del Templo. Se consideran la esencia pura de su religión. Para ellos el fin justifica cualquier medio que se use, incluido el asesinato.

—¿Tienen conexiones políticas?

—Sí, pero lo ocultan. Creemos que están relacionados con grupos de extrema derecha. Están cercanos a grupos paramilitares tales como la Milicia Norteamericana y firmarían sin ningún problema el lema de John Trochmann, fundador de la Milicia de Montana, de «Dios, valor y armas». Son cristianos fundamentalistas, adoran las armas, les encanta usarlas y están radicalmente en contra del Gobierno de la nación tal como existe hoy.

A Jaime le costaba asimilar todo aquello. Desvió su mirada de la de Kevin, contempló de nuevo el soleado y relajante paisaje y, apoyándose en el respaldo de su silla, se dio cuenta de que involuntariamente estaba alisándose el pelo hacia atrás con la mano. Su lenguaje corporal traicionaba su perplejidad.

—¿Y qué tenemos que ver los cátaros con ellos? —preguntó intentando recuperar la apariencia de control—. ¿Por qué dices que estamos enfrentados?

—Porque los Guardianes representan lo opuesto de lo que nosotros defendemos; representan la barbarie contra la cual hay que luchar, la sinrazón y la brutalidad, pero lo peor es que pretenden controlar la Davis Communications. Y están muy cerca de conseguir su propósito. Si lo logran, controlarán el conglomerado de comunicaciones más importante del mundo, aparte de una «fábrica» de comunicación de ideas e ideologías fabulosa. —Kevin había retomado su estilo de predicador iluminado, pero esta vez, en lugar de molestar a Jaime, este se encontró asumiendo la angustia y la urgencia que le transmitía—. El poder de la Corporación puesto al servicio de la política, puede decantar la balanza entre dos candidatos a la presidencia de Estados Unidos, tendría un peso definitivo en la elección de senadores y congresistas y lograría la aprobación o revocación de leyes. Y naturalmente también sería usado cual misionero para propagar sus ideas éticas y religiosas.

»El control de la Corporación por los Guardianes representaría una catástrofe en cuanto a la evolución de la conciencia del hombre hacia tendencias más tolerantes y hacia su perfección. La humanidad retrasaría su desarrollo muchos años, quizá siglos como ocurrió con la desaparición de los cátaros en el siglo XIII.

»Son las mismas fuerzas retrógradas que vencieron entonces, solo que puestas en clave de nuestro tiempo. Es de nuevo la lucha del mal contra el bien, del Dios malo contra el Dios bueno, de la oscuridad contra la luz. Otra vez se plantea la misma guerra. Y esta vez estamos dispuestos a ganar.

—¿Y cómo sabéis vosotros todo eso?

—Porque desde hace tiempo vigilamos la Corporación y a los Guardianes del Templo. Logramos infiltrar hermanos cátaros en los Guardianes y conocemos sus planes y muchos de sus pasos. Por eso debemos operar en secreto, para proteger a nuestros hermanos infiltrados y porque los Guardianes son peligrosos y no dudarán en usar cualquier método para eliminar a la oposición.

—¿Saben que los vigiláis? —Ahora Jaime sentía una curiosidad imparable.

—Creemos que no. En todo caso, pronto sabrán que tienen alguien que se les opone. Entonces será cuando peligremos.

—¿Quiénes son los Guardianes del Templo en la Corporación?

—Tenemos algunos identificados; por ejemplo, Paul Cochrane, vicepresidente de los estudios Eagle, es uno de ellos. Hemos podido comprobar que ha introducido dentro de su área de producción a muchos de sus hermanos guardianes. La seguridad del edificio central también está infiltrada. Nick Moore, el jefe de seguridad, sus tres oficiales de turno y muchos de sus guardas pertenecen a los Guardianes.

»Entre los Pretorianos de Davis no hemos podido identificar a ninguno, luego puede ser un área limpia. Pero estamos seguros de que existen muchos más escondidos en otros lugares de la Corporación. Uno de ellos es tu jefe, Charles White, presidente de Auditoría y Asuntos Corporativos.

—¿Mi jefe? —exclamó Jaime sorprendido—. ¿Tenéis pruebas?

—Sí, pero acepta nuestra palabra ahora; las pruebas vendrán luego.

—¿Y cómo opera esa gente? ¿Cuál es su plan para controlar la Corporación?

—El eje que han formado en Producción-Auditoría les permite desviar cantidades muy importantes de dinero, camufladas tanto en sobrepagos a miembros de la secta que actúan o trabajan en las producciones como en bienes y servicios comprados a compañías que pertenecen a los Guardianes. Los compradores que pertenecen a la secta son auditados por los auditores que pertenecen a la secta. Luego se pueden saltar las normas y los controles internos de contratación y pagos.

»Tú y tu equipo no podéis detectar nada, porque tu jefe te ha dado solo responsabilidades en el área de distribución y ninguna en producción.

—Entonces mi excompañero Daniel Douglas, al controlar el área de producción, tiene que ser uno de ellos.

—Sí, es uno de la secta.

—Luego Linda Americo, su subordinada y examante, debe de conocer todo lo que ocurre. —Jaime notaba cómo de pronto su mente encadenaba hechos y empezaba a trabajar más rápido de lo que él era capaz de expresarse—. No solo eso. No entiendo la situación de Linda a no ser que también sea una guardián. Y si es de la secta, ¿cómo se explica que hiciera expulsar a Douglas de la Corporación? Aunque su relación amorosa se hiciera insoportable, aunque le hubiera prometido un nuevo ascenso y no lo cumpliera. ¿Por qué razón pondría en peligro el negocio de la secta eliminándolo? Y sabiendo el poder que la secta de los Guardianes tiene en la Corporación, ¿cómo se atrevió a atacar a Douglas?, y finalmente ¿cómo pudo ella ganar y conseguir que la Corporación lo echara a él?

—Bravo, Jaime —lo animó Karen—. Las preguntas correctas. Si las haces es porque debes de intuir las respuestas.

—No; no tengo la respuesta, pero sí una teoría que podría serlo.

—Te escuchamos.

—Linda pertenece a la secta de los Guardianes, pero tú, Karen, dijiste que es tu mejor amiga y que le habías aconsejado personalmente que hiciera lo que hizo con Douglas. La única explicación a vuestra amistad y a lo ocurrido es lo que yo intuí cuando te pregunté y tú no me quisiste contestar.

—¿Cuál es la explicación, Jaime? —Karen sonreía mientras él encadenaba sus conclusiones.

—Linda es también cátara. Y por lo tanto es una doble agente. Se ha introducido en la secta de los Guardianes gracias a que Douglas debe de ocupar una posición importante en ella. La relación amorosa entre Douglas y Linda era positiva para los Guardianes porque reforzaba su control en la parte de auditoría de producción. Claro que ellos ignoran que Linda es cátara. Y debe de ser una creyente cátara avanzada, ya que ocupa una posición clave en todo este asunto. —Jaime hizo una pausa y miró a Karen con intensidad—. La conclusión que saco de lo anterior es la misma que en nuestra conversación anterior sobre Linda.

—Dime. —Karen le mantenía la mirada; pero la sonrisa había desaparecido de su cara.

—Linda sedujo a Douglas por interés. Quizá un interés más noble que el que yo le atribuía. Sí, claro, lo hizo por la Iglesia cátara. Eso quizá pueda cambiar los hechos espirituales para vosotros y lo justifique, pero no cambia los hechos físicos para mí. Ella le dijo a Douglas que lo amaba y fueron amantes durante mucho tiempo, reía sus chistes, le murmuraba tiernas palabras al oído y promesas de amor eterno. Y también se abría de piernas y fingía orgasmos. Cuando lo consideró oportuno y les interesó a los cátaros, destruyó a Douglas con toda la frialdad del mundo. ¿Me equivoco hasta aquí, Karen?

—Tu análisis de lo ocurrido es brillante, pero tu valoración es dura en extremo e injusta con Linda. —Estaba muy seria.

—Vaya, he acertado. ¡Bingo! Dime, Karen, ¿es esa la pureza cátara? ¿Es ese un juego sexual que practicáis con frecuencia? ¿Quién es el próximo tonto? ¿Qué dicen vuestros Perfectos cátaros de esa actividad? ¿O es que en lugar de la Biblia o el Evangelio de san Juan estudiáis el Kamasutra de las cátaras? Si es así, estoy ansioso. Estamos avanzando lentamente, Karen. Aún me tienes que enseñar un montón de capítulos.

Karen se mordía los labios y continuaba mirando fijamente a Jaime, ahora con los ojos llenos de lágrimas. Sus cejas se habían arrugado levemente denotando su tensión.

—¡No sabes lo que dices! —explotó—. No sabes lo que ocurre ahora ni lo que ocurrió antes. Lo ignoras todo. No conoces ni los motivos ni la finalidad. Tampoco conoces lo que yo siento. ¡Y te atreves a juzgar y a censurar lo que hacemos los demás ignorando por qué lo hacemos!

—¿Ah, sí? Pues infórmame. Estoy ansioso por saber cómo justifican los cátaros el uso de la vagina como arma de combate.

—Cálmate, Jaime —intervino Kevin—. Si proyectas la situación de Douglas y Linda en la relación que tienes con Karen, puedes arrepentirte de tus palabras. Escucha antes de sacar conclusiones y juzgar.

—Escucho —dijo escuetamente Jaime. Kevin tenía razón. Estaba proyectando lo ocurrido a Douglas y se sentía utilizado y herido. Podría estar equivocado y ser muy injusto.

Miró a la chica. Ahora ella tenía la vista perdida en los árboles. Las lágrimas estaban desbordando los ojos y caían por sus mejillas. Lloraba en silencio intentando contenerse. Buscó en su bolso un pañuelo. La indignación de Jaime había desaparecido de repente y sintió mucha ternura por ella. «¡Maldita sea! —pensó—. Estoy locamente enamorado».

Contuvo su impulso de cogerle la mano y consolarla y dirigió su mirada a Kevin esperando su explicación.

48

«Arkángel:

»Nuestros enviados a Miami vengaron a nuestro hermano, consiguiendo parte de la información que pediste sobre esos enemigos antes desconocidos.

»Se confirman tus sospechas. Estamos preparando un informe; hay novedades que harán cambiar el plan de ataque.

»Una vez analizados los datos, esperaremos tu decisión sobre el momento del asalto. SACHIEL».

Arkángel golpeó la mesa con disgusto, luego sus manos se apresuraron a teclear la respuesta:

«Sachiel:

»Daos prisa con la información. No os entretengáis, hermanos. Debemos identificar quiénes están con el enemigo y actuar con contundencia.

»Hay que exterminarlos antes de que suenen las trompetas y caigan los muros. ARKÁNGEL».

El dedo ungulado presionó el envío del mensaje.

49

—Para comprender la actuación de Linda, debes conocer tanto su pasado como su presente —continuó Kevin—. Aunque jamás contamos las vidas anteriores de otros, creo que debo hacer una excepción para que entiendas lo ocurrido.

»Linda recordó, como tú lo estás haciendo, su vida cátara con mucha facilidad. Era una noble joven occitana que se convirtió al catarismo como simple creyente. Era bella e inteligente y, como muchas de las damas occitanas de aquel tiempo, se consideraba igual a los hombres.

»La corte de su padre estaba siempre llena de juglares que cantaban y recitaban, trovadores que componían y caballeros presentando sus respetos a los barones y a su bella hija.

»En el salón del castillo las veladas con poesía, canciones, otros entretenimientos y algún sermón cátaro se repetían casi cada noche. Jóvenes caballeros erraban por las tierras occitanas, y el barón, como era costumbre, les ofrecía su abierta hospitalidad; algunos incluso se atrevían a competir, con los trovadores recitando y cantando.

»El amor galante, espiritual que no físico, era uno de los pilares de aquel renacimiento cultural, y así los jóvenes caballeros confesaban su amor y hasta solicitaban a la propia baronesa, la madre de Linda, en presencia del barón y de toda su corte, que fuera su dama a pesar de la diferencia de edad y del obvio compromiso de la baronesa con el barón. Tanto la señora del castillo como su esposo se sentían halagados por tal gentileza. La baronesa contestaba a los versos con sus propios versos y aceptaba ser la dama de algunos de los caballeros que lo solicitaban. Claro que las damas jóvenes y en especial Linda recibían muchas más declaraciones de amor galante.

»Entre los caballeros errantes apareció Douglas, y Linda lo ha reconocido con toda seguridad. Procedía del norte, de la zona de la Île-de-France, zona devastada y empobrecida entonces por las continuas guerras. Él no estaba habituado al uso de la lengua de oc, ya que su habla materna era la lengua de oíl, de la que deriva el francés actual. Fue acogido con toda generosidad, y no tardó en enamorarse de Linda. Las reglas del juego eran difíciles para él, pero quiso competir por su amor con sus poesías y hacerla su dama.

»Los tolerantes occitanos le animaron, apoyándolo en su empresa; pero su pobre manejo de la lengua de oc le hizo fracasar en su intento poético de conquistar el favor de Linda. Ella no pudo evitar la risa y contestarle con unos graciosos versos que provocaron las carcajadas de toda la concurrencia. Era un rústico gracioso y se convirtió en motivo de bromas en la sofisticada civilización occitana.

»Douglas se sentía rechazado y objeto de burlas, regresando a sus tierras del norte con un fuerte sentimiento de humillación y odio hacia aquellos occitanos pedantes y engreídos, que se afeitaban las barbas como afeminados.

»Pronto llegó su tiempo de venganza. Un año después, a inicios del 1208, en todas las iglesias del norte de Europa sacerdotes, obispos y abades católicos llamaban a sus fieles a las armas. Había que defender la verdadera religión de la plaga infecta de los cátaros, que según el papa Inocencio III eran "peores que los sarracenos, que adoraban a Mahoma".

»Una cruzada en las ricas tierras occitanas prometía ser una aventura mucho más provechosa y con menos peligro que las cruzadas en Tierra Santa o en España contra los mahometanos, donde había que recorrer grandes distancias y los años de lucha habían endurecido al enemigo y empobrecido a gentes y ciudades. Todo el botín de guerra que los cruzados pudieran conseguir pasaba a su propiedad y, como todo pecado cometido antes y durante la empresa les era perdonado, los cruzados tenían carta blanca para cometer todo tipo de fechorías.

»Además, el compromiso mínimo en la cruzada contra los cátaros era solo de cuarenta días, y los nobles podían regresar con el botín conseguido, sin ausentarse demasiado, para cuidar de sus propiedades en Francia, Alemania, Borgoña o cualquier otro país del norte.

»Para el pueblo llano, que no tenía nada que perder, y los que tenían cuentas pendientes con la justicia divina o humana, la oportunidad de obtener perdón y riquezas era también espléndida.

»Douglas se unió con entusiasmo a la cruzada; su recompensa sería mayor que la de los demás: la venganza.

»El 24 de junio de 1209, tres años antes de la batalla de las Navas de Tolosa contra los almohades, que tú recordaste, la cruzada se puso en marcha.

»Desde Lyon partieron veinte mil caballeros, en su mayoría franceses, al mando del legado del Papa, el abate de Citeaux, Arnau Almeric, y una corte de obispos, abades y diversos eclesiásticos. Entre los caballeros se encontraba Douglas con un grupo de hombres a caballo y tropa que su padre le había cedido dada su insistencia. Detrás de los caballeros marchaban miles y miles de hombres del pueblo llano con la ilusión de grandes riquezas en la tierra y de un lugar en el cielo cuando murieran.

»El 25 de julio llegaron frente a las murallas de la población occitana de Béziers, muy cerca del Mediterráneo. El obispo católico de Béziers propuso a la ciudadanía que entregara a los doscientos veintidós herejes cátaros, que estaban bien identificados, para que los cruzados los quemaran y así salvar la población del asalto y la ruina.

»El obispo no pudo convencer a sus fieles, y a pesar de las amenazas de los sitiadores Béziers se negó y decidió resistir. Pero las defensas de la ciudad fueron insuficientes frente al enorme ejército y los cruzados entraron pronto, fácilmente. Y lo hicieron a sangre y fuego.

»Los veinte mil habitantes de Béziers, incluidos las mujeres y los niños que se habían refugiado en las iglesias, fueron degollados. La ciudad fue saqueada, quemada, arrasada.

»La barbarie y la borrachera de sangre fue tal que incluso repugnó a soldados curtidos en múltiples batallas y carnicerías. Un caballero francés se dirigió al abate Almeric para preguntarle cómo distinguir a los herejes de los que no lo eran. No podía degollar a mujeres y niños que rezaban en las iglesias católicas, con sacerdotes en hábitos católicos, ya que lo lógico sería que fueran fieles al papa.

»La respuesta del legado papal ha pasado a la historia: "No os preocupéis si no podéis distinguir a los buenos católicos de los herejes. Matadlos a todos. Dios sí sabrá reconocer a los suyos.

»Y así se hizo.

»Menos sangrientas pero también crueles fueron las conquistas de Carcasona y de múltiples pueblos menores donde los cruzados sembraban un terror premeditado.

»La mayoría de los nobles franceses, asqueados porque lo que creían una noble cruzada estaba resultando ser una matanza indiscriminada, una vez cumplido su compromiso de cuarenta días regresaron a sus tierras. Un pequeño noble de la *Île-de-France* llamado Simón de Montfort, que había encontrado en aquella carnicería su vocación, y el abate Almeric pasaron a capitanear, a partir del abandono de los grandes, la cruzada.

»Douglas, que por entonces no había cumplido aún con su venganza, puesto que el castillo de Linda continuaba intacto, permaneció con los cruzados, que establecieron su base para el invierno en la bien fortificada ciudad de Carcasona.

»La retirada de la mayor parte de los nobles franceses no fue un problema, puesto que al año siguiente la Iglesia católica hizo un nuevo llamamiento a la cruzada y nuevas hordas de gentes de buena fe junto a mercenarios y aventureros llegaron desde el norte.

»Simón de Montfort y el abate reemprendieron las conquistas mientras los occitanos continuaban presentando una débil resistencia.

»La nobleza occitana estaba desunida y más acostumbrada a torneos por su honor y por los favores de sus damas que al verdadero campo de batalla organizado. Sus súbditos, en su mayoría católicos, no sentían gran entusiasmo combatiendo contra los cruzados del papa, ya que este era su guía espiritual. Por su parte, los creyentes cátaros consideraban las armas instrumentos del diablo, y la guerra y la violencia, actos diabólicos, hasta el punto de que los Buenos Hombres tenían prohibido luchar ni aun para salvar su vida. Por el contrario, la motivación de los cruzados, que al combatir ganaban cielo y riquezas, era muy alta, y así pueblos y castillos caían uno tras otro.

»Mientras tanto tú, el rey Pedro, veías con preocupación la invasión de los moros almohades desde el sur y no querías involucrarte militarmente en una guerra en el norte.

»La única resistencia era la de los cátaros, y no con las armas, sino con la negativa a abjurar de su religión, y miles y miles de creyentes y sospechosos fueron quemados en las hogueras.

»Cuando llegó el turno al castillo de Linda, Daniel pidió el honor, que le fue concedido, de ser recompensado con él por sus servicios a la causa cruzada. El castillo resistió unas pocas semanas y finalmente una brecha en la muralla permitió la entrada del enemigo. La matanza fue la habitual, pero Douglas conservó con vida a los padres y hermanas de Linda encarcelándolos.

»Con el poder de la victoria y de tener a su familia en sus manos, Douglas pudo al fin disponer de Linda a su voluntad. Era una dulce y placentera venganza.

»Ella cedió a sus pretensiones, porque el cuerpo es obra del diablo, y el cuerpo no contamina el alma, que es obra del Dios bueno. Jamás aceptó el matrimonio que Douglas le ofrecía, convirtiéndose en su prostituta pero negándose a convertirse en su dama. Y jamás abjuró de su fe cátara.

»Pronto la situación se hizo insostenible para él. Tener como amante a una hereje reconocida y recalcitrante le ponía en una posición difícil frente a los eclesiásticos católicos. Estos le preguntaban si el veneno cátaro no le estaría entrando en la sangre, y la situación se hizo tan peligrosa que él mismo se arriesgaba a terminar en la hoguera.

»Así que una tarde ofreció a Linda la última oportunidad de renegar de la fe cátara, casarse con él y convertirse en señora del castillo. Ella respondió con el mismo verso con el que le rechazó dos años antes entre las risas de la corte de su padre. Douglas enfureció, cediéndola a sus dos lugartenientes, que pasaron la noche con ella, y a la mañana siguiente la puso, junto a su familia, en manos de los inquisidores. La misma tarde murieron todos en la hoguera sin haber renunciado a su fe.

—Linda era mi mejor amiga entonces —intervino Karen—. Nos reconoció a Douglas y a mí en la primera sesión en la que rememoró su vida del siglo XIII.

—¿Cómo pueden ocurrir esas casualidades? —preguntó Jaime extrañado—. ¿Cómo pueden coincidir amigos y enemigos en las distintas reencarnaciones?

—Funciona así —contestó Kevin—. Sorprende pero es así. Tenemos asuntos pendientes de vidas anteriores o misiones conjuntas que resolver. La evolución espiritual no ocurre de forma aislada, sino en grupos amplios de almas. Se coincide con muchos de los seres con los que vivimos vidas anteriores y con otros no se vuelve a coincidir; depende de las deudas que tengamos con ellos. Dubois te podrá contar mejor que yo. Pero es así.

—Tenemos deudas pendientes con Douglas y los suyos —continuó Karen—, y no por venganza de vidas anteriores, aunque para su evolución espiritual, ellos también necesiten experimentar el dolor que la derrota produce.

»Ahora los Guardianes del Templo representan la ideología intolerante, fanática y autoritaria que los cruzados representaban entonces y pretenden controlar la compañía de comunicación más grande del mundo para transmitir solo su mensaje, acallando, ahogando y dejando sin voz a gente como nosotros. Tal como hicieron en la Edad Media con cátaros, valdenses y otros a los que llamaban herejes. Esta es la forma actual de guerra; los medios de comunicación. —La muchacha tenía lágrimas en los ojos y hablaba emocionada y con fuerza—. Pero esta vez será distinto, Jaime. No se saldrán con la suya. Nosotros, los cátaros vamos a ganar. ¡Les venceremos!

50

Aquella avalancha de información y sentimientos confundía a Jaime; recorrió con la vista la apacible y soleada tarde. El agua azul de la piscina. El trino de los pájaros. En contraste con su tormenta interior, el entorno invitaba a la paz y el descanso.

Miró a Karen. Ella le estaba mirando a él. Sostuvo la mirada por unos instantes. Era bella. Y la amaba. Sentía que se había excedido hacía unos momentos, pero temía que le estuviera utilizando. Solo pensarlo le enfurecía. Quería equivocarse; que fuera solo un pensamiento negativo.

Pero de ser verdad, si ella solo quisiera usarlo para ganar su guerra, a él le rompería el corazón. Porque la necesitaba. Dependía de ella. Desvió la mirada hacia los árboles y su mente racional empezó a funcionar de nuevo.

—Bien, de acuerdo —dijo Jaime—, imaginemos que los Guardianes son una pequeña mafia religiosa, que ha montado un sistema por el que roba a la Corporación. De aquí a que tengan un complot para controlarla existe un abismo.

—No es una pequeña mafia, al contrario, son muy poderosos —afirmó Kevin—, y el complot existe, lo sabemos muy bien, tanto por Linda como por otros infiltrados. Recordarás la bomba que terminó con la vida del presidente de los estudios Phoenix, Steven Kurth, ¿verdad?

—Sí, claro.

—Bien. Pues la bomba fue obra de los Guardianes.

—¡Pero qué dices! Se supone que lo hizo un grupo radical violento, opuesto a los contenidos de algunos de los programas que se producen.

—¡Correcto en todo! Los Guardianes es una secta religiosa radical y violenta a la que no le gustan los contenidos actuales de los programas televisivos o cinematográficos de la Corporación. Pero además, como tiene planes para controlarla, ha camuflado su acción como la de un grupo exterior inventado.

—Pero ¿qué ganan asesinando a Kurth?

—Kurth era un viejo judío liberal de la misma ideología que Davis. Ambos creían en la libertad de expresión de ideas, en la no discriminación por raza, sexo o religión, y en que la tolerancia es la mejor protección para todos, porque todos somos, alguna vez o en alguna parte del mundo, una minoría.

Pero Kurth tenía el mismo estilo personalista y autocrático que Davis, y nunca se preocupó de establecer una sucesión para su cargo en la Corporación; quizá pensaba que la vejez y la muerte nunca le afectarían.

»El sucesor más claro de Kurth es el vicepresidente actual de los estudios Eagle, Cochrane, un alto personaje en la secta de los Guardianes. Imagínate lo que obtendrían colocando a Cochrane como presidente de Eagle: mayor control sobre la programación y una inmejorable posición para suceder a Davis.

—¿Por qué no los denunciáis al inspector Ramsey?

—No tenemos aún suficientes pruebas materiales y las pocas de que disponemos son de procedencia poco legal. La policía nos pondría en su lista de sospechosos y pasaríamos a ser el primer objetivo a destruir para los Guardianes. No; no es aún el momento, hay que esperar.

Jaime quedó pensativo. Luego reinició la conversación.

—Dejadme que continúe adivinando. En todo caso, si Linda logró que Douglas fuera despedido por un *affaire* sexual extramatrimonial, que ella presentó como acoso, y siendo el jefe de Douglas también un Guardián, Linda debió de recibir apoyo de alguien con un puesto muy alto en la Corporación. Y como no creo que tenga otro amante en la oficina —Jaime miró a Karen y recibió una dura mirada de ella a cambio—, ese alguien que la apoyó debe de ser también cátaro. ¿No es así? ¿Quién es? ¿Es el tapado que da las órdenes?

—No puedo confirmarte eso ahora. Lo siento —contestó Kevin.

—Bien, pero espero que me podáis aclarar lo siguiente. ¿Por qué motivo Linda acusó e hizo despedir a Douglas? Entiendo que quizá exista una deuda de otra vida que tenga que pagar, pero ¿por qué Linda no acumuló pruebas contra Douglas y también contra White, denunciándolos a ambos frente a Davis por fraude y así os librabais de los dos al mismo tiempo?

—Consideramos esa opción, pero había grandes posibilidades de que solo cayera Douglas, ya que encubría a White. Con Douglas fuera, Linda está teniendo acceso a información que Douglas le escondía incluso a ella, y que compromete directamente a White y quizá a Cochrane. En el momento oportuno, y quizá con tu ayuda, evidenciaremos el complot frente a Davis.

»Entonces Davis hará una limpieza ejemplar tanto en los estudios Eagle como en las áreas administrativas de la Corporación; no dejará títere con cabeza. Los primeros en caer serán el jefe de seguridad y los suyos; al fin y al cabo, ellos son los que introdujeron la bomba en el edificio y asesinaron a Kurth.

—¡Qué sorpresa! Así que yo tengo un papel en el asunto, ¿verdad? —inquirió Jaime irónico—. Tenía el presentimiento de que estaba en el programa.

—¡Pues claro que lo tienes! —repuso Karen indignada—. ¿Cómo no lo vas a tener? No puedes escapar a tu destino espiritual. Aunque quisieras. No tendrás más remedio que participar en esta guerra. Y espero que lo hagas con más cerebro que como lo hiciste hace ochocientos años. Tuviste un papel clave entonces y estás destinado a tenerlo ahora. ¡Te guste o no!

Jaime se quedó mirando con asombro a Karen. Su indignación por su comentario irónico, su determinación y el hecho de que diera por supuesto que él debía ser protagonista en la aventura le sorprendían. Hasta el momento solo había percibido insinuaciones.

Miró a Kevin, que le observaba con una sonrisa divertida. Volvió su vista a la chica. Ella le miraba con el ceño ligeramente fruncido, labios apretados y sus ojos, un poco enrojecidos por las lágrimas recientes, parecían echar chispas. Estaba furiosa con él. Jaime se sentía confuso. Demasiada información. Demasiadas mezclas de pasado y presente. Y ahora eso de sus obligaciones y su destino espiritual. Decidió no enfrentarse a Karen, no quería tener ahora una discusión que la distanciara de él. Además, necesitaba pensar con calma; decidió cambiar de tema.

—Linda debe de encontrarse en una situación incómoda frente a los Guardianes.

—Sí, claro que sí —contestó Karen aún con tono irritado—. Linda se está arriesgando mucho. Uno de los clérigos de los Guardianes del Templo la interrogó sobre su acusación contra Douglas. Linda dijo lo de siempre; ella estaba cansada de él y él continuaba acosándola, llegando incluso a la violencia física. Naturalmente Linda no le contó los métodos usados para provocar que Douglas actuara así. —Aquí Karen relajó las cejas y un destello pícaro asomó a sus ojos—. Pero la violencia y el acoso han sido reales. El clérigo la censuró con dureza por no haber acudido a ellos para resolver el asunto y por haberse atrevido a tomar tal decisión por sí misma. Según él le está causando un importante daño a la secta. ¡Como si Linda no lo supiese! Le ordenó que se retractara de sus acusaciones y ella repuso que esta era la única solución que había encontrado para librar su vida de Douglas y que no tenía ninguna intención de volver atrás. El clérigo le dijo que entendiera que no era un consejo, sino una orden formal de los Guardianes y Linda repuso que en ese caso él y su maldita secta podían irse al infierno. —Karen hizo una pausa, añadiendo—: De todas formas de allí es de donde procede esa gente.

—Quiero cambiar mis comentarios anteriores sobre Linda —afirmó Jaime dirigiendo una mirada irónica a Karen—. Es posible que, como antes dije, sea una maestra en el Kamasutra, una seductora y una mata-hari, pero es una mujer muy valiente; la respeto por ello.

Kevin rio, y Karen miró a Jaime con un inicio de sonrisa, como dudando entre continuar ofendida con él o darle un beso.

Jaime deseó con intensidad lo último.

Lunes

51

Entre música y anuncios, la radio informaba de los puntos negros de la extensa red de autovías del área de Los Angeles y rutas alternativas para evitarlos. El tráfico era infernal en la lluviosa mañana pero Jaime, atrapado en la Ventura Freeway, se sentía bien.

Karen no le había guardado rencor por las acusaciones que lanzó el sábado contra ella y su amiga Linda, y, ya los dos solos, dedicaron el resto del fin de semana a hablar mucho, al amor, a navegar y a comer bien. El tiempo empezó a estropearse la tarde del domingo, pero él no le dio importancia. El sol lucía en su interior.

Al fin lograba consolidar la avalancha de información y emociones del sábado. Todo iba muy rápido. Demasiado. Pero las charlas con Karen le ayudaron mucho y, aunque él no pudiera cambiar las cosas, entender lo que ocurría le daba seguridad.

El tráfico empezó a detenerse y en menos de medio minuto estaba parado. Habitualmente se irritaba con los estúpidos que causaban los problemas y con la radio por no haberle advertido a tiempo. Pero hoy no. Estaba enamorado de una mujer estupenda. Y ella le correspondía. Unas semanas antes, se lamentaba de su vida anodina, sin ningún sentido ni finalidad, solo dirigida a ganar unos dólares más. Ahora estaba inmerso en una apasionante aventura que mezclaba un pasado épico con un presente lleno de interrogantes y suspense.

Y quizá por primera vez en su vida tendría la ocasión de luchar por aquella vieja utopía familiar: la libertad. Pero por encima de cualquier otra consideración, lo que realmente le hacía sentir tan feliz era ella: Karen; se sentía un hombre afortunado.

Los coches de policía adelantaban a toda velocidad por el arcén camino del problema, con sus fulgurantes luces destellando, siniestras, en la mañana gris.

Su mirada se cruzó con un hombre de tez cobriza y gorra de béisbol, al volante de una vieja *pick-up* detenida a su lado. Jaime le sonrió cordialmente, dirigiéndole un gesto de resignación. El otro lo miró extrañado, respondió con un leve saludo con la cabeza, regresando su mirada al frente. Jaime se dijo que, contra su costumbre, se estaba comportando con demasiada amabilidad. «Este hombre habrá creído que soy gay», pensó, y le hubiera gustado gritarle que lo único que le ocurría era que se sentía muy feliz.

Unos doscientos metros más adelante un helicóptero descendía sobre la autopista de vehículos inmóviles. Era un accidente serio, habría heridos graves.

Sus pensamientos volvieron a Karen; a sus casi cuarenta años se había enamorado de ella como un tonto. Solo esperaba que no tuviera que arrepentirse.

«El amor es ciego, dice el refrán», pensó. Pero él no estaba tan ciego como para concluir, a esas alturas de la historia, que su primer encuentro con Karen, en la hamburguesería griega, había sido totalmente casual.

Él era una pieza, quizá importante, en la partida de ajedrez que los cátaros jugaban contra los Guardianes del Templo, pero ¿era aquel juego la única finalidad de Karen, o también lo amaba de verdad? ¿O solo pretendía utilizarlo para sus fines, tal como Linda usó a Douglas?

«Maldita sea —se dijo—. Los pensamientos negativos vuelven como una nube de mosquitos. ¿Y si el único interés de Karen por mí es ganar su partida a los Guardianes? ¿Qué será de mí cuando el juego termine?

Jaime sacudió la cabeza como para ahuyentar aquellas preguntas.

«Bien —concluyó—, la vida es corta, y la felicidad, un pájaro que vuela de árbol en árbol. Hoy está en mi jardín y en forma de una mujer estupenda, quizá la compañera que he buscado toda mi vida. Debo aprovechar esta felicidad al máximo. El juego podría ser muy largo, la partida de ajedrez quizá dure toda la vida y, mientras dure, la disfrutaré».

52

Jaime llegó a la oficina con casi una hora de retraso, pero continuaba de buen humor.

—Nos hemos dormido esta mañana, ¿verdad? —le dijo Laura al verlo llegar con paso presuroso por el pasillo.

—El tráfico, Laura, las malditas autovías.

—Yo apostaría a que se trata de tu disipada vida de divorciado. —Ella compuso un gesto severo.

—No es mi culpa, fue ella la que me dejó.

—No todo el mundo tiene el aguante de tu secretaria. ¿Quieres las noticias antes o después del café?

—Ya, suéltalo.

—El gran jefe White te ha llamado dos veces para ver si habías llegado. Quiere verte.

—¡Maldita sea! ¿Es que no existe el tráfico para los jefes?

—Depende. Para el tuyo, no; para el mío, sí.

—Muy lista —murmuró Jaime entrando en su despacho.

Colgó la chaqueta y pulsó el botón de White en el teléfono interno.

—White. —La voz sonó casi de inmediato.

—Buenos días, Charly. Me ha dicho Laura que querías hablar conmigo.

—Buenos días. Estoy reunido y te necesito aquí. ¿Puedes subir, por favor? —La forma de hablar sonaba rara, pasaba algo.

—Desde luego, ahora subo. —Y presionó el botón de desconexión—. ¡Mierda! Bonita forma de iniciar la semana. Una reunión urgente sin tener ni siquiera tiempo de sentarme en el despacho.

Por la puerta apareció Laura con el tazón de café.

—Lo siento, Laura. Gracias, pero no puedo tomar el café ahora. White está reunido con alguien y me espera.

—¿Y qué hago con el café?

—Pues tómatelo tú.

—Ya he tomado uno.

—Pues tómate otro. ¡Hasta luego!

—El señor Berenguer, vicepresidente de Auditoría. —White lo Presentó con expresión muy seria—. Jaime, estos son el inspector Ramsey y el agente especial Beck, del FBI.

Estrechó la mano a un afroamericano de unos cincuenta años y a un hombre de cara angulosa y ojos azules.

—El inspector Ramsey es el encargado de la investigación del asesinato de Kurth, y el agente Beck colabora con él. Siéntate por favor.

—Señor Berenguer, Linda Americo trabaja en su departamento, ¿verdad? —preguntó sin más preámbulos Ramsey.

—Sí, es jefe de auditoría —contestó Jaime extrañado—, pero no trabaja conmigo, sino con Daniel Douglas, y desde que él dejó la compañía está a las órdenes del señor White. ¿Qué ocurre?

—Señor Berenguer —Ramsey volvió a tomar la palabra—. Ha sucedido algo trágico que pudiera estar relacionado con el asesinato del presidente de los estudios Eagle. Le agradeceríamos toda la información que nos pudiera facilitar.

—¿Qué ha pasado?

—Linda Americo fue asesinada en su hotel de Miami el viernes por la noche.

—¿Qué? —Jaime sintió como si le hubieran propinado un puñetazo en la boca del estómago.

—Queremos que recuerde todo lo que se relacione con ella, que usted sepa o que haya observado y que nos pudiera dar pistas sobre posibles móviles o enemigos que ella tuviera —continuó Ramsey—. ¿Algo fuera de lo normal? ¿Algún comentario en la oficina sobre su vida personal?

—Pero ¿cómo ha ocurrido? ¿Cómo la han asesinado? —Jaime empezaba a reaccionar. De repente la maravillosa mañana de lunes se trocó en gris y siniestra. Y la conversación del sábado dejaba de ser un bonito cuento de caballeros, princesas y hadas. Ahora surgía como una amenaza real.

—La forma en que ocurrió está siendo aún investigada y no le podemos dar más detalles —respondió Beck, escueto—. ¿Recuerda algún dato relevante sobre la señorita Americo?

—No. Nada fuera de que lo que es conocido públicamente y que ya sabrán. Hace pocas semanas Linda desató un escándalo al acusar a su jefe, Daniel Douglas, de acoso sexual y él fue despedido.

—¿Cree que puede tener relación con el asesinato? —inquirió Ramsey.

—No lo sé —dijo Jaime con prudencia.

—Señor Berenguer —intervino el agente del FBI—, parece que la señorita Americo pertenecía a una secta o grupo religioso muy particular. ¿Qué sabe usted?

—Mi relación con Linda era poca, estrictamente profesional y, aparte de lo técnico, solo intercambiamos comentarios intrascendentes. Jamás abordamos ningún tema religioso o político. ¿Tiene algo que ver la religión con su muerte?

—Podría —contestó Beck—. Estamos investigando este aspecto junto con otros. ¿Le oyó comentar a ella, o a alguna otra persona, algo que indicara que la señorita Americo tenía una creencia o actitud religiosa inusual?

—Ya le he dicho que nuestra relación era escasa y superficial. No recuerdo nada de eso. —Jaime intentó mentir con naturalidad.

—¿Sabe usted de alguien con quien la señorita Americo tuviera alguna relación extraprofesional? —Beck continuaba interrogando—. ¿Alguien de la oficina o de fuera que la llamara o viniera a buscarla al trabajo?

—No. No sé nada sobre su vida personal.

Por unos segundos se hizo el silencio. Parecía que Beck había terminado de preguntar y dirigió una mirada a Ramsey.

—Bien, gracias por su ayuda, señor Berenguer. Si puede recordar algo más, le agradeceré que contacte con alguno de nosotros.

Ramsey le ofreció a Jaime una tarjeta de visita, y Beck hizo lo mismo. Jaime les dio la suya.

—Gracias, Jaime —le dijo White—. Los inspectores Ramsey y Beck empezarán a media mañana a preguntar en tu oficina sobre la pobre Linda. Estoy seguro de que tú les ayudarás en lo posible y animarás a todo el departamento a que colabore en la investigación. Al final de la mañana se publicará una nota oficial sobre lo ocurrido; mientras tanto, por favor, no lo comentes con nadie.

—Desde luego —Jaime se levantó y se despidió de los policías—. Si les puedo ayudar en algo más, ya saben dónde estoy.

—Gracias —repuso Ramsey—. Estoy seguro de que le pediremos más ayuda.

Al llegar a su despacho Jaime se encontró el tazón de café encima de su mesa de cristal, frío, imbebible. Cogió el tazón y regó los arbolitos que decoraban el fondo de la habitación. Hacía frío.

Se acercó a los ventanales. Diluviaba. No se veían las montañas del fondo y las palmeras inclinaban sus grandes hojas con el peso del agua que caía sin viento, vertical.

«Tienen que ser los Guardianes del Templo —se dijo—. La relación causa-efecto es demasiado inmediata para ser un crimen no relacionado». Pensó en White, su jefe; debía de estar implicado. Le costaba aún identificarlo con aquella secta oculta, pero los cátaros afirmaban que era uno de los Guardianes. Si ese era el caso, aquel miserable acababa de actuar muy bien ante la policía. Claro que él también había tenido que mentirles.

Sentía el peligro allí mismo, en su propio despacho; ronroneaba como si se tratara de un gran gato invisible al que, tendiendo la mano, se le pudiera acariciar el lomo. Pero no le intimidaba; le excitaba. Quería contraatacar de alguna forma y de inmediato. ¿Un atavismo de su pasado de noble de caballo y espada? De pronto le invadió un temor; no por él. Por Karen. La amenaza de un nuevo crimen era real, y podía ocurrir muy pronto.

Tomando el teléfono, al segundo toque oyó su voz.

—Karen Jansen.

—Karen… —Y la comunicación se cortó.

¿Qué pasaba? Volvió a llamar.

—Karen Jansen. —Escueta, la voz amada, sonaba de nuevo.

—Ka… —La comunicación se cortó otra vez; era obvio que no hablaría con él por teléfono.

Jaime se quedó pensando con el auricular aún en la mano.

Estaba seguro de que ella lo había reconocido. Tendría buenas razones para colgar. ¿Qué estaba pasando?

La lluvia continuaba cayendo mansa pero en abundancia, y el frío y la excitación hacían que Jaime se levantara de la mesa y se paseara por su despacho a zancadas. Luego se volvía a sentar e intentaba concentrarse en el trabajo. Tarea difícil. Los segundos se hacían lentos. Los minutos se arrastraban. Tenía que ver a Karen, pero, aunque pensaba en ello, no encontraba una forma lo suficientemente discreta de contactar con ella. ¿El correo electrónico interno? Pasaba por un centro de control y no era del todo seguro. ¡Diablos! No podía aguantar. Si no se le ocurría pronto un buen sistema, terminaría yendo personalmente a la oficina de ella.

Al final de la mañana Laura entró con el correo. Destacaba un gran sobre blanco con su nombre escrito a máquina y el membrete de «Personal y confidencial. Abrir solo por el interesado». Estaba protegido con cinta adhesiva. Jaime lo abrió de inmediato.

Contenía una sola hoja con unas pocas palabras impresas por ordenador: «Hamburguesa griega a las siete y media». Sin firma, pero no hacía falta.

El día se tornó positivo; después de todo la lluvia haría un gran bien a los secos embalses de la zona de Los Ángeles.

53

Pasaban doce minutos de las siete y media cuando Jaime suspiró aliviado al verla entrar sacudiendo su paraguas. Su expresión era seria, y ocultaba los enrojecidos ojos tras unas gafas de sol que desentonaban con el tiempo, la hora y la gabardina que vestía. Pero estaba bella. Muy bella.

Levantándose para besarla, Jaime se vio discretamente rechazado. No insistió.

—Hola, Karen.

—Hola, Jaime. —Su sonrisa era triste.

—Lamento muchísimo lo de Linda.

—Gracias. —Los ojos de Karen se llenaron de lágrimas, y Jaime sintió el deseo de tomar su mano. Pero se contuvo.

—¿Cuándo te enteraste?

—Justo al llegar a la oficina un amigo nuestro me lo contó.

—¿Y cómo lo supo ese «amigo»?

—Lo sabía, Jaime. Perdona que no te diga quién es y cómo lo supo pero, si antes fuimos cautos, ahora debemos serlo más. Existen grupos distintos de creyentes, actuando en paralelo, pero que se desconocen entre ellos. Por ejemplo, solo cinco hermanos sabemos que eres uno de los nuestros; Linda lo ignoraba y, por lo tanto, no corres peligro. Lo siento si te parece excesivo, pero hemos sido perseguidos durante siglos por la Inquisición y hasta los mejores hablan bajo tortura.

—¿Quieres decir que Linda…?

—Sí. Linda fue salvajemente torturada y violada, creemos que al menos por dos individuos, en su habitación de hotel en Miami. Su cuerpo apareció con multitud de quemaduras de cigarrillos, concentradas en las zonas más sensibles de los pechos y el sexo. Innumerables cortes de cuchillo, algunos muy profundos, en la cara y en el cuerpo, formando dibujos geométricos. Una verdadera carnicería. Debió de morir desangrada. —Una lágrima empezó a escurrirse por su mejilla. Luego otra. Karen sacó un pañuelo del bolso y se secó las lágrimas con cuidado para no estropear el maquillaje—. Estoy segura de que sus torturadores eran de los Guardianes del Templo y que algo les contó, quizá solo para que todo acabara antes.

—¿Cómo estás tan segura de que fueron ellos?

—Es extraordinario que un crimen de esas características ocurra en un lugar de la categoría y con la seguridad que tiene el hotel donde Linda se hospedaba. Pero es mucho más extraño que los criminales no se conformen solo con robar, violar o incluso matar. Linda fue torturada durante horas. La finalidad del asesinato era obtener información, pero se camufló como robo y violación con toques satánicos para mejor realismo. Linda no era una víctima cualquiera; había sido cuidadosamente seleccionada. Eran los Guardianes, Jaime. Fueron ellos.

—¿Cómo puedes saber si habló o no?

—Los asesinos abrieron la caja fuerte de la habitación y entraron en el ordenador portátil; ella tuvo que darles las claves de acceso.

—Pero, Karen, lo del acceso al PC de Linda será una suposición tuya; a no ser que dejaran huellas dactilares en el teclado, no puedes saber si lo manipularon o no.

—Claro que lo sé. Linda estaba acumulando una cantidad ingente de información. Información comprometedora sobre los múltiples fraudes con los que la secta de los Guardianes está sacando dinero de la Corporación para comprar las propias acciones de la compañía, pero también sobre otras actividades del grupo, sobre su estructura interna, nombres y planes; su examante tenía una posición importante en la secta y le encantaba hablar cuando se sentía feliz. Linda tomó medidas especiales de seguridad con respecto a la información; nos enviaba por *courier* los originales o copias de documentos importantes, cambiando con frecuencia de mensajería. Cuando transmitía un informe por correo electrónico, no dejaba copia en la memoria de su PC, y ni siquiera nuestros números de teléfono estaban grabados en el sistema, ya que marcaba manualmente y borraba luego los registros de envío. Lo único que habrán obtenido de su ordenador serán datos o informes propios de su trabajo de auditoría para la Corporación.

»Además, tenía un dispositivo especial de seguridad consistente en una doble contraseña de entrada. Usando la primera parte de la contraseña se accede a los programas de su PC pero, de no usar la segunda parte, se activa un sistema de alarma que envía un mensaje por internet que nos alerta de que alguien ha entrado en el sistema sin el consentimiento de Linda. Una vez activado el mensaje, la base de datos de ese pequeño programa de seguridad se autoborra. Y como los asesinos manipularon el PC sin desconectarlo de la línea de teléfono, el mensaje de alarma salió la misma noche del viernes.

—¿Cuándo viste el mensaje?

—No lo he visto aún. Pasamos el fin de semana juntos tú y yo, disfrutando de la vida, y no conecté el PC. El último mensaje de Linda me está esperando en estos momentos en casa.

—Y ahora tú también estarás en peligro.

—No de inmediato. Tengo total seguridad de que Linda no me mencionó para nada; habrá dado otros nombres, pero no el de su mejor amiga ni la ubicación de Montsegur. Ahora los Guardianes saben que existimos y que estamos preparando algo contra ellos. Aunque no sepan con exactitud quiénes somos y qué información tenemos, van a empezar a averiguarlo muy pronto.

—¿Qué medidas de seguridad tomarás?

—Debemos continuar nuestras vidas con normalidad, pero pondré a salvo la información que tengo en casa. No hables conmigo en la oficina, ni siquiera por teléfono, a menos que sea por algún tema estricto de trabajo; la seguridad del edificio está controlada por ellos, a través de Moore, y pueden tener teléfonos pinchados. Es posible que pronto me relacionen con Linda, fuimos amigas durante muchos años y hace poco que empezamos a ocultar nuestra amistad. Me temo, Jim, que por un tiempo no podremos pasar un fin de semana tan estupendo como el último. —Karen se lo quedó mirando tristemente a través de sus gafas de sol y de la mesa. Luego añadió—: Ahora, sin Linda, tu puesto en la Corporación es clave, los cátaros te necesitamos, no te podemos perder. Y si los Guardianes me relacionan con ella y luego me relacionan contigo, nuestras vidas no valdrán nada.

Jaime sintió que su mundo se hundía. No por el peligro, que ahora parecía excitarlo, sino por el hecho de no poder ver a Karen. No podría estar sin ella. Cogió su mano que descansaba sobre la mesa, apretándola con fuerza.

—Karen, llegados a ese extremo, no podemos escondernos y dejar que nos busquen. Debemos contraatacar. Saquemos a la luz la información de Linda y denunciémosles a Davis. Si los ponemos en evidencia, ya no podrán actuar contra nosotros. Primero porque su objetivo de controlar la Corporación ya no será posible y no merecerá la pena que tomen más riesgos, y segundo, porque si algo nos ocurre, ellos serán los primeros sospechosos.

—Sí, ese es el plan. Pero no podemos ejecutarlo de inmediato ya que la cantidad de material enviado es enorme, y sin Linda todo se retrasa. Hay que preparar pruebas, hay que seleccionar la información clave para la entrevista con Davis. Debemos convencerle de que existe un complot a la primera; Davis no da segundas oportunidades. Esta será tu misión. Luego el propio Davis te ayudará a descubrir a los implicados.

—El problema es el tiempo. —A Jaime el plan le parecía razonable—. Con tiempo, los Guardianes pueden esconder pruebas, asesinar testigos o averiguar más sobre nuestro grupo y atacarnos. Hay que acelerar el proceso, Karen. ¿Cuál es el siguiente paso?

—Nos reunimos mañana en Montsegur. Discutiremos el plan de acción y tú verás los documentos que Linda nos proporcionó.

—Muy bien. Cuanto antes mejor. Y ya que parece que hoy no me invitas a tu casa para cenar, mejor comemos algo ahora. Invito yo. ¿Qué te apetece tomar?

—Nada. No tengo apetito.

—Debes comer algo.

—No. No puedo comer.

—Insisto.

Jaime se dirigió al mostrador. La idea de entrar en acción le excitaba. Pidió dos hamburguesas, ensaladas, patatas fritas, unos aros de cebolla y lo acompañó con cervezas. El sabroso olor de la carne condimentada abrió su apetito.

Al regresar vio a Karen con la vista perdida en la húmeda oscuridad tras los ventanales. Depositó la bandeja en la mesa y empezó a repartir los platos.

—¡La más fabulosa y jugosa de las hamburguesas griegas para mi señora dama! —clamó con tono de vendedor de feria.

—La historia se repite —dijo Karen sin abandonar su mirada perdida.

—¿Qué?

—El asesinato de Linda ha sido la versión del siglo XX de su muerte hace ochocientos años. ¿Te acuerdas de lo que te contados? La quemaron en una hoguera, luego de violarla. Ahora incluso han usado el fuego de los cigarrillos.

—Karen, no le des más vueltas. Trata de olvidar por unos minutos. Te juro que lo van a pagar caro.

—Los cátaros no juramos. Lo tenemos prohibido —le advirtió Karen—. ¿No te das cuenta? La historia empieza a repetirse. ¿Qué hacemos mal? ¿Qué no aprendimos de lo ocurrido entonces?

—Me es igual si juramos o no juramos. —Jaime tomó las frías manos de Karen e intentó pasarle su calor. Ahora ella le miraba a los ojos. Él podía verlos a través del cristal de las gafas de sol—. Vamos a terminar con ellos, Karen, y van a pagar caro por lo que han hecho. Vamos a ganar. Los arrasaremos. ¡Te lo juro!

Martes

54

«Me he equivocado», pensó Karen al quedarse sola en el ascensor con uno de los guardas de seguridad del edificio. Debía haber bajado en la planta anterior con los demás.

Mordiéndose el labio, sentía cómo su corazón se aceleraba. Miró al hombre, él la miró e hizo un gesto con la cabeza. Karen respondió con una tensa sonrisa. Tendría unos veintiocho años, pelo cortado a lo marine y un enorme cuerpo.

Al abrirse la puerta, el hombre esperó a que ella saliera; ella lo hizo, empezando a andar hacia su coche con paso vivo. Oía sus tacones sonar en el pavimento del aparcamiento sintiendo, en su espalda, la mirada del hombre.

Karen no vio a nadie en la planta, supo que él salía del ascensor y sintió el impulso de correr; pero su orgullo se lo impidió. Siempre había sido orgullosa y esperaba no tener que arrepentirse. Oyó los pasos del hombre detrás de ella. Se apuró. El coche estaba a unos treinta metros y, si ambos corrían, no llegaría antes que él. Sentía los pasos del guarda más cercanos, acelerando a su espalda. Oía los latidos de su corazón más fuertes que el ruido de sus propios tacones contra el suelo. ¡El hombre estaba muy cerca!

A pesar de que el guarda era mucho más fuerte y estaría

mejor preparado, ella había aprendido algo de defensa personal y, o lo usaba ahora, o nunca. Karen giró en redondo poniendo el maletín como escudo y el hombretón, a un metro de distancia, frenó en seco mirándola con sonrisa bobalicona.

—Perdone, señorita, no pretendía asustarla —dijo el guarda con un hablar lento—. Solo quería avisarle de que uno de los cierres de su maletín está abierto y se le pueden caer las cosas.

Karen miró su portafolios y, en efecto, uno de los cierres estaba abierto.

—Bueno. —Parte de su tensión se relajó—. Muchas gracias. Muy amable.

—De nada, señorita —dijo el otro ampliando la sonrisa.

—Buenas tardes —repuso Karen dando por concluida la conversación pero manteniendo el maletín como escudo. El otro la miraba con extrañeza.

—Buenas tardes —dijo el hombre y, dando media vuelta, empezó a andar en dirección contraria.

Karen mantuvo su extraña posición mientras sentía que, otra vez, la sangre empezaba a circular por su cuerpo. Al cabo de unos pasos el guarda volvió la cabeza, sin dejar de andar, para mirarla de nuevo. Ella se apresuró para llegar al coche y, luego de buscar con manos temblorosas unas llaves que se escondían dentro del bolso, logró finalmente abrirlo. Lanzando sus cosas al asiento del acompañante entró, y puso de inmediato el seguro.

Iba recobrando la calma poco a poco. Estúpido hombretón. ¿Por qué ha tenido que acercarse tanto? Debía calmarse. Linda jamás la hubiera delatado. Ni siquiera bajo tortura.

El juego había cambiado. Y mucho. Espiar a los Guardianes del Templo y preparar la estrategia para desterrarlos de la Corporación era apasionante, hasta divertido; convertirse en presa y objeto de su brutalidad era muy distinto. Ahora sentía la tensión. Pero no había marcha atrás; terminaría lo que empezó. Lo haría por los tiempos antiguos, por los tiempos y gentes futuras, por su querida amiga Linda y también por su propio orgullo.

55

Karen aparcó su coche a unos veinte metros de una de las entradas del Mall; no parecía que la siguieran pero invirtió un par de minutos en observar los coches que llegaban.

Todo estaba bien. Entró en el centro comercial a través de Bloomingdale's, mezclándose con la gente que, en abundancia, concurría en los pasillos y, dirigiéndose al paseo central del Mall, anduvo entre tiendas y público. El escaparate de una *boutique* de modas ofrecía un reflejo que permitía ver a su espalda. No vio nada anormal. Luego entró en una librería y, a la vez que revisaba las últimas novedades, estudió a la gente a través del escaparate. Todo bien. Salió con paso rápido y llegando a Macy's, en el extremo opuesto del centro comercial, cruzó la tienda hasta la salida al aparcamiento.

A unos cuarenta metros, en el lugar acordado, distinguió el coche de Jaime, que al verla puso el motor en marcha y arrancó justo cuando Karen entraba.

—Hola —saludó él—. De agente secreto estás aún más guapa.

Salieron por la calle opuesta a la de llegada, y mirando hacia atrás Karen comprobó que ningún coche los seguía. A unos veinte metros Jaime se detuvo en un semáforo rojo, y ella, pasándole los brazos alrededor del cuello, le besó en la boca.

—Ser agente secreto es muy excitante —le dijo.

Tomaron la Ventura Freeway y luego la San Diego, mientras ella le contaba el susto del aparcamiento; al salir por Sepulveda Boulevard cruzaron el puente por encima de la autovía para subir por la serpenteante Rimerton, que les condujo a Mulholland Drive.

—Hoy conocerás la entrada secreta de Montsegur —anunció Karen con tono de misterio.

—¿Cómo? ¿Tenéis pasadizos secretos?

—Sí, señor —proclamó con tono triunfal—, como en los castillos de verdad.

Continuaron por la carretera bordeada de árboles a través de la lluviosa oscuridad.

—Cuando regreses aquí, asegúrate siempre de que no te sigan.

—Nadie me sigue —confirmó Jaime escrutando las tinieblas a través de los retrovisores—. Si hay alguien ahí atrás, será un murciélago. ¿Crees que la secta tiene murciélagos en nómina?

—Si los tuviera serían vampiros —repuso Karen arrastrando las palabras—. Reduce la marcha. Ve más despacio —dijo al cabo de unos minutos.

—¿No es esta casa? —advirtió Jaime.

El hermoso edificio se adivinaba a la izquierda, casi escondido entre la valla y la vegetación; el jardín parecía discretamente iluminado y había luz en un par de ventanas.

—Sí; reduce pero no te detengas. Fíjate ahora en si hay algún coche aparcado cerca de la casa; indicaría peligro, ya que nosotros siempre aparcamos dentro. Vigila también si ves a alguien en el arcén o entre los árboles.

No vieron coche alguno, y el arcén era demasiado estrecho para que un vehículo pudiera ocultarse fácilmente entre la vegetación. Continuaron por la carretera unos cientos de metros, y llegando a donde no podían ser vistos desde la casa ni desde sus cercanías Karen le hizo entrar en una estrecha vía asfaltada que se abría a su izquierda. Oscuridad delante, oscuridad detrás; nadie les seguía y avanzaron durante unos minutos en una pronunciada pendiente de bajada.

Llegaron a una bifurcación y, girando de nuevo a la izquierda en un camino de tierra, los faros iluminaron una impresionante pared rocosa y una densa vegetación de árboles y matas a la derecha.

—Aparca aquí, entre los árboles.

Jaime detuvo el coche quedando en una posición en la que no era visible desde unos metros antes del camino; un buen escondite. Al apagar las luces se hizo una oscuridad casi total en la noche lluviosa; Jaime puso su mano en la rodilla de Karen y le dijo con voz íntima:

—Me siento romántico, ¿has hecho alguna vez el amor en un BMW?

—¡Cubano lujurioso! —le censuró divertida—. Más respeto. Estás al pie de Montsegur, el monte sagrado cátaro; aquí se reúnen los Buenos Hombres y Mujeres. Y ellos hacen voto de castidad.

—Pero tú no lo has hecho aún, ¿verdad?

—No hagas preguntas tontas. Salgamos, nos están esperando.

—Bueno —aceptó Jaime con tono resignado—. Al menos lo del monte sagrado es más creativo que alegar dolor de cabeza.

—Sígueme —ordenó Karen abriendo su maletín y sacando una linterna.

Anduvo hasta la pared rocosa y luego siguió unos metros por un pasillo entre un muro de piedra y otro de vegetación. Al poco Karen apartó unas matas a su izquierda, y entre la fronda su linterna descubrió un arco de piedra con aspecto de entrada de una cueva; se trataba de un camuflaje perfecto.

Karen se introdujo con decisión y, topándose en el interior, unos tres metros, con una puerta metálica, buscó en la pared un pequeño cuadro de números levemente iluminados. Tecleó un código y un suave pitido indicó que el sistema de protección había sido desactivado; introdujo una llave en la cerradura de seguridad y la puerta metálica se abrió suavemente. Penetraron en un estrecho pasillo al fondo del cual se hallaba una escalera metálica de caracol.

—Este pasadizo es a la vez entrada secreta y vía de escape —le explicó en voz baja—. Dado el papel que vas a desempeñar en el grupo, hoy Dubois te dará un juego de llaves; debes aprenderte los códigos de entrada. El primer código es solo de acceso, el siguiente es una alarma para avisar a los de la casa si se presenta una visita imprevista.

Sin esperar respuesta, empezó a subir por la escalera de caracol. Aquello era como una amplia boca de pozo, y ella subía tan rápido que si Jaime se retrasaba en unos segundos se quedaría en la oscuridad. Subieron lo que serían unos diez metros, encontrándose en una repisa excavada en la roca de donde partían dos túneles.

—El de la derecha conduce a las celdas de los Buenos Hombres y a la capilla que tú conoces. Nosotros seguiremos hacia el cuerpo principal de la casa.

Sería la mención de la capilla, pero Jaime sintió la presencia de aquel tapiz donde las figuras cobraban vida. Deseaba volver allí. Quería volver a la cueva del rito.

Pero Karen ya se había alejado dentro del túnel, y al final de este encontraron otra puerta metálica y otro panel de códigos. Karen repitió la operación anterior y la puerta se abrió en silencio.

Se encontraban en el salón principal de la casa, al que accedían a través de un panel de madera que ajustaba tan bien con la pared norte que era imposible distinguir la entrada desde el interior.

Accedían desde el nivel más alto a una amplia estancia de dos niveles, con una gran chimenea frente a ellos y de decoración moderna y confortable. Amplios ventanales con vistas al jardín ocupaban las paredes este y oeste.

Vieron a Kevin Kepler y Peter Dubois en la parte del comedor, frente a una mesa abarrotada de papeles, discutiendo sobre un documento. Había un ordenador portátil conectado en la mesa, y otro en una amplia mesita centro, también cubierta de papeles, que se encontraba entre los sofás, frente a la chimenea. Karen cerró la puerta y dijo alegremente:

—Buenas tardes, señores.

Los dos hombres miraron en su dirección y saludaron. Jaime bajó por los escalones que separaban su nivel y les estrechó la mano.

—Están ustedes muy ocupados. Esto, más que un centro religioso, parece una oficina de auditores.

—Es más que un centro religioso —repuso Kepler—, y lo que estamos haciendo es, por desgracia, una auditoría secreta; debe serlo, porque si los Guardianes supieran dónde estamos y qué hacemos, nos eliminarían muy pronto.

—El asesinato de Linda, aparte de una terrible desgracia —continuó Dubois—, representa un gran retraso para nuestros planes; ella conocía cada documento a la perfección y era una experta auditor. Si antes le necesitábamos a usted, ahora mucho más. Con el desorden que hoy tenemos en parte de los documentos, es imposible presentar las pruebas definitivas.

—Bien, de acuerdo, les ayudaré. Pero quiero algo a cambio.

—¿Qué es?

—No dejo de pensar en el rey Pedro y su dilema; estoy impaciente por saber qué ocurrió. Quiero volver a la capilla y revivir aquel tiempo. Y no puedo esperar al sábado.

—De acuerdo —respondió Dubois—. Me parece lógico. Pero hay dos condiciones.

—¿Cuáles son?

—Primera, tendrá que ser mañana; hoy hay mucho trabajo que terminar. —Jaime asintió con la cabeza—. Y segunda, tendrá que trabajar muchas horas aquí ayudándonos; no podemos dejar pasar más tiempo. Los Guardianes saben que está ocurriendo algo y se esforzarán en destruir y esconder pruebas.

—¡Trato hecho! —dijo Jaime cerrando el acuerdo con un fuerte apretón de manos.

Miércoles

56

—¡Adelante! —La respuesta de Jaime a los golpecitos en la puerta era innecesaria; el visitante ya entraba.

—Buenos días, Jaime. —White apareció saludando con la seguridad propia del jefe.

—Buenos días, Charly —contestó amablemente; pero en su interior Jaime lanzó una maldición: las cosas iban más aprisa de lo que había esperado.

La noche anterior se demoraron en Montsegur hasta pasadas las doce, y él anotó varios asuntos sobre los que recoger información adicional para así completar el trabajo de Linda. No era tan fácil. Aunque los datos se encontraban en la oficina, se trataba de asuntos de los que ni Jaime ni ninguno de su equipo eran responsables. Y a pesar de que tras el despido de Douglas nadie tenía la autoridad en primera instancia de negarle la información, los de Auditoría de Producción no abrirían sus archivos de buena gana.

Y era arriesgado; seguro que había miembros de la secta infiltrados allí, y White se enteraría al momento de que él husmeaba en asuntos que no le concernían. No pensaba que lo relacionaran de inmediato con los cátaros, pero entraría en la lista de sospechosos.

Pese al peligro, Jaime decidió que la única opción posible era asumir los riesgos que la búsqueda de información implicaba; no podía perder tiempo diseñando formas más sutiles de conseguir los datos.

Había clasificado los documentos a obtener en dos tipos: esenciales y de menor importancia. En cuanto a los esenciales, nada más llegar a la oficina recorrió personalmente los archivos, fotocopiando papeles. Pero tuvo que preguntar varias veces sobre la documentación que buscaba.

Para documentos menos sensibles, le pidió a Laura, que tenía muy buena relación con la exsecretaria de Douglas, que obtuviera copias a través de ella.

¡Mierda! Y ahora White venía a pedirle explicaciones. ¿Cómo había podido enterarse tan rápido? ¡Y no tenía pensada ninguna excusa razonable!

—¿Cómo va la mañana? —preguntó White sentando su corpachón en una silla frente a la mesa de Jaime e invitando a este con un gesto a hacer lo mismo.

—Va avanzando —contestó Jaime mientras se acomodaba, dejando su taza de café en la mesa. Luego señaló varios montones de papeles—. Empujando temas pendientes. —Esperó a que el otro hablara. No sería fácil improvisar una explicación convincente.

—Jaime, he leído los informes de los auditores externos en Europa y detectan un par de irregularidades preocupantes en las divisiones de distribución cinematográfica y televisiva —explicó el hombretón.

—Sí, también he leído los informes y hay algunas cosillas. —Jaime se preguntó por qué daba White tales rodeos cuando su táctica favorita era el ataque frontal—. Pero no es nada grave.

—Pues tenemos opiniones distintas. Creo que alguno de los asuntos que mencionan requiere nuestra intervención directa.

—Charly, los auditores externos han emitido informes semejantes con suma frecuencia, y nos limitamos a aceptar que se implementaran las recomendaciones de los externos siempre que los ejecutivos responsables no tuvieran objeciones razonadas. ¿Por qué debiéramos intervenir ahora?

—Opino que esta vez es distinto y que hay que revisar los puntos conflictivos uno tras otro con los auditores europeos —respondió White con energía—. Y es urgente. Quiero que cojas un avión a Londres esta misma tarde o mañana por la mañana.

—Charly, no es razonable. —A Jaime le pareció aquello una mala excusa. Empezaba a entender lo que White pretendía: quería alejarle de la oficina. Quería ganar tiempo para poder manipular algo—. Tengo aquí multitud de temas urgentes que resolver. Y ese asunto es irrelevante, no precisa nuestra intervención.

—Jaime, yo soy el responsable de auditoría. —White pronunciaba las palabras con cuidado y furia contenida. Sus ojos azules, hundidos, brillaban siniestros—. Recibo órdenes directamente de Davis y tú recibes órdenes de mí. He escuchado ya tu opinión; estás equivocado y, una vez investigado el asunto en su origen, te darás cuenta. ¡Toma ese maldito avión y haz lo que te digo!

—Bien, creo que haces una montaña de un grano de arena. —Jaime decidió que sería absurdo y peligroso negarse—. Pero si tú lo quieres, saldré hacia Londres. Deja que cierre los asuntos más urgentes. Tan pronto como Laura me dé los horarios de aviones, te diré cuándo salgo.

—De acuerdo. Pero lo antes posible. Y quiero establecer contigo el programa de trabajo de estos días.

—Lo razonable, dado el cambio de horario, será que viaje el fin de semana, así estaré con nuestro equipo el lunes a primera hora.

—Te digo que debes salir mañana.

—Bien, veo el horario de vuelos y los temas pendientes, y luego te llamo.

—Sube a verme a las cuatro para confirmar la agenda y los tiempos.

—Bien. Quedamos a las cuatro.

—Hasta luego —dijo White cerrando la puerta, con más fuerza de la necesaria, al salir.

Jaime se quedó pensativo. ¿Habrían informado ya a White de su búsqueda de documentos? No; le habría mencionado el asunto. Lo más probable sería que quisiera quitarle de en medio por unos días mientras eliminaba pruebas. Y no tendría más remedio que obedecer. ¡Era un maldito contratiempo! ¡Con lo urgente que era preparar el caso y presentarlo a Davis! Se retrasarían al menos una semana. Y tal como se desarrollaban los acontecimientos, una semana era toda una vida.

Pero no viajaría antes del sábado. ¡Al diablo con White!

Al llegar a Montsegur, estaban ya todos trabajando, y Karen le presentó a Tim; era un creyente de toda confianza, que les ayudaba a preparar el informe. Jaime lo recordaba, lo había conocido en las secuoyas y el hombre le caía simpático.

A continuación les notificó su viaje a Europa. Los demás coincidieron en que no era una buena señal, y aunque el grupo se afanaba trabajando a contrarreloj, con la ausencia de Jaime, el informe para la presentación a Davis se retrasaría al menos cinco días.

Cuando la conversación terminaba, Dubois le preguntó:

—¿Está aún interesado en recordar hoy?

57

¿Con quién estaba el verdadero Dios? ¿Con el papa o con los cátaros?

Hacía unos momentos que Miguel y Hug terminaron su discusión sobre cómo actuar frente a la cruzada contra los cátaros, y ambos habían salido de la tienda. Hug fue a la búsqueda del juglar Huggonet, que traía un mensaje para el rey.

Jaime quedó pensativo mientras Fátima le servía otra infusión. Veía los argumentos y la lógica tanto de Hug como de Miguel. Sus sentimientos iban con Hug.

Las noticias que le llegaban de las tierras occitanas le indignaban, no podía consentir la masacre de sus vasallos, no podía consentir que le despojaran de sus derechos feudales.

Ahora su antiguo enemigo Ramón VI, conde de Tolosa, le ofrecía juramento de fidelidad, tal como antes hicieran el resto de nobles occitanos. Y si Jaime lo aceptaba, estaría obligado a ayudar al conde. De todos modos Ramón estaba casado con su hermana, y esto también le obligaba.

Pero la lógica estaba con la opción de Miguel; como vasallo del papa —tal como su título de El Católico acreditaba—, debía seguir sus órdenes. Con el poder de la excomunión en manos de Inocencio III, enfrentarse a él era peligrosísimo.

Pero ¿eran los cátaros merecedores de la cruel persecución a la cual la Iglesia católica y las gentes del norte les sometían?

Jaime no lo creía. Cierto que los Buenos Hombres cátaros criticaban muchos de los preceptos católicos. Cierto que acusaban a la Iglesia romana de poseer poder y bienes terrenales en exceso. Pero ¿acaso no era verdad? ¿Por qué debían ser perseguidos y exterminados? ¿Por pensar distinto? Dios creó la mente para pensar y le dio al hombre libertad para hacerlo. Quizá demasiada. ¿O era el diablo el creador del pensamiento?

Pero ¿de qué parte estaba el diablo? Según los cátaros, el diablo estaba con el Dios malo, el del odio y la corrupción. El Dios del Antiguo Testamento y del «ojo por ojo».

Ellos se consideraban del lado del Dios bueno, el del espíritu y del alma incorruptibles. El Dios del Evangelio de san Juan. El Dios del AMOR.

Y la ROMA del papa representaba lo contrario del AMOR (como ocurría cuando AMOR se leía al revés y aparecía ROMA). Inocencio III adoraba pues, según los cátaros, al mal Dios.

¿En qué bando estaría el verdadero Dios?

Fátima le servía otra infusión con graciosos movimientos; sus labios carnosos sonreían prometedores, y su pelo negro azabache desprendía un intenso olor a jazmín. Desde la batalla de las Navas de Tolosa, donde junto a sus compañeras fue tomada como parte del botín, Jaime había pasado todas las noches con ella.

Sin duda las mujeres educadas en un harén eran muy superiores en sus habilidades amatorias a las mujeres cristianas. Sabían dar cariño cuando era preciso, y pasión cuando era pasión lo que se necesitaba. Y él se estaba encariñando con Fátima.

Una vez servida la infusión, ella se sentó a su lado, besándole ligeramente el cuello; estremeciéndose, él la cogió por la cintura. Ella se apretó contra él y, sintiendo el calor de su cuerpo, notó cómo se iniciaba una erección.

Pero era difícil disfrutar del momento. Los pensamientos, aquella terrible duda sobre cómo actuar, continuaban castigándole.

—¡Hug de Mataplana desea veros, señor! —gritó desde el exterior de la tienda el capitán de la guardia nocturna—. Viene con Huggonet.

—¡Franqueadle la entrada! —ordenó sin moverse de los almohadones y manteniendo la cintura de la chica abrazada.

Los dos hombres entraron. La talla de Hug destacaba frente al juglar, que tenía un aspecto amuchachado. Hug inclinó la cabeza, y Huggonet, que lucía en su cuello un vendaje manchado de sangre, hizo una amplia reverencia.

—Creía que os habían degollado, Huggonet —le dijo Jaime con sorna.

—El Dios bueno y vuestra intervención lo evitaron. Gracias, mi señor —dijo el juglar con voz tenue y una nueva reverencia.

—¿Y solo para darme las gracias me querías ver? —repuso Jaime disimulando su ansiedad.

—No, mi señor. No hubiera osado turbar vuestro descanso, de no tener un mensaje de alguien que os tiene un gran respeto y mayor cariño.

—¿A quién te refieres, juglar? —Jaime sentía que su corazón se aceleraba.

—A la dama Corba, mi señor.

—Dame su nota.

—No es una nota, mi señor. La dama Corba no quería que un mensaje tan personal cayera en manos extrañas y me lo ha dictado para que os lo recite y lo olvide.

—¡Recítalo por tu vida, Huggonet!

—Con vuestro permiso, mi señor, me retiro —dijo Hug.

—Tenéis mi permiso, Hug —concedió Jaime—. Habla, Huggonet.

Hug salió de la tienda dando grandes zancadas.

—Espero que mi herida me permita terminar…

—¡Maldito seas, recita! —le gritó Jaime perdiendo la paciencia.

Huggonet hizo sonar su laúd. Fátima, al oír la suave música, se apretó un poco más a Jaime.

Veo volar la blanca paloma y espero vuestro mensaje.
Pero vos estáis lejos —y no llegan las noticias.

Oigo vuestra voz cuando el viento mueve los sauces.
Pero vos estáis lejos —y solo es mi deseo.
Huelo mi carne que se quema cuando huelo el humo.
Pero vos estáis lejos —y es solo mi destino.
Siento la pena de vuestra ausencia cuando mi laúd llora.
Pero vos estáis lejos —y mi habitación es fría.
Oigo vuestro caballo cuando las herraduras golpean el [empedrado.
Pero vos estáis lejos —y es el caballo de otro.
Ruego al Dios bueno su ayuda para que ganéis vuestras [batallas.
Pero vos estáis lejos —y tardo en conocer vuestro destino.
Escucho el llanto y el temor de los niños occitanos.
Pero vos estáis lejos —y ellos pierden padres y vidas.
Siento miedo cuando los guerreros salen a luchar contra el [francés.
Pero vos estáis lejos —y no sé quién vencerá.
Escucho el laúd de los juglares y su canto en nuestra habla.
Pero vos estáis lejos —y oíl matará la lengua de oc.
Mi señor, venid a Tolosa y enderezad los entuertos.
Mi señor, venid a Occitania e imponed vuestro derecho.
Haced saltar y reír de felicidad a mi corazón.
Haced cantar a las madres y que los niños jueguen en paz.
Haced callar a los que os llaman cobarde.
Haced de mi cuerpo el lugar de vuestro cuerpo.
Haced de la tierra de Oc la patria del trovador.
Venid a Tolosa, mi señor, y:
Haced valer vuestro derecho sobre Occitania.
Haced valer vuestro y único derecho sobre mí.

El eco de las últimas suaves notas se apagó. Jaime sentía un nudo en su garganta y los ojos llenos de lágrimas.

Un torrente de sentimientos e imágenes arrastraba sus pensamientos. ¡Corba! ¡Querida Corba! La dulce, la seductora. Él podría buscar sucedáneos, pero no podría encontrar sustituta. Sus ojos verdes… de bruja, algunos decían. Su pelo negro brillante… como ala de cuervo que su nombre insinuaba.

Corba, el trovador.

Corba, la dama.

Corba, la mujer.

Corba, la bruja.

—Mi señor —dijo Huggonet al cabo de unos momentos—, ¿me dais recado para la dama?

Jaime no respondió hasta pasado un rato. Y luego recitó:

Pedro vendrá a Tolosa
y deshará los entuertos
y hará suyo para siempre
lo que suyo es.

Huggonet inició una sonrisa, movió sus labios memorizando las palabras e hizo una reverencia despidiéndose:

—Con vuestra venia, señor, corro a Tolosa a dar vuestro mensaje a la dama.

Al salir Huggonet, Jaime supo que jamás podría volverse atrás de lo dicho. La suerte de Occitania estaba echada.

Y también la suya.

58

La San Diego Freeway estaba poco transitada a aquellas horas de la madrugada, y Jaime conducía lentamente, tratando de establecer orden entre pensamientos y sentimientos.

Luego de su visita a la capilla subterránea, se había unido a la febril actividad de los demás con los documentos. El ambiente no era el adecuado para compartir experiencias espirituales y esta vez no hubo comentarios ni siquiera con Dubois.

A pesar de sus esfuerzos, no pudo concentrarse en los papeles. En las ocasiones anteriores, las escenas del pasado que revivía le maravillaban y asombraban, dedicando su atención a cómo se producía la increíble experiencia. El misterio estaba por resolver, pero algo le preocupaba mucho más ahora: ¿por qué le ocurría aquello a él? Debía de haber una razón, una finalidad; estaba llegando a la convicción de que existía un mensaje, una advertencia, escondidos en aquello, pero que él no era capaz de descifrarlos y la certeza de que allí había un aviso martilleaba en su mente.

Algo en sus recuerdos de aquel pasado se correspondía con exactitud con la situación de hoy; había reconocido, sin lugar a dudas y con toda certeza, a la dama Corba:

Corba era Karen.

Ella había sabido todo el tiempo quién era él y quién era ella, pero no se lo dijo; esperaba que él lo descubriera. Su relación no era nueva, sino que venía de siglos y quizá hubiera ocurrido también en otras vidas. Esa nueva conciencia le daba a lo suyo otro sentido. ¿Más profundo? ¿Más místico? Jaime no lo sabía aún, pero era distinto y deseaba con urgencia poderlo hablar con ella.

Pero había bastante más. Corba estaba arrastrando al rey Pedro a una guerra en apoyo de los cátaros; sin duda la opción más peligrosa incluso para un poderoso rey.

Pero ¿no estaba ocurriendo hoy, en su vida presente, exactamente lo mismo? Karen le empujaba ahora a tomar riesgos aún desconocidos al apoyar la causa de los cátaros y, aunque estos le eran simpáticos y los recuerdos del siglo XIII lo tenían fascinado, mantenía su espíritu crítico con respecto a su doctrina y no compartía aún muchas de sus creencias.

Lo cierto es que estaba con ellos, y Karen era la razón. La historia se repetía.

¿Tenía Corba un interés verdadero por Pedro el hombre? ¿O solo por Pedro el rey, por su poder político y militar, y por la ayuda que podía ofrecer a los cátaros?

¿Tenía Karen un interés real por él, por Jaime como persona? ¿O su interés era por la posición clave que él ocupaba para ayudarles a derrotar a los Guardianes en la Corporación? ¿Utilizó Corba al rey Pedro? ¿Lo estaría utilizando Karen a él? Y en el caso de que lo hiciera, ¿lo amaba también?

Jaime tenía demasiadas preguntas. Pocas respuestas, pero sí una certeza: habría violencia, y la sangre iba a correr, tanto en el siglo XIII como ahora. No conocía la situación a la que el rey Pedro se enfrentaba, pero sí conocía algo del presente; su Montsegur seguro no protegería a los cátaros de hoy de sus enemigos. Sus sistemas de seguridad y sus pasadizos secretos no les ayudarían cuando el juego se jugara en serio. Todo lo más a escapar y, si no podían hacerlo, serían exterminados sin más. Afirmaban que las armas eran cosa del diablo y ¡ni siquiera había un miserable revólver en Montsegur!

Bien, él les podía haber prometido una cierta fidelidad, pero a Jaime Berenguer no lo cazarían como a una rata. No tenía ninguna intención de llegar a la perfección en esta vida y tampoco en la siguiente, si la había. En realidad no sentía ninguna prisa. Él jugaría para ganar y para que Karen ganara con él.

Y de perder la partida, con su fracaso seguramente dejaría la piel. Lo de ser mártir tendría para los cátaros múltiples compensaciones espirituales pero, por si acaso se equivocaban, él iba a concederse una pequeña satisfacción material.

Antes de dejar su pellejo de mártir en la trifulca, se llevaría por delante a varios de aquellos bastardos llamados Guardianes.

Jaime pisó a fondo el acelerador del coche, que saltó hacia delante como intentando cortar la negra noche que se abría frente a él. Mientras, en la radio sonaba a todo volumen el rap de moda *To live and die in L.A.* («Vivir y morir en Los Ángeles»).

Mañana, sin falta, visitaría a Ricardo.

Jueves

59

Ya era de noche cuando Jaime llegó el día siguiente a Ricardo's. Al ver el coche de su amigo en el aparcamiento Jaime sintió el calor reconfortante del que vuelve al hogar luego de una larga ausencia. Su amigo estaba allí. Lejos de los cátaros. Lejos de la Corporación. Estaba allí y él sabía que siempre encontraría a Ricardo cuando lo necesitara.

Se quedó unos minutos sentado en el coche, escuchando la música de la radio, anticipando el placer de estrecharle la mano, de tomar una copa juntos y de hablar. Ya había advertido por teléfono a Ricardo que tenía un problema serio y que quizá necesitara su ayuda.

«Como antes y como siempre —le contestó—. Para eso están los hermanos».

Su amistad venía de muy lejos, de cuando eran chiquillos y vecinos de la misma área residencial. Ellos no crecieron en ningún barrio, lo suyo era un desarrollo de casas unifamiliares, de clase media, de los años sesenta. Población blanca con algún oriental o afroamericano de clases sociales emergentes. El padre de Ricardo era de origen mexicano y ocupaba una posición importante en la policía de Los Ángeles.

Los padres de Jaime habían establecido una distribución

comercial siguiendo los conocimientos en ventas adquiridos en Nueva York y la experiencia de los negocios en Cuba. Funcionaba bien, pero no permitía excesos económicos.

Vecinos, los padres de ambos chicos tenían muchos puntos en común y establecieron una buena amistad.

Los hijos se convirtieron en inseparables, y en la adolescencia su raíz cultural fue para los muchachos un hecho diferencial frente a los demás. A Ricardo le atraían las *gangs* hispanas del barrio y las frecuentaron un tiempo. Y como Jaime no iba a ser ni menos hombre ni menos hispano, siempre estaba con su amigo para lo bueno y para lo malo.

La capacidad de Ricardo para meterse en líos era asombrosa, y también su habilidad para salir bien de ellos. Precisamente por ello Ricardo disfrutaba con las situaciones truculentas y de peligro, mientras que Jaime no lo pasaba tan bien. Pero estaba fielmente allí donde Ricardo le necesitaba. Así que con frecuencia era Ricardo el que se metía en problemas, Jaime el que acudía en su ayuda y, al final, Ricardo el que sacaba a Jaime del feo asunto en el cual el propio Ricardo se había metido.

Su tiempo con los de la raza del barrio terminó tan pronto como la policía local identificó al hijo de Frank Ramos metido en un asunto de guerra entre bandas.

Francisco logró con su hijo lo que las bandas no habían logrado: intimidarlo. Y Jaime y Ricardo decidieron que había sido divertido mientras duró, pero que era el momento de cambiar de actividad. Guardaron la navaja y tomaron la guitarra para alivio inicial de sus padres. La guitarra duró mucho tiempo, pero el alivio de los padres duró poco. Música folk, Bob Dylan y Leonard Cohen, combinada con country. Y, desde luego, para una mejor mezcla no faltaban las rancheras y algún bolero o un poquito de salsa. Tocaban y componían bastante bien. A los veinte años decidieron hacerse profesionales para desesperación de sus familias, que consiguieron pactar con ellos que actuaran en verano a condición de volver a la universidad en otoño. Trabajaron en un buen número de tugurios de música en vivo en la costa, desde San Diego a San Francisco.

Jaime disfrutaba de la libertad de correr de lugar en lugar con su guitarra, con poco más que lo puesto. Sí, era libre, pero a veces no tenían ni un dólar para cervezas ni lugar donde dormir, y concluyó que no se era muy libre con los bolsillos vacíos.

Ricardo y Jaime eran hippies en la época de decadencia de los chicos de las flores. Claro que eran unos hippies un poco particulares, en especial Ricardo. Estaba bien lo de la paz y el amor, sobre todo con las chicas; pero si se trataba de defender su territorio o lo que él creía sus derechos personales, no dudaba en recurrir la violencia.

—Quien da primero da dos veces —decía y practicaba.

En muchas ocasiones sus conciertos terminaban a bofetones si la audiencia no se mostraba lo suficientemente amable, y actuaban casi siempre en lugares donde la concurrencia no era amable. Mucha cerveza y licor. Y mucho pendenciero.

—¡Hey! ¡Cantáis que dais pena! —gritaba alguien al que el alcohol le había hecho perder su apreciación por la buena música.

Jaime y Ricardo continuaban con lo suyo, ya que el encargado del orden era el dueño del local. Pero a veces el orden no llegaba.

—¡Hippies de mierda! Estáis pasados. —Unos cuantos reían—. ¡Lo de la paz y las flores ya no se lleva!

—¿Que la paz está pasada, cabrón? —Y así empezaba la acción, cuando Ricardo consideraba que su límite había llegado.

—¡Todo eso de los hippies y del amor es para maricas! —contestaba el provocador para entusiasmo de la audiencia y resignación de Jaime, que dejaba de tocar y se preparaba para lo que vendría después.

—Mira, ¿ves ese vaso? —acostumbraba decir Ricardo, para luego apurar su contenido disfrutando de la pausa y del casi silencio que se hacía en el local—. ¡Pues te lo voy a meter por el culo, para que aprendas a respetar el amor!

Y sin más lanzaba el vaso a la cabeza del valentón. Y con rapidez se dirigía hacia el individuo, que de no reaccionar aprisa recibía un par de puñetazos bien dirigidos, que lo dejaban fuera de combate, terminando así la discusión.

—Para que aprendas a meterte con los que defendemos la paz —sentenciaba Ricardo.

Jaime seguía de cerca a su amigo agarrando su botellín de cerveza. Intentaba separarlo de sus víctimas, pero a veces ellos se convertían en víctimas y recibían más de lo que daban. En esos casos el botellín era una buena arma. Muchas veces terminaron con la cara ensangrentada, llenos de moretones, detenidos por la policía y deseando que Frank Ramos no se enterara del asunto. Pero el Padre de Ricardo siempre se enteraba.

El verano terminó y Jaime vio en los estudios un mejor porvenir que en el *show business*, mientras que Ricardo decidió exactamente lo contrario. Pero la excesiva competencia y su temperamento no le ayudaron a hacer carrera en la música.

El local actual, Ricardo's, era el segundo club que había abierto, y su vocación final.

Abrió el primero en una zona conflictiva de la ciudad y, cuando el representante de la *gang* local le visitó para ofrecerle la «protección» necesaria para trabajar, el tipo se encontró con el cañón de un revólver dentro de la boca antes de que pudiera terminar de hablar. Ricardo lo echó del establecimiento sin contemplaciones.

Frank Ramos llevaba, de pequeños, a su hijo y a su amigo Jaime a practicar tiro, así que Ricardo era un buen tirador y, si la ocasión lo requería, no dudaba en sacar el revólver.

En la segunda visita del «representante», Ricardo y sus empleados (y amigos) lo echaron a patadas, y al poco el local se convirtió en un lugar de follones y problemas. Ricardo daba más que recibía y, siendo hijo de un alto oficial de policía, salía con bien de sus visitas a comisaría. Pero los otros eran profesionales, y el negocio, a pesar del don que Ricardo tenía para tratar con la gente, naufragaba.

Cuando Ricardo decidió que «zapatero a tus zapatos» y que su trabajo era «hacer que la gente se divierta y servir copas cobrando, no repartir hostias gratis», ya era demasiado tarde. Su local no atraía el tipo de gente adecuada y en la cantidad necesaria. Pero a Ricardo las mujeres le sonreían. Y la Fortuna debe de ser mujer, así que consiguió vender el local y empezar de nuevo con Ricardo's en una ubicación más conveniente.

Ahora Ricardo pagaba protección. Pero debido a su historial, y a que los otros eran «hombres de negocios» a los que tampoco les interesaba un conflicto gratuito con alguien como Ricardo, este llegó a un acuerdo muy beneficioso. El lugar se convirtió en un remanso de paz, donde los clientes se sentían seguros. Nadie que perteneciera a la pequeña hampa local se hubiera atrevido a molestar a alguien que saliera de Ricardo's.

A los amigos y clientes de Ricardo (que eran lo mismo) se les respetaba. Si alguien se hubiera atrevido a romper la norma, la *gang* que protegía a Ricardo, o el propio Ricardo, se lo hubiera hecho pagar caro.

—Dime, Jaime, ¿en qué lío te has metido? —le interrogó después de servirle una copa.

Le contó con detalle la conspiración de los Guardianes y lo ocurrido a Linda, omitiendo las sesiones de recuerdos de vidas pasadas y de espiritualidad cátara, que pensó provocarían el escepticismo de su amigo y que este se preocupara más por su salud mental que por su seguridad física.

—¿Por qué no van a la policía? —preguntó.

A Jaime le pareció irónico que Ricardo, tan aficionado a resolver sus asuntos por sí mismo, propusiera esa opción.

—No tenemos pruebas de que ellos hayan cometido los asesinatos. Y además bien pudiera considerar la policía a nuestro grupo sospechoso de lo mismo.

—Pero ha habido dos asesinatos. Y los asesinos parecen profesionales —dijo pensativo Ricardo.

—Sí, y lo que a mí me preocupa es que esa gente, los cátaros, sean eliminados antes de que puedan aportar las pruebas definitivas sobre el fraude. Son un grupo de beatos inofensivos jugando con tipos muy peligrosos.

—¿En qué te puedo ayudar?

—Puedo necesitaros a ti y a alguno de tus amigos si veo que las cosas se complican.

—Seguro que estaré allí donde me necesites —repuso Ricardo sin vacilar. Los ojos le brillaban con entusiasmo al anticipar un buen lío—. Además, desde que llegué a un acuerdo con los mafiosillos locales nuestras relaciones han mejorado mucho. Somos amigos. Y me deben algunos favores. Si es necesario te puedo conseguir un pequeño ejército.

—Gracias, Ricardo, sabía que estarías conmigo.

—¿Tienes pistola?

—Desde la última vez que salimos una noche a divertirnos tú y yo, no he vuelto a sentir ninguna necesidad de tener una.

—¡Qué chingado! —le increpó Ricardo con una sonrisa—. Bueno, te puedo prestar una. ¿La quieres sin marcas?

—La prefiero legal.

VIERNES

60

Aquel fue un día interminable. Jaime esperaba que White llamara o apareciera en cualquier momento para reprocharle no haber tomado aún el avión. La discusión mantenida el día anterior fue muy desagradable: White le acusaba de desobediencia y Jaime argumentaba que su partida inmediata no tenía sentido y perjudicaba la marcha del trabajo; que obedecería, pero dentro de la lógica y protegiendo los intereses de la Corporación. Cuanto más miraba Jaime aquellos ojos hundidos, su certeza de que eran de un criminal crecía.

Jamás se había enfrentado antes a su jefe en términos tan violentos y sabía que su relación quedaría dañada para siempre, pero estaba seguro de que tan pronto como presentara las pruebas a Davis, White sería despedido. Pero aún debía guardar las apariencias en lo posible y no tenía otra opción que hacer aquel viaje.

White no apareció ni dio señal de vida; debía de entender que hoy era ya inútil insistir, puesto que en ningún caso llegaría a la oficina de Londres hasta el lunes por la mañana. Jaime tampoco tenía el más mínimo deseo de hablar con él.

Empleó el día en resolver un par de temas urgentes, preparar lo necesario para el viaje y conseguir documentos e información adicional sobre el dosier que preparaban en Montsegur.

Había llegado el momento de utilizar la rapidez y olvidar la cautela.

61

—Sabes que mañana viajo a Londres —le dijo Jaime a media voz—, y desde el fin de semana pasado no hemos tenido intimidad. Te invito a pasar la noche juntos.

Cuando se acercó sigiloso a Karen, esta se encontraba trabajando sola en su mesa. Ella se lo quedó mirando con una leve sonrisa en sus labios, sin contestar; sus ojos brillaban azules con picardía y Jaime pensó que estaba guapísima. Y que él la deseaba con locura.

—Pensaba que no me lo ibas a pedir nunca —contestó después de disfrutar unos momentos de la expectación de él—. Acepto, pero ¿dónde? Luego de tu pelea con White, tanto mi casa como la tuya pueden estar vigiladas y si nos ven juntos adivinarán el juego.

—¿Y aquí?

—Vamos, Jim, aquí, en Montsegur, la gente trabajará hasta tarde, y alguno igual se queda a dormir. Bueno, no sé qué intenciones tienes. —Karen amplió su sonrisa pícara—. Igual pretendes hacerlo de pie detrás de la puerta de la cocina o en el baño.

Jaime rio con ganas.

—Es una buena idea, Karen, encantado. Pero una de las posiciones que quisiera practicar esta noche contigo es la horizontal. Te propongo uno de los hoteles del aeropuerto.

—De acuerdo.

Para dar tiempo a Jaime a recoger su equipaje, Karen salió una hora más tarde de Montsegur y condujo hasta el aparcamiento de estancias cortas del aeropuerto. Estacionando el coche, esperó unos minutos con los seguros puestos. Al final sonó su teléfono móvil.

—Quinientos dieciséis.

—Quinientos dieciséis —repitió Karen.

—Exacto —confirmó Jaime, y colgó.

Karen salió del coche y cruzó el primer tramo de la ancha calle en dirección a la terminal de llegadas del aeropuerto. Se quedó en el tramo central donde paran los *courtesy vans* de las compañías de alquiler de coches y hoteles.

Luego de unos largos minutos apareció la furgoneta del hotel acordado con Jaime.

Jaime estaba impaciente. A través de la puerta de su habitación podía oír el sonido de la discreta campanilla del ascensor.

Karen descendió de este y avanzó por el pasillo enmoquetado. No pudo evitar sentir un escalofrío al recordar por un momento a Linda.

No le dio tiempo de golpear la puerta de la habitación, Jaime la abrió tirando de ella hacia dentro y ambos se fundieron en un abrazo y un largo beso.

—Siento que te vayas —le dijo ella cuando apartó los labios de los de él.

—Te extrañaré, cariño.

—No más llamadas telefónicas por el momento, y menos a la oficina; estamos entrando en una fase más peligrosa. Nos comunicaremos por internet. Usaremos mi dirección secreta y nombres clave que solo tú y yo conozcamos. El mío será Corba.

—El mío Pedro.

Jaime ayudó a Karen a quitarse la gabardina y luego ella le quitó la corbata. Los zapatos cayeron y les siguieron las ropas.

Se desnudaron el uno al otro y cada uno a sí mismo, con prisa, con ansiedad.

Luego, desnudos en medio de la habitación y con sus ropas esparcidas en desorden, se unieron en un nuevo abrazo. Desesperado. Un abrazo donde los miedos de ambos se fundieron para darse seguridad mutua.

Un abrazo repetido cientos de veces antes. Pero siempre nuevo, intenso y necesario.

—Aún no te has ido y siento tu ausencia, Jim. Ya quiero volver a verte —murmuró ella.

—Cuídate. No te arriesgues, por favor —le dijo él, bajito, al oído. Y quiso confirmar lo que ya sabía—. Tú eres Corba, ¿verdad?

—Sí. Lo fui. Y tú fuiste Pedro.

Pedro y Corba volvieron a amarse después de los siglos. A través de la noche. Lanzados a velocidad de vértigo, cortando el tiempo desde aquel pasado oscuro hacia un futuro que flotaba frente a ellos como una masa viscosa, amorfa y amenazante, que se formaba allí fuera, entre las tinieblas de la noche. Pero en aquel instante ellos vivían un momento de eternidad, protegidos entre las cuatro paredes de una anónima habitación de hotel.

Sus cuerpos se fundieron. Y él la penetró deseando poder entrar todo él. Era la materia luchando, retorciéndose, vibrando y explotando con la pasión. Sus miembros de carne, hueso, nervio y sangre actuaban como furiosos autómatas, por sí mismos y guiados por un impulso interno tan irresistible que parecía que sus corazones fueran a estallar.

Era el diablo, sin duda, el que movía los hilos haciendo danzar a sus cuerpos como marionetas en un baile sensual y lujurioso.

Pero había mucho más. También estaba lo verdadero, lo

eterno Lo que el Dios bueno creó. Eran sus almas atrayéndose, persiguiéndose la una a la otra en una carrera loca a través del espacio y del tiempo. Eran sus espíritus, que el mundo y el diablo no podían corromper; los eternos Corba y Pedro. Y Jaime supo entonces que Karen era la mujer que él siempre había esperado.

En esta vida. Y mucho antes.

Sábado

62

El tapiz cobraba vida, Jaime sentía el calor de las manos de Dubois en su cabeza y, respirando hondo, se dispuso a zambullirse en aquel tiempo lejano.

Volvió a la tienda de campaña del rey Pedro en la misma noche cálida de julio de casi ochocientos años atrás. El instante encajaba perfectamente con su último recuerdo, donde respondía al mensaje de la dama Corba, comprometiendo su palabra con la mujer que amaba y su destino con la historia.

Tan pronto como Huggonet hubo salido, Jaime se sumió en sus tormentosos pensamientos. Dios, ¿habría tomado la decisión correcta?

Fátima, que continuaba sentada a su lado, se separó ligeramente de él, y mirándole con ojos brillantes, le besó en el cuello. Luego le mordisqueó los labios con ternura, mientras le acariciaba la barba. Pero la excitación que sentía antes del mensaje de Tolosa había desaparecido y se resistía a volver.

¿Por qué Corba se aferraba a Tolosa? ¿Por qué se obstinaba en compartir el destino del desdichado condado? Era evidente que Corba era cátara, quizá ocupaba una posición destacada como creyente, o quizá incluso tenía un rango en la Iglesia. ¿Sería una Buena Mujer?

Fátima volvió a mirarle, desde sus largas pestañas, y le susurró tímidamente en lengua sarracena con gracioso acento levantino:

—Os amo, mi señor.

Pero Jaime apenas la escuchó, su pensamiento obsesivo volvía a Corba. No creo que Corba sea una Buena Mujer, mis espías me habrían informado. Además, los Perfectos tienen prohibido tocar las armas y disfrutar del sexo y de las riquezas. Quizá Corba no use armas, pero disfruta del sexo, ama las joyas y tiene poco de humilde. Quizá actúe como algunas de las grandes damas occitanas que esperan a su vejez para hacer sus votos de buena cristiana. Y lo hacen después de haber disfrutado de la música, el baile, los trovadores, los caballeros enamorados y el amor. Y luego de ser madres y abuelas. Sensualidad en la juventud y espiritualidad a la vejez. Debe de ser más fácil la abstinencia luego del empacho.

La muchacha le besó en la boca y, despojándose de la parte superior del vestido de dos piezas, descubrió, con un voluptuoso balanceo, sus redondos y bien formados senos.

—¡Qué hermosa! —se dijo a media voz.

Fátima se fue juguetona a los pies de él y empezó a tirar poco a poco de la túnica de Jaime hacia arriba hasta que se la quitó por la cabeza. Él quedó desnudo. Ella se reía y volvió a besarle en la boca, mientras él le acariciaba los pechos.

Después la muchacha empezó a bajar, besándole la barba y luego el cuello. Jaime le había soltado los senos y los pezones le rozaban el cuerpo produciéndole un sensual cosquilleo.

Pero otra vez sus pensamientos le hicieron volar lejos de allí. Había conocido a Corba en Barcelona unos años antes. Su padre era el noble cónsul del conde de Tolosa, su embajador. La belleza casi adolescente de Corba brillaba tanto como su aplomo y gracia al hablar. Era capaz de competir sin dificultades con los trovadores componiendo canciones y romanzas, y con los juglares al interpretarlas. Era belleza, era talento, era gracia.

La muchacha más pretendida de Barcelona también impresionó al rey, y el cónsul de Tolosa y su familia eran invitados habituales de palacio. El rey Pedro devolvía las visitas, y en una de las ocasiones en que Corba y Pedro se quedaron solos él le declaro su amor.

—¿Deseáis descansar, mi señor? ¿Os dejo solo? —Fátima había comprobado que el entusiasmo de Jaime no era el habitual.

—No. Quédate conmigo —respondió también en sarraceno. No quería, no podía quedarse solo con sus pensamientos aquella noche—. Continúa, hermosa Fátima.

Ella se levantó y dio unos graciosos pasos de danza mientras se despojaba de la parte inferior de su vestido hasta quedarse desnuda. Luego hizo bailar expresiva y elegantemente sus manos por encima de la cabeza.

Empujó a Jaime, que se había incorporado para verla, colocándose encima de él en posición invertida mientras le besaba y acariciaba el pene.

La luz de los candelabros proporcionaba a Pedro una vista directa de las hermosas nalgas y las bien torneadas piernas de la bailarina. El parpadeo de la luz hacía más insinuante el sexo femenino, tan cercano ahora a su cara. El olor a jazmín e incienso de Fátima era más embriagador que nunca, y Jaime sintió cómo su excitación regresaba.

Pero la mente seguía un camino distinto del cuerpo. El rey Pedro propuso a Corba que vivieran juntos, a pesar de estar él casado con María de Montpellier. María no era más que un compromiso político, un mal negocio. María le había hecho cesión de Montpellier un año después de su boda, según lo acordado, pero la ciudad y sus dominios territoriales no le habían traído al conde de Barcelona más que problemas.

Había querido divorciarse de ella pocos años después y devolverle Montpellier, pero ni ella quiso ni el papa consintió el divorcio. Pedro intentó entonces casarse con María de Montferrat, que ostentaba el vacío título de reina de Jerusalén. Y como estipulación de matrimonio, él, Pedro II de Aragón, conde de Barcelona, organizaría una cruzada para liberar Jerusalén. Pero ni siquiera este argumento convenció al papa para que le concediera el divorcio.

Fue más tarde cuando se enamoró de Corba. Le había prometido hacerla condesa, darle extensos dominios territoriales y hacer de su primer hijo el segundo heredero de la corona.

María de Montpellier había logrado, gracias a un engaño, que Pedro le engendrara un hijo a pesar de que él no se acostaba con ella. En una de sus estancias en Montpellier Pedro se sintió seducido por una dama y logró que esta aceptara pasar la noche con él. Pero era una trampa preparada por María, y en la oscuridad fue ella la que ocupó el lugar de la otra mujer. Fuera de la habitación esperaban los grandes clérigos y nobles de la ciudad para atestiguar la noche matrimonial. Pedro tiró de su espada, a punto estuvo de matar a varios de aquellos miserables cuando entraron por la mañana en la cámara suplicando su perdón y comprensión. Querían un heredero. No sentía mucho cariño por Jaime I, el hijo fruto de aquel engaño, y cuando nació tardó más de un año en ir a conocerlo. Si el hijo de María llegaba a adulto y heredaba la corona de Aragón y el título de conde de Barcelona, él daría al hijo de Corba el condado de Provenza o los nuevos reinos que conquistaría a los sarracenos. Pero si el hijo de María no sobrevivía, el hijo de Corba sería el futuro rey.

Pedro le propuso hacer su relación pública y legal a través de un pacto escriturado poniendo por prenda su palabra de caballero y de rey. Por testigos estarían los más grandes nobles del reino, incluidos el obispo de Tarragona y el abad de Ripoll.

Pero Corba se negó. Podría tenerla a ella a cambio de nada material. Ella solo quería su amor. Y él se lo dio. Y ella le dio a Pedro el suyo.

Fátima se incorporó y, sin girarse y apoyándose en sus rodillas, introdujo en su sexo el pene, y Pedro se estremeció con el contacto húmedo, suave y caliente del interior de la muchacha. Ella empezó a moverse rítmicamente, y Jaime podía ver su espalda cubierta con una larga cabellera y la parte inferior de su cuerpo como una gran y perfecta pera.

Intentó imaginarse que Fátima era Corba. No; no podía. Volvió a intentarlo. Pero sus pensamientos vencieron de nuevo a la voluntad y abandonaron su cuerpo, que se estremecía con el de Fátima, y volaron a Tolosa con Corba.

Desde su regreso a Tolosa, ella no había querido abandonar las tierras de Occitania. Y ahora Corba le pedía que fuera con ella.

Pero en el poema de Huggonet no le pedía solo que acudiera a su lado; le pedía que tomara parte en la guerra a favor del conde de Tolosa. A favor de los suyos, a favor de los cátaros. En contra del papa y de la Iglesia de Roma. En contra de su Dios católico.

Ella había renunciado a los condados, a los honores, al poder y a la posible maternidad de un rey. Y solo por amor. Y él lo creyó.

Pero ahora se lo pedía todo; todo lo que él tenía. Que arriesgara sus reinos, que arriesgara su alma.

Porque el papa lo excomulgaría, y la excomunión era la condena de su alma al infierno por la eternidad. Y él le había dado su palabra a Corba de que iría a Tolosa y salvaría a los suyos de los cruzados del papa.

—¿Os gusta? ¿Estáis bien, mi señor? —dijo la chica girando torso para verle la cara; intuía algo extraño.

—Sí, Fátima, ¡sigue! —¿Qué no daría porque fuera Corba la que estuviera aquí, ahora, haciendo el amor con él?

Ella se volvió dedicándole a Pedro una gran sonrisa y le dio un beso en los labios. Se colocó de nuevo encima de él mirándole a los ojos y empezó a moverse rítmicamente. Pedro admiraba de nuevo los bellos senos que se movían al ritmo. Imposible en esta posición imaginar que Fátima era Corba.

Su alma. Perdería su alma si era excomulgado por ayudar a los herejes. Pero ¿y si los herejes cátaros estuvieran en lo cierto y no el papa? ¿Y si Dios estaba con los cátaros?

Acarició los pechos de la chica, que se puso tensa y echó su cabeza, y con ella su abundante cabellera, hacia atrás. Jadeaba y a duras penas contenía sus gritos. ¡Cómo le gustaría tener a Corba así, ahora, aquí!

Si Dios estuviera con los cátaros, solo tendría que preocuparse de los aspectos políticos de la excomunión y, aunque estos eran complicados, podría manejarlos. Pero su alma y su vida eterna estarían a salvo.

¿Cómo saber si Dios estaba con el juramento que él hizo a Corba a través de Huggonet o estaba con el papa? La duda lo mataba.

¡El juicio de Dios! ¡Esa era la solución! Se sometería al juicio de Dios. Si había tomado el camino correcto, Dios le daría su bendición haciendo que ganara. Si no, moriría y con ello pagaría su error. Prefería mil veces morir en el juicio a perder su alma por contrariar a Dios.

¡Por fin iba a librarse de la duda horrible que le destrozaba!

Quería llegar al orgasmo como había hecho Fátima y relajarse un poco, pero no podía. ¿De verdad Corba era bruja y lo había embrujado a través de su poema? ¿Era por eso por lo que no podía? Quiso concentrarse.

El juicio de Dios. En la próxima batalla, la primera contra los cruzados del papa, él lucharía al frente de sus caballeros. El primero en derribar al primer enemigo, y así hasta el final de la contienda. Si Dios lo salvaba, señal de que la justicia estaba con él y con su causa, y si moría, lo haría antes de desagradar a Dios nuestro Señor.

Fátima empezaba a cansarse y su ritmo bajaba. ¡Corba, mi amor! ¿Por qué no estás aquí? ¡El juicio de Dios!

Pedro cerró los ojos e hizo un nuevo esfuerzo para imaginarse a Corba mientras la invocaba: «Tus miembros son un poco más largos, tus senos un poco menores, tu pelo más oscuro. Pero es contigo, Corba, con quien hago el amor ahora. Contigo, mi dama de ojos verdes y cabello de ala de cuervo». Y sintió que su éxtasis se acercaba al fin.

—¿Queréis otra postura? ¿Os place esta?

¡En qué mal momento preguntó Fátima! El encanto se rompió desapareciendo la visión de Corba.

—No. ¡Vete! —contestó Pedro con brusquedad.

La chica le miraba con asombro.

—¡Vete! ¡Déjame! —repitió Pedro empujándola con fuerza y quitándosela de encima de un manotazo. La chica perdió el equilibrio cayendo a un lado sobre los almohadones.

Fátima lo miró con lágrimas en los ojos y soltando un sollozo corrió a recoger sus ropas.

Se había roto la ilusión. Ella se vestía en un silencio que su llanto rompía por momentos.

—Quédate a pasar la noche conmigo, Fátima. Eres una mujer encantadora —dijo finalmente Pedro cuando ella se dirigía ya a la entrada de la tienda—. Ven aquí conmigo y apaga los candelabros.

Ella se giró sin mirarle, buscó un pequeño apagador de candelas y las fue extinguiendo una por una. Luego, acercándose al lecho y sin desvestirse, se acurrucó junto a él en posición fetal. Continuaba sollozando quedamente.

—Perdóname, pequeña, no es tu culpa. —Y luego añadió en voz baja, mientras le acariciaba el pelo—: Qué daría yo por poder llorar como tú.

—El juicio de Dios —murmuró al cabo de unos momentos hablando para sí mismo—. Acudiré ante Él. Por ti, Corba, Dios me salvará o me matará.

63

Roncaban los motores, la estructura vibró, y al levantarse las ruedas del suelo la enorme masa hubo de depender de las alas y del aire para su sustentación. Como un gran pájaro nocturno, el aparato emprendía su vuelo hacia la oscuridad elevándose por encima de un negro océano.

Había sido un día muy intenso; la despedida de Karen en el hotel la visita a Montsegur, la vivencia frente al tapiz y luego otro adiós a Karen, esta vez más formal. Ahora Jaime se relajaba pensativo, con una copa de champaña en su mano, contemplando la nada de la noche opaca, que le devolvía en la ventanilla el reflejo de alguno de sus rasgos. Cabello oscuro, aún abundante, nariz fuerte, cejas rectas y espesas.

Unas luces, abajo, indicaban la presencia de un buque o de una plataforma petrolífera cuando una sonriente azafata, luciendo sobre su uniforme un pulcro delantal azul marino, se acercó manejando los paños calientes con unas pinzas. Empezaba la secuencia del servicio de cena. Jaime limpió el sudor de su cara con el paño, mientras disfrutaba de la relajante sensación de calor en la piel.

Volvió su atención hacia la oscuridad detrás de la ventanilla. Aguardaba el momento en que, luego de describir un amplio arco sobre el océano Pacífico, volverían a volar sobre el cielo del continente. Cruzarían la línea de la costa por el sur de Newport Beach, donde él tenía atracado su velero, y por encima de las poblaciones de Laguna Beach y de San Juan Capistrano.

A través de la noche aún sin luna las luces de la costa se acercaban, y pronto competirían con las de las estrellas. Su juego habitual era buscar la casa de sus padres, en Laguna, desde el avión. Allí vivían sus viejos los últimos años de sus vidas; en la casita de cuidado jardín que él sentía como su verdadero hogar.

El avión alcanzaba en aquel punto una altura de cinco a seis mil metros, y la identificación, que no era fácil de día, de noche era imposible.

A pesar de la dificultad Jaime jugaba su juego. Era su pequeño ritual. Grupos de luces. Líneas luminosas que se curvaban indicando los caminos de alguna urbanización. Zonas oscuras.

Aunque sin las referencias de relieves de terreno o carreteras solo podía adivinar, envió su adiós a sus padres y a su hogar.

En unos instantes cruzaron lo que sería la San Diego Freeway para entrar en la oscuridad del Cleveland National Forest, en las montañas de Santa Ana, y luego hundirse en el desierto de Mojave hacia Las Vegas y así hasta cruzar el continente. Seco en el sur y nevado en el norte.

Se sirvió un poco más de vino tinto mientras terminaba su filete miñón y sus pensamientos volvían. Lejos de Karen se sentía desterrado; merecía la pena amarla y sentir que ella lo amaba, aun con la sospecha de un amor interesado.

La duda se clavaba en su pecho como un estilete. ¿Le estarían engañando? ¿Serían aquellas vivencias el resultado del hipnotismo o de una sugestión provocada en él por los cátaros? De ser así todo cambiaría. Menos su amor por Karen. Mejor no pensarlo.

Terminados postre y coñac, extendió la parte central del sillón que conectando con un pequeño asiento frente al suyo se convertía en cama. Apagando sus luces contempló la densa oscuridad exterior. Hizo sus cálculos. Una copa de champaña, unos vasos de buen vino y el coñac. ¿Era sueño lo que sentía o simple sopor etílico?

64

Madrugada del 12 de septiembre del año del Señor de 1213. En el exterior de la tienda de campaña llovía.

Pedro II de Aragón y I de Barcelona, señor del Bearn, del Rosellón, de la Provenza y de Occitania, estaba arrodillado en el suelo velando sus armas. Aquel era el día del juicio de Dios.

Iluminado por un solo candelabro de siete bujías, rezaba a la cruz que formaba su espada clavada en el suelo.

—Señor, buen Dios, hacedme digno de la victoria o matadme en el combate. Si os he ofendido haced que mi castigo sea la muerte en batalla, pero salvad mi alma; y si os soy grato dadme la victoria sobre mis enemigos.

»Señor, Dios verdadero, no sé si sois cátaro o católico. Quizá sois ambos. Dadme valor para salir el primero al combate, para no escudarme ni siquiera en mis caballeros. Hoy lucharé en primera línea.

Pedro se sentía cansado, había sido un largo día lleno de discusiones y diplomacia.

Al fin, en la noche había amado a Corba, la mujer de su vida, su amor, la bruja cátara que lo tenía hechizado. Hicieron el amor como si fuera la última vez que se amaban. Luego, horas antes de la madrugada ella se quedó dormida, rendida por el cansancio. Él no quería dormir, ni podía.

A unos metros de la cruz de su espada descansaban sobre un taburete plegable de campaña su cota de malla, el casco de combate la túnica de guerra. Y, apoyado, el escudo con su insignia de barras en oro y sangre.

Más allá, entre los almohadones, veía la melena, negrísima como ala de cuervo, y parte del bello cuerpo de su amada. La línea perfecta de su brazo desnudo y uno de sus pechos de piel blanca quedaban al descubierto de la fina manta de lana, necesaria en la noche destemplada de septiembre. Parecía relajada.

De día, desde el campamento se distinguían las murallas de Muret, semiocultas entre la vegetación del río Loja y la alameda que marcaba el paso del río Garona.

—Señor, ayudadme en la batalla; pero, si no me dais la victoria, al menos proteged a Corba y haced que se salve.

Aun cansado, Pedro velaba sus armas como las reglas de caballería dictaban a un caballero que se sometía al juicio de Dios.

A principios del año el conde de Tolosa, Ramón VI, envió otro mensaje desesperado pidiéndole su auxilio frente al avance imparable de la cruzada. Pedro ya había tomado su decisión. Aceptó el juramento de fidelidad que su antiguo enemigo le ofrecía, y todos los cónsules de Tolosa —el padre de Corba estaba entre ellos— en nombre del condado y en el suyo propio ratificaron el juramento de su conde.

Ahora Pedro debía cumplir su obligación como señor feudal y defender Tolosa.

Pero quería evitar, en lo posible, el enfrentamiento con el papa, y emisarios y embajadores cruzaban el Mediterráneo de Barcelona a Roma en busca de una solución pacífica.

La diplomacia fracasó y, a finales de junio, llegaron a la corte de Pedro dos abades enviados por Simón de Montfort y el propio legado del papa. Su misión era persuadirle de que no ayudara a los herejes y, al no aceptar Pedro sus razones, el legado papal utilizó su más poderoso argumento: la amenaza de excomunión. Era la ruptura definitiva.

Pedro llamó a sus caballeros más fieles y se dirigió a Barcelona. La guerra del año anterior contra los invasores almohades le había proporcionado tantas deudas como gloria y, al tener las arcas vacías tuvo que hipotecar las propiedades que le quedaban. Gracias al dinero reunió a toda prisa un nuevo ejército y, avanzando hacia los Pirineos, aprovechó el buen tiempo de agosto para cruzar los montes hasta Gascuña. Allí tomó los castillos ocupados por cruzados que estaban en su camino y, sin detenerse, y ni siquiera llegar a la ciudad de Tolosa, se dirigió a marchas forzadas a Muret donde esperaba chocar con el grueso del ejército enemigo.

La muchedumbre lo recibía por el camino como el salvador de Occitania, y los condes de Foix, Cominges y Tolosa se unieron a él en las afueras de Muret poniéndose bajo sus órdenes como vasallos suyos que eran. Y Pedro tomó el mando como señor de todos ellos.

Corba cabalgó junto a las tropas de Tolosa a la búsqueda de su amado. «Mi caballero, mi amor, mi rey», le dijo cuando se encontraron, con lágrimas de alegría en sus ojos verdes, mientras hincando una rodilla en el suelo le besaba la mano. Delante de los nobles, él aceptó su saludo como rey, pero en la intimidad de su tienda unió sus lágrimas de felicidad a las de ella y le dio mil besos de amante a cambio del aceptado como rey.

Poco tiempo pudo disfrutar del amor de Corba. El ejército estaba formado por gentes venidas de lugares distintos, hablando distintas lenguas, rezando a distintos dioses y opinando distinto en cada ocasión.

Pronto Pedro discutía agriamente con el conde de Tolosa: «¡El cobarde es más cortesano y político que guerrero! ¡Dios quiera que la estirpe de ese tipo de gente jamás gobierne el mundo! ¡Ya lo demostró en el sitio de Castelnaudary! Tenía encerrado a Simón de Montfort, vencido y casi rendido, para al final retirarse sin acabar el trabajo, como si él, Ramón, fuera el verdadero derrotado».

Ahora el conde de Tolosa, Ramón VI, le pedía que esperara a los ejércitos que acudían a reforzarles desde Provenza, con Sancho, conde del Rosellón, al frente, y desde Bearn al mando del vizconde Guillem de Montcada.

Pedro dijo que no esperaba.

Además, Ramón VI quería fortificar el campamento. Simón de Montfort y su temible caballería cruzada se encontraban tras los muros de Muret, donde habían llegado con sus refuerzos el día anterior. En Muret no había suficientes víveres para que tantos pudieran aguantar un sitio ni por un par de días y por lo tanto, saldrían a la carga el día siguiente. Según el conde, era mejor recibirlos bajo una nube de flechas y piedras lanzadas desde el campamento fortificado. La táctica de Ramón era prudente, pero él no seguiría.

¿Por qué no escuchar el consejo de Ramón, mejor conocedor de los cruzados? ¿Por qué no esperar los refuerzos? ¿Por qué no fortificarse?

Pedro conocía bien la respuesta. Había llegado a marchas forzadas de días enteros de camino hasta esta húmeda llanura en busca de su destino. Y se enfrentaría a él con la gallardía de un rey, en el campo de batalla, al frente de sus tropas y con sus armas de caballero.

Su destino, opaco y misterioso, le esperaba en la oscuridad de la noche lluviosa, en algún lugar entre su tienda de combate y las murallas de Muret. Cumpliría su pacto con Dios.

No podía seguir con su duda; debía saber, y con urgencia, si Dios censuraba su apoyo a los cátaros y su desobediencia al papa o si estaba con él, el rey de Aragón.

Hoy y aquí, Dios juzgaría al rey Pedro.

Jaime despertó sobresaltado de su ensueño. Lo recordaba todo, tal y como si hubiera ocurrido solo un momento antes. El pasado y el presente volvían a cruzarse. Y sentía el peligro. Un peligro sólido y palpable más allá del pasado.

Jaime olía el peligro del futuro. De un futuro muy muy cercano.

Domingo

65

El alba apareció en algún lugar entre las nubes por encima del océano Atlántico y poco después empezaron a servir el desayuno. Jaime no había conseguido dormir después de su ensoñación; los pensamientos cruzando su mente, descontrolados, no le dejaron.

Una mezcla de sorpresa excitada y confusión lo invadía; ¡el proceso de recuerdo funcionaba solo! Había vuelto a su vida del siglo XIII por sí mismo, sin necesidad de Montsegur ni del singular cáliz, ni del tapiz, ni de Dubois. Sabía que lo mismo ocurrió con Karen, pero le maravillaba que le pasara a él.

Con el desayuno, su mente fue abandonando la sorpresa en favor de la intrigante historia.

Sentía un deseo irrefrenable de saber si la batalla aconteció, su desenlace y cuál fue el destino de Corba y Pedro. ¿Habrían continuado amándose hasta el fin de sus días?

Pedro, el rey. Pedro, el hombre. Quizá solo un juguete en las manos de una seductora dama occitana. Roto entre dos fidelidades. Entre dos dioses. Lleno de dudas, acudía al combate dejando al Dios verdadero o quizá al azar la misión de juzgar si estaba en lo cierto o equivocado. Temiendo perder su alma para la eternidad y, a pesar de su miedo, arriesgando perderla con tal de salvar a su amor. Sintió una gran ternura por Pedro.

El caballero heroico que acudía a su dama, dispuesto a darlo todo por ella, enfrentándose a los mayores poderes de su tiempo: el papa y los cruzados.

La imagen de la tienda de campaña iluminada por el candelabro de siete bujías continuaba en su retina. Quizá fuera el rey más poderoso de su tiempo, pero en la soledad de la noche, rezando arrodillado frente a la cruz de su espada clavada en el suelo, era un hombre más. El hombre eterno. El que había vivido una y otra vez durante miles de años. Sintiéndose solo en la oscura noche, con sus dudas y sus miedos como únicos compañeros y con el peligro acechándole fuera, en las tinieblas, como lobo hambriento. Pero jamás huiría.

Podría cabalgar en el corcel más rápido, llegar a la costa y embarcarse en el bajel más marinero. Podría arribar a la isla de los dragones y de los unicornios y esconderse allí en la gruta más profunda. Pero no escaparía jamás de sí mismo, ni del deseo febril de ser amado por su amada. Y por ello, a pesar del peligro y de su temor, no huiría, y el día siguiente saldría a buscar su destino y se enfrentaría a él, cualquiera que este fuera. Como tantos y tantos hombres lo habían hecho a través de los siglos. Y tantos hombres y mujeres lo hacían cada día de sus vidas. Vidas anónimas de héroes anónimos que cabalgando en autobuses o automóviles luchaban contra el miedo, enfrentándose a su destino, defendiendo su pequeña libertad, su dignidad, su amor.

Jaime contemplaba las nubes algodonosas por debajo del aparato y sorbía su café. Consultó su reloj. Eran las tres de la madrugada en Los Angeles. Cerró los ojos y no se resistió a sus pensamientos. ¿Hacia dónde le conduciría esta aventura? La actual, la del tiempo presente. Pero ¿cuál era el tiempo presente? El presente para él era el futuro para Pedro. El futuro para

Pedro era el pasado para Jaime. ¿Cuántas reencarnaciones habría vivido?; En cuántas estaba Karen con él? ¿Cuántas más tendría? Demasiadas preguntas. Ninguna respuesta.

Se sintió angustiado. Pequeño. Confuso. Y deseó algo que hacía tiempo no deseaba. Rezar.

Al Dios católico. Al Dios bueno de los cátaros. Al mismo Dios. O a ninguno.

Empezó a murmurar:

—Padre nuestro, que estás...

«He llegado bien. Un beso. PEDRO».

Se aseguró de que el mensaje salía y borró toda referencia a él en su PC. Era lo acordado. Nada de llamadas telefónicas ni a la Corporación ni a los teléfonos de Karen; comunicarse a través de internet era mucho más seguro. El PC de Karen estaba protegido con doble clave secreta de acceso, y ella borraría de inmediato el mensaje de Jaime tan pronto lo recibiera.

Conectar el ordenador fue lo primero que hizo al entrar en su habitación; era su ritual de llegada a un nuevo hotel. Buscó en su correo. Un par de mensajes. Ninguno de Karen.

Luego miró alrededor, fue consciente de que aquella habitación de muebles Victorianos sería su hogar durante una semana y deshizo su equipaje.

Se sentía muy cansado. La cama lo atraía como un imán pero no iba a caer en la tentación. Se lavó la cara y se puso la gabardina. Un paseo de un par de horas por las calles de Londres o por el melancólico Hyde Park era lo más conveniente. Luego de una ducha y una cena ligera y temprana, sus posibilidades de dormir bien aumentarían. Con suerte quizá hasta no sufriera el *jet lag*.

Lunes

66

Se despertó sobresaltado a las cinco de la madrugada; debía de haber soñado algo que no podía recordar pero que le inquietaba. Conectó el ordenador y buscó en su buzón de entrada. Eran las nueve de la noche del domingo en LA, y Karen no contestaba a su mensaje. ¿Estaría aún en Montsegur? ¿Le ocurriría algo? La ausencia de Karen le dolía en el pecho.

—¡Dios! ¡Un pequeño mensaje para saber que está bien!

Volvió aquella sensación de peligro que le dejaba un regusto amargo en la boca. El peligro se escondía detrás de los muebles Victorianos de su habitación, revoloteaba alrededor de él como un murciélago invisible en la noche. O quizá estaba agazapado detrás de la puerta de su habitación. No lo veía. Pero lo sentía. Algo iba a pasar. Se encontró solo en la noche, como el único individuo despierto en un Londres dormido. Normalmente si se desvelaba por el cambio horario o por alguna preocupación nocturna que le asaltara, recurría a un libro. O trabajaba en su PC o en los dosieres del viaje. Esta noche no podía. Vio por la ventana la calle solitaria abrillantada por la llovizna que continuaba cayendo. Se puso unos pantalones de chándal, un grueso jersey de lana, las zapatillas de *jogging*. Encima la gabardina. Y se lanzó a la calle a medir, a largas zancadas, las aceras de la ciudad.

Su primera reunión del lunes en la oficina fue con el jefe europeo de Auditoría Interna de la Corporación. Luego con uno de los equipos auditores. Revisaron los puntos más significativos de las últimas auditorías externas.

Todo rutinario. Nada que justificara su visita. Las normas y procedimientos eran seguidos en términos generales correctamente y no existía ninguna indicación de que el fraude que ocurría en el área de producción de Estados Unidos afectara a la distribución de las propiedades intelectuales de la Corporación en Europa. Jaime hubiera podido cubrir los puntos más relevantes de las reuniones del día simplemente revisando los informes y discutiendo por teléfono las aclaraciones. O pidiéndolas por e-mail. Estar aquí era una pérdida de tiempo.

Y en los días siguientes tendría que revisar los informes de las divisiones de cine, vídeo, televisión y *merchandising*. También las tiendas propias que con el logo de EAGLE STORES vendían al público camisetas y mil artículos de las películas Eagle. También vería temas de menor importancia y la aplicación de un par de contratos con licenciatarios conflictivos.

Podrían ser asuntos rutinarios pero básicos en su trabajo, y de gran interés para Jaime. Pero hoy no tenían para él la menor importancia.

Su mente se encontraba en Los Angeles, y también su corazón. Amaba a Karen. Y en la distancia el sentimiento se hacía tan fuerte que lloraba a gritos su ausencia. No podía vivir sin ella y a su vuelta tenía que formalizar su relación. Le había demostrado sus sentimientos con claridad, pero ¡no le había declarado formalmente su amor! Necesitaba hacerlo con urgencia, saber si era correspondido, comprometerse con ella y que ella lo hiciera con él.

Mantenía su PC portátil conectado y aprovechaba cualquier momento entre reuniones para entrar en su buzón de internet.

¡Al fin! ¡Un mensaje de Karen! Sintió una gran alegría seguida de desilusión. Era cortísimo. Pero ¿qué esperaba? ¿Una carta de amor? La deseaba con todas sus fuerzas, pero el mensaje de Karen era casi tan escueto como el enviado por él la noche anterior. «Me alegro de que estés bien. Trabajando mucho. Avanzando algo, Cuídate. CORBA».

Debía de haberlo escrito pasada la medianoche del domingo, Ciertamente Karen trabajaba mucho.

Aquella noche cenó con el jefe europeo de Auditoría en un sofisticado restaurante. A su regreso al hotel su mirada se cruzó con de una hermosa mujer sentada en el *hall*. Lo primero que le atrajo fueron las piernas, recatadamente cruzadas pero mostrándose generosas, bajo una falda no muy corta. Luego unos bellos ojos verdes. La mujer vestía con clase. La clase acorde con el hotel. La muchacha le sonrió levemente, mantuvo su mirada unos momentos y luego la desvió distraída. Jaime pensó que allí tenía la oportunidad de sexo fácil y experto sin compromisos. Y para algunos hasta un antídoto contra la soledad y quizá un poco de consuelo. Por un poco de dinero. Claro. La combinación de un vestido con gusto, un buen maquillaje, saber estar sobre la moqueta de un hotel y una chica medianamente atractiva se convertía en un intenso objeto de deseo nocturno. Echó un vistazo en el bar. Estaba muy concurrido, y Jaime volvió atrás sobre sus pasos.

Por un momento le asaltó la idea de aliviar su ansiedad con la compañía de aquella chica. Pero no. Sabía que no podría. O Karen o ninguna.

Pasó de nuevo por delante de ella y pensó que se habría

equivocado en su apreciación y que hubiera podido cometer un error embarazoso.

Subió a su habitación y se sentó frente al PC. Como era de esperar, ningún mensaje de Karen. Sí encontró varios mensajes procedentes de la oficina central de la Corporación, dos de ellos de White. Y otros dos de Japón y Australia. No abrió ninguno. Lo haría mañana.

Quería escribir a Karen. Las medidas de seguridad acordadas: ser escuetos al mínimo en e-mail y no usar el teléfono representaban un terrible castigo. ¡Tenía tanto que contarle! Buscaba las palabras con cuidado y las combinaba de formas distintas, pero nada explicaba lo que sentía y finalmente escogió lo que le parecía un anodino grupo de letras. «He recordado una nueva experiencia. Por mí mismo. Tú estás en ella. Te añoro y deseo verte pronto. Cuídate. PEDRO».

Miró el texto final en la pantalla y suspiró. ¡Qué estúpida misiva.

Estaba enamorado como un loco de Karen y debía, deseaba confesarle su amor. ¡Y solo se le ocurría enviarle aquel mensaje bobo! Se consoló pensando que un ordenador no era el medio adecuado para una declaración.

Martes

67

—*Good morning sir.* —Sonaba cortés una voz con acento británico—. *Your awaking call. Have a good day.*[6]

Jaime dio las gracias con un gruñido, colgando el teléfono. Luego de unos instantes para situarse en el mundo, se levantó, anduvo hasta la ventana y descorrió los pesados cortinajes para mirar a la calle. Aunque aún estaba oscuro fuera, pudo ver en los charcos la caída de algunas gotas de agua. Seguro que amanecería con la misma llovizna del día anterior. Se acercó al PC, que había mantenido conectado durante la noche, y consultó su buzón de entrada. Ningún mensaje de Karen. Y ya eran las once de la noche en LA. ¿Estaría ella aun trabajando en Montsegur? ¿O era que no sentía urgencia en responderle? Luego de la ducha, le sirvieron el desayuno en la habitación y al salir, justo antes de desconectar su PC portátil, revisó de nuevo las entradas. ¡Al fin, un mensaje de Corba! Su estúpido corazón dio un brinco acelerándose de alegría.

«Pedro, ¡fenomenal! Estás recordando por ti mismo. Pronto podrás cerrar tu ciclo. Felicidades. Me alegro mucho por ti. Deseo verte pronto. Tendremos mucho de que hablar. Muchos besos. CORBA».

6. Buenos días señor. Su llamada despertador. Que tenga un buen día.

Jaime se quedó extasiado frente a la pantalla. Leía el mensaje una y otra vez y decidió contestar de inmediato aunque Karen estuviera ya acostada y no leyera el mensaje hasta la mañana. «Buenos días, Corba. Solo pienso en ti. Siento tu ausencia. Creo que te amo. Creo que estoy muy enamorado. PEDRO».

¡Qué estúpida forma de declararse! No era a la luz de las velas y en una romántica cena como manda la tradición. Pero no podía esperar y ya estaba hecho. Se dio cuenta de que llegaría tarde a la oficina. Pero no le importaba lo más mínimo.

«La suerte está echada», se dijo y, desconectando el PC, lo introdujo en su maletín.

El día pasó lentamente, y Jaime hacía enormes esfuerzos para mantener el mínimo de concentración en su trabajo. ¿Cómo reaccionaría Karen? También ella debía de sentir algo por él. Pero ¿cuán profundo? ¿Su interés era verdadero o solo conveniencia? Pronto lo sabría.

Pasadas las cuatro de la tarde Jaime calculó que Karen estaría ya levantada y buscaba con afán los mensajes en su ordenador. ¿Por qué no contestaba? ¿Qué estaría pasando por la mente de Karen? Quizá no había tenido tiempo de contestar antes de salir de casa y seguro que no enviaría ningún mensaje desde la oficina. La espera sería larga. Muy larga.

Miércoles

68

«¡Qué sorpresa, Pedro! ¿Es tu mensaje solo un manifiesto de intenciones o se trata de una declaración formal de amor? "Creer" no basta, hay que estar seguro. Mejor será que lo especifiques con claridad. Estás tratando con una abogada. Imprimí tu nota y la tendrás que firmar en cuanto llegues. Ven pronto. Muchos besos. CORBA».

La comunicación de Karen llegó otra vez justo cuando Jaime iba a salir del hotel hacia la oficina. ¡La había esperado tanto! Su vida se había convertido en un angustioso continuo teclear en el ordenador en busca de mensajes de ella.

Leyó varias veces la escueta respuesta, típica de Karen. Se comprometía sin comprometerse; aprovechaba la situación de ventaja obtenida gracias a la inusual declaración de amor de Jaime y no contestaba claramente. Jugaba con él usando su habitual sentido del humor. Pero el tono era muy cariñoso, y Jaime pensó que no tenía mal aspecto. Llegaría de nuevo tarde a la primera cita del día en la oficina, pero le importaba un comino. Redactó su respuesta. «Es una declaración formal de amor, señorita abogada, pero no firmo nada hasta leer la letra pequeña. Ahora te toca hablar a ti. Te quiero y quiero una respuesta precisa de tu parte. Ve con cautela, cuídate. PEDRO».

Leyó el par de líneas varias veces e hizo una corrección. Ahora ella debía definirse. Se sentía optimista.

La mañana estaba funcionando bien, y Jaime conservaba el buen humor. Le era mucho más fácil concentrarse en su trabajo que el día anterior.

Sobre las once consultó rutinariamente internet. ¡Tenía un mensaje de respuesta! Extraño, habría sido enviado lo más pronto a la una de la madrugada de Los Angeles. ¿Se habría quedado Karen junto al PC despierta en la noche esperando a que él le contestara? Jaime se sintió feliz y permaneció mirando el aviso de mensaje sin abrirlo. Unos momentos de agradable suspense. ¿Le diría ella que también lo amaba? Abrió el mensaje.

«Peligro. Un creyente agente doble, nuestro infiltrado entre los Guardianes, desapareció hace dos días. Ha aparecido su cadáver torturado. Le hicieron hablar. Sospecho que habló de nuestro plan en la Corporación. Y de mí. No puedo escribirte más. Ni tú a mí. Hay que proteger tu identidad. Este es mi último mensaje. Bórralo. Tengo miedo. Muchos besos. Cuídate. CORBA».

Sintió un escalofrío; Karen no hacía referencia a su misiva de la mañana, no la habría leído. Jaime se esforzaba en reconstruir mentalmente lo que había pasado: Karen había leído su comunicación del día anterior, contestándola; serían las once y media o doce de la noche hora de LA. Después se acostó. Alguna llamada o aviso urgente la tuvo que despertar en plena noche. Ella, sin leer o quizá sin darse cuenta de que el mensaje de Jaime estaba allí esperando, le envió el aviso. Seguramente Karen pasó el resto de la noche avisando a otros creyentes cátaros.

Esperaba que ella leyera su declaración de amor antes de borrar los mensajes comprometedores de la memoria de su PC. ¡Era vital que lo viera!

Seguro que ese pobre desgraciado había hablado, como también lo hizo Linda, y de conocer a Karen la delataría. Karen estaba ahora en un verdadero peligro. Esa gente no se detenía ante nada y menos si sabían que estaban a punto de ser descubiertos y denunciados en la Corporación. Si la localizaban, estaría perdida. Y era muy fácil localizarla. Muchos de los guardas de seguridad del edificio de la Corporación eran de la secta y consultando el directorio oficial de la compañía sabrían su dirección en un par de minutos.

¡Dios, por favor, ayúdala!

Le costó una fracción de segundo tomar su decisión. No dejaría a Karen sola. Solo le importaba la seguridad de ella. No le pasaría lo que a Linda. No importaba lo buenos que pudieran ser los pistoleros hijos de puta que torturaron a Linda; si se cruzaba con uno de ellos en su camino en busca de Karen, no dudaría en matarlo. Sería un placer. Cogió el teléfono interior de la sala de conferencias donde tenía instalada su oficina entre reunión y reunión y llamó al director europeo de Auditoría.

—Tom, cancela todas mis reuniones. Me acaban de avisar de un problema serio en mi familia, en LA. Me voy de inmediato. Pídele a tu secretaria que vea alternativas de vuelos y combinaciones para Los Ángeles; ya mismo. La llamaré desde el hotel.

Todo parecía moverse a cámara lenta. El recepcionista al buscar la llave, el ascensor al llegar e incluso él mismo al introducir la llave en la cerradura.

Llamó a la oficina y le habían reservado plaza en el vuelo que salía a las cuatro, llegando a las siete de la tarde, hora de California, del mismo día a Los Ángeles. Debía apresurarse. Llamó a recepción pidiendo que prepararan la cuenta. Empezó a recoger su neceser y las cosas del baño. Karen estaba en peligro. Y tenía miedo.

Había dejado el revólver de Ricardo bajo el asiento de su coche, en los aparcamientos de estancias prolongadas del aeropuerto de Los Angeles.

Cuando llegara localizaría a Karen de inmediato. Pero ¿dónde? Cogió el teléfono para llamarla. No; no debía. El horario de Ricardo era nocturno, a él sí le llamó. La voz de Ricardo sonó mecánica y formal desde el teléfono; era el contestador.

—Ricardo, el baile ha empezado. Mi amiga está en apuros. Y yo estaré con ella. Llego a LA. a las siete de la tarde, deja recado en Ricardo's de dónde encontrarte. Un abrazo hermano.

Asumía que Ricardo le ayudaría cualquiera que fuera el problema. Así había sido siempre. También ahora.

El embarque se produjo una hora más tarde de lo inicialmente previsto. Recuperarían parte del tiempo durante el vuelo si los vientos eran favorables, dijo el capitán al pedir disculpas y culpar a la saturación del aeropuerto.

Jaime había consumido tres horas de interminable espera paseando su angustia, junto con su equipaje, por los pasillos de la terminal. Cogió un carrito y anduvo por la zona de *duty free*. No podía sentarse. De pronto vio un teléfono. Tenía aún alguna moneda. Las suficientes. Si no, usaría la tarjeta de crédito. Sabía que no debía llamar. Pero necesitaba saber que Karen estaba bien Consultó su reloj. Eran las seis y media de la mañana pasadas en California. ¿Estaría Karen dormida? No; no debía llamar.

Continuó dando vueltas por los pasillos y mirando los escaparates distraídamente. Y esquivando a la multitud. Una joyería tenía una hermosa colección de anillos. Recordó que hacía solo horas le había declarado su amor a Karen. ¿Aceptaría ella comprometerse con él? ¿Llegaría a hacerla su mujer?

¡Dios, cómo deseaba tenerla! Abrazarla. Besarla. La amaba. Como nunca había amado antes. Estaba dispuesto a darlo todo por su amor. A sacrificar cualquier cosa. Por solo una sonrisa de ella. Por saber que estaba bien. Por estar a su lado. ¡El tiempo pasaba tan lentamente! Volvió su vista a los anillos. Había un par de hermosas piezas de compromiso. ¿Cuál le gustaría a Karen? Uno con un enorme diamante; de eso estaba seguro. Volvió a empujar su carrito y a pasear su ansiedad por los pasillos de aquel aeropuerto. Era como una condena a prisión. Al rato volvió a pasar por delante de los teléfonos. No lo pudo evitar, puso unas monedas, escuchó el tono y marcó el número. La voz de Karen confirmaba que había llamado a su número de teléfono e indicaba que podía dejar un mensaje. Se sintió desilusionado. Por unos segundos la esperanza de que Karen descolgara el aparato había crecido en su interior. Quería decirle que pronto estaría con ella y que él la protegería. Jaime sabía que aquello era una estupidez. Quizá estuviera durmiendo. O con insomnio. O fuera de casa. Pero aun estando en casa, jamás cometería la imprudencia de contestar. Lo más probable era que los Guardianes la hubieran identificado y tuvieran su dirección y número de teléfono. Quizá intervenido. Y deberían actuar pronto para evitar que se descubriera su trama en la Corporación. Además, aquella gente no se andaba con contemplaciones. Jaime estaba seguro de que solo un tiro en la frente podría frenar a los de la secta. No dejó mensaje.

Cuando empezaron a servir la cena en el avión, se dio cuenta de que no había comido desde el desayuno. La tarde, la noche, el cambio horario de ocho horas; el vuelo sería interminable.

Acabados la cena y el coñac, Jaime cerró la persianilla de la ventana y también las luces de su zona. Cubriéndose con una manta empujó el apoyapiés de su asiento y el respaldo hacia atrás para intentar dormir. Cerró los ojos respirando hondo.

En el viaje de ida había penetrado en su interior profundo y revivido un peligro pasado, interpretándolo como una advertencia de un peligro en el presente. Algo pasaría. Y pronto. ¡Vaya si ocurrió! No debiera haber abandonado Los Angeles, debía haber permanecido junto a Karen, debía haber mandado a White a la mierda. Volvió a respirar hondo tratando de soltar la tensión acumulada; notaba los miembros rígidos. Estiró brazos y piernas tensando los músculos para luego destensarlos del todo. Hizo un esfuerzo de voluntad para relajar su cuerpo al ritmo de su respiración y trató de recordar las imágenes de la ida. Poco a poco se calmó, y allí estaban: las recordaba. Volvían las imágenes. Otra vez. Solo que distintas. ¡Era otro momento! ¡Regresaba al pasado!

69

Pedro, de pie, apoyado en su espada, portaba cota de malla, casco de hierro y vestía encima su túnica de combate, decorada con barras rojas sobre fondo amarillo. Era el antiguo símbolo del conde de Barcelona y ahora el escudo de la corona catalanoaragonesa. A su derecha estaban el conde de Tolosa, Ramón VI, y su hijo, con sus escudos de la cruz tolosana en gualda sobre fondo rojo y terminada en tres puntas, redondeadas en borla, en cada extremo de la cruz. A su izquierda el conde de Foix, con su divisa también en barras rojas y amarillas, y el de Cominges, con sus tres toros. Detrás un gran grupo de nobles y caballeros, todos preparados para el combate. En su gran mayoría eran occitanos, casi todos de Tolosa, y algunos de Foix y Cominges. También había un buen número de aragoneses con Miguel de Luisián, el alférez del rey al frente, y muchos catalanes, entre ellos Hug de Mataplana, el mujeriego trovador de sonrisa irónica. Completaban el grupo de caballeros, los *faidits*, nobles occitanos despojados de sus tierras y castillos por los cruzados, muchos de los cuales vendieron sus últimos bienes para conseguir un caballo y equipo de combate para enfrentarse a los que todo les habían arrebatado.

Más atrás estaban los escuderos, los capitanes y sargentos de las tropas de a pie, también arqueros, ballesteros, honderos, tropas de espada corta y lanceros. Provenían tanto de las mesnadas reales y condales como de tropas voluntarias reclutadas en Tolosa, Foix y Cominges. Había también muchos mercenarios, que se contrataban por cierto tiempo por una paga estipulada y que a veces luchaban en la campaña siguiente a favor del enemigo de la temporada anterior. Eran los primeros en huir cuando el signo de la batalla se tornaba desfavorable para su bando.

Las luces del alba habían empezado a iluminar el cielo unos momentos antes, y el ejército asistía a la misa católica de antes del combate. Ya no llovía, y cuando el sacerdote empezó el Evangelio de entre las nubes se escapaba un rojizo rayo de sol. Los hombres mantenían un completo silencio, solo roto por el sordo ruido de hierros, y miraban el amanecer sabiendo que sería el último para muchos.

Como venidos de otro mundo, los trinos de los pájaros daban el contrapunto a la oración que en latín y en voz potente el sacerdote recitaba.

Un beso, un abrazo y un «te quiero» fue su despedida para Corba, que encomendándole a su Dios bueno se había quedado rezando en la tienda.

Pedro pasó gran parte de la noche velando sus armas en oración, pero al fin le venció el cansancio y había dormido una hora, quizá menos, cuando Corba y su escudero le despertaron.

Ahora se sentía cansado, muy cansado, y seguía rezando. Luego de la noche de oración, esperaba encontrar la paz interior que durante tantos meses Dios le había negado, e ir a la batalla y hacia su destino con el espíritu tranquilo. Pero no era así.

Mi Señor Dios y Jesucristo vuestro hijo, empezaba de nuevo a rezar en su interior. De repente sintió que las palabras del oficiante sonaban lejos, que su casco era pesadísimo y que se desplomaba. ¡Caía al suelo! Apretó con toda la fuerza de su mano derecha la espada, que se hundió más en la tierra y buscó apoyo con la izquierda.

Notaba cómo el conde de Foix le sujetaba por el brazo y el de Cominges la espalda. Respiró con fuerza y la sangre pareció agolparse en su cabeza. Había estado a punto de desmayarse allí, delante de su ejército. El cansancio de los días de largas galopadas, el desesperado amor con Corba y el resto de la noche velando sus armas a Dios. Quizá había sobrestimado sus fuerzas. Al poco, la presión de la sangre en las sienes cedió, recuperándose. El sacerdote había detenido su rezo y la tropa soltaba un murmullo.

—Continuad —ordenó el rey Pedro con su poderosa voz habitual. Luego se sacudió de los brazos a los condes—. Gracias, señores —les dijo en voz baja.

Percibió que el conde de Tolosa, a su derecha, no había hecho movimiento alguno de ayuda sino que, al contrario, se había apartado de él con rechazo.

La ceremonia estaba llegando a su fin. El sacerdote empezó a rezar el *Pater noster*, formándose un murmullo que se convirtió en un grito descompasado de súplica conforme se incorporaban en distintos momentos los hombres al rezo. Unos en latín, muchos en su lengua materna y un buen grupo dándole al rezo pocas pero significativas variaciones. Un inquisidor reconocería de inmediato las variaciones como las del padrenuestro de los herejes. El padre nuestro cátaro.

Con el clamor, el ruido de galope de un caballo pasó inadvertido. Dándole las riendas del corcel a uno de los escuderos, un jinete se adelantó hacia Pedro e, hincando una rodilla en el suelo, dio la noticia:

—Mi señor don Pedro, los franceses acaban de salir de Muret y avanzan hacia nosotros.

—¿Con qué tropas?

—La caballería, mi señor. Han formado dos grupos de caballeros y saliendo por la puerta Este están bordeando el río Garona por detrás de las murallas. Les siguen algunos infantes con lanzas. Van a cruzar el puente sobre el río Loja para atacar a los tolosanos que con sus máquinas de guerra sitian Muret.

—¿Cuántos son?

—Unos mil caballeros, mi señor, más unos pocos infantes con lanzas.

—Bien, saldremos a su encuentro, también solo con nuestros caballeros. —Decidió que no quería tener ventaja en el juicio de Dios y que habría paridad en el campo de batalla.

—Don Pedro. —El conde de Tolosa alzó su voz—. Debemos hacernos fuertes en el campamento y esperar allí su ataque como os dije; salir a su encuentro es una locura.

—Tonterías —contestó Pedro—. Lucharemos en igualdad de condiciones y en campo abierto.

—No sería en igualdad de condiciones, don Pedro. Sus caballeros casi nos igualan en número, pero los nuestros están más cansados por la marcha de ayer. Creedme, señor, ellos son veteranos de años de batallas, muy duchos en las cargas y disciplinados. Los conozco bien, son la mejor caballería del mundo. Además, sus tropas han luchado juntas muchas veces, aquí, en Occitania, y las nuestras se juntaron ayer, son de distintas procedencias y hablan lenguas distintas. Lo más probable es que se comporten en desorden en un campo de batalla abierto.

—No, mis caballeros son más valientes y mucho mejores que ellos. ¡Somos mejores que los cruzados! ¡Vamos a destrozarlos!

—¡A por ellos! —gritó el conde de Foix, y los caballeros y la tropa de atrás levantaron las espadas con gran griterío.

—Esperad un momento, señor —insistió Ramón VI cogiendo a Pedro por el brazo—. Escuchadme, organicemos la defensa aquí. Estamos en terreno elevado y ellos tendrán que cargar cuesta arriba. Una primera línea de arqueros, ballestas y honderos con bolas de plomo; luego los lanceros a pie, y atrás la tropa a espada y otra línea de arqueros y honderos. La línea adelantada dispara y tendrá tiempo de correr tras los lanceros y prepararse. Cuando ellos carguen contra las lanzas, la segunda de arqueros dispara. Luego los primeros arqueros, colocados atrás, disparan de nuevo y, mientras, con las máquinas de guerra, los machacamos con grandes piedras.

»Un grupo de caballeros en retaguardia con mi hijo al frente acabará con los enemigos que consigan romper las líneas. Y el grueso de la caballería en tres columnas: el conde de Cominges y yo cargamos por la derecha; el conde de Foix con los suyos y algunos caballeros vuestros por la izquierda. Nosotros los cercaremos, y entonces vos y los vuestros, que estaréis en la retaguardia, atacáis y los destrozaremos aquí mismo. Los que escapen y se refugien en Muret se rendirán junto con la ciudad sitiada.

—No, conde Ramón. El rey de Aragón no se quedará en la retaguardia. ¡Luchará el primero!

—¿Vos en primera fila? Pero, Pedro, ¿estáis loco? —clamó Ramón—. No sois joven, tenéis ya casi cuarenta años. Y si vos caéis, la moral de los caballeros se hundirá, las tropas de a pie huirán, seremos derrotados y los supervivientes perseguidos y asesinados. Aragón perderá Occitania, y los franceses se la quedaran para siempre.

—Será lo que Dios quiera. Y Dios estará con nosotros.

—Dios estará con el más inteligente, el que mantenga la cabeza más fría y use la mejor táctica. Pedro, no metáis a Dios en vuestra equivocaciones —dijo Ramón alterado.

—¿Cómo os atrevéis Ramón? —dijo Pedro sintiendo las mejillas rojas de indignación—. ¿A qué llamáis táctica y cabeza fría? ¿A huir? ¿Inteligencia? ¿A esconderos y que otro luche por vos? Me dan tentaciones de cortaros el pescuezo aquí mismo.

—Calmaos señor, pero ¿qué queréis? ¿Suicidaros? ¿Llevarnos a la muerte? —insistió Ramón—. Forzasteis una marcha infernal para la tropa anteayer, y los vuestros no descansaron. Os negasteis a fortificar este campamento como os pedí, no quisisteis formalizar el sitio de Muret y dejamos que las tropas de Montfort entraran ayer en la ciudad. Los obispos cruzados vinieron a parlamentar, a proponeros tregua y quizá a rendir la ciudad, y los echasteis sin miramientos, sin hablar con ellos.

»No queréis esperar a vuestras tropas de Provenza, las de Bearn y a los demás nobles catalanes y aragoneses que las acompañan con sus mesnadas. ¿Y ahora queréis luchar vos personalmente en primera línea contra la caballería de los cruzados? ¡Es un suicidio, Pedro!

—Dejaos de tonterías, Ramón. Es momento de luchar, no de hablar o pelearnos. Venid conmigo y luchad a mi derecha. Como el marido de mi hermana que sois. Como caballero valiente y de honor. Vamos a liberar Occitania de esos franceses. Vamos a terminar con las hogueras que queman a buenas gentes solo porque piensan distinto o critican al papa. Daremos libertad a los cristianos para comerciar como lo hacen los judíos. Las mujeres no serán violadas, y los niños tendrán comida. Tu pueblo será más libre, próspero y feliz.

—O causaréis todo lo contrario con vuestra temeridad —repuso Ramón—. No me puedo unir a esta insensatez. Conozco bien al enemigo desde hace muchos años. Es audaz, disciplinado, hábil y cruel. Muy cruel. Queréis suicidaros. Y si vos morís aquí, atraeréis todos los males a mis tierras y a mis vasallos.

—Vuestras tierras y vasallos ya tienen el peor mal que pueden tener —intervino, rugiendo cual león, Miguel de Luisián, que hasta el momento había escuchado en silencio—. ¡Tienen un conde cobarde!

—¿Cómo os atrevéis? —dijo Ramón, haciendo gesto de llevar su mano a la empuñadura de la espada.

Miguel, que parecía esperarlo, fue más rápido y en un segundo sacó con su mano izquierda la daga del cinto y se la puso a Ramón en la garganta. Hug de Mataplana repitió la acción con el hijo del conde. Ambos estaban inmovilizados, y los caballeros del rey vigilaban a los del conde.

—¡Soltadlo Miguel! —ordenó Pedro, que también había llevado, instintivamente, su mano a la espada—. Vos también, Hug. ¡De inmediato! Fuimos enemigos en el pasado pero ahora estamos en el mismo bando.

Hug y Miguel guardaron sus dagas de mala gana.

—Id a esconderos a vuestra tienda y lamentaros como una vieja sin dientes, si tenéis miedo —espetó Miguel a Ramón casi escupiendo en su cara—. Si por el contrario sois valiente, en el campo de batalla os espero y allí rectificaré mis palabras y os he de devolver vuestro honor.

—¿Qué tenéis que decir a eso, don Pedro? —le interrogó Ramón con semblante pálido—. Os pido que hagáis que Miguel de Luisián retire sus palabras y se disculpe ahora.

—En tiempo de batalla el rey cede su estandarte y su palabra al alférez del reino. No desautorizaré a Miguel. Venid conmigo y él retirará sus palabras.

—Loco —masculló Ramón—. Si así lo queréis, haceos matar, junto a esos bravucones aragoneses. Vamos hijo. —El conde de Tolosa y su hijo abandonaron el grupo y se dirigieron a sus tiendas. Los caballeros de Tolosa los siguieron.

Pedro les vio alejarse. Le hubiera gustado poderle contestar que no era un suicidio; el rey de Aragón se iba a someter al juicio de Dios. Y que si sobrevivía ya no temería la excomunión del papa, con la que los obispos que apoyaban a Simón de Montfort habían pretendido amenazarle el día anterior. Por esa razón no los recibió.

Si ganaba, estaría legitimado para acabar con los cruzados y sus obispos. Quizá también con el papa. Se lo jugaba todo a aquella carta. Si vencía, crearía un imperio. En todo caso, venciera o muriera, salvaría su alma del infierno.

—Formaremos en tres grupos. No vamos a dejar que escapen. Los rodearemos en el campo —dijo Pedro a los condes—. Dos de los grupos saldremos a enfrentarnos con los franceses, y el de la retaguardia atacará cuando tengamos a los otros dos rodeados. El conde Ramón y su hijo mandarán el tercer grupo, compuesto por la caballería tolosana. Capellán Arnau —dijo dirigiéndose al cura que había oficiado la misa—, vos seréis el encargado de acercaros a la tienda del conde de Tolosa y comunicarle su posición en el combate, convencedle. —Pensó que debía intentar recuperar a Ramón VI, aunque sabía que sería difícil que decidiera incorporarse al combate luego de la agria disputa. Estaba dispuesto a ganar la batalla sin él.

»El conde de Foix y su hijo comandarán la primera columna. Estará formada por los caballeros de Foix y el primer grupo de caballeros aragoneses; saldréis por la derecha los primeros para apoyar al grupo de infantería tolosana que se encuentra con las máquinas de asalto frente a las murallas de Muret. Deberéis evitar que los cruzados escapen por el flanco derecho. Rápido, Ramón Roger, salid antes de que acaben con los tolosanos y puedan huir.

—Sí, don Pedro. —Gritó el conde de Foix. Y salió hacia los caballos gritando—: ¡Aquí Foix!

—Miguel —continuó Pedro dirigiéndose a su alférez—, asignadle un refuerzo de caballeros al de Foix.

—Sí, mi señor. —Y Miguel de Luisián empezó a gritar nombres con su vozarrón de montañés del Pirineo.

—Los demás caballeros de mis mesnadas y los *faidits* occitanos vendrán en mi grupo. Yo marcharé al frente.

—Señor don Pedro. —Era Guillem de Montgrony, un joven caballero que se había distinguido por su valor—. Concededme el honor de luchar con vuestras insignias.

—Os lo prometí en las Navas de Tolosa y os lo concedo ahora —contestó Pedro despojándose de la túnica que cubría su malla de hierro y cambiándola por la de Guillem. Luego cambiaron los escudos. Era tradición, cuando el rey entraba en batalla, que un joven caballero de mérito llevara los signos reales. Así protegía al rey de ser identificado y fácilmente asesinado.

El grupo del conde de Foix ya estaba saliendo, y Pedro se dirigió hacia los caballos para formar su grupo. Por precaución, detrás iría parte de la tropa de a pie con lanzas. Los arqueros, lanceros y el resto de tropa se quedarían en retaguardia.

Levantando la espada Pedro gritó a sus gentes:

—¡Por Occitania! ¡Por Cataluña y Aragón!

Un gran clamor se elevó del ejército; caballeros y escuderos se apresuraron a las monturas, mientras capitanes y sargentos de tropa gritaban órdenes. Pedro montó en su corcel, y sus caballeros lo rodearon.

—Adelante —dijo conduciendo su caballo hacia el campo de batalla.

«No es un suicidio. Es el juicio de Dios», se repetía a sí mismo.

—Señor buen Dios, me someto ahora a vuestro juicio. Tened piedad —murmuró.

Y el rey don Pedro II de Aragón marchó al frente de los suyos para encontrarse con su destino.

70

Las imágenes del ejército en marcha, los gritos, el rumor de cascos de caballos y el estruendo de hierros se fundieron con el sordo zumbido de motores y la visión confortable del interior de la sección *business*.

La batalla era inminente. Pero ¿en qué se relacionaba ese aviso con su vida actual? Quizá se trataba de la misma situación repetida; quizá también habría que luchar a muerte. Jaime estaba dispuesto a hacerlo. Después de todo, ¿qué sentido tendría para él continuar con su vida si Karen era asesinada? Ninguno.

Entendía a aquel loco legendario, que aun siendo uno de los reyes más poderosos de su tiempo, con miles de caballeros a sus órdenes, quería ser el primero en la batalla.

Lo que hasta el momento parecía absurdo era ahora obvio; Pedro debía vencer o morir al frente de sus tropas. Prefería la muerte a no conseguir lo que él amaba. Pedro amaba a Corba y debía tomar el partido de los cátaros y demostrar que Dios estaba con ellos o perderla para siempre. Su amor, bajo el signo de la Inquisición, era imposible.

Jaime volvió su pensamiento al presente. Karen estaba jugando con él el mismo juego que Corba con Pedro, y él sentía la misma pasión que Pedro sentía ocho siglos antes. Las similitudes eran increíbles. ¿Qué pasaba? ¿Estaban condenados a repetir la misma escena con vestuarios distintos? Sacudió la cabeza para expulsar aquellos pensamientos. Eran de demente.

¿Sería víctima de una manipulación psicológica en la que Dubois y los suyos le inducían recuerdos falsos? Pero ¿y si todo fuera real? No; no iba a darle más vueltas; aunque tuviera pruebas de que todo era un engaño, no tenía otra alternativa. Engañado o no, lucharía por Karen y por su amor. Como Pedro en el siglo XIII, Jaime, no tenía otra posibilidad.

En Los Angeles le esperaba su propia batalla de Muret.

71

Llegaron con retraso. Jaime, que no había facturado para evitar perder tiempo, cargó con el equipaje y anduvo rápido en dirección a la salida. Tomaría el autobús hasta el gigantesco aparcamiento al aire libre de estancias largas; en el coche guardaba su teléfono móvil y el revólver que le dio Ricardo. Tenía prisa. Mucha prisa. Quería ver a Karen, saber que se encontraba bien. Abrazarla.

Un grupo de gente esperaba a los que llegaban. Caras anónimas, sonrientes, expectantes, anticipando el placer de ver a su amigo, familiar o amante. Jaime sintió envidia de los que se encontrarían dé inmediato con la persona querida.

De pronto reconoció una cara; con ancha y cálida sonrisa bajo su espeso bigote negro, Ricardo le observaba con una chispa de ironía en los ojos. Le saludó con la mano y Jaime sintió alivio; cualquiera que fuera la situación a afrontar, mejoraría con él a su lado. Ricardo se puso a andar esquivando a los que esperaban, y ambos se encontraron donde la multitud era menos densa. Se dieron un abrazo y Ricardo le palmeó ruidosamente la espalda.

—Bienvenido, hermano. ¿Cómo te fue?

—Bien. ¡Cuánto me alegra verte! Gracias por venir.

—Para eso estamos los amigos —contestó Ricardo cogiendo el portatrajes y cargándolo él, mientras andaban hacia la salida—. Alguien dejó un mensaje curioso en mi contestador; Julieta se ha metido en líos, ¿verdad? Y aquí viene Romeo para salvar a su dama en apuros. ¿Va por ahí el asunto?

—Es una larga historia, Ricardo. Pero sí, es cierto. Karen está amenazada por un serio peligro. Una amiga suya murió torturada nace poco, y yo no dejaré que le ocurra a ella.

—No tienes que contarme mucho más por el momento; solo dime antes de la pelea a quién le pego yo.

—Será peligroso.

—Mejor.

—Karen pertenece a un grupo religioso que, entre otras cosas, detesta la violencia. Sus sacerdotes no pueden ni tocar un arma. Y están enfrentados a una secta que considera la violencia un buen método para obtener sus fines; usan armas y explosivos como profesionales. Quiero que sepas que no es una pelea de taberna. Es algo serio. Y si aparecen pistolas, si hay tiros, estaremos tú y yo solos.

Cruzaron las dos secciones de la calle que separaba las terminales del aparcamiento. Era un verdadero río de vehículos y luces a distintas velocidades. Multitud de taxis, coches privados e hileras de pequeños autobuses; un aparente caos donde al final, sorprendentemente, todo el mundo encontraba su destino.

—Avisa a la policía —sugirió Ricardo.

—No podemos aún. Karen y otros están recogiendo pruebas para denunciarlos. Necesito encontrarla con urgencia, saber que está bien, protegerla y decidir luego qué hacemos. Conoce información y tiene documentos que los de la secta quieren destruir peligra.

Llegaron al coche de Ricardo. Un lujoso Corvette de color rojo y tapicería de cuero negro.

—Bueno, pues si no puedes llamar a la policía has hecho bien en llamarme a mí. Si necesitamos refuerzos, tengo un par de amigos que se unirán a la fiesta. Y si queremos más, sé dónde contratarlos —dijo cuando ya salían del aparcamiento. Y haciendo sonar el motor Ricardo se dirigió hacia Century Boulevard.

—¿Me prestas tu móvil?

Ricardo pulsó los códigos de acceso a su teléfono y se lo pasó. Jaime solo quería oír su voz, saber que estaba bien y que supiera que él había llegado. Marcó el número del teléfono móvil de Karen. Oyó el mensaje de la operadora indicando que el teléfono estaba desconectado.

Volvió a marcar, esta vez al teléfono de casa. La voz de Karen sonó automática desde su contestador. Colgó. Era lógico que, aun estando en casa, no contestara. Volvió a llamar. De nuevo el contestador.

«Bien —pensó—, haré otro intento. Si Karen está allí, será difícil que se resista a la tercera». Pulsó el remarcador automático y oyó la señal de llamada.

—Dígame. —Una voz masculina sonaba al otro extremo de la línea. Jaime quedó unos segundos mudo de sorpresa.

—Hola. Quisiera hablar con Karen Jansen. —Un presentimiento le hizo responder a pesar de su propósito de no hablar.

—¿De parte de quién? —preguntó el hombre, con marca acento neoyorquino.

—¿Con quién hablo? ¿Quién es usted? —Justo entonces Jaime oyó de fondo el reloj de péndulo de Karen, que empezaba a campanear las ocho de la tarde.

—No le interesa. Se ha equivocado de número.

Sintió un escalofrío.

—Me ha preguntado usted quién era yo. ¿Cómo alega ahora que me he equivocado?

—Número incorrecto. Aquí no vive ninguna Karen.

—Pero…

El otro colgó. Jaime se quedó mirando el teléfono, con mil pensamientos cruzando su mente. Alguien hostil estaba en casa de Karen. Con toda seguridad no se había equivocado de número; había pulsado la remarcación como hizo en la segunda llamada. En las dos anteriores oyó la voz de Karen desde el contestador y luego el reloj de péndulo del apartamento. ¿Qué ocurría?

Si Karen estaba en casa, se encontraba en apuros muy serios; quizá la torturaban como hicieron con Linda. ¡Dios, no lo permitas, por favor!

—¿Problemas? —preguntó Ricardo.

—Sí. Hay alguien en casa de Karen, y no es amigo.

—Pues vamos allá.

—¿Vas armado? Tengo tu pistola en mi coche.

—No importa, llevo la mía y otra de repuesto.

Ricardo lanzó su automóvil a una carrera desesperada por el denso tráfico de Los Ángeles. Las luces de la noche cruzaban velozmente, y Jaime sentía su ansiedad crecer.

El presagio que intuyó en su ensoñación era ahora evidente. Llegaba el momento de enfrentarse a unos enemigos de los que tan solo semanas antes desconocía incluso su existencia. Solo esperaba no llegar demasiado tarde. Se imaginó entrando en el apartamento para encontrar el cuerpo desnudo de Karen, ensangrentado y sin vida. Apretó los puños con fuerza. No, no podía ocurrirle aquello. Amaba con desesperación a aquella mujer, que en poquísimo tiempo se había convertido en centro y razón de su vida.

72

Llegaron a la garita de la entrada sin que la policía los detuviera por exceso de velocidad o conducción temeraria. Was estaba de guardia y sonrió al ver a Jaime.

—Viene a ver a la señorita Jansen, ¿verdad? —dijo tomando el teléfono para llamarla.

—Sí, Was, pero no hace falta que llame. Nadie contestará. ¿Ha visto salir o entrar a Karen?

—No. No la he visto hoy. Y no sé si está. Lo compruebo en un segundo. —Cogió de nuevo el teléfono.

—¡No llame! Si Karen está en su apartamento, se encuentra en grave peligro. Alguien lo está asaltando en estos momentos. Denos su copia de llaves, abra la barrera y llame a la policía. Las llaves. ¡Ahora mismo!

El guarda se quedó mirándolos atónito.

—¡Las llaves de una maldita vez! ¿Quiere que la maten? —le gritó Ricardo.

Was reaccionó como un marine a la orden del sargento, pasándole, tras una breve búsqueda, unas llaves a Ricardo mientras empezaba a abrir la barrera. Este las lanzó a Jaime, que pudo ver en la etiqueta que, efectivamente, eran las de la puerta del edificio y del apartamento de Karen.

El coche pegó un salto hacia delante tan pronto como pudo pasar, y al llegar a la zona de aparcamiento ambos salieron sin preocuparse de cerrar las puertas.

—Ricardo, tú subes en el ascensor y yo por la escalera.

—Bien —dijo Ricardo sacando su revólver de la chaqueta. Jaime ya llevaba otro en la mano.

Llegó al tercer piso sin aliento justo cuando Ricardo salía del ascensor. No había signos de violencia en la puerta y estaba cerrada; si habían abierto sin llaves, se trataba de profesionales expertos. Puso la llave en la cerradura intentando no hacer ruido y la puerta se abrió en silencio. Jaime pasó delante, cerrando Ricardo la puerta con cuidado para cubrir la espalda. Estaban en un pequeño recibidor que conducía a través de un corto pasillo al salón del reloj de péndulo. A ambos lados, puertas: una del baño y la otra conducía a una cocina que comunicaba con el salón. La casa estaba silenciosa y desde su posición no veían a nadie en la sala.

—Tú cubre el pasillo —le dijo Ricardo en un susurro al oído disponiéndose a abrir la puerta de la cocina.

Jaime hizo un gesto negativo, señalando el aseo. Mientras Ricardo revisaba el baño, Jaime cubría el pasillo y la parte visible del salón. La puerta hizo un pequeño ruido que en el silencio sonó como un disparo. Ricardo salió en unos segundos negando con la cabeza.

—La puerta da a la cocina y una barra la separa del salón —susurró Jaime—. Los dos a la vez.

Levantó un dedo, dos y tres. Jaime entró en el salón pistola en ristre, mientras Ricardo entraba por la cocina. Ambos quedaron apuntando al extremo opuesto. No había nadie. La puerta que daba a la habitación de Karen estaba cerrada mientras que el salón era un caos: cuadros movidos, los sofás blancos destripados, muebles abiertos y cajones fuera de lugar. La cocina conseguía empeorar el estado del salón. Hasta la basura había sido desparramada por el suelo. Alguien había registrado a conciencia.

Quedaba el dormitorio donde Karen tenía su pequeño despacho y baño. Ricardo se colocó en silencio frente a la puerta y Jaime detrás. Ricardo abrió la puerta de golpe y saltó a un lado, mientras Jaime daba un paso dentro de la habitación al lado contrario de donde estaba Ricardo, para dificultar el blanco a un posible tirador. Tampoco había nadie. La puerta del baño estaba abierta y en tres zancadas Ricardo entró.

—No hay nadie. Los pájaros han volado —constató.

Tampoco había nadie en los armarios y era obvio que la terraza estaba vacía. El aspecto del dormitorio era lamentable; el colchón estaba rajado y en el área de despacho había papeles por doquier. El ordenador de Karen tenía la pantalla conectada al e-mail. Alguien lo había manipulado. ¿Cómo habrían entrado en el ordenador? O eran asombrosos expertos en informática o Karen les dio las claves de acceso, y seguro que no de buen grado.

¿Podían haber sacado a Karen del edificio sin que se enterara el guarda? Si aquellos individuos encontraron una buena excusa para entrar, salir era más fácil. Claro que pudieron entrar por otro lugar. Si lo había. Jaime se puso a buscar entre las sábanas, en la habitación, en los sofás blancos y el suelo del salón.

—¿Qué buscas? —preguntó Ricardo.

—Rastros de sangre. Y no veo ninguno, gracias a Dios.

—¿Crees que se la han llevado?

—Tengo que creerlo hasta que no la encuentre. Pero sé dónde puede estar.

—Pues vayamos de inmediato. Si llega la policía antes de que salgamos, pasaremos horas dando explicaciones que tú no quieres dar.

Jaime reaccionó. Era cierto. Si los pillaban allí querrían hacer un atestado y llevarlos a comisaría, y él no podría buscar a Karen. Sería insoportable.

—Vayámonos.

73

—En efecto, el apartamento ha sido asaltado. Han estado buscando algo y lo han dejado hecho un desastre. La señorita Jansen no está. Nos vamos —informó Jaime.

—Aquí van las llaves. —Y Ricardo se las lanzó a Was.

—Un momento. —El hombre les detuvo—. No les puedo dejar ir; la policía me ha dicho que les retenga aquí.

—Was, tenemos mucha prisa. La vida de Karen está en peligro. Abra la barrera.

—Lo siento pero no.

—Was ¿tienes hijos? —preguntó Ricardo.

—Sí, pero...

—Pues tu mujer va a tener huérfanos como no abras de inmediato —amenazó sacando su revólver por la ventanilla y poniéndoselo a la altura de la cara—. ¡Abre la puta barrera!

Was se le quedó mirando con ojos desorbitados.

—Haga lo que dice, Was —le aconsejó Jaime—. No está bromeando.

La barrera empezó a abrirse lentamente mientras Ricardo

continuaba apuntando a Was entre las cejas. Solo cuando la barrera estuvo bien abierta y el coche salió, guardó el arma.

—Hubiera podido llevarme la puta barrera con el coche, pero hace poco que lo pinté de este hermoso rojo. No iba a rayarlo por culpa de ese idiota.

Jaime no contestó. Sabía que ahora les podían acusar de asalto a mano armada. Pero importaba poco. Ojalá Karen estuviera libre y se hubiera refugiado en Montsegur. Era su única esperanza y la única forma de contactar con los cátaros. Irían allí.

Oyeron las sirenas de la policía, y pronto los brillantes destellos rompieron la discreta luz nocturna de las calles. Los coches cruzaron en dirección opuesta a la suya dirigiéndose a los apartamentos.

—Por poco —murmuró Jaime.

—Cuando el guarda le cuente a la policía lo ocurrido, vamos a tener a todos los polis de la maldita ciudad cazándonos —dijo Ricardo—. Mi coche es demasiado llamativo. No necesitan ni siquiera matrícula, solo la marca y el color.

—Vamos al aeropuerto a por el mío.

—Nos pillarán antes de llegar.

—¿Cuál es el hotel más cercano? —preguntó Jaime.

El *valet* del hotel le dio a Ricardo el resguardo del coche, y de inmediato tomaron un taxi para el aeropuerto. En el trayecto, Jaime trató de nuevo de contactar con Karen, pero su teléfono móvil seguía desconectado.

—Vamos, hombre, no te preocupes —le animó su amigo—. Tu chica se encontrará a las mil maravillas.

Jaime conocía la ubicación del coche gracias a las coordenadas que había memorizado; olvidarse de ellas representaría horas y horas de búsqueda. Sin embargo, le dio al taxista un número cercano pero distinto; no quería que en el peor de los casos, de localizar la policía el Corvette y si el taxista regresaba al hotel, este fuera interrogado y que así localizaran su propio coche.

74

—Fíjate en si hay algún vehículo a la vista —avisó Jaime al llegar a Montsegur—. Sería señal de peligro, pero incluso si no vemos a nadie, los Guardianes del Templo podrían estar acechando en la oscuridad.

Pasaron lentamente por delante de la casa sin ver nada sospechoso en sus alrededores. El jardín estaba iluminado pero no había luz en el edificio. Era posible que Dubois se hubiera escondido en una de las casas cercanas pertenecientes a fieles cátaros.

—Hay alguien en la casa —observó Ricardo.

—¿Cómo lo sabes?

—Fácil. A pesar de la oscuridad, el humo de la chimenea destaca contra las estrellas.

Jaime continuó con cuidado unos cientos de metros más allá, Pudo ver a su izquierda la pequeña carretera asfaltada y, entrando en ella, bajó por la pronunciada pendiente vigilando por el retrovisor la posible aparición de alguna luz que los siguiera. Nadie los seguía. Luego de un trecho vio la bifurcación y tomaron el camino de la izquierda. Los faros del coche iluminaban la escarpada Pared rocosa y la densa masa de árboles y matas a la derecha.

Continuó lentamente un trecho, descubriendo un coche aparcado entre los árboles. Su corazón dio un brinco cuando reconoció el vehículo.

—¡El coche de Karen! ¡Está aquí!

Pronto la podría abrazar. Deseaba con toda su alma que

estuviera bien. Le diría en persona cuánto la amaba. Aparcó su coche justo al Mazda de Karen e hizo un último intento infructuoso de contactar con ella por teléfono. Luego sacó una linterna de la guantera.

—Sígueme, Ricardo. Vayamos con cautela; no sabemos si los de la secta han entrado aquí como hicieron en casa de Karen y si permanecen en el interior. Lo que sí parece seguro es que ella está adentro.

—¡Ándale pues!

Y saliendo a la oscuridad empezaron a andar por el pasillo que la pared de roca y la vegetación formaban. Poco después se enfrentaron a la entrada de la cueva, y Jaime iluminó el interior. Allí estaba la primera puerta metálica y, una vez localizado el cuadro numérico, tecleó el código aprendido de Karen y se oyó el pitido de desactivación del sistema de alarma. La llave que Dubois le había dado para la cerradura de seguridad abrió la puerta sin ningún ruido.

«La tienen bien engrasada», se dijo mientras cerraba la puerta detrás de Ricardo.

Al fondo del estrecho pasillo encontraron la escalera metálica de caracol y luego la repisa donde se abrían los dos túneles.

—El pasillo de la derecha lleva a las celdas de los Buenos Hombres; yo no tengo llave para la puerta —le susurró a Ricardo—, así que vamos a entrar por el salón principal, donde está la chimenea que humeaba. Allí deben de estar Karen y los de la secta, si se confirman mis peores temores. Entraremos por sorpresa; tú controla el lado derecho, y yo el izquierdo. Si alguien lleva armas, seguro que es enemigo.

Penetraron en el túnel y al final encontraron la segunda puerta metálica.

Jaime sentía su corazón acelerado. Detrás de aquella puerta estaba su amor, y quizá en peligro; dentro de unos segundos podría tener lugar la batalla que el recuerdo del avión le había augurado. El ganarla separaba la vida de la muerte. Respiró hondo y aplicó el oído a la puerta para detectar algo que le permitiera conocer cuántas personas estaban allí y cuál era su situación. Nada. No oyó nada. ¿Qué estaría ocurriendo? ¿Era la puerta la que no permitía oír o quizá estuviera el salón vacío? ¡Karen debía de estar allí!

Dios mío, se sorprendió a sí mismo rezando de nuevo, haz que ella esté aquí y que esté bien.

—No oigo nada, Ricardo —le dijo luego a su amigo—. No sé qué puede estar pasando. ¿Estás listo para entrar?

—Sí. Vamos allá.

Jaime puso la llave en la cerradura y marcó el código en el pequeño panel del sistema. Pulsó el botón ENTER, pero el suave pitido anunciando la desactivación de la alarma no sonaba.

—Extraño —murmuró—. Juraría que el código que he introducido es el correcto.

Repitió la operación una y otra vez. Sin resultados. Pensó un momento. Creía estar seguro de que la vez anterior el pitido de desconexión había sonado.

—Ricardo, prepárate. Alguien ha cambiado el código de acceso. —Jaime sacó su revólver de la chaqueta—. Cuando entremos, la alarma sonará. No sé si de inmediato o si nos dará algunos segundos de margen. ¿Estás preparado?

—Sí —respondió Ricardo escueto, blandiendo también su arma.

Jaime dio la vuelta a la llave en la cerradura y, empujando la puerta, esta se abrió sin dificultad, silenciosa. Entró rápidamente en el salón, sujetando su revólver con las dos manos, y se colocó al lado izquierdo para dejar paso a Ricardo.

75

La estancia se encontraba tenuemente iluminada por el fuego que ardía en la chimenea y por dos lámparas de mesa. Al principio Jaime creyó que no había nadie en el gran salón.

Luego vio ropa esparcida por el suelo, por encima de un sofá y de uno de los sillones. Unos zapatos de mujer. Una blusa. Un sujetador, unas bragas. ¡Y unos pantalones de hombre!

Buscó con la mirada y vio, medio iluminados por la luz del fuego y de las lámparas, dos cuerpos desnudos, uno encima del otro en un tresillo. ¡Hacían el amor!

Quedó paralizado por la sorpresa; era lo último que esperaba encontrarse. La pareja no se había apercibido aún de su presencia, y Jaime no podía verles la cara desde donde se encontraba, pero el hombre lucía melena oscura y la mujer pelo rubio. Sintió como si un puño de hierro le apretara el estómago y los intestinos. El hombre la penetraba con lentitud, jadeando de pasión. Jaime se sintió ridículo con el revólver apuntando; bajó su brazo y entonces la alarma empezó a sonar. Era un tono bajo y zumbón, solo para alertar al interior de la casa.

Habían pasado unos segundos escasos, pero a Jaime le parecieron horas. El hombre se incorporó ligeramente y, al girarse hacia la puerta secreta, su mirada se cruzó con la de Jaime. ¡Era Kevin Kepler! ¡Dios mío, que no sea lo que me temo! ¡No! ¡Por favor que no sea; que no sea ella!

La mujer echó la cabeza hacia atrás mirando también en dirección a la puerta, y Jaime vio un brillo extraño en los ojos que tanto amaba. ¡Karen! La mirada de uno quedó clavada en la del otro en un segundo que a Jaime le pareció una eternidad de infierno.

Karen empujó a Kevin de encima separando su unión y se giró en el sofá dándole la espalda y acurrucándose en posición fetal. El fuego de la chimenea y la tenue luz iluminaban el oro de sus cabellos, la blanca piel de su espalda y la redondez de sus caderas y nalgas. Jaime sintió el mundo hundiéndose alrededor. Kevin se había quedado de pie, completamente desnudo, mirándole, con su pene aun indecentemente erguido. No hizo ningún movimiento para cubrirse con la ropa esparcida por el suelo.

—Jaime, qué inoportuno. No te esperábamos. —Su voz sonaba confiada, arrogante, y su cara dibujaba una sonrisa de triunfo.

Jaime se quedó mudo. Por un brevísimo momento le pasó por la mente pedir disculpas por la interrupción. Lo rechazó de inmediato. Aquel hombre que le miraba con sonrisa cínica le estaba robando. Le estaba robando lo que más quería en el mundo. Le robaba a Karen y, con ella, también le arrebataba sus ilusiones, su futuro, su nueva vida. Sintió una oleada de sangre que le subía a la cabeza. Allí estaba el maldito con su asqueroso miembro elevado, brillante a la luz de las lámparas, todavía húmedo, como quien enarbola un trofeo de victoria.

—Gracias por la visita —continuó Kevin ante su silencio—, pero por hoy la sesión de trabajo ha terminado ya y todos los demás se han ido. Si no te importa, vuelve mañana; ahora molestas.

—¡Hijoputa!

La expresión le salió a Jaime de las entrañas. ¿Cómo se atrevía a hablarle así? Sentía cómo el odio le hacía hervir la sangre y cómo su brazo derecho se levantaba, apuntando con su revólver al centro de la frente de aquel miserable. La sonrisa triunfal de Kevin se quebró ligeramente, pero continúo allí. Jaime tuvo la absoluta seguridad de que le dispararía. Pero había algo que odiaba mucho más que aquella sonrisa arrogante de vencedor. Apuntó al pene. Y con cierto regocijo comprobó que ya no estaba tan erguido como hacía un momento. Deseó que Kevin tuviera miedo, mucho miedo, que sufriera solo un poco de lo que él estaba sufriendo, antes de recibir los disparos en el sexo. Que sufriera. Y que doliera, que le doliera mucho. Tanto como a él le dolía su corazón desgarrado.

—Jaime, déjalo —oyó, muy distante, la voz de Ricardo—. No le dispares. Te condenan a muerte si lo matas.

«¿Qué importa? —pensó—. Ya estoy muerto».

Y apretó el gatillo.

76

—Los americanos creemos mucho en Dios, poco en los hombres y nada en el Estado. —Davis miró los reflejos ámbares y tostados que el reserva de malta puro, en vaso de cristal tallado, producía contra el fuego de la chimenea.

Gutierres se arrellanó en su sillón, tomó un sorbo de whisky, no dijo nada y esperó mirándolo con atención. Pequeño, arrugado, hundido en su enorme sillón de cuero, el viejo mantenía su mente aguda como cuchillo afilado, rápida como lengua de camaleón. Gus disfrutaba de aquellas sesiones donde ambos compartían soledad; miró las estanterías de nogal y caoba, cubiertas de libros difuminados en la penumbra de la sala, y se aprestó a saborear el momento junto con el malta. Sabía que Davis no esperaba su comentario, que solo pensaba en voz alta, y por lo tanto guardó silencio.

—Casi el noventa por ciento creemos en Dios y casi el setenta y cinco estamos convencidos de que nuestros gobernantes son una pandilla de tramposos y conspiradores. En cambio en Europa creen poco en Dios y mucho en el Estado; esperan que este les solucione sus necesidades. Pero después de la caída de los regímenes comunistas, sumiendo en la miseria a los que confiaban en sus gobiernos, millones se sienten engañados, y la espiritualidad, la necesidad de creer en Dios, resurge con fuerza.

»Es lógico; cuando te das cuenta de que el Estado ya no va a pagar a tus médicos y que no hay dinero para tu pensión de vejez, es cuando empiezas a rezar con fervor. —Los dientes de Davis brillaron en una corta sonrisa—. Y la desconfianza se traslada a la Europa occidental y a su estado de bienestar. El humanismo está naufragando en su propia cuna, Europa, y lo lamento, amigo Gus, lo lamento.

—No puedo creer que lamente de verdad la caída del comunismo. —El tono de Gutierres mostraba su sorpresa.

—En algo sí. Por una parte, porque nos quedamos sin enemigos, y sin ellos la vida es más aburrida; luego de muchos años de lucha, te encariñas con tu rival pero, claro, esto solo ocurre cuando ganas o, a lo sumo, cuando empatas. —Davis declamaba con su vaso alzado—. Si durante muchos años te has definido como antialgo y pierdes ese algo, pierdes parte de ti mismo. Además, a mí siempre se me antojó la creencia socialista en el hombre, en oposición a Dios, como algo de un gran atractivo romántico. —Davis hizo una pausa y, ante el silencio de Gutierres, continuó—: El tiempo ha demostrado que estaban equivocados, pero es lógico, el hombre es imperfecto y Dios es perfecto por definición. Es una batalla desigual. Es difícil confiar ciegamente en el vecino al que ves cada día, y muy fácil confiar en un Dios al que no ves.

—No ocurre así con los cátaros. —Gutierres decidió retar la dialéctica de su jefe—. Ellos sí tienen un Dios imperfecto.

—¡Ah, sí! Porque son maniqueos; dualistas, pero incompletos —repuso Davis, encantado de encontrar oposición a su discurso—. De ser dualistas plenos, con todas sus consecuencias, creerían que el principio del mal es tan poderoso como el del bien. Pero los maniqueos perfectos no pueden funcionar en este tiempo en que vivimos, donde el blanco y el negro son casi inexistentes y los grises dominan el mundo.

—Sí, es cierto. Los nuevos cátaros ya no llaman al antiguo Dios malo por su nombre, sino «principio creador» o «naturaleza» —confirmó el guardaespaldas.

—Claro, las nuevas religiones tienen que hacer buen marketing y, por lo que me has contado, esta se ha adaptado bien a los nuevos tiempos y triunfará; al menos aquí, en California. ¡Cristianismo original y reencarnación! ¡La mejor combinación desde el descubrimiento del ron con Coca-Cola!

Davis quedó en silencio, mirando el contenido de su vaso como esperando encontrar dentro la respuesta. Gutierres paladeó su whisky, disfrutando del doble lenguaje cargado de intención del viejo.

—Dime, ¿qué más ha descubierto tu infiltrado en el Club Cátaro? —inquirió el viejo al rato.

—Poco más. La estructura religiosa comandada por Peter Dubois está clara, y también la ideológica liderada por Kevin Kepler, el profesor de la UCLA. —El tono de Gutierres pasó a ser más formal. Simplemente estaba informando—. Pero estamos seguros de que existe una parte hermética exclusiva para iniciados, una estructura de poder, donde nuestro hombre no ha podido infiltrarse. Parece como si Dubois y Kepler siguieran las instrucciones de un líder oculto. No sabemos quién es, y tampoco las identidades de la mayoría de sus fieles. La gente que se puede ver en el club son simples creyentes o simpatizantes sin mayor relevancia.

—¿Dónde los posicionarías políticamente?

—Por lo que hablan, estarían en el lado izquierdo del partido demócrata. Y salvando las distancias, me recuerdan mucho a los masones de obediencia francesa.

—Interesante. Ellos también son humanistas, aunque laicos, y creen que el hombre nace bueno.

—Sí, pero también tienen su parte hermética, y algunas coincidencias notables con los cátaros.

—¿Cuáles?

—El origen francés. Dubois es descendiente directo de franceses, y los focos históricos más importantes del catarismo se dieron en el sur de Francia. —Se notaba que, como de costumbre, el pretoriano había investigado mucho más de lo que Davis le había pedido—. También coinciden en la aceptación de los plenos derechos de la mujer. Entre los cátaros, la mujer puede alcanzar el máximo nivel de sacerdocio, y entre los masones de obediencia francesa la mujer también puede llegar a ejercer de Gran Maestra.

»Ambos predican la tolerancia, la libertad, la fraternidad, y finalmente los cátaros solo aceptan el Evangelio de san Juan, y las reuniones masónicas siempre están presididas por la Biblia abierta en el Evangelio de san Juan.

—Interesante. ¿Crees que están relacionados?

—Quizá.

—¿Podrían los cátaros estar infiltrando sus secuaces en la Corporación tal como insinúa Beck?

—Es muy probable; Kepler mostró un gran interés cuando nuestro hombre comentó que trabajaba para nosotros, interrogándole sobre la naturaleza de su trabajo.

—¿Ha identificado tu hombre a algún empleado nuestro? —El viejo, evidenciando su interés, se incorporó en su sillón.

—No por ahora, pero recuerde que la gran masa de sus creyentes permanece en el anonimato.

—¿Crees que podrían estar implicados en el asesinato de Steve?

—Proclaman la no violencia; un asesinato parece contrario a su discurso. Pero no sabemos qué objetivos persigue la parte hermética de su estructura y si está relacionada o no con otras sociedades herméticas progresistas.

»Y si es cierto que sus amigos del Gobierno lo consideran a usted incómodo, quizá no quieran usar los servicios secretos para "retirarle", sino a una organización religiosa que ellos controlen, quizá a los cátaros.

Davis miró los reflejos de su vaso, y a Gutierres a través de él.

—No; no lo creo. Si fuera así, Beck no nos hubiera puesto sobre su pista.

—Beck sugiere que hay varias sectas más, presentes y activas en la Corporación. Y por lo que voy investigando sobre él, parece que tiene en su agenda un programa distinto al del senador McAllen.

—Puede ser. No lo pierdas de vista. A pesar de lo que le dije a McAllen, me resisto a creer que desde el Gobierno se apoyen acciones en mi contra. Soy amigo. Incómodo pero amigo. Y en cuanto a esos cátaros, no parecen el tipo de gente que pondría bombas. —Al rato murmuró pensativo—: ¿O sí? —Luego, arrastrando las palabras continuó con tono de repente brusco e imperativo—. Mantén a tu hombre vigilante; identifica a toda costa a nuestros empleados cátaros. ¡Quiero saber quiénes son!

Sus miradas se clavaron, intensas, en las pupilas del otro por un largo instante. Luego Gutierres apuró su vaso de un trago.

77

Como si de un espectador externo al drama se tratara, Jaime notó el golpe del retroceso del revólver en su brazo, mientras un gran estampido resonaba en el salón y la maldita sonrisa de Kevin desaparecía.

Pero justo una fracción de segundo antes sintió otro golpe en su mano; Ricardo había desviado el tiro, que impactó en el techo.

Sacudiéndose de encima a Ricardo, que intentaba quitarle el arma, encañonó de nuevo a Kevin. Este permanecía inmóvil, su pene estaba ahora caído, y verlo así le proporcionó un gran placer.

Ricardo agarró con su mano izquierda la derecha de Jaime, desviando la dirección de la pistola y, guardando con rapidez su propia arma en la chaqueta, le propinó un fuerte puñetazo seco en la boca del estómago.

Jaime se dobló sobre sí mismo, oyendo el ruido de fuelle que emitía el aire saliendo de sus pulmones, y bendijo el dolor físico, que mitigaba la lacerante pena que le comía el alma. Al arrebatarle Ricardo el arma, él no opuso resistencia.

Lo que sintió entonces era imposible de describir; el hundimiento de un mundo, una catástrofe irreparable, un dolor como jamás antes vivió y que le conduciría a la locura. Y a matar a aquel hombre. Pero el odio por su rival se trocaba rápidamente en una pena que le rompía las entrañas.

—Vamos.

Ricardo le empujó hacia la entrada secreta, que continuaba entreabierta. Obedeciéndole lanzó un último vistazo a la escena al salir. Nadie se había movido. Karen continuaba acurrucada en el sofá de espaldas, y Kevin de pie, con su insultante pene ya caído, empequeñecido y humillado.

Ricardo lo guio a través del pasadizo hacia el coche; él se dejaba llevar, tropezando, moviéndose como un autómata. Luego su amigo tomó las llaves del vehículo y condujo en silencio por Mulholland Drive hasta la San Diego Freeway.

—¡Chin, mano! Lo siento, Jaime. —Al fin, luego de un largo silencio, Ricardo habló—. Pero ya sabes, eso pasa a menudo. Las mujeres son así. Y nosotros, peores.

Jaime no contestó. Tenía la vista perdida en las luces de los coches. Todas sus esperanzas, todas sus ilusiones, todo había girado alrededor de esa mujer y nunca podría superar el golpe. Él jamás había amado como amó a Karen. Como la amaba aún. ¡Dios! ¡Ella también debía de amarle a él! Porque su amor había durado siglos; ella era Corba. Su amada y amante en el siglo XIII y él era Pedro, el rey, el amor antiguo de Corba. Ella lo buscó y lo encontró al fin. ¿Cómo podía Karen destruirlo todo; el pasado, el presente y el futuro de un amor intemporal? Era ridículo, impensable.

A no ser que lo de sus vidas anteriores fuera mentira. Una gran patraña, una manipulación, un engaño. Cerró los ojos y se le escapó un suspiro.

—Vamos, hombre. —Ricardo interrumpió sus pensamientos—. Tranquilo; todo parecerá distinto mañana. Hoy es tragedia, mañana será comedia. Vamos a tomar unos tragos y hablamos.

—Es fácil para ti decir eso —dijo Jaime arrastrando las palabras—. Tú hubieras matado a aquel comemierdas.

Ricardo soltó una carcajada.

—No, estás equivocado. Ricardo Ramos jamás mataría a un hombre por una mujer. O mato al hombre porque se lo merece él, o a la mujer porque es ella quien se lo merece. Si ella es la que te traiciona, el otro no tiene la culpa.

»Tampoco merece la pena matarla a ella, ya se morirá por sí sola después de una vida aburrida y miserable lejos de mí. Si tiene tan mal gusto, no es una mujer que me merezca. Pegar tiros y matar gente son cosas muy serias. No soy de los que se echan la soga al cuello por un asunto amoroso.

Jaime sintió de nuevo que Ricardo era Hug de Mataplana, el guerrero, el trovador, el cínico. Su amigo desde hacía cientos de años. Y que su discurso tenía sentido, que le ayudaba a mitigar el dolor, que le salvaba de la desesperación más profunda.

Ricardo continuó con su parloteo, lanzándole preguntas para obligarle a contestar y romper el hilo de su pensamiento. Jaime no respondía la mayor parte de las veces y a su mente acudía una y otra vez la mirada de Karen y la arrogancia de

Kevin. Para su sorpresa se dio cuenta de que le dolía mucho más perder a aquella mujer que la ofensa que le había causado. Pensar que nunca más la tendría en sus brazos le producía una angustia extrema.

Al cabo de un rato Jaime sintió que recuperaba algo de su lucidez y se dirigió a su amigo.

—Gracias, Ricardo —dijo casi en un susurro—. Perdí la razón. Ese individuo estaba jodiendo a mi chica y encima me provocó. Quise matarle; gracias por evitarlo, pero me alegro de haberle dado un buen susto y que se arrugara.

Era cerca de la medianoche cuando llegaron al club, y Ricardo insistía en invitarle a unos tragos y hablar; luego le llevaría a casa. Pero después de una larga discusión en la que Jaime le convenció de que no haría ninguna estupidez, Ricardo le dejó ir.

—De acuerdo, si así lo quieres —dijo enseñándole el revólver que le había quitado en Montsegur—. Pero esto no te lo devuelvo hasta que tú y yo hayamos hablado un buen rato. —Ricardo le despidió dándole un abrazo—. Te espero aquí antes de que termine la noche.

Jueves

78

Estaba agotado y conducía con lentitud a través de la noche oscura, escuchando la música de una de las estaciones de radio latinas.

Porque a ti te debo mis horas amargas.
Porque a ti te debo mis horas de hiel.
Porque en ti ha quedado toda mi esperanza,
y en ti te has llevado mi vida también.

Sonaba triste el acordeón de un corrido tex-mex. ¡Qué oportuno! Aquel era él.

¿Por qué le habría traicionado Karen? ¿O es que jamás lo amó y se acostaba con él para utilizarlo como Linda hizo con Douglas? De ser así, él era un perfecto estúpido. Y ella una puta.

Que lo sepa el mundo, que lo sepan todos,
todavía te quiero tanto como ayer.

Notó que una lágrima resbalaba por su mejilla derecha y que la visión de la carretera se nublaba. Y sintió una gran lástima por sí mismo. La amaba, había construido todo un mundo de ilusiones alrededor de ella y ahora ese mundo era solo ruinas. La vida era monótona y aburrida hacía solo unas semanas; hasta ayer una maravillosa aventura, y desde hacía unos minutos un estercolero. ¡Y él, que la creía en peligro, que hubiera dado su vida por ella! ¡Estúpido! Ojalá no la hubiera conocido jamás. Un sollozo salió de su pecho, sorprendiéndole; no lloraba desde niño. Rompió en llanto.

Se había desviado por la 55 y luego por la Newport Freeway en dirección al océano. Lo hizo sin pensar, automáticamente, como si fuera a coger su barca. Luego tomó la 1, la Pacific Coast Highway dirección sur. Cuando se sentía herido, su instinto lo llevaba hacia la casa de sus padres en Laguna Beach; su verdadero hogar.

En la carretera de la costa, los restaurantes estaban ya cerrados y casi nadie circulaba.

Sacudió la cabeza. ¡Ya basta de autocompasión! Intentó pensar fríamente y hacer un inventario de lo que ocurría. Pero ¿qué es lo que realmente quieren Dubois, Kevin y los suyos?

Kevin, el revolucionario y carismático profesor de universidad. El idealista. Había usado a Karen, su amante, para enamorarle a él y hacerle trabajar en su proyecto. Era obvio que Kevin no era un Buen Hombre ni ella una buena mujer. Karen, Kevin, la fallecida Linda y hasta quizá Dubois, junto con otros, formaban un grupo radical, una secta, dentro del grupo de creyentes de la Iglesia de los cátaros. «No usan la violencia física, pero sí luchan, y está claro que no siguen fielmente las enseñanzas de Cristo. Utilizan la seducción y el sexo como armas. Son una secta, distinta, pero una secta como los Guardianes del Templo». Quizá su finalidad última fuera también el control de la Corporación y con ese fin lo habían reclutado a él. Buscaban el poder como los otros y quizá no fueran mucho mejores. Ahora estaba todo claro. Kevin y Karen lo habían utilizado para sus fines. Y ella le había destrozado el corazón.

Jaime detuvo su coche en los jardines construidos sobre los acantilados a la entrada de Laguna Beach. Bajó y, guiado por el estruendo, anduvo en la fría noche hacia las rocas bajo las cuales rompían, encrespadas, las olas.

El viento, mensajero del frío y de la humedad del océano, llegaba a fuertes ráfagas mientras en el cielo las estrellas parpadeaban entre las rápidas nubes. Se sentó en unas piedras tratando de distinguir en la oscuridad el islote donde los leones marinos tomaban el sol durante el día. ¿Estarían allí con ese oleaje? No. No lo creía.

Las rocas y las olas. ¡Había visto tantas veces aquel paisaje! Le atraían. ¿Y si saltaba ahora? Seguro que no podría luchar contra su fuerza y dureza. No conseguiría salir y moriría. El suicidio. Sin Karen la vida no tenía sentido. Se sentía estúpido y engañado. Terminar con su vida le libraría de aquel dolor.

Pero ¿cómo podían haberle engañado así? Algo no estaba claro; los recuerdos de su vida pasada. ¿Eran falsos? En ese caso los cátaros debían de tener un sistema para implantar vivencias en la mente de las personas de forma que revivieran una experiencia prefabricada. ¿Era posible? ¿Existía tal tecnología? De haberla, el poder de su propietario sería inmenso. ¿A cuántos más les habían hecho creer que eran el rey Pedro y que Karen había sido su amante?

Cerró los ojos. Imaginaba a Karen seduciendo a otros con la misma historia. No lo podía soportar. Se sentía muy cansado. Miró al oscuro mar. Enorme masa negra en movimiento golpeando sin descanso las rocas. Desde la seguridad de la tierra firme sentía al océano como una fiera salvaje dispuesta a devorar a cualquiera que cayera en sus garras. Le llamaba y, con ese ruido de rugido constante, le seducía para que fuera con ella. Notaba, intensa, su atracción.

Algo no encajaba en todo el esquema. ¿Cuál era el papel de Dubois? Parecía un verdadero Buen Hombre comprometido con seguir las enseñanzas de Cristo y predicarlas. Pero debía de haber ayudado a los otros.

Además, allí estaban sus «recuerdos» del avión. Los vivió fuera de todo control de los cátaros. ¿Programados previamente? Difícil. Sin embargo, eran continuación y totalmente coherentes con los anteriores.

La complejidad de Pedro, su lucha interna en búsqueda del verdadero Dios, era demasiado real. Hug de Mataplana y Ricardo. Estaba seguro de que eran el mismo.

¿Y si después de todo sus recuerdos fueran reales? Que Karen le hubiera engañado con Kevin no quería decir que le hubiera engañado en el resto.

Pero ¿qué sería lo cierto y qué la mentira?

Jaime echó una nueva mirada al océano, que continuaba rugiendo, batiéndose contra las rocas. Todavía oía su llamada.

—Hasta luego —le dijo. Definitivamente él no era un suicida. Tenía demasiadas preguntas que necesitaban respuesta.

79

—Cuéntamelo todo —le dijo Ricardo sentándose a una mesa lejana a la música que permitía el diálogo.

Ricardo le escuchó con atención, rascándose la cabeza de cuando en cuando, mientras Jaime le resumía la historia, incluyendo los recuerdos del pasado y la participación del propio Ricardo en la trama. Al llegar a ese punto, soltó una exclamación.

—¡Chin, mano!

—Y así llegamos a la parte que tú conoces. Le envío mi declaración de amor, y antes de que ella responda, se cruza un mensaje en que me dice que está en peligro y que tiene miedo. Yo lo dejo todo y corro a su lado angustiado, sin importarme el riesgo, para defenderla; porque la amo como un loco. ¿Y qué me encuentro? Que está pasando un buen rato con otro. Que me ha engañado. Que he sido utilizado como un estúpido para los intereses de esa secta cátara. ¿Tú me entiendes? Me utiliza porque les puedo ayudar a ganar su batalla contra los Guardianes. Una pequeña pieza dentro del juego de Karen. Me siento muy mal, Ricardo. He sido un idiota y como un idiota he sido tratado.

—¡Qué mala onda! Pero, bueno, todos somos idiotas a veces, Jaime. No siempre se puede ser el más listo. Ahora dime con toda sinceridad, ¿la quieres todavía?

Jaime temía que Ricardo le hiciera esa pregunta. Exploró su interior y respondió:

—Sí.

—Pues ve por ella. No dejes que ese tipo se la quede.

—¿Cómo me dices eso, Ricardo? ¿Después de lo que me ha hecho?

—¿Qué te ha hecho? ¿Acostarse con aquel tipo? Muy bien. Cuéntame, pues, qué hiciste tú con Marta. No hace falta que me expliques los detalles. Solo dame una idea general.

—Sí, nos acostamos. Pero era distinto.

—¿Cómo que era distinto? Cuéntame por qué. ¿O es que lo hicieron de pie en lugar de acostados?

—Yo no tenía ningún compromiso con Karen cuando me acosté con Marta.

—¿Ah no? Yo creía que ya llevaban tiempo Karen y tú saliendo juntos.

—Sí, pero yo no me sentía comprometido.

—¡Ah! No te sentías comprometido. ¿Le preguntaste a ella si se sentía comprometida?

—No. No sabía cómo consideraba ella lo nuestro.

—Bueno, entonces le contaste que te fuiste con Marta, ¿verdad?

—No. No se lo conté —respondió irritado—. Dime adónde diablos quieres ir a parar.

—Muy sencillo. Que lo que ha ocurrido con Karen y ese tipo es lo mismo que ocurrió con Marta y contigo. Están en paz.

—No; no es lo mismo.

—¿Por qué no? ¿Porque tú sabes lo de ella y ella no sabe lo tuyo? Igual Karen pensaba contarte su aventura.

—No creo que me la contara.

—Igual es más honrada que tú. Pero no importa. Imagínate que no hubiéramos aparecido esta noche a través del pasadizo secreto como dos fantasmas a joderles la movida. —Ricardo soltó una carcajada—. Porque esos dos, después del susto, no habrán podido terminar. —Ricardo empezó a reírse con buen humor—. ¿Te imaginas que estás tú así, tan a gustito, y aparece un cabrón corriéndote a tiros? —Ricardo rompió a carcajadas.

Jaime no pudo menos que sonreír al imaginarlo tal como Ricardo lo contaba. Su amigo estaba convirtiendo la tragedia en comedia, tal como él había temido.

—Eres un cabronazo, Ricardo. Cómo se nota que esto me ocurre a mí, no a ti. Ríete comemierda, que este mundo da muchas vueltas.

—No, Jaime. A mí ya me han pasado cosas semejantes. Algunas la sabes y otras te las cuento luego y nos reímos. Pero a lo que iba. Imagínate que llegas hoy y no sabes nada de lo que pasó en la noche. ¿Continuarías loco por ella?

—Claro.

—Pues no seas tonto. Lo malo será si ella se quiere quedar con ese Kevin. Pero si la puedes recuperar, consíguela. No dejes que ese hijo de la chingada se la quede. Por eso se sonreía el tipo ese; Porque se creía que te la quitaba.

—Pero yo le dije que la amaba, Ricardo. Y me ha traicionado.

—No te ha traicionado, si nada te prometió. Nada es tuyo hasta que lo consigues. Pelea por ella, Jaime; pelea por ella si la quieres.

80

El sol entraba, a ratos, a través del ventanal con las cortinas a medio correr. Nubes y claros. Ya era la tarde cuando Jaime despertó. Miró el reloj. ¡Las cinco! Tenía hambre y fue al frigorífico. ¡Prácticamente vacío! Preparó tostadas, huevos, un zumo de naranja helado y un reconfortante café. ¿Qué había pasado? ¿No sería todo una pesadilla? ¿Una más de las que le habían asediado en la noche? ¡Ojalá lo fuese! Puso el contestador automático.

Un mensaje de Delores, su exmujer, para que la llamara y acordar el fin de semana con su hija. Otro de su madre para saber cómo estaba. Lo cierto es que debía cuidar un poco más a la familia. Aquello lo estaba desquiciando. Varios recados de Laura. ¿Dónde estaba? Le buscaban en la oficina. Un mensaje de Ricardo; le decía que había recuperado el coche y que lo esperaba en el club para continuar su charla. Y finalmente uno de Dubois.

«Buenos días señor Berenguer. Karen me ha contado lo que pasó ayer noche. Creo que será bueno que nos veamos. En su hamburguesería griega a las ocho. Me aseguraré de que no me sigan. Hasta luego».

—¿No le ha ocurrido alguna vez que, al conocer a alguien, de pronto le cae bien o mal mientras que otros le son indiferentes? —le preguntó Dubois cuando Jaime se sentaba portando a la mesa comida para ambos. El hombre le miraba con sus ojos demasiado abiertos, demasiado fijos.

—Sí, me ha ocurrido.

—Dígame con franqueza, ¿me equivoco si afirmo que cuando me conoció le caí mal de inmediato?

—¿A qué viene eso?

—Se lo explico, pero primero responda, por favor.

—Lo cierto es que no me cayó bien. ¿Cómo lo sabe? ¿Tanto se notó?

—No. Pero muchas veces la gente nos cruzamos una y otra vez en sucesivas vidas, y sin ser conscientes de ello hay algo en los otros que reconocemos. Y los odios y los amores se mantienen. Esa es la explicación de por qué, en ocasiones, alguien nos cae mal sin que nos haya hecho nada para merecerlo. En esta vida, claro.

—Entonces, hemos coincidido con anterioridad.

—Por supuesto.

—¿Qué me hizo usted en mi vida anterior para que le tenga ojeriza?

—¿No me ha reconocido? —Dubois se le quedó mirando, acariciando su barba blanca con una sonrisa que suavizaba un poco la fijeza de ofidio de sus ojos.

—No.

—¿Hasta dónde ha llegado en sus recuerdos, Berenguer?

—Justo salía con mis tropas para enfrentarme al ejército cruzado frente a las murallas de Muret.

—Entonces ya había tenido usted una fuerte discusión con uno de sus aliados.

—Sí.

—¿Recuerda con quién?

—Ramón VI, conde de Tolosa.

Dubois no habló, pero mantuvo su mirada y su sonrisa.

—¿Era usted? —El pensamiento asaltó de repente a Jaime.

—Fui yo.

Recordaba la discusión que ambos tuvieron justo antes de la batalla y cómo el otro se retiró indignado. Pedro despreciaba a Ramón VI por cobarde, y Ramón VI consideraba a Pedro un loco suicida.

—Sorprendente. —Jaime hilaba nuevos pensamientos y después de una pausa interrogó—: ¿No era el padre de Corba un cónsul de su ciudad de Tolosa?

—Sí. Era un buen amigo.

—Y usted lo envió como cónsul a Barcelona. Y de alguna forma envió Corba a Pedro.

—¿Adónde quiere ir a parar?

—¿Ha sido usted el que envió a Karen a que me enamorara?

La sonrisa de Dubois se amplió.

—Yo no tengo tanto poder. Me sobrestima. Karen le reconoció a usted en sus recuerdos de los tiempos de la cruzada y fue por sí misma a buscarlo.

—¿Seguro que era por eso? ¿Que era ese su único motivo? —preguntó Jaime, receloso, pero supo de inmediato cuán inútil era la pregunta—. Bien, pues ya debe de saber que se ha ido con otro.

—Karen me contó lo ocurrido. ¿Qué piensa hacer ahora, Berenguer?

—Enviar al cuerno a su secta cátara.

La expresión de Dubois no cambió.

—¿Y dejará qué los Guardianes se salgan con la suya y dominen la Corporación? ¿Y que su jefe continúe encubriendo los fraudes?

—Eso ya no me incumbe.

—No lo creo. No va a dejar usted su ciclo abierto. Va a continuar con nosotros porque cree en lo que hacemos. Y porque es la continuación de una guerra que empezó hace siglos; usted estaba entonces a nuestro lado y lo está ahora.

Jaime no respondió. Dubois tenía razón. Aun sin Karen, no podría dejar aquello; estaba atrapado por su propia identidad, por el pasado y porque la guerra presente era ya para él algo personal.

—Además —continuó el hombre—, no va a dejar a Karen en peligro, ¿verdad? ¿Sabe que ayer asaltaron su apartamento?

—Sé que está en peligro, pero ya tiene quien la defienda.

—O sea, que se retira. Le cede Karen a su contrincante. ¿Es así?

—No. —Jaime pensó un momento—. No quisiera, pero Karen ya tiene edad para saber lo que hace y ya ha elegido.

—Quizá no haya elegido todavía.

—¿A qué se refiere?

—A que aún tiene usted posibilidades.

—¿Cómo lo sabe?

—Ya le he dicho que Karen me contó lo de anoche. Y me pidió que hiciera de intermediario.

—¿Para qué?

—Quiere verle. Quiere hablar con usted para aclarar lo ocurrido. Pero no quería contactar directamente. Y aquí estoy yo, intermediando. ¿Acepta?

A Jaime casi se le escapó del pecho un «Claro que sí» pero se contuvo para contestar luego de fingir que pensaba. Se dio cuenta de que, a pesar del terrible dolor que ella le causaba, deseaba verla con desesperación.

—De acuerdo.

—¿Dónde y cuándo se verán?

—En Ricardo's, esta noche.

—Bueno. Espero que después de esto me aprecie un poco más. —Dubois se levantó, tendiéndole la mano como despedida.

Jaime la estrechó con fuerza.

81

Su media melena rubia clara iluminó la entrada de Ricardo's, como si la luna llena saliera de una nube oscura. El local estaba animado y su cálido aroma, mezcla de tabaco, ron, tequila y brandy, se fundía con la música de sabor latino.

Jaime sintió al verla ese pálpito al que no se habituaba. Era ella. Karen miró hacia la barra buscándolo. Vestía un traje chaqueta negro con un jersey de pronunciado escote de pico. Labios rojo carmín. Hermosísima. Una falda corta descubría unas largas y bien torneadas piernas con medias oscuras que transparentaban ligeramente el color de la piel. Zapatos de tacón y un pequeño bolso conjuntado con el traje.

Dos hombres que tomaban una copa en la barra interrumpieron su conversación para mirarla; uno se inclinó hacia ella para susurrarle:

—¿Me está buscando a mí, señorita?

Karen, muy segura de sí misma, sonrió no más de lo necesario.

—Ya tengo acompañante, gracias.

Y avanzó unos pasos con premeditada lentitud hacia el centro del local, usando ese movimiento de caderas que solo evidenciaba fuera de la oficina. Todas las miradas de la concurrida entrada la siguieron hacia el interior de la sala.

«Vestida para matar», se dijo Jaime.

Ricardo la vio desde detrás de la barra, saludándola con un tono de voz que se elevaba por encima de la música:

—¡Hola, Karen, me alegro de verla! —Y luego añadió irónico—: De nuevo.

Karen se acercó correspondiendo a la mano que Ricardo, luciendo una de sus fascinantes sonrisas, le tendía. Jaime no pudo escuchar su respuesta, pero imaginó que luego de varias cortesías preguntaría por él. Ricardo señaló con la cabeza en su dirección, y Karen se despidió con un gracioso gesto de su mano.

Cuando lo vio, clavó su mirada azul en él y sonriendo mostró sus blancos dientes. Se alegraba de verle o al menos lo aparentaba muy bien. Era una hermosa mujer.

—Hola, Jim.

—Hola, Karen.

Se sentó junto a él colocando sus piernas con cuidado para mostrar solo la parte exterior. Le dedicó una mirada intensa.

—¿Cómo estás?

—He vivido tiempos mejores. ¿Y tú?

—También; vengo de mi apartamento y aquello es un desastre. Tuve suerte de no estar allí. Entraron cortando la valla metálica que separa parte del jardín de una zona colindante de servicios. Había dejado mi ordenador conectado y preparado para que solo pudieran obtener la información que nosotros queríamos. Ha funcionado.

—Lo tenías todo bajo control. Lo único que no esperabas era que yo me preocupara por ti.

—He hablado con Was, y ha retirado la denuncia contra vosotros.

—Gracias. Muy generosa.

Jaime no añadió más y se hizo el silencio. Karen inició la conversación al cabo de unos momentos.

—Te creía en Londres.

—Y estaba, pero alguien a quien amaba me envió un mensaje diciendo que se encontraba en peligro. Y ya ves, tonto de mí, lo dejé todo para acudir en su ayuda.

—Siento mucho lo ocurrido.

—Siento haberos estropeado la velada.

—La verdad es que sí la estropeaste.

—Pues me alegro mucho.

Karen soltó una alegre risita y luego se puso muy seria.

—Recibí tu mensaje.

—¿Sí? Y decidiste celebrar la buena noticia con Kevin, ¿verdad?

Karen guardó silencio por unos momentos y luego preguntó:

—¿Has cambiado de idea o aún me quieres?

—¿Qué importancia tiene eso para ti ahora?

—Sí la tiene, y mucha. Contéstame. Por favor.

—Eres tú la que tiene que contestarme. ¿Recuerdas el mensaje que dijiste imprimirías? Ese que me pedías que te aclarara. Y yo lo hice. ¿Recuerdas?

—Claro que lo recuerdo.

—Y bien. ¿Cuál es la respuesta?

—Sí.

Jaime sintió que su corazón se detenía.

—Sí ¿qué?

—Sí. Te quiero.

—¡Maldita sea, Karen! ¿Me quieres y lo primero que haces es dejarte follar por Kevin cuando yo estoy ausente? —Jaime sentía una extraña mezcla de felicidad, rabia e indignación—. ¿No sabes que la gente normal considera incompatible querer a alguien y ponerle los cuernos?

—Bueno. Es que a él también le quiero.

Jaime se la quedó mirando sin dar crédito a lo que oía. Karen le mantuvo la mirada con expresión seria.

—¿Bromeas? ¿Qué nos quieres a los dos? ¿Qué coño quieres decir con eso? ¿Es que los putos cátaros sois bígamos o qué?

—Pero a ti te quiero mucho más.

—¿Y eso qué quiere decir? ¿Que te acostarás conmigo cinco días a la semana y con él solo dos?

—No. Cálmate, Jimy, deja que te explique. Kevin y yo fuimos amantes antes de conocerte, o quizá sería más correcto decir que estuvimos casados, ya que para los cátaros el matrimonio no es un sacramento, sino un acuerdo libre entre dos. El caso es que vivimos juntos más o menos un año. Y yo quise dejarlo. Pero él jamás lo aceptó y ha continuado pretendiéndome a pesar de que ambos hemos salido con otras parejas.

»Cuando el martes por la noche me llamaron por teléfono alertándome de lo ocurrido y del peligro, empecé a avisar a otra gente para que se pusieran a salvo o extremaran las precauciones. Lo hice antes de leer tu mensaje. Entre otros te avisé a ti y también a Kevin. Luego vi tu mensaje y, cuando lo leí, me sentí muy feliz. Pero tenía miedo, y tú estabas muy lejos.

»Al enterarse Kevin de lo ocurrido vino de inmediato a protegerme y estuvo todo ese tiempo conmigo. De nuevo me declaró su amor e insistió en que volviera con él. Ya ves, no sé cómo explicarlo, pero tenía miedo y con él me sentía protegida y halagada. Al final pasó lo que pasó. Soy monógama y no traiciono a mi pareja cuando tenemos un compromiso mutuo. De decidir irme con otro, siempre rompería antes mis ataduras anteriores.

»No me había comprometido aún contigo, pero estaba tomando mi decisión, y esa decisión debía incluir terminar definitivamente con Kevin. Ambos me estabais pretendiendo. Y no sé qué pasó exactamente. Quizá decidí revisar cuáles eran mis sentimientos respecto a Kevin antes de contestarte. Ahora ya sé lo que siento por ambos.

—¿Quiere decir eso que me garantizas la exclusiva?

—Sí. Si aún la quieres.

—Un margarita para la señorita. —Ricardo interrumpió sirviendo él personalmente las bebidas. Sin preguntarle le traía un nuevo brandy a Jaime—. Espero que se diviertan. Por cierto, una tal Marta, que dice ser antigua amiga tuya, ha estado preguntando por ti, Jaime.

Oportuno Ricardo. Le recordaba la noche pasada con Marta insinuando que Karen y él estaban en paz. Maldito entrometido pensó.

—¡Ah! ¿Quién es Marta? —preguntó ahora Karen, frunciendo el ceño pero con una sonrisa aliviada por el cambio de rumbo de la conversación.

—Pues es una morena muy guapa que pregunta a veces por este caballero —contestó Ricardo con una gran sonrisa. El hijoputa se estaba divirtiendo, pensó Jaime—. Bueno, los dejo, parece que tienen de qué hablar. —Vio la expresión adusta de su amigo y le guiñó un ojo. Cogió la bandeja y se fue.

—¿Quién es Marta?

—Una chica que conocí hace tiempo —mintió él—. Pero dime, Karen, toda esa historia de nuestro amor eterno, de nuestro amor de hace casi ochocientos años, ¿cómo te atreves a jugar con ello? ¿Cómo me dices que no sabes lo que pasó con Kevin? Me dices que te cortejaba y que tú le diste lo que te pedía. Así, tan fácil. ¡Por favor, Karen! ¿Cómo puedes ser tan superficial? Creía que considerabas lo nuestro único, casi sagrado. Que me descubriste en tus sueños del pasado, que me buscaste para continuar aquel gran amor hasta encontrarme. ¡Tu antiguo gran amor! ¿Cómo es posible? Lo encuentras y de inmediato le pones los cuernos.

—Te equivocas, Jaime —Karen contestó con firmeza—. No te puse los cuernos porque no tenía ningún compromiso contigo. Era una mujer libre y con dos ofertas. El asunto era muy importante. Lo pensé y luego tomé una decisión. No te he engañado en ningún momento. Si me quieres, tómame. Si no, dímelo y lo dejamos. Pero si me tomas ha de ser sin reproches y sin cuentas pendientes.

—Pero lo nuestro se supone que era distinto. Único. Exclusivo. Yo te he visto en mis recuerdos. Y te amaba con locura. Y ese amor se ha mantenido, ha crecido en el tiempo. ¿Cómo puedes comparar lo nuestro con tu asunto con Kevin?

—Tienes razón en lo extraordinario de lo que nos está ocurriendo, Jim, pero te equivocas en lo de único y exclusivo.

—¿A qué te refieres?

—A que sí te puedo comparar con Kevin.

—¿Cómo?

—Porque a él también lo amé antes.

—¿Qué?

—No te puedo contar más, Jim. Debes terminar tu ciclo de recuerdos de aquella vida. Solamente créeme. No ha sido una decisión inmediata para mí. Tampoco tan fácil. Tenía que rechazar parte de mi vida antigua y tomar otra.

Jaime se quedó silencioso. Intentaba asimilar todo aquello. No sabía qué decir.

—Lo ocurrido con Kevin fue un tipo de despedida —continuó Karen—. Tú pareces tomarlo como una gran ofensa personal. Y te equivocas. No tienes derecho a censurarme. Se lo debía a Kevin.

Karen calló. Jaime se dio cuenta por unos momentos del entorno que lo rodeaba y de que durante la conversación el resto del mundo había desaparecido de su conciencia. La música sonaba ahora a ritmo caribeño, y el local se había llenado con mucha más gente. Y Karen estaba allí, delante de él. Hermosa como nunca y provocativa con su jersey de pico, que no escatimaba la vista de la parte superior de sus pechos. Y sus piernas largas y bellas se mostraban generosas hasta donde su corta falda había retrocedido al sentarse. Él amaba a aquella mujer. Y tenía mil motivos. Su personalidad, su sonrisa, la forma en que se expresaba, cómo se movía...

¿Qué podía reprocharle? Quizá algo o quizá nada. Lo que era seguro es que los reproches no le llevarían a nada positivo. Debía olvidar lo de Kevin lo antes posible y alegrarse de que fuera él el que ganaba y Kevin el que perdía.

Karen continuaba callada y lo observaba con ese brillo especial en sus ojos. Ante el silencio de Jaime, ella empezó a hablar de nuevo.

—Se lo debía al pobre Kevin. Y tú estropeaste la noche, Jim. Lo siento. Eso quiere decir que me va a quedar una deuda pendiente de pago con él.

—¿Qué?

Karen estalló en una carcajada y continuó riéndose al verle la cara.

—Es broma. ¡Tonto! —le dijo a Jaime entre risas.

Jaime sintió un repentino alivio; pero no pudo reírse. Ni siquiera sonreír.

Viernes

82

Se levantó y fue a la cocina a por un vaso de agua. La noche anterior propuso a Karen vivir juntos hasta que pasara el peligro. Karen aceptó. Casi nadie sabía que él estaba con los cátaros, y consideraban su apartamento bastante seguro.

Jaime llamaría hoy a Laura, su secretaria, para explicar que un familiar cercano había tenido un accidente y él tuvo que regresar de improviso. Que le dijera a White que el familiar era residente de otro estado y no iría a la oficina hasta el lunes. No; no estaría localizable.

Confiaba en que para el lunes estarían preparados para denunciar a los Guardianes ante David Davis.

Al regresar a la habitación se quedó mirando a Karen. Dormía sobre su lado izquierdo y estaba medio cubierta por la sábana. Su pelo desparramado sobre la almohada y su blanca piel resaltaban sobre las sábanas de color azul. Estaba bellísima. Jaime pensó que había sido enteramente suya durante la noche. Aún era suya. Le costaba creer que poseía a aquella mujer. Y esa sensación de propiedad le llenaba de una satisfacción como nunca antes sintió. Había ganado y tenía a Karen. De momento. Pero ¿hasta cuándo? Esa pregunta le torturaba. ¿Cuánto tiempo podría retenerla? Estaba seguro de que Kevin no aceptaba su fracaso e intentaría conseguirla de nuevo. ¿Continuaría Karen amándolo cuando ya no fuera necesario para los planes de su secta?

Jaime se acostó abrazando a Karen por detrás, con su pecho contra la espalda de ella y las piernas siguiendo las de su compañera en posición paralela, quedando los cuerpos ajustados.

Olvidó sus pensamientos, concentrándose en el placer del abrazo. Notaba la respiración tranquila de la que en este momento era su mujer y se sintió lleno de paz.

Al rato se levantó, fue a preparar el desayuno y al volver al dormitorio la besó para despertarla. Primero en la mejilla, luego en el cuello y en la boca. Karen abrió los ojos y sonriendo los volvió a cerrar. Al insistir Jaime, ella empezó a desperezarse.

—Buenos días, cariño —dijo ella.

Karen se medio vistió con el jersey de pico y sus braguitas de la noche anterior y se sentaron a desayunar.

—¿Qué tal has dormido?

—Muy bien. ¿Qué tal tú?

—Me he despertado pronto; he tenido un sueño inquieto.

—¿Cómo es eso? ¿No estabas bien conmigo?

—Claro que estoy bien contigo. Demasiado. Te amo con desesperación y el pensamiento de perderte, de que vuelvas con Kevin, no me deja en paz.

—¡Oh, Jaime! Gracias. ¡Qué halagador!

—No lo digo para halagarte. Simplemente es así.

—Bien. Estás intranquilo porque crees que mañana te puedo traicionar con Kevin u otro. ¿Es eso?

—Pues... sí.

—Tengo una solución para eso. Cásate conmigo. Ahora.

—¿Cómo que ahora?

—Sí. Para los cátaros el matrimonio no es un sacramento y ningún sacerdote tiene nada que decir o hacer sobre lo que tú y yo libremente acordemos.

—¿Así que podríamos casarnos aquí y ahora?

—Sí. Hagámoslo. Te propongo que sea por un límite de tiempo corto antes de comprometernos definitivamente. ¿Qué te parecen tres meses?

—¿Cómo que tres meses? ¿Por qué tan poco?

—La convivencia no es fácil y el pasado no garantiza el futuro. Yo cumplo mis compromisos. Puedes estar totalmente seguro de que mientras sea tu esposa no voy ni siquiera a permitir que se acerque a mí otro hombre. ¿Qué me dices? ¿Aceptas y te quedas tranquilo durante tres meses?

—Que sean seis.

—Trato hecho. Ven.

Jaime se levantó, quedándose frente a Karen. Ella le cogió las manos y mirándole a los ojos le dijo:

—Yo, Karen, me comprometo a ser tu esposa durante seis meses, o quizá para siempre si lo decidimos más adelante. Te seré totalmente fiel y estaré junto a ti tanto en los ratos buenos como en los difíciles, seré tu mujer física y mentalmente. Soy igual a ti y tú eres igual a mí. Por lo tanto, mi compromiso será válido siempre y cuando tú te comprometas a lo mismo y cumplas con lo acordado. ¿Qué me dices?

—¡Karen! ¡Faltan los anillos!

—Los anillos son un símbolo material que no tiene importancia alguna para los cátaros. —Karen hizo aquí una pausa. Luego sonrió—. Pero yo amo las joyas, y estaré encantada con un regalo. ¡Pero, bueno, me tienes esperando! ¿Te comprometes también?

—Sí. Y además quiero añadir un par de puntos al contrato.

—¿Cuáles? —preguntó Karen sorprendida.

—Que te amo con locura. Y que siempre te amaré.

—Y yo también a ti.

Y se fundieron en un beso y un abrazo. Cuando ambos se separaron, Jaime la cogió de la mano y tirando de ella hacia el dormitorio le dijo:

—No vale si no se consuma.

—¡Pero si ya lo hicimos esta madrugada! —protestó Karen riendo.

—Consumaciones por adelantado no cuentan.

Karen se resistía jugando, y él la cogió en brazos mientras ella pataleaba ligeramente. De repente algo cruzó por su mente y la depositó en el suelo.

—¿Era eso a lo que te referías cuando me dijiste que estuviste casada con Kevin durante un año? Era así, ¿verdad?

—¡Ya basta de celos, estúpido! —contestó Karen frunciendo el ceño pero aún de buen humor. Empujándolo lo hizo caer de espaldas en la cama y echándose encima de él empezó a besarlo. Jaime pensó que las cosas estaban yendo por buen camino y que sería mejor no estropearlo. No insistiría en el tema de momento.

Pero tendría que hacer un gran esfuerzo de voluntad para poder echar al maldito Kevin de la cama.

Sábado

83

Jaime sentía las cálidas manos de Dubois en su cabeza y lanzó una última mirada al tapiz antes de cerrar los ojos. Las figuras habían cobrado vida y su mirada se fue al Dios malo. Los trazos seguros, impresionistas, del viejo maestro de Taüll le daban fuerza, vitalidad, poder. ¡Le estaba mirando a él! Enarbolaba su espada amenazante y en su mano izquierda sostenía a la pequeña pareja desnuda, vulnerable. Adán y Eva —quizá Pedro y Corba— parecían atemorizados, intentando protegerse el uno al otro. La divinidad hierática, impasible, distante, pareció curvar sus labios, y Jaime vio en ellos una sonrisa cruel. Entornó los ojos temiendo un presagio, pero ideas e imágenes se difuminaron y se vio lanzado al pasado.

La batalla estaba a punto de empezar. Los caballeros cruzados de Simón de Montfort habían salido de Muret cuando el sol aparecía tímidamente en la mañana dominada por las nubes. Tan pronto como cruzaron el puente sobre el río Loja, el ejército cruzado se dividió en dos ordenadas columnas, y la más reducida, de unos trescientos caballeros, se dirigió hacia el oeste, donde se encontraban las milicias tolosanas que sitiaban la ciudad, con seis máquinas de guerra. Los tolosanos empezaron a retroceder frente al avance de la caballería, mucho más poderosa que ellos. La segunda columna, compuesta de setecientos jinetes, se encaminó hacia el norte, como queriendo atacar el campamento aragonés por su flanco izquierdo. Pero pronto se dividieron a su vez en dos, dirigiéndose un grupo hacia las tropas del rey Pedro, mientras que el otro continuó el movimiento envolvente hacia el flanco izquierdo del campamento.

La base catalanoaragonesa se encontraba en una posición más elevada, desde donde el terreno hacía pendiente hasta la ciudad de Muret, situada en la horquilla de los ríos Garona y Loja. A su derecha se encontraba el campamento del conde de Tolosa. Un campo despejado, ligeramente sinuoso y cruzado de riachuelos formados por la reciente lluvia se extendía entre ellos y el enemigo. Hierba rala y algunas matas se esparcían por el suelo, cubierto en algunas zonas por pequeños bancos de niebla baja que no impedían la visibilidad general. Al fondo las murallas de Muret. Y en medio, amenazantes, las tres columnas de caballeros cruzados, con sus estandartes, blancos con una larga cruz roja, al viento, avanzando en orden preciso. Nubes blancas y grises se mezclaban en el cielo.

Por entonces el grupo de Ramón Roger I, el impetuoso conde de Foix, ya estaba en camino contra los enemigos que amenazaban a los tolosanos y a sus máquinas de asalto. El conde estaba ansioso por combatir y auxiliar a sus aliados y no esperó a reunir a todos los efectivos bajo su mando. Sus caballeros de vanguardia iban al trote, pero los jinetes rezagados galopaban para poder alcanzar al grupo principal, mientras que los infantes, a pie, tenían que correr atrás con las lanzas y se distanciaban del grupo a caballo.

—Adelante —dijo Pedro mientras hacía andar su caballo en dirección al enemigo.

Miguel de Luisián, portando el estandarte real de cuatro

barras de sangre sobre fondo gualda, se colocó a su lado, y Hug de Mataplana y los demás caballeros del rey se situaron detrás de ambos.

Pedro vio que los franceses avanzaban despacio y cautelosos, esperando a los movimientos de los aliados; de haber espoleado sus monturas, los cruzados ya estarían encima del campamento.

El rey detuvo un momento a su grupo y se incorporó sobre su caballo para observar si estaban listos para salir, pero la columna estaba aún formándose y caballeros rezagados continuaban llegando. El campamento había adquirido la frenética actividad de un hormiguero atacado por un peligro, convirtiéndose en un confuso tumulto donde caballos relinchaban, hombres corrían para reunirse con los suyos, y el ruido de hierros se fundía con preguntas, maldiciones y gritos en varias lenguas. Un par de sacerdotes católicos, con sendos monaguillos sosteniendo recipientes de plata, bendecían a los guerreros que salían del campamento, lanzando agua bendita con un hisopo.

Pedro evaluó la situación. El desdoblamiento del cuerpo principal de los cruzados podría obligar a su columna a luchar en dos flancos, envolviéndolos. Si tal cosa ocurría, Pedro estaría en un serio peligro, ya que quedaría a merced de la ayuda que recibiera del tercer cuerpo aliado, el tolosano mandado por el conde Ramón VI, con el que acababa de discutir airadamente y que se había retirado a su campamento. Esa perspectiva le inquietaba. No podía dejar a ningún jinete rezagado; los necesitaba a todos.

El audaz conde de Foix tenía prisa por entrar en combate y no moderaba su avance, con lo que su retaguardia estaba dispersa y desordenada. Mientras, los infantes tolosanos, abandonando las máquinas de asalto, empezaron a correr hacia el de Foix en busca de protección contra los cruzados.

Pedro maldijo en voz baja, tanto a los cobardes escondidos en las tiendas del campamento como a los que tomaban demasiados riesgos. Ambos eran igualmente peligrosos para los suyos. Ese era uno de los inconvenientes de formar un ejército deprisa y corriendo, con gentes de distintas procedencias y viéndose obligados a combatir sin tiempo para acostumbrarse a una disciplina.

—Daos prisa en la formación —gritó Pedro, e hizo un gesto para que los suyos avanzaran de nuevo. Pero antes se dirigió al conde de Cominges—: Cominges, comandad vos la retaguardia de mi columna y a los caballeros retrasados. Y si el de Tolosa no acude rápido, defended mi flanco izquierdo de los cruzados.

—El de Foix está dejando atrás a sus infantes y a varios caballeros —advirtió Miguel de Luisián, que cabalgaba junto al rey—. Es imprudente entrar en batalla sin apoyo de los lanceros a pie cuando los cruzados llevan los suyos pegados a los caballos.

—Aun así, no podemos abandonarlo —repuso Pedro—. Si dejamos mucha distancia, la columna central francesa le atacará por su flanco izquierdo y lo destrozará.

—Pero eso significa dejar atrás a nuestros propios lanceros y a los caballeros del grupo de Cominges —dijo Hug de Mataplana—. Nos arriesgamos a que Cominges no pueda contener al tercer grupo cruzado y que nuestra propia columna sea atacada por centro e izquierda a la vez.

—Bien lo sé, Hug —contestó Pedro—, pero no va a quedar más remedio que proteger al de Foix de un ataque envolvente de la columna central. Si perdemos el flanco derecho de nuestro ataque, el que comanda Ramón Roger de Foix, la batalla se pondrá muy difícil. Nos acercaremos, a distancia suficiente de la columna central francesa, para que esta no se atreva a atacarle.

—Entonces cargarán contra nosotros sin dar tiempo a

que el grupo que manda el de Cominges nos alcance —dijo Hug.

—Además, la columna izquierda caerá sobre nuestra retaguardia. La situación no es bonita —añadió Miguel—. Que Dios nos ayude.

—Que se haga lo que Dios quiera —replicó Pedro II.

Miguel se santiguó, y Hug, que conservaba su humor a pesar de lo difícil de la situación, no perdió la ocasión de lanzarle una pulla.

—Después de la misa os he estado vigilando todo el tiempo, Miguel, y no os ha dado tiempo a pecar. No hace falta que os santifiquéis más.

—Lo hago pensando en vuestra negra alma —respondió rápido Miguel. Hug soltó una carcajada. Pedro murmuró de nuevo, como autoconvenciéndose:

—No es un suicidio. Es el juicio de Dios. —Y rezó—: Señor buen Dios, me someto a vuestro juicio. Tened piedad.

El conde de Foix, que se encontraba a unos seiscientos metros del grupo enemigo que llegaba por la derecha, se irguió en su caballo, espada en alto, y gritó:

—¡Por Foix, Occitania y el rey Pedro!

Sus caballeros gritaron a todo pulmón mientras levantaban las espadas, lanzándose a la carga contra la columna cruzada, y con ello obligaron a Pedro y su grupo a aumentar de nuevo el ritmo de trote. En perfecta formación, los cruzados reaccionaron cargando, en lugar de contra los caballeros de Foix, contra los infantes tolosanos, de forma que estos quedaron en medio. En pocos momentos los tolosanos que huían y el grupo del conde que cargaba se mezclaron, mientras sus enemigos les atacaban.

Gritos, estruendo de armas chocando y relinchos de pánico de los caballos; se decidía el primer lance de la batalla.

La columna central de Simón de Montfort continuaba avanzando al paso y no parecía que fuera a intervenir contra los de Foix. Los caballeros del rey Pedro continuaban al trote; ya solo les separaban quinientos metros. Pedro ordenó reducir la velocidad y pusieron los caballos al paso, esperando que el conde de Cominges, que llegaba por detrás, pudiera alcanzarlo pronto.

Mientras, los de Ramón Roger I parecían llevar la peor parte del combate; la confusión y el desorden del bando aliado eran enormes. Los jinetes tropezaban con los infantes y eran incapaces de organizarse para contraatacar. Los franceses, en sólida formación, manejaban las espadas con habilidad, y sus infantes con sus picas lograban derribar un buen número de jinetes aliados. Unos caballeros heridos empezaron a retirarse, mientras que el resto cedía terreno frente al empuje de los cruzados. Una tercera parte de los caballeros de Foix había caído ya, mientras que los cruzados parecían tener pocas bajas. Estos se abrieron paso a golpe de espada en medio de un sangriento desorden de infantes que huían y caballeros que resistían. Entretanto al grupo del rey solo le faltaban unos cuatrocientos metros para chocar contra los cruzados.

Y entonces ocurrió. De nada sirvió la bravura del conde de Foix. Sus caballeros empezaron a retirarse.

En aquel momento se oyó un gran griterío en la columna central francesa. ¿Estarían celebrando la victoria? No, no celebraban, atacaban, estaban cargando contra ellos.

84

El rápido derrumbe de Foix había dejado a Pedro en una posición muy apurada: no solo tendría que luchar contra la formación central, que ya le atacaba de frente, sino que la primera columna cruzada, cuando terminara de dispersar al grupo de Foix, cargaría contra él por su flanco derecho, mientras que la tercera columna lo atacaría por la izquierda o por detrás. Si Ramón VI de Tolosa no se lanzaba a la lucha con sus caballeros de inmediato, estaba perdido. El corazón de Pedro batía acelerado, y sentía un nudo en la garganta. Estaban en mala situación para cargar, se encontraba lejos de los infantes y del grupo de Cominges, que se acercaba al galope. ¿Qué hacer? ¿Retirarse a la línea de arqueros?

Demasiado tarde. Si giraban, en unos momentos tendrían a la caballería enemiga a sus espaldas; el tiempo era demasiado justo para cambiar de dirección y no ser alcanzados. Y aun en el caso de que la mayoría de los caballeros pudiera escapar, los franceses destrozarían a los lanceros de a pie que estaban a medio campo. Además, lo más probable era que su propia caballería en retirada tropezara con los de atrás y que la confusión resultante fuera aún peor.

Dios quería así su juicio. Si Él lo deseaba así, así sería. Como mandaba la tradición del juicio de Dios, Pedro se enfrentaría cuerpo a cuerpo en combate a muerte con sus enemigos.

—¡Caballeros! —gritó alzando su espada—. ¡Por Occitania Cataluña y Aragón! ¡Y por Dios!

—¡Por Dios y el rey Pedro! —gritó Miguel, cuya tronante voz se destacaba sobre el fragor del ejército al trote.

Y se lanzaron al galope en medio de un gran griterío.

Miguel, Hug y otros de los caballeros del rey se adelantaron a Pedro para protegerlo del primer choque, que se produjo pocos instantes después. El estruendo de hachas y espadas sobre metal se mezclaba con gritos y maldiciones formando un ruido ensordecedor.

Un caballero enemigo cruzó la primera línea a la izquierda de Pedro; habría recibido algún golpe, parecía confuso y su guardia estaba demasiado abierta.

Pedro le lanzó un mandoble de arriba abajo que el otro no pudo parar y el hierro penetró entre el casco y la frente, cortando violentamente por la nariz y la boca. Los ojos azules del hombre se abrieron con sorpresa, la espada cayó de su mano y su cuerpo se echó hacia atrás desplomándose de espaldas.

Pedro espoleó su caballo, que saltó hacia delante, al tiempo que soltaba otro tajo a la espalda del cruzado que se batía con Hug y que en el intercambio de golpes había quedado en mala posición. El hombre se dobló hacia delante, y Hug le asestó un golpe lateral en el cuello que rompió la malla. Sin emitir un quejido, el caballero cayó de lado, con el cuello doblado en posición extraña y borbotones de sangre brotando de la herida.

Más al frente y a la derecha, Guillem de Montgrony, el joven caballero que vestía las insignias reales, retrocedía ante el empuje de varios enemigos. A su lado, Gomes de Luna acababa de derribar a un francés. En un movimiento envolvente tres de los cruzados se colocaron a la espalda de ambos; estaban buscando matar rey. Pedro espoleó su caballo hacia delante y gritó:

—¡Ayuda para Guillem!

Miguel, Hug y otros caballeros más, que nunca se separaban de Pedro, lo siguieron.

Demasiado tarde; Guillem y Gomes cayeron bajo una lluvia de golpes.

—¡Ese no era el rey Pedro! —gritó el caballero cruzado que parecía al mando del grupo—. El rey es más viejo y corpulento.

—¿Queréis al rey? ¡Aquí lo tenéis! —gritó Pedro al tiempo que descargaba un tajo sobre uno de los caballeros que habían atacado la espalda de Guillem y que justo había tenido tiempo de girarse y protegerse con el escudo.

—¡Dios! ¡Qué loco! —exclamó Miguel mientras cargaba contra otro de los cruzados a la izquierda de Pedro.

Llegando por la derecha, Hug atacó a un jinete que se dirigía contra el rey. Los franceses buscaban al rey Pedro y lo habían encontrado.

Pedro continuaba golpeando a su contrincante, que ya había logrado parar con el escudo tres golpes. El cruzado recuperó una buena posición y le envió un tajo de derecha a izquierda haciendo girar la espada por encima de la cabeza. Pedro se echó hacia atrás para esquivarlo y de inmediato hacia delante con la espada horizontal, al hueco que el otro había dejado al final de la amplia curva en su mandoble alto. Le hirió en el costado, pero no lo suficiente para derribarlo. Su enemigo se dobló hacia delante mientras con la espada, golpeaba con fuerza a Pedro. Este se protegió con el escudo, pero la formidable fuerza del impacto hizo que la espada de su contrincante, aunque débil, le golpeara en el casco.

Su cabeza retumbó y sintió un dolor lacerante. Eso hizo que su siguiente golpe, ya en camino, diera sin la suficiente fuerza en la parte alta del brazo que sostenía el escudo de su enemigo.

Pedro se preparaba para recibir el siguiente golpe cuando el caballero cayó hacia delante con un gran tajo en el costado propinado por Miguel. Este se había librado de su contrincante y se colocó entre Pedro y los caballeros franceses que venían hacia ellos en multitudes.

—¡Es una trampa para mataros, mi señor! Poneos a salvo en la retaguardia. ¡Los cruzados os han descubierto y vienen a por vos!

Pedro se sentía cansado, como nunca se había sentido en una batalla, y la sangre en la cara le privaba de la visión del ojo izquierdo.

—No, mi buen Miguel, ahora es el momento del juicio —le dijo.

—¡Ayuda para el rey! —gritó Miguel con su formidable vozarrón.

Hug, que también había terminado con su enemigo, se puso al lado de Miguel al tiempo que otro cruzado llegaba y le golpeaba con un tajo largo en el casco. La sangre empezó a brotar de su frente. Pero Hug hizo saltar a su caballo hacia delante y con un movimiento horizontal de su espada, la colocó entre el escudo y el brazo derecho de su atacante, justo en pleno pecho. El hombre abrió los brazos y se desplomó hacia atrás. Un segundo adversario le envió un mandoble que Hug pudo parar a duras penas con su escudo; desequilibrado, golpeó a su vez al cruzado, que paró fácilmente el golpe. Hug se descubrió demasiado y, al contraatacar, el francés le alcanzó con un buen tajo en el hombro; la espada de Hug cayó al suelo, pero pudo mover su escudo a tiempo y parar el siguiente golpe. Intentó coger sus mazas de combate, que colgaban de su silla, sin conseguirlo. Pedro espoleó su caballo y llegando por detrás de Hug hundió su espada en la faz del cruzado. La sangre cubría buena parte de la cara de Hug, que tenía el brazo derecho colgando y sus mejillas pálidas como la cera.

—Es un honor tener como guardaespaldas a un rey. —Tuvo aún el humor de bromear—. Gracias, mi señor.

—Hug, retiraos —dijo Pedro.

—No, mi señor. No os abandonaré en el campo de batalla —repuso Hug mientras intentaba coger de nuevo las mazas de guerra, que colgaban de su montura. Su herida sangraba en abundancia, y las mazas cayeron al suelo.

—Idos, Hug, aquí molestáis y yo os quiero para otras batallas. ¡Os lo ordeno por vuestro honor y la fidelidad que me habéis jurado!

—¡Que el Dios bueno os proteja, mi señor! —Sosteniéndose a duras penas sobre el caballo, Hug se dirigió al campamento.

La situación en el grupo de Pedro era crítica. Cerca de una veintena de jinetes cruzados se habían lanzado sobre la cuadrilla de rey, de la que solo cinco caballeros quedaban. Un grupo de unos veinticinco caballeros, con Dalmau de Creixell al frente, se esforzaban por llegar en su ayuda, pero la caballería y los infantes enemigos, que a pie les atacaban con sus largas picas, se lo impedían.

—¡Id a la retaguardia, mi señor! —le gritó de nuevo Miguel—. ¡Rápido, don Pedro! ¡Antes de que nos rodeen!

Fueron sus últimas palabras. Un cruzado le estrelló un hacha en el casco, mientras otro le hundía la espada por debajo del escudo. Miguel se desplomó hacia delante. Pedro espoleó su caballo enviando un tajo al primero de los verdugos de Miguel. El golpe dio en el cuello del caballo que se hundió de rodillas. Rápidamente levantó la espada hacia arriba hiriendo sin profundidad el pecho del caballero. Tuvo el tiempo justo de cubrirse con el escudo del golpe que el segundo jinete le lanzaba. Soltó un nuevo mandoble al caballero herido, que recibió un profundo tajo, rompiéndole la malla entre omoplato y esternón. Hombre y caballo empezaron a caer.

Pedro sintió entonces un golpe y un profundo dolor en su hombro izquierdo; el brazo que sostenía el escudo se desplomó y la defensa cayó al suelo. Casi de inmediato un terrible dolor en el costado; un soldado de a pie le había clavado su lanza.

—¡Dios mío! —musitó mientras perdía el equilibrio y caía del caballo.

Justo entonces un grupo de sus caballeros alcanzaba el lugar, haciendo retroceder a los cruzados.

Pedro no había perdido la consciencia. Allí frente a él, tendido en el suelo, estaba Miguel, su amigo, con su densa barba rubia y sus ojos azules abiertos. Miraba a un cielo que ya no veía; tenía la frente ensangrentada y abierta por un gran corte. Entre ambos, un pequeño riachuelo. Riachuelo de agua clara hacía unos momentos, llegó a pensar Pedro, ahora de sangre.

Pedro sabía que sus heridas eran mortales. Dios le había juzgado y le condenó.

Arriba sus caballeros luchaban aún, creando un espacio libre que lo protegía, y veía cómo jinetes de uno y otro bando iban cayendo. Él quería gritarles que todo estaba perdido, que se fueran. Que el juicio de Dios ya se había celebrado. Pero no pudo ni siquiera hablar. Quería que se retiraran, sabía que sus caballeros morirían antes que abandonarle a él allí, a pesar de que la batalla estaba ya perdida. La angustia que aquella certidumbre le causaba dolía más que sus heridas.

Se equivocó al no seguir los consejos de Ramón VI. Erró al conducir a su gente a un combate en campo abierto. Obró contra la prudencia y ahora respondía por ello.

Pero quería ser juzgado por Dios y acabar con aquella duda terrible, aun a costa de su vida. Y había sido condenado. Pero ahora comprendía que no solo él pagaba por su pecado, sino que sus caballeros y las gentes que le eran fieles sufrirían la misma condena.

Las lágrimas brotaron de sus ojos. Había sido un loco obsesionado por el amor de una mujer y por ella se había enfrentado a la voluntad de Dios. Y por ella había buscado su destino en aquel campo de batalla. Y ya lo había encontrado. Su destino era la muerte.

Sentía dos dolores en el pecho: el de la herida física y el de la pena. No sabía cuál dolía más, pero ambos le estaban matando. El dolor era tal que iba a perder la consciencia. La muerte le libraría del dolor físico. Pero ¿cómo se libraría de su angustia, del dolor de su espíritu?

—Señor mi Dios, perdonadme por lo que he hecho a mis gentes.

Con un último esfuerzo Pedro se tumbó hacia el cielo. Casi no oía el estruendo del combate.

Miles de imágenes cruzaron su mente. Su infancia, sus guerras, sus amores. Corba.

—Señor buen Dios, cuidad de mi amada Corba, cuidad de mis súbditos y de mi hijo.

El cielo continuaba con sus nubes grises y blancas. Su vista empezó a nublarse y veía las siluetas de los combatientes como a cámara lenta, bailando un macabro baile de muerte alrededor.

—Señor buen Dios, perdonadme.

De pronto, atravesando un claro de nubes, surgió un pequeño rayo de sol.

Pedro vio una luz blanca salir del cielo, la luz se hizo mayor y se le acercó. Y sintió que había alguien dentro de aquella luz. Ese alguien misericordioso le hablaba, diciéndole que el buen Dios le había perdonado.

Pedro sintió la paz.

85

—El ciclo se ha cerrado —dijo Dubois apartando sus manos.

Jaime recuperaba lentamente la consciencia de dónde estaba. Dubois volvió a hablar.

—Ahora debe encontrarse a sí mismo. Estaré en mi celda, rezando, venga cuando me necesite. —Y dirigiéndose a la puerta lo dejó solo en la capilla subterránea.

Tumbado en el pequeño diván, podía ver de nuevo el tapiz de la herradura cátara con sus personajes y divinidades extrañamente primitivos y ahora inmóviles. El Dios bueno, el mal Dios estaban allí, quietos, pero llenos de un poder oculto y de un significado que Jaime no terminaba de comprender.

Notaba sus ojos y mejillas húmedos y se dio cuenta de que había estado llorando cuando el rey Pedro lloró. Había vivido su propia muerte y, antes de morir, experimentó cómo la pena y sus propios reproches le destrozaban el corazón.

Sentía una gran compasión por Pedro. Por él mismo. Por el caballero, por el rey, que creía en un Dios que juzgaba a sus criaturas, premiando a las justas con la vida terrena y castigando a las equivocadas con la muerte. Lamentaba el destino de aquel hombre, que lo había dado todo por el amor de una mujer: su vida, la de sus caballeros y amigos, su reino y también su alma.

Estaba seguro de que aquella historia antigua se repetiría en el presente y experimentaba lo que Pedro sintió cuando velaba sus armas y rezaba a Dios la noche antes de entrar en batalla.

El lunes, si todo estaba listo, debería ver a Davis, convencerlo y demostrarle que existía un complot dentro de la Corporación y que en los asesinatos estaban involucrados varios de sus más altos ejecutivos. Si fracasaba, los Guardianes sabrían entonces que él era su enemigo y su vida no valdría nada. Lo buscarían para asesinarle. Y también a Karen.

Sentía que la vivencia que acababa de experimentar no era un buen presagio, era un aviso de algo malo. Pero él, como antes Pedro, no tenía otra alternativa. Miró a la imagen del Dios bueno.

—Señor buen Dios —empezó a rezar—, dadme valor. Dadme la victoria.

86

Encontró a Peter Dubois en su celda, rezando de pie frente a un libro apoyado en un atril. La habitación era un simple cuarto de unos veinte metros cuadrados pintado de blanco y amueblado con una austeridad que contrastaba con el resto de la casa. Una cama de madera, una mesa, dos sillas, un pequeño armario, varios estantes de libros. No tenía ventanas, y la luz natural entraba por una claraboya que iluminaba el fondo de la habitación donde estaba el viejo libro. Jaime intuyó que aquella obra sería una copia del nuevo testamento de san Juan Evangelista; el libro del Dios del amor para los cátaros, la voluntad del Dios bueno expresada por Jesucristo.

—Hoy he vivido mi muerte —le dijo Jaime a Dubois una vez que se sentaron en las dos únicas sillas.

—La carne que creó el diablo murió —repuso este con una sonrisa—. Su verdadero yo espiritual es el que está aquí ahora conmigo. Jamás murió.

—Vi sufrir y perecer a muchos a causa de mis errores; ese recuerdo me desgarra.

—Tomar conciencia del daño que causamos a los demás es parte de nuestro progreso. —La voz de Dubois sonaba suave y le producía a Jaime una sensación de paz—. No puede usted cambiar el pasado, Jaime, simplemente debe aprender para ser mejor en el futuro.

—Tenía una duda terrible sobre si el camino que había tomado era contrario a la voluntad de Dios. Me sometí a una especie de juicio de Dios luchando en primera fila en una batalla, y este castigó mi equivocación condenándome.

—Claro que estaba usted equivocado. Pero lo estaba al someterse a tal juicio. ¿Cómo pudo creer que un Dios bueno aceptaría que se matara con otros para juzgarle? Las armas, las guerras, las batallas y las muertes violentas son obra de un espíritu perverso al cual puede llamar diablo y que proviene del Dios malo. O si le es más fácil, llámele Naturaleza, con su gran fuerza de creación y su gran fuerza de destrucción y crueldad. Pedro II jamás se sometió al juicio del Dios bueno. Luego Él jamás le condenó.

—Peter, dice que las armas y las batallas son obra del diablo. Ahora me veo en situación de enfrentarme a otros hombres. Y si venzo, les voy a causar mal y quizá alguno muera pero, si pierdo, ellos me quitarán la vida. Y todo a causa de la guerra que ustedes han iniciado contra los Guardianes del Templo. ¿No representa una gran contradicción de su fe?

—Los Guardianes utilizan la violencia física y el asesinato en nombre de su Dios. Están equivocados. El hombre nació de un animal primitivo y cruel que creó el demonio, el mal Dios, la Naturaleza, pero en su interior tiene un alma pura creada por el Dios bueno. Y evoluciona de forma imparable vida tras vida hacia la bondad, perdiendo en su largo camino su crueldad animal. Dios solo hay uno, y este Dios es el Dios bueno, que al final de los tiempos recuperará el alma de los hombres para su reino. —Los ademanes de Dubois eran suaves y sus ojos habían perdido la dureza, la amenaza hipnótica que Jaime siempre había visto en ellos. Ahora se sentía bien con aquel hombre de barba blanca—. Pero cada individuo inventa su propia versión de Dios según su estado de evolución. Su Dios se parece psicológicamente a ellos. Antiguamente los dioses pedían sacrificios humanos. Sacrificios de animales. Pero no era el Dios bueno quien lo pedía, sino la Naturaleza brutal y cruel de aquellos hombres; el mal Dios.

»El Dios bueno no ha pedido nunca el asesinato, el robo, la venganza, el engaño y la violación, aunque haya hombres y religiones que los justifiquen en nombre del Altísimo. Pero las creencias también evolucionan y se adaptan a las necesidades de un hombre más cercano al Dios bueno. Lo que la Iglesia católica practicaba hace ocho siglos hoy horrorizaría a los católicos; han evolucionado a formas más caritativas, más puras. Nosotros, los cátaros, también hemos evolucionado, porque nuestra religión, aunque buscara al Dios bueno, tampoco nació perfecta. En el siglo XIII creíamos que el Señor nos pedía que nos dejáramos perseguir, despellejar, quemar. Pero estábamos equivocados. Es lícito que nuestros creyentes se opongan a las gentes que quieran implantar la intolerancia y las creencias retrógradas propias del Dios malo. Solo que debemos evitar, en lo posible, la violencia contra los demás.

—¿Qué me dice de la seducción y el sexo? —Jaime sabía que Dubois adivinaría el porqué de su pregunta—. ¿Son armas lícitas para esa lucha?

—Yo hice voto de castidad. Pero los creyentes no lo hacen. El sexo es bueno porque permite el nacimiento de los cuerpos físicos y la encarnación de las almas. También es un vehículo para el amor, que es la mejor virtud del ser humano. Sin embargo, debe ser usado con cuidado, no porque sea pecado, sino porque puede hacer sufrir. Si no se hace daño a los demás o a uno mismo, el sexo es como cualquier otra cosa en nuestro mundo: fruto de la Naturaleza. O del demonio, como dirían los antiguos. No debería ser usado como arma; pero tampoco debiera usarse ninguna otra arma.

87

Cuando Jaime entró en el salón, Karen y Kevin se encontraban de pie, con papeles en las manos y en acalorada discusión, mientras Tim les escuchaba sentado en una silla. Encima de la mesa había numerosos documentos amontonados y un ordenador portátil en funcionamiento. Pilas de dosieres en el suelo.

Jaime no se había encontrado con Kevin desde el incidente de la noche del miércoles en aquel mismo salón y sobre aquellos malditos sofás. Al verlo con Karen sintió como una punzada en su vientre y mil pasiones se reavivaron en su interior. Odiaba a aquel individuo y en un acto reflejo apretó los puños y la mandíbula. Debía de ser su diablo interior. O la Naturaleza, como diría Dubois. Fuera lo que fuese, allí estaba de nuevo y hacía que odiara a aquel individuo a muerte. Hizo un esfuerzo por contenerse y saludó al grupo.

—Buenas tardes.

—Buenas tardes —repitieron Karen y Tim.

Kevin se lo quedó mirando desafiante, con los labios apretados, sin responder al saludo; él también debía de sufrir un demonio interior.

Los ojos de Karen se iluminaron al verlo, le dedicó una deliciosa sonrisa y, abandonando la conversación y los papales encima de la mesa, fue a su encuentro. Le besó en los labios y, al cogerle de la mano, Jaime sintió un gran alivio, notando cómo sus músculos se relajaban. Karen estaba con él. Kevin perdía.

—¿Cómo te ha ido? —preguntó ella.

—He cerrado mi ciclo.

—¿Has hablado con Dubois?

—Sí.

—Preparemos unos sándwiches y salgamos al jardín. Me lo tienes que contar todo. —Sin despedirse de los demás Karen tiró de Jaime en dirección a la cocina.

Era una hermosa tarde soleada. Anduvieron sobre el césped rodeado de arbustos y azaleas. Depositaron los bocadillos y unas bebidas sobre una mesa de jardín cercana a la piscina y Karen lo condujo al mirador, desde donde se contemplaba el valle de San Fernando y las montañas. A pesar de una ligera bruma en el valle, la vista era magnífica.

—Cuéntame —pidió ella al sentarse a la mesa.

Él le contó lo vivido hacía unos minutos, terminando el relato con su propia muerte y con la angustia de ver morir a su gente por su culpa.

—¿Puedo conocer ya la historia oficial? —preguntó al final del relato.

—Sí, pero la verdadera historia es la que tú ya sabes. Las versiones de los que ganaron no te deben importar.

—Aun así, tengo muchas preguntas sobre lo ocurrido.

—Lo que está escrito en los libros se parece mucho a tus recuerdos, pero Dubois te podrá responder mejor. Precisamente ha salido al jardín.

Karen llamó al viejo, que acudió a la mesa.

—Ha revivido usted la batalla de Muret casi exactamente como la cuenta la historia. —Dubois continuaba sonriente—. Es asombrosa la exactitud de sus recuerdos.

—Miguel murió conmigo, pero ¿qué le ocurrió a mi amigo Hug?

—Hug, siguiendo las órdenes del rey, abandonó el campo de batalla. Su escudero y sus hombres lograron ponerle a salvo, lo llevaron a Tolosa, pero estaba muy malherido y murió dos días después.

Salvo un pequeño pesar, Jaime no sintió ninguna otra emoción; Ricardo estaba vivito y lleno de salud. Al revivir la batalla experimentó las emociones con una intensidad cruel, pero ahora aquello se le antojaba una historia antigua.

—¿Qué pasó con el resto de mis caballeros?

—Murieron prácticamente todos. Rodeados de enemigos, se dejaron matar uno tras otro haciendo círculo para defender el cuerpo del rey. Luego los cruzados desnudaron los cadáveres para quedarse con joyas, ropas y armas. Cuando Simón de Montfort llegó para ver al rey, este yacía desnudo con varias heridas, pero una, en el costado, era mortal de necesidad. Lo pudieron reconocer por su gran estatura. Dicen que el jefe cruzado lloró al ver al rey en tal estado.

»El resto del ejército se derrumbó al morir Pedro y huyó abandonando a los caballeros de la mesnada real que defendían el cadáver de su señor. El conde de Tolosa, Ramón VI, yo (lo siento), no llegó siquiera a salir con sus caballeros al combate. Su hijo Ramón VII, que lo presenció a distancia, recordaba: "El ruido era como el de un bosque de árboles abatidos a golpes de hacha". El conde de Tolosa se retiró con su hijo a su ciudad, de donde huyó rumbo al exilio poco después ante el avance de los cruzados. Perdió y ganó varias veces el condado, demostrando ser un maestro de la intriga y la política, aunque no un gran guerrero. Finalmente, muchos años después, su hijo Ramón VII recuperó definitivamente Tolosa, pero ya como vasallo del rey francés.

—¿Qué pasó con el hijo del rey Pedro? ¿Continuó la guerra de su padre?

—No. Jaime I tenía cinco años cuando Pedro murió. Pocos meses antes se había quedado también huérfano de madre al morir María de Montpellier en Roma y fue puesto bajo la tutela del maestre de los templarios del reino de Aragón. Con un reino lleno de deudas, menor de edad y agradecido al papa que ayudó a liberarlo de Simón de Montfort, Jaime renunció a sus derechos sobre Occitania obedeciendo al papa y dejó el campo libre a la corona francesa.

»Jaime I dijo de Pedro II, su padre: "Si perdió su vida en Muret, fue a causa de su propia locura. Sin embargo, fue fiel a su estirpe venciendo o muriendo en la batalla". A pesar de renunciar a Occitania, el nuevo rey de Aragón se distinguió militarmente conquistando los reinos de Valencia y Mallorca a los moros y estableciendo las bases para un imperio mediterráneo que posteriormente, con sus sucesores, se consolidó en Cerdeña, Sicilia y Nápoles, llegando incluso a establecer dominios en Grecia.

—¿Y qué ocurrió con el jefe cruzado?

—Simón de Montfort murió en uno de sus intentos de capturar Tolosa cuando unas muchachas tolosanas, defendiéndose con una pequeña catapulta, le aplastaron el cráneo con una piedra. Su hijo Amauric no supo consolidar lo conseguido por el padre y finalmente tuvo que retirarse a Francia.

—¿Y Corba? ¿Qué pasó con Corba?

—Yo respondo a eso —dijo Karen—. Corba se refugió en Tolosa, donde tenía a su familia, que estando vinculada al conde lo siguió en su destierro. Profesaban la fe cátara.

»No le faltaron pretendientes a la dama Corba; no solo era apreciada por su físico y su inteligencia, sino que el haber sido la dama del rey Pedro la colocaba por encima del resto de damas. Al cabo de unos años se casó con un noble, Ramón Perelha, y tuvieron varios hijos. Ramón era el señor del pueblo de Montsegur y rendía vasallaje a Esclaramonda de Foix, hermana del conde de Foix que participó en la batalla de Muret. Esclaramonda era una Buena Mujer y mandó fortificar Montsegur para proteger a los cátaros que huían de la Inquisición. Ramón Perelha cuidó de Corba hasta la muerte de esta, que aconteció a principios de 1244 en la toma de Montsegur. La historia oficial cuenta que al no querer renunciar a su fe, la Inquisición la quemó en la hoguera junto con doscientos catorce creyentes más. Pero no es cierto; mis recuerdos son distintos. Corba se arrojó desde lo alto de las murallas a una hoguera para morir libre.

—Lo sé —dijo Jaime—. Es lo que me contaste.

—Sí. Pero aún no lo sabes todo.

El tono usado por Karen lo alarmó.

—¿Hay algo más? —Jaime se sentía ahora inquieto.

—Sí. Pude reconocer a mi esposo de aquel tiempo. —Karen hizo una pausa—. Y él me reconoció a mí. Tú sabes quién es.

Como si de un relámpago se tratara, una certeza fatal iluminó la mente de Jaime.

—¡Kevin!

—Sí.

Trabajar el resto del sábado en Montsegur, luego de la revelación sobre Kevin, se convirtió en una tortura para Jaime. Era insoportable ver la cara y ademanes, de hombre querido por las mujeres, de su rival. Aquella permanente visión del guapo y el conocimiento de su papel en la historia pasada le hacían dudar, aún más, de poder retener a Karen; en consecuencia, su amor por ella tomaba la intensidad desesperada que solo el sentimiento anticipado de pérdida puede producir.

Advirtió, para su consuelo, que Kevin no ofrecía un aspecto más feliz que el suyo; trabajaba silencioso, taciturno, y parecía soportar peor que él la forzada convivencia en el gran salón de Montsegur.

Karen se mostraba discreta en presencia de los demás, pero a solas en la cocina o en el jardín le expresaba a Jaime que su cariño era solo para él, para nadie más. Jaime sentía entonces un placer infinito; placer que duraba justo hasta que volvía a ver la cara de Kevin.

Domingo

88

Decidieron relajar un poco la tensión que crecía conforme se acercaba el lunes. Todo estaría listo entonces, y Jaime debería encontrar la forma de acceder a Davis sin alertar a nadie de la secta. No era fácil, pero estaba seguro de conseguirlo.

Por la mañana recogieron a Jenny, la hija de Jaime, y los tres fueron a navegar para luego almorzar en uno de los restaurantes marineros de New Port.

Karen y Jenny congeniaron, y la mañana fue estupenda. En la tarde, una vez que dejaron a la niña con su madre, se dirigieron a Montsegur, donde a Jaime le esperaba una sorpresa.

—Buenas tardes, Berenguer, me alegro de verlo.

Allí estaba Andrew Andersen, el presidente de Asuntos Legales de la Corporación.

Superado el asombro inicial, Jaime le saludó mientras pensaba con rapidez: ¡Claro! Una de las piezas que faltaban en el rompecabezas. Andersen era creyente cátaro y quizá máximo responsable y cerebro de la trama que haría caer a los Guardianes y ascendería a los cátaros. Jaime había intuido la existencia de un cátaro con mucho poder en la empresa; por eso Douglas, aun siendo un importante guardián, fue despedido a pesar del apoyo de los altos directivos.

Alguien debió de influir en Davis para contrarrestar la presión política de los Guardianes, y Andersen estaba en la posición correcta. También debió de ser él quien alertó a Karen del asesinato de Linda, ya que, como jefe legal de la compañía, sería el primero al que la policía avisara.

Jaime observó con curiosidad el atildado aspecto de deportista náutico de Andersen. Así que este era el gran jefe cátaro escondido. El que, oculto, movía los hilos. Sorprendente.

—Tenemos cita con Davis mañana a las nueve; le prometí al viejo información muy relevante —anunció Andersen con tono resuelto—. Disponemos de algunas horas para ensayar la presentación.

—Muy bien, ensayemos —dijo Jaime. Se sentía confortado; el presidente de Asuntos Legales era un aliado formidable, y el acceso a Davis estaba ya resuelto.

—¿Continúa decidido a seguir adelante? —preguntó Andersen mirándolo suspicaz—. ¿Se atreve?

—Por supuesto —contestó Jaime con aparente tranquilidad, pero supo que las horas, antes del inicio de la batalla final, estaban contadas.

Aquella noche velaría de nuevo sus armas antes del juicio de Dios.

LUNES

89

La secretaria no había llegado todavía, y Jaime entró en el despacho sin llamar. Andersen se encontraba de pie contemplando las brumas del exterior a través de su ventana.

—¿Preparado? —preguntó sin más preámbulos al ver a Jaime. Parecía con prisa.

—Sí.

—Pues vamos a ello, y suerte.

Esperaron en los ascensores un tiempo interminable observados por el guarda de seguridad. White acostumbraba llegar pronto en la mañana y tenía su despacho muy cerca; encontrarse con él sería muy violento. Jaime no pensaba darle explicación alguna, y su jefe se pondría en alerta. El ascensor llegó vacío, Andersen aplicó su tarjeta contra el sensor y al aparecer la señal verde pulsó el botón de la planta trigésimo segunda.

En pocos segundos llegaron y Jaime supo que ya no podía volver atrás. No le importó. No tenía ninguna intención de retroceder. La suerte estaba echada.

Gutierres, con un traje impecable y expresión seria, les esperaba en el área de recepción.

—Buenos días, señor Andersen. —Saludó dándole la mano—. Buenos días, señor Berenguer —le dijo a Jaime repitiendo la misma operación—. ¿Me permite su maletín, por favor?

Fue entonces cuando Jaime advirtió la fuerza con la que había aferrado todo el tiempo aquel portafolios. Allí estaba la información depurada, las pruebas por las que Linda había pagado con su vida y por las que asesinaron al creyente cátaro. Sin duda los Guardianes estarían dispuestos a cometer muchos más crímenes con tal que el maletín no llegara a su destino.

—Pasen, por favor —dijo Gutierres indicándoles con un gesto la dirección de una puerta-detector de metales tipo aeropuerto.

Cumplidos los trámites de seguridad, Gutierres les condujo al salón de conferencias situado en el ala norte del edificio. Una lujosa mesa de caoba y sillas a juego eran los únicos muebles de la estancia, que parecería austera a no ser por los cuadros que decoraban las paredes. Picasso, Matisse, Van Gogh, Miró, Gauguin y algún otro que no pudo identificar.

A Jaime le costaba contener su impaciencia y, luego de unos minutos de espera silenciosa, decidió levantarse para mirar por las ventanas. Pero en aquel lunes lluvioso y oscuro, incluso desde los dominios de Davis tan solo se podía ver un mundo pequeño y gris.

—Buenos días, señores —dijo Davis con voz firme y, sin dar la mano a sus visitantes, se sentó frente a ellos.

Todos saludaron cortésmente. Gutierres se sentó a su lado y abrió una agenda. Davis no traía papel alguno.

—Andrew, será mejor que merezca la pena. Sabes que no me gusta perder tiempo. —Los ojos del viejo se veían apagados, sin brillo; tenía aspecto cansado.

—Sabes que respeto tu tiempo, pero este asunto requiere tu atención personal. ¿Conoces al señor Berenguer?

—Sí; está a las órdenes de White, ¿cierto?

—Así es.

—Andrew, esto no me gusta. Si vamos a hablar de auditoría, White debe estar aquí para escuchar, dar su versión y, si es necesario, defenderse. No quiero intrigas ni juegos políticos. Lo sabes de sobra. ¡Gus, avisa a White! —Ahora el viejo hablaba con energía y autoridad.

Jaime olvidó rápidamente el tamaño físico del hombre y su aspecto anciano. Era Davis la leyenda; el hombre de hierro que dirigía el conglomerado de empresas de comunicación más poderoso del mundo.

—Espera un momento, David, —lo detuvo Andersen con calma—. Escucha primero de qué se trata. Si pedí una cita urgente es porque el asunto es vital y debes oírlo sin White. Escucha ahora. Luego podrás confrontar a Berenguer y a White para que te aclaren lo que no entiendas.

—De acuerdo —dijo Davis luego de una pausa en la que pareció sopesar lo dicho por Andersen—. Adelante, Berenguer.

—Señor Davis. —Jaime empezó a hablar con voz pausada y firmeza—. Existe un grupo muy poderoso trabajando en secreto para controlar esta Corporación.

—Espero que tenga más novedades, Berenguer —cortó Davis esbozando una sonrisa sarcástica—. Conozco a varios grupos poderosos que intentan controlarnos desde hace mucho tiempo. Y mi juego favorito es evitar que lo consigan.

—Este grupo está muy introducido en la Corporación y algunos de sus afiliados ocupan puestos de mucha responsabilidad en la casa.

—Tampoco es nuevo. —Davis continuaba cortante—. ¿Va a contarme algo que no sepa?

—Se trata de una secta religiosa. —Jaime sentía el apremio de Davis, pero estaba preparado para disimularlo—. Pretende utilizar la Corporación para extender su doctrina fundamentalista e intolerante. —Hizo una pausa, comprobando que Davis y Gutierres escuchaban ahora con atención—. El asesinato del señor Kurth y la persona que usted designe como su sucesor en los estudios Eagle son claves en su estrategia, y el candidato de la secta es, creo, el que tiene mejores posibilidades para el puesto. Si esa gente logra controlar las presidencias claves, con solo librarse de usted controlarían la Corporación.

—¿Está diciendo que Cochrane, el vicepresidente de los estudios Eagle, pertenece a esa secta? —Ahora a Davis le brillaban los ojos y todo rastro de cansancio había desaparecido de su faz.

Jaime vaciló ante la pregunta, que implicaba una acusación directa. Miró a Andersen, y este no dijo nada pero hizo un gesto afirmativo con la cabeza.

—Creemos que es una posibilidad.

—¿Cree, dice? —Davis elevó la voz—. ¿Viene a decirme que sospecha la implicación de uno de los máximos ejecutivos de esta Corporación en el asesinato de Steven Kurth, y que solo lo cree? Tendrá usted pruebas, espero.

—No acuso a nadie; todavía. Al menos no de asesinato. Permítame exponer lo que conozco, luego veremos lo que puedo probar.

El viejo no respondió, pero lo miraba con sus ojos oscuros emitiendo destellos de acero. Jaime se sentía como si hubiera salvado un primer escollo. A su lado, Gutierres lo contemplaba inexpresivo; no hacía nada para intimidar, pero su aspecto recordaba al de un guerrero arcaico listo para, a un gesto de su jefe, saltar por encima de la mesa, arrancarle el corazón y ofrecérselo, cual antiguo Dios, a Davis.

Ante el silencio, Jaime continuó.

—El objetivo de la secta, como he dicho, es el control de la Corporación, y…

—¿A qué secta se refiere? ¿A los cátaros? —quiso saber el viejo.

Jaime sintió la pregunta golpeándole como un bofetón. ¿Qué sabía Davis de los cátaros?

—No. Estoy hablando de los Guardianes del Templo. Son una rama fundamentalista de una religión bien implantada en este país. Durante años han sustraído grandes cantidades de dinero de la Corporación, cargando sobrecostos a la producción de un buen número de películas y series televisivas. Dinero que luego invierten en la compra de acciones de la sociedad.

—¿Nos han robado? —Ahora la expresión de Davis era de una escandalizada incredulidad—. ¿Cómo han podido escapar a nuestros sistemas de control?

—Mediante un acuerdo previo entre ejecutivos de auditoría y ejecutivos encargados de contratar compras. La secta y sus afiliados poseen un entramado de varias compañías que proveen de materiales y servicios para la producción de películas. —Y Jaime le contó los detalles.

—El asunto es grave, y usted auditor —afirmó Davis con dureza al final de la explicación—. Sabe que debe probar lo dicho. ¡Quiero las pruebas ahora!

Jaime colocó, con calma, su maletín encima de la mesa y, disfrutando del momento, empezó a extender los dosieres.

—Esta es la lista de películas y telefilmes en los que hemos detectado fraude —dijo entregando el documento a Davis a través de la mesa. Esperó unos momentos mientras el viejo, con semblante inexpresivo, recorría la lista. Sin decir palabra, Davis pasó el documento a Gutierres—. Esta es la lista de compañías que, según hemos comprobado, participan en contratos fraudulentos. Son más de cincuenta, pero sus propietarios, indicados al lado del nombre de la compañía, son siempre los mismos. Quince individuos, testaferros de la secta.

Y así continuó describiendo el funcionamiento de la conjura. Al fin, dejando los papeles en la mesa, Davis se quedó mirando a Jaime; aquellos ojos de viejo cansado al inicio de la entrevista despedían ahora fuego.

—¿Tiene usted alguna sospecha o indicio de que Bob Cooper, el presidente financiero, esté en el complot? —inquirió.

—No; no la tengo.

—Bien. Entonces él se encargará de verificar estos datos, que, en efecto, sugieren la existencia de un gran fraude. El asunto es muy grave, y usted insinúa que el asesinato de Kurth forma parte de ese complot e implica a altos ejecutivos. Quiero conocer su teoría. Quiero saber cómo ha obtenido usted tanto la información como los documentos de estos asuntos que no pertenecen a su área de responsabilidad.

—Usted recordará a Linda Americo.

—Sí, la recuerdo. Es la chica que fue asesinada en Miami por una banda de sádicos.

—Eran mucho más que una banda de sádicos. Linda fue amante de Daniel Douglas, mi excompañero encargado de auditoría de producción. Era también su subordinada. Él la introdujo en la secta de los Guardianes. —Jaime explicó con detalle, pero sin identificar a Karen, cómo Linda obtenía la información y cómo la transmitía a su amiga.

—¿Cuál es su interés en esto, Berenguer? —inquirió Davis al final del relato—. La secta, de existir, podría tomar represalias contra usted y su amiga. ¿Por qué se arriesga? ¿Cuál es su ganancia? ¿Es usted un justiciero solitario que pretende vengar a Linda? ¿O quiere librarse de White y quedarse con su puesto de presidente?

Jaime detectaba malicia en la última pregunta del viejo.

—Señor Davis, soy auditor y he descubierto un fraude contra la empresa para la que he trabajado durante muchos años. Mi obligación es investigarlo y denunciarlo. ¿Qué tiene de extraño?

—Sí, cierto. Cierto. Es su obligación —contestó Davis con una mueca que quería ser el inicio de una sonrisa—. Pero no es su trabajo habitual, y asume usted riesgos personales.

—Bien. Admito que me encantaría que se hiciera justicia con los asesinos de Linda. —Hizo una pausa y habló con lentitud—. Y que no rechazaría un ascenso.

—No corra tanto —le cortó Davis con una sonrisa más lograda que la anterior. Era obvio que la respuesta le gustaba; era el lenguaje que el viejo entendía y al que estaba acostumbrado—. Ahora, basta de ese asunto. Quiero verle a las tres de la tarde. A ti también, Andrew.

Davis se levantó y, seguido por Gutierres, salió de la habitación sin despedirse.

90

—¿Qué tal, forastero? —ironizó Laura al verlo—. Creíamos que te había secuestrado una inglesita.

—Estoy bien. ¿Y tú? —respondió Jaime entrando en su despacho.

Laura le siguió dentro.

—Tienes una larga lista de llamadas pendientes y no has leído los mensajes de tu correo electrónico.

—Sí. Lo sé. He estado muy ocupado.

—Pues tu jefe no ha dejado de preguntar por ti. Quiere que lo llames de inmediato.

—Ya dije que un familiar tuvo un accidente. —A Jaime no le importaba ya demostrar el menosprecio que sentía por White—. ¿No le basta?

—Por lo visto no. Ha telefoneado un montón de veces preguntando dónde estabas. Mejor le llamas.

—No te preocupes, Laura. Le veré muy pronto. —Jaime estaba seguro de que Davis los confrontaría en la reunión de la tarde.

Laura leyó la lista de las llamadas recibidas durante su ausencia, resumió la correspondencia pendiente y otros asuntos menos urgentes. Pero para Jaime nada había más urgente o importante que lo que ocurriría en la tarde.

—Te veo ausente, jefe. ¿Seguro que todo va bien? ¿Te puedo ayudar en algo?

—No, gracias, Laura. De momento todo bien.

—¿No será de verdad un asunto amoroso? ¿La inglesita? —Laura lo miraba con picardía, levantando su labio superior.

—Bueno. Quizá haya algo de eso y de otras cosas. Pero no me interrogues ahora. Ya te contaré. Debo irme.

—¿Irte, Jaime? White se pondrá furioso si sabe que te has ido sin hablar con él.

—Pues no le digas que he venido.

—¿Y si me pregunta? ¡No querrás que mienta!

—Pues sí, miéntele. ¡Hasta luego!

Jaime salió de inmediato del edificio; condujo hasta Ricardo's para comer una pizza de reparto con Karen y Ricardo y relatarles lo ocurrido. Luego regresó directamente al salón donde había estado por la mañana y tuvo que soportar media hora de retraso, una espera interminable, antes del inicio de la reunión.

91

—La muestra de información que hemos comprobado es correcta. —Davis hablaba serio, calmado—. Es un caso muy grave de fraude. Usted dijo que hay mucho más. Que se trata de un complot orquestado por una secta y que los asesinatos de Steven y de Linda forman parte de la trama en la que están involucrados altos directivos de la Corporación. ¿Se reafirma en lo dicho?

—Sí, aunque no tengo pruebas directas contra dichos directivos en lo que se refiere a los asesinatos.

—Sin embargo, nos dará todos los nombres, ¿verdad? —intervino Gutierres.

—No. No daré nombres de los que no tenga pruebas fehacientes; no quiero demandas por calumnias.

—¿Qué me dice de su jefe, Charles White? —continuó Gutierres.

—Su implicación en el fraude es evidente, y las pruebas están sobre la mesa.

—Bien. No perdamos más tiempo. Que pase White —dijo Davis.

Gutierres salió y entró al poco con White, y le indicó que se sentara a uno de los extremos de la mesa.

White, pálido, miraba en silencio a los presentes con sus ojos azules desvaídos, inexpresivos y que ahora parecían muertos, opacos. Cuando vio a Jaime, no dijo nada.

—Charles —empezó Davis—, Berenguer ha presentado documentos que prueban un fraude en los estudios Eagle por el que me han robado millones de dólares. Daniel Douglas, tu director de auditoría, al que despedimos por acoso sexual, está implicado, y Linda Americo, la chica que lo denunció, fue asesinada en Miami cuando recopilaba las pruebas. Todo apunta a tu implicación en el robo, ya sea de forma directa o encubriéndolo. Quiero escuchar tu versión.

—En mi vida he participado en fraude alguno —repuso White aparentemente tranquilo—. Te están engañando. Linda, junto con Berenguer, pertenecía a una secta llamada los cátaros. Otros empleados como Karen Jansen y su jefe, aquí presente, Andersen, también son cátaros. Quieren tomar el control de esta compañía. Pretenden hundirme con calumnias y que Berenguer sea ascendido para así ganar mayor control sobre la Corporación. Este hombre —señaló a Jaime con su dedo índice— desapareció hace unos días, supongo que para preparar esta falsedad. Si aquí hay una víctima de un complot, soy yo. Pregúntale a Berenguer, y que niegue, si se atreve, que pertenece a la secta cátara.

—Es una defensa absurda —afirmó Jaime, sintiendo cómo ahora todas las miradas recaían en él—. Las irregularidades ocurrieron en producción, donde yo no tengo responsabilidad ni acceso. Si yo hubiera participado en el complot, este afectaría a las áreas de distribución.

—Estabas de acuerdo con Linda —repuso, rápido, White elevando la voz—. Ella sí tenía acceso a producción y te tenía a ti de maestro. Vosotros organizasteis el fraude y ahora me acusáis a mí. Ese es el complot. ¡Responde! ¿Era Linda cátara? ¿Lo eres tú? Responde: sí o no.

—¡Qué tontería! —repuso Jaime logrando mantener la calma a pesar del ataque—. Linda fue asesinada por investigar el fraude, y las pruebas que obtuvo son concluyentes: te implican a ti y a los de tu secta de los Guardianes del Templo. No te pongas en ridículo defendiéndote como gato panza arriba. Esto ha terminado.

—No quiere contestar —dijo White mirando a Davis—. Pertenece a una secta que busca controlar la Corporación —luego miro a Jaime—. ¡Responde de una vez! Di, si te atreves, que no eres de la secta de esos cátaros que fueron quemados por herejes en la Edad Media. ¡Reconócelo!

—No estamos en la Europa de la Edad Media, sino en Estados Unidos de América y en el siglo xx. No tengo por qué responder a esa pregunta ni lo haré.

—¿Lo ves, David? Tiene mucho que ocultar. —Y volviéndose acusador hacia Jaime añadió—: Lo preparaste todo durante esos días que no viniste a la oficina, ¿verdad?

Jaime lanzó una mirada a Davis, que observaba el enfrentamiento con ojos chispeantes. No contaba ni con un contraataque tan enérgico ni con el aplomo mostrado por White, pero cuando se disponía a replicar Davis cortó con voz potente:

—Basta ya de mierda, Charles. Llegas tarde; Andersen me lo ha contado todo y Berenguer ha traído las pruebas: tú y los tuyos sois culpables de robo, encubrimiento y seguramente de asesinato. No me importa la religión de los que trabajan conmigo; cátaros, judíos, budistas o católicos, mientras no se asocien para cometer delitos, tienen derecho a juntarse entre ellos cuando quieran.

Jaime miró aliviado a Andersen; le había dado la impresión de que se estaba escondiendo, dejándole a él solo para que diera la cara y corriera los riesgos. Ahora comprendía que, después de la reunión de la mañana, había hablado a solas con Davis y le había contado lo suficiente sobre los cátaros para prevenir el tipo de ataque que White intentaba a la desesperada.

—Pero, David… —masculló White, notando ahora que todas las miradas que convergían en él se habían tornado hostiles.

—Pero nada, cabrón de mierda —interrumpió Davis, que aguardaba a que White hablara para cortarle, con el gesto sádico del gato que juega con su presa indefensa, esperando un movimiento para asestarle el siguiente zarpazo—. Me has traicionado, hijo de puta. Me has robado. Y habéis matado a mi mejor amigo. —Davis guardó silencio.

—Te han engañado. —Los ojos de White estaban desorbitados—. Quieren hundirme. Tienes que darme la oportunidad de defenderme…

—¡Defenderte! —gritó Davis—. ¡Aquí tienes las pruebas! ¡Defiéndete si puedes! —Y arrojó en la mesa los dosieres mientras nombraba los casos de fraude más importantes y las compañías implicadas.

—Si ha habido un fraude, yo no tengo nada que ver. —El hombre hablaba ya sin convicción.

—Es imposible que esto haya ocurrido sin que tú lo supieras ¡Completamente imposible! —Ahora el viejo bajó la voz a un susurro—. Tú me tomas por tonto, y yo estoy mirando a un muerto. Ya huelo tu cadáver.

Jaime pudo ver cómo, antes de responder, su jefe lanzaba una mirada temerosa a Gutierres, que lo contemplaba con rostro impasible.

—Por favor, David. Te equivocas.

Con los ojos húmedos tembloroso, White había perdido su seguridad de repente, parecía presa del pánico, a punto de derrumbarse. Su mirada, baja, no resistía la de Davis y su vista se perdía en algún punto de la mesa.

Jaime, que siempre lo había visto frío y seguro de sí mismo, estaba desconcertado, sorprendido. Había oído historias de lo duro que podía ser Davis, pero jamás antes, tuvo ocasión de presenciarlo: el viejo mostraba sus dientes y los ojos le brillaban con alegría siniestra. De pronto a Jaime se le antojó un monstruo antiguo y amenazante salido de un pasado de hacía ocho siglos.

—No me equivoco, cabrón, no me equivoco. Pero seré generoso: te ofrezco un trato para que salves tu piel.

White levantó sus ojos diluidos y miró a Davis con esperanza.

—Si me cuentas todos los detalles de la conspiración y me das los nombres de mis empleados infieles, indicando su nivel de responsabilidad, irás a la cárcel, pero al menos salvarás el pellejo.

—No puedo —dijo White, con voz tenue, al cabo de unos instantes.

Jaime sabía que no podría denunciar a la secta. Davis no perdonaba, pero los Guardianes tampoco.

—Sí puedes. —El instinto negociador de Davis afloraba—. Si la información es correcta y de calidad, quizá te consiga un pasaje para el extranjero; te librarías de la policía y de tus propios amigos.

White no respondió. Su cabeza estaba baja y hacía leves movimientos negativos con ella.

—Bien. Tienes veinticuatro horas para pensarlo —le dijo el viejo al cabo de un rato—. Quiero verte aquí mañana a las cuatro y media. Ve a tu casa y no salgas de ella hasta que vayamos por ti. Deja tus llaves, tarjetas y códigos. No pases por tu despacho ni cojas el coche de la compañía. Obviamente estás despedido. Gus. —Gutierres se incorporó—. Llévatelo fuera y que dos de tus hombres lo conduzcan a su casa. —Davis se dirigió de nuevo a White, que se levantaba—. Te quiero mañana aquí con toda la información. Ahora sal de mi vista.

—David —le dijo Andersen cuando hubieron salido—, creo que lo más prudente es entregarlo ahora mismo a la policía. Nos evitaríamos complicaciones.

—Sí, pero nunca jamás tendríamos la lista de todos los implicados en el asunto. Quiero saber quiénes son. No, Andrew; lo haremos a mi manera.

—Corremos el riesgo de que se fugue, que invente algo nuevo, que se comunique con los suyos —intervino Jaime, al que no le hacía ninguna gracia que White anduviera suelto por ahí.

—No se preocupe, Berenguer. —Davis sonrió enseñando unos dientes amenazadores—. No podrá escapar. No se atreverá siquiera a salir de su casa.

—Bueno —contestó Jaime imaginando lo que eso podría implicar.

—Ahora hablemos de usted —continuó Davis—. Tengo aquí la hoja de la última evaluación que White le hizo. Es francamente buena. He decidido que efectivo de inmediato ocupe usted su puesto. De momento no habrá ningún anuncio oficial y su prioridad será obtener toda la información posible sobre el complot. Póngase en marcha ahora mismo. Cooper y los de finanzas le ayudarán en todo lo que necesite.

»Usted y Andersen se coordinarán con el inspector Ramsey; cuéntenle lo que sepan que pueda ayudar en la investigación del asesinato de Steven. Estoy seguro de que Beck, el agente especial del FBI, acudirá a verlo tan pronto como se entere del asunto. Trátelo con cortesía, pero no le dé muchos detalles. Washington sabe de inmediato lo que este sabe y no quiero a Washington sabiendo demasiado. —Davis se levantó, dirigiéndose a la puerta sin esperar respuesta de Jaime a su nombramiento.

Jaime pensó rápido. Aquel final era mucho mejor de lo que él había podido imaginar. ¡La batalla estaba ganada! Sintió el dulce sabor de la victoria. Pero múltiples pensamientos le asaltaban.

—Señor Davis.

—¿Qué? —Davis estaba ya en la puerta y se giró.

—Deseo conservar a mi secretaria.

Davis lo miraba como si hubiera dicho una gran tontería.

—Berenguer, en su nueva posición debe aprender a no importunarme con detalles obvios. Háblelo con Andrew Andersen. —Y salió.

Jaime se quedó mirando la espalda de Davis mientras Andersen y Cooper le tendían la mano felicitándolo. Viejo, encogido y aferrado desesperadamente al poder como un heroinómano a su droga, pensó. De pronto algo se le hizo evidente.

—Pero yo te conozco —murmuró entre dientes—. De hace mucho mucho tiempo.

92

—¡Padrísimo! ¡Ganamos! —El júbilo de Ricardo se transmitía a la perfección a través del hilo telefónico, y Jaime pensó que hacía siglos que le debía una victoria—. Esta noche lo celebraremos en grande; le pediré a Karen que invite a algunos de esos cátaros cantamañanas para una fiesta.

—De acuerdo, Ricardo, pero no hasta tarde. No quiero empezar mi nuevo empleo con mal pie.

—Felicidades, don Jaime. —La voz de Karen sonaba cálida y en español—. Te quiero.

—Y yo a ti. Muchísimo —contestó Jaime, sorprendido, en inglés—. No sabía que hablaras español. ¿Dónde lo has aprendido?

—Con Ricardo, esperando tu llamada.

—Gracias por el detalle, pero no confíes en Ricardo como maestro. Si quieres conocer mi lengua materna, mejor te la enseño yo personalmente.

Karen rio.

—¡Bromeas! —exclamó Laura.

—No. Acaba de ocurrir hace unos minutos allí arriba, en el Olimpo donde habita Davis.

—¡Qué mal nacido ese White! ¡Pobre Linda!

—Por el momento guárdalo como la confidencia de una secretaria. ¿OK? No tenemos aún pruebas que relacionen a White con el asesinato.

—Pero al menos podré contar lo de tu ascenso.

—Lo mío sí, aunque no es oficial aún. Y lo tuyo también. Te vienes conmigo.

—¿De verdad?

—Absolutamente. Tú y yo somos un equipo.

—¡Fabuloso, jefe! ¡Gracias por la promoción! —gritó Laura cogiéndole del cuello y dándole un beso en cada mejilla. El tercero fue largo y en los labios. Luego se separó de él mirándolo con sonrisa pícara—. Bien, ahora hablemos de temas serios. Más responsabilidad, más dinero. ¿En cuánto me vas a subir el sueldo?

—¡Serás materialista! —le reprochó Jaime frunciendo el ceño pero sonriente—. Suerte tendrás si no te denuncio por acoso sexual.

—¡Vaya un puritano! —Laura, brazos en jarras, lo miró desafiante—. Si no te ha gustado el beso, me lo devuelves y estamos en paz.

Ambos bromeaban con frecuencia, pero él jamás había percibido aquella provocación; había electricidad entre ambos. Sintió un estremecimiento al notar la feminidad de ella manifestarse así, de repente.

Pero ahora él amaba con locura a Karen y la reacción de su secretaria lo intimidaba. ¿Qué habría ocurrido si ella se hubiese expresado así antes de que él conociera a Karen? Desechó la idea, no era el momento de hacer romance-ficción. Decidió desactivar la tensión de forma elegante.

—Ha sido un beso maravilloso. Me lo quedo para siempre. —Luego cambió el tono—. Esta noche mi novia y yo celebramos mi ascenso con unos amigos. Me encantaría que vinieras.

—Muchas gracias. No sé si podré, tengo un compromiso —repuso Laura luego de una larga pausa, vacilante, sorprendida por la revelación de la «novia». El momento mágico se había esfumado—. Luego te confirmo si voy —añadió con mirada triste.

93

Ricardo había encargado ceviche, burritos, fajitas, quesadillas, guacamole con snacks de maíz, unas enormes ensaladas multicolores y chile verde en salsa.

—¡La mejor tortilla de California! —proclamaba ufano mientras organizaba detrás de la barra la distribución de cervezas y margaritas.

—Kevin le felicita —anunció Dubois a Jaime—. Dijo que usted entendería que él no viniese, que disfrutará mejor de la fiesta sin él.

—Lo entiendo perfectamente Dubois; agradézcaselo cuando lo vea. Espero que encuentre una chica que lo haga feliz. «Y que sea antes de seis meses», pensó.

—Kevin lleva años enseñando en la UCLA, es bien parecido y carismático. Tiene mujeres en abundancia, le persiguen. Pero parece que sus preferencias iban a Karen.

—¡Pues qué mala suerte! —se lamentó Jaime.

—No se queje. Él la vio primero. Pero ya ve, quien decide es el destino. Y ahora gana usted.

—¡Bonito consuelo! Yo necesito a Karen para siempre.

—«Siempre» es un periodo muy largo. —El viejo le sondeaba con una de sus miradas profundas—. El futuro no existe más que en su mente y es posible que el futuro que imagina sea falso. Lo único real es hoy. Disfrútelo.

Jaime le lanzó una mirada torva; el santón empezaba a irritarle. Decidió cambiar de conversación.

—Hoy he sentido algo raro con David Davis.

—¿Qué sintió?

—Lo conocí en mi vida del siglo XIII.

—¿Quién era?

—Alguien también muy poderoso.

—Estoy tratando de recordar su imagen y movimientos en fotos y documentales. —Dubois cerró los ojos y luego de un tiempo empezó a hablar, aún sin abrirlos—. No será... Sería ridículo. Pero tiene que ser...

—¿Quién, Dubois? ¡Dígame!

—Simón de Montfort. El jefe cruzado.

—¿Lo es? ¡Entonces estoy en lo cierto!

—Asombroso. Pero tiene sentido; continúa ambicionando el poder.

—¿Cómo puede ser? Davis es judío.

—¿Y qué tiene que ver? El alma busca en nuevas vidas caminos que la ayuden a perfeccionarse. Ser judío y tolerante con los demás está tan bien como ser un musulmán, católico o cátaro tolerante.

Jaime aceptó la respuesta de Dubois sin cuestionarla, no tanto por su coherencia como porque tenía otra pregunta más acuciante.

—Estoy reconociendo en mi vida actual a todos los personajes claves de la anterior. ¿Por qué?

—Porque ahora abre los ojos y ve lo que antes tenía delante y no veía; el ciclo se cierra.

—¿Qué ocurre si no encuentro a una de las personas que más apreciaba en aquel tiempo?

—Nada. Quizá el otro no necesite la reencarnación. O su desarrollo espiritual le lleve por otros caminos. Jamás encontrará a todos.

—Me gustaría reconocer a Miguel de Luisián, el alférez real.

—¿Verdad que sí? —Aquella sonrisa dulce iluminaba de nuevo la cara de Dubois—. Es como encontrarse con viejos amigos de la infancia que no hemos vuelto a ver. Es estupendo. Pero no se trata de la carta de un restaurante; no ocurre solo porque se pida. Siga viviendo y mantenga su sensibilidad abierta. Quizá algún día lo encuentre.

Mientras, la celebración se extendía por todo el local. Ricardo proclamó que una fiesta de solo cinco, y la mayoría hombres, era una chingada. Y como era de esperar, invitó a todos los clientes del establecimiento a comer y tomar unos tragos a la salud de su amigo, al que hoy habían hecho presidente.

—Si invitas a una chica que no conoces, y va acompañada no te queda más remedio que invitar también al tipo —dijo confidencialmente a Jaime con un guiño.

Así que todo el mundo lo felicitaba. Ellos con un apretón de manos y alguna palmada y ellas con un beso. Había música y muchos bailaban. Tim sacó a bailar a Karen, y Jaime se sorprendió de que ella bailara salsa y lo hiciera tan bien. Se movía con ritmo, con sensualidad.

La deseaba; la amaba. No sabía qué iba primero en tal mezcla de sentimientos, si el diablo y el cuerpo, o Dios y el alma. «Así es —se dijo—, en este mundo entre el cielo y el infierno».

Y Jaime, en aquel momento, entre un pasado muerto y un futuro aún inexistente, era feliz, intensamente feliz.

Sobre las diez de la noche vio aparecer una figura solitaria en la puerta. Era Laura, que acudiendo sin acompañante confirmaba lo que Jaime había sospechado; no tenía pareja y se encontraba ahora tan sola como él lo estaba hacía poco. Laura era una gran chica, con una gran personalidad, y atractiva. «A veces la gente se cruza en tiempos desfasados», pensó. Acudió a darle la bienvenida; se dieron un beso. En la mejilla.

—Gracias por venir —dijo Jaime.

—Tenía que celebrar contigo tu ascenso. —Y añadió con una sonrisa—: Además, después de tantos años he de aprovechar cuando al fin te decides a invitarme a algo.

—Malvada —le reconvino él con una sonrisa—. Tú siempre igual.

Karen se acercó a saludarla, se conocían de haber hablado un par de veces, y la tomó bajo su protección, empezando a presentarle a quienes conocía. Cuando llegó el turno de Ricardo, este se quedó mirando tiernamente a los ojos de Laura y con un gesto teatral le besó la mano.

—¿Dónde has estado, mi amor? ¡Te he esperado toda la noche! —Y tomándola delicadamente por el codo la llevó a tomar una copa.

Karen, asombrada ante el rapto, comentó divertida a Jaime:

—Ricardo es un galán a la antigua.

—Sí, pero que tenga cuidado.

—¿Por qué?

—Creo que Laura es un corazón solitario en busca de amor.

—Pues me temo que Ricardo tiene intención de sacar ventaja de ello.

—Claro. Como con todas. Pero Ricardo es justo. También da algo a cambio.

—No, no si lo que buscan es amor de verdad.

—Bueno. El camino en busca del verdadero amor no tiene por qué ser aburrido.

—No me quieres entender.

—Sí te entiendo, pero lo que digo es que Ricardo puede llevarse una sorpresa; Laura es peligrosa.

La noche y la fiesta continuaron y, llegado un momento, la música calló y las luces del pequeño escenario se encendieron. Apareció Ricardo con dos guitarras anunciando:

—Reclamo en este prestigioso escenario al mejor presidente del mundo. ¡Jaime Berenguer!

La sala se llenó de aplausos y Jaime fue empujado al escenario. Cuando subió, Ricardo dijo:

—Y uno de los peores cantantes.

—Todos rieron.

—¡Comemierdas! —le insultó Jaime por lo bajo.

Cantaron el antiguo repertorio. Desde Simon y Garfunkel: *Cecilia. You are breaking my heart*... hasta *La mujer que a mí me quiera ha de quererme de a deveras... ¡Ay! Corazón...*

Para Jaime volvía el pasado brillante y romántico. Se sentía como entonces. No; mejor, mucho mejor. Pero lo que deseaba de verdad ahora era tener a Karen en sus brazos.

Cuando terminaron de cantar y los aplausos cesaron, sonó música romántica. Ricardo, rompiendo la costumbre que tenía en su local, invitó a Laura a bailar. Ambos se miraban a los ojos con ternura y una sonrisa.

—El maldito Ricardo se va a acostar con mi secretaria para celebrar mi promoción —murmuró Jaime al oído de Karen.

Esta soltó una risa cristalina.

—No seas envidioso y sácame a bailar a mí.

Y bailaron. Y Jaime sintió todo su cuerpo deseando el cuerpo de ella. Y sintió que su alma quería unirse a la de ella. Aquello había ocurrido antes. Y volvería a ocurrir después.

Se miraron a los ojos, y brotaron toda la pasión y el amor del mundo. Y una fuerza irresistible hizo que sus labios se unieran.

Jaime notó cómo el mundo giraba alrededor de ellos, mientras un torbellino interior mezclaba pasado y futuro. Y lo mejor del infierno unió sus cuerpos. Y lo mejor del cielo unió sus almas.

En el único espacio que existía. El que ellos ocupaban ahora.

Y en el único momento que existía. Ese mismo instante. Su presente.

94

Las pantallas del ordenador portátil fluían veloces, palpitando al ritmo impuesto por las hábiles manos.

Llamaron a «mensaje nuevo» para luego introducir una lista de unas diez direcciones. Sonaron las teclas al escribir el texto:

«A todos los hermanos Guardianes del Templo, código A, sur de California:

»Sachiel, uno de nuestros bastiones claves para el asalto de

Jericó ha sido neutralizado en un movimiento sorpresa. Nuestros enemigos cátaros se han aliado con Davis; la toma de Jericó peligra y también peligran algunos de nuestros hermanos. Activamos el plan de emergencia de asalto.

»Todos los hermanos de código A deben contactar de inmediato con sus líderes y alertar a los hermanos de código B que tienen a sus órdenes. Ha llegado el momento.

»Mañana las trompetas de los elegidos sonarán. La última muralla caerá y ejecutaremos la justicia de Dios entre los infieles».

Los dedos martillearon la caja del ordenador mientras con un murmullo Arkángel revisaba el texto. Hizo dos pequeños cambios y firmó: «ARKÁNGEL». Golpeó ENTER y envió el mensaje, borrando todo rastro en su máquina. Luego juntó, en actitud de rezo, sus perfectas manos, en las que desentonaba, extraña, la cicatriz de la uña del dedo índice.

El murmullo de una oración llenó el silencio de la noche.

Martes

95

—¡Buenos días, Laura! —saludó Jaime, jovial, al llegar a su nuevo despacho.

—Buenos días —contestó ella sin sonreír, continuando con su tarea de ordenar el correo; parecía haber madrugado.

—¿Qué tal anoche? ¿Lo pasaste bien?

—Sí. Gracias —respondió, cortante, sin detener su actividad.

Jaime se extrañó de su falta de entusiasmo. «Debe de ser el cansancio o quizá un problema con Ricardo», se dijo.

—¿Alguna llamada?

—Solo la de un tal John Beck, del FBI.

—¡Ah! Sí. El viejo dijo ayer que debo atenderle.

—Pidió cita para hoy a las cuatro y media.

—De acuerdo.

Jaime entró para tomar posesión de su despacho y empezó a abrir cajones y armarios. Había que limpiar papeles, pero antes debería identificar cuáles podían ser valiosos para su misión. Encontró una agenda de White; haría fotocopias antes de devolvérsela.

Al final de la mañana llamó Ricardo.

—¡Chin, Jaime! Jamás me dijiste que tenías tal preciosidad de secretaria. ¡Qué bribón! ¿Así tratas a los amigos?

—¡Qué honor, Ricardo! Tú nunca llamas a la oficina. ¿Quieres saber cómo me encuentro, o quizá te interesa la salud de otra persona?

—No te quieras hacer el gracioso, Jaime. Tú sabes por qué llamo.

—¿Será por Laura? Vaya, eso no acostumbra funcionar así; habitualmente son ellas las que te llaman a ti. ¿Qué pasó?

—Mano, es una chica estupenda y muy especial; lo pasé muy bien ayer noche. Y esta mañana me he levantado pensando en ella. Quiero verla cuanto antes.

—Pues no creo que Laura piense hoy en ti. Habrá dormido pocas horas y parece de mal humor. ¿Hiciste o dijiste algo que la molestara?

—Bueno, nada que deba molestar. La invité a que pasara la noche conmigo. Pero eso es un halago y a ellas les gusta.

—¡Ah! ¿Crees que le gustó? ¡Serás vanidoso! —dijo Jaime riendo y sintiéndose satisfecho al intuir que Laura había resistido a los legendarios encantos de Ricardo—. Y ella debió de aceptar entusiasmada, ¿verdad?

—Pues dijo que no. Además, no dejó que la besara. Y hasta parece que se molestó. ¿No creerás que se ofendió?

—No lo sé, Ricardo. Yo solo la conozco profesionalmente y no sé cómo reacciona cuando la invitan a sexo. Ese es tu problema.

—Bueno. Gracias por tu ayuda, amigo. —Sonaba irónico pero de buen humor—. Al menos haz algo por mí. Pásame con ella.

—Que tengas suerte. —Jaime pulsó el botón de transferencia de llamada y marcó el teléfono de Laura.

—Sí. Dime. —Laura había dejado sonar el teléfono varias veces antes de cogerlo.

—Tengo a Ricardo en la línea. Dice que le encantó conocerte ayer y que quiere hablar contigo.

Laura guardó silencio unos segundos; parecía pensar. Luego repuso cortante:

—Dile que tengo mucho trabajo y que ahora no puedo hablar con él.

Jaime recuperó la línea con Ricardo.

—Dice que tiene mucho trabajo y que no puede hablar contigo.

—¡Maldita sea! —exclamó Ricardo—. ¿Tú crees que estará enojada conmigo?

—Será eso. O que no le gustas.

—¡Eres un chingado mal amigo! Podrías ayudar en lugar de joder. ¡Pregúntale qué le pasa!

—Será mejor que llames mañana. Laura no parece de buen humor hoy. Mañana veré qué puedo hacer por ti. ¿OK?

—Bueno; pero si averiguas algo hoy, me llamas. ¿De acuerdo?

—De acuerdo, Ricardo. Hasta luego.

Jaime sonrió; no podía evitarlo. Parecía que Ricardo tomaba hoy un poco de su propia medicina. Lo tenía merecido. Y no le daba pena alguna.

96

—El señor Beck —anunció Laura a través del teléfono.

Al consultar su reloj Jaime vio que eran ya las cuatro y media de la tarde; el agente del FBI llegaba puntual.

—Gracias, Laura; dile que pase.

Beck entraba al cabo de unos momentos dejando junto a la puerta una gran bolsa de deporte. Tendió la mano y una sonrisa hacia Jaime, saludándole:

—Hola, Berenguer, ¿qué tal está?

—Bien, gracias, Beck. —Se estrecharon la mano—. Siéntese, por favor —invitó señalando una pequeña mesa de conferencias situada en un extremo del despacho—. Usted dirá.

—Gracias por recibirme tan rápido. —El tono de Beck se había tornado oficial, y sacando una pequeña libreta y un lápiz se dispuso a tomar notas—. La situación ha cambiado mucho desde la última vez que nos vimos. Ahora Ramsey está con Davis interrogando a White en la planta de arriba, y acordamos que, mientras tanto, yo avanzaría con usted. Para empezar, ¿me puede explicar de dónde obtuvo la información sobre el fraude que White orquestó?

«Un tipo incisivo, rápido», pensó Jaime antes de responder:

—No digo que White fuera el cerebro del fraude, sino que era parte de él. Hay un extenso grupo organizado detrás de ese asunto y del asesinato de Kurth.

—Interesante. Dígame, ¿de qué grupo se trata?

—Es una secta radical, denominada los Guardianes del Templo, que pretende controlar la David Communications; el fraude y el asesinato son simples pasos hacia dicho control.

—Bien, pero no ha respondido a mi pregunta. —La sonrisa en la cara del agente mitigaba la presión—. ¿De dónde obtuvo la información?

—Una amiga mía la recopiló, pasándomela antes de morir.

—¿Se refiere usted a Linda Americo?

—Sí. ¿Cómo lo sabe?

—Sé mucho sobre el caso, Berenguer, llevo tiempo estudiándolo. Y también sé que usted, Linda y otros más pertenecen a otra secta; se autodenominan «buenos cristianos», aunque histórica y popularmente se les conoce como cátaros. Está claro que en nuestra anterior entrevista no nos dijo usted toda la verdad. —Ahora su semblante era serio y lo miraba escudriñándolo con sus ojos azules.

—No es una secta —protestó Jaime—. Es solo un movimiento filosófico y religioso.

—¿Ah, sí? —Los ojos de Beck brillaban—. Entonces ¿cómo es que se han tomado el trabajo de probar que existe un fraude dentro de la Corporación y que hay otra secta implicada en ello? Parece que su movimiento filosófico no se contenta solo con lo espiritual, también se mezcla en las intrigas de este mundo.

—¿Qué hay de malo en denunciar el delito?

—Denunciar delitos no es la misión de un grupo solamente religioso. Mi especialidad en el FBI es el seguimiento de las actividades de las sectas. Como puede imaginar, es un trabajo muy confidencial; mientras no cometan delitos, nuestra Constitución no solo protege a cualquier grupo de lunáticos, sino también la identidad de sus integrantes. —Beck, apoyado en el respaldo de su silla, observaba a Jaime y sonreía con suficiencia—. Usted no se da cuenta, pero ha sido captado por una secta que lo utiliza y cuyos fines no son solo espirituales; también persiguen el poder terrenal.

Jaime empezaba a inquietarse. Aquel hombre resucitaba sus peores temores.

—Usted ha dicho que, de no cometer delito, cualquier creencia religiosa está protegida por nuestra Constitución. Los cátaros no han cometido delito alguno.

—Pero lo utilizan a usted. ¿Cómo lo captaron? ¿Alguna bella mujer lo sedujo? ¿Qué tal esa Karen Jansen? A su compañero Daniel Douglas le ocurrió lo mismo con Linda Americo. ¿Lo recuerda?

Jaime sintió la boca seca y una punzada en las tripas. Esas dudas ya las había sufrido con anterioridad, logrando acallarlas; pero ahora que ese hombre abría la herida de nuevo, el maldito dolor regresaba.

—¿O quizá usaron su sistema de hipnosis para hacerle creer que usted fue un cátaro antiguo? —continuó Beck después de una pausa durante la cual estudió las reacciones de Jaime—. ¿No es asombroso cómo logran hacerle creer que se ha reencarnado? Tienen un sofisticado sistema de implantación de vivencias inventadas. ¡Qué bonito artilugio de control sobre los demás! Y lo usaron con usted, ¿no es cierto, Berenguer?

Jaime no contestó, sentía la sangre subiéndole a la cabeza. ¿Le habrían engañado en todo como sugería ese hombre?

Al cabo de unos momentos de silencio, viendo que Jaime no hablaba, Beck continuó:

—Lo están usando para sus fines y luego intentarán engañar a muchos más. Pero la justicia los detendrá. Nosotros los detendremos. Necesito su colaboración.

—¿Qué quiere de mí?

—Quiero que me dé las llaves, las claves secretas y la ubicación de la entrada escondida del lugar que llaman Montsegur. El FBI precisa de su ayuda para encontrar pruebas que demuestren que los cátaros son una secta peligrosa; que actúan ilegalmente y que le engañaron a usted y a muchos más.

—¿Que le dé las claves secretas? —Jaime estaba asombrado por lo mucho que el FBI sabía sobre los cátaros—. ¿Quién le ha dicho que yo conozco tal lugar? Y si existe, ¿por qué no le pide a un juez una orden de registro?

—Sabemos que usted ha estado allí. Y usted sabe que ha sido utilizado por los cátaros para que les ayudara a lograr sus propósitos. —El tono del hombre era amistoso—. Ayúdenos. Se trata de una operación encubierta; no podemos ir aún a un juez. Necesitamos pruebas y las obtendremos en Montsegur. Usted no debe ninguna fidelidad a esa gente. Le han engañado. Esa Karen es la amante de un tal Kevin Kepler; a usted lo ha seducido para utilizarlo y luego lo abandonará. Ayúdenos a probar que usan métodos ilegales y los meteremos en la cárcel.

Jaime sintió que su triunfo del día anterior se desvanecía de repente; Beck había hecho al fin diana y lo hería en sus dudas más profundas. Sentía un sufrimiento hondo e insoportable. ¿Lo utilizaba Karen?

Un odio rencoroso hacia aquel individuo, que destrozaba

sus ilusiones, creció en él. No podía ser; él no renunciaría a su felicidad tan fácilmente. Intentó pensar. No todo encajaba aún en la historia.

—¿Cómo sabe eso, Beck? ¿De dónde ha sacado la información?

—No importa ahora. En el FBI tenemos muchas fuentes. Ya le he dicho que soy especialista en el estudio de sectas y llevo tiempo detrás de los cátaros. Es muy probable que fueran ellos los de la bomba contra Kurth. Deme lo que le pido, Jaime. Karen se está acostando con Kevin a sus espaldas. Le hará bien saber toda la verdad y ver que los que se han burlado de usted, utilizándolo como a un muñeco, se llevan su merecido.

—No sé de qué me habla, Beck. —Jaime sentía la punzada en el estómago convertirse en dolor—. Vaya usted al juez y que le dé una orden de registro. Lo que usted propone es ilegal.

—No es ilegal si usted nos acompaña. Ayúdeme y se alegrará de hacerlo.

—Le he dicho que no sé de qué me está hablando.

—Miente usted, Berenguer, es un estúpido al que engañan. —Beck hablaba ahora con tono autoritario. Luego consultó su reloj de pulsera—. Mire, no tengo tiempo que perder. Deme las llaves y los códigos. Si no, usted será acusado junto con los otros.

—¡Váyase al diablo! —estalló Jaime, que sentía su dolor transformarse en cólera contra aquel hombre—. Y salga de aquí de inmediato. No tengo por qué aguantarle esa mierda.

—Se pone usted difícil, Berenguer. —Beck sonreía—. Si no me cree, le voy a ofrecer una prueba definitiva.

—¿Qué prueba?

—Llame a su secretaria, que venga un momento.

—¿Laura? ¿Por qué razón debiera llamarla? ¿Por qué razón debiera hacerle caso alguno a usted?

—¿Teme la verdad? ¿Prefiere vivir engañado? Por favor,

llámela. —Beck le hablaba ahora con suavidad y acentuaba su sonrisa.

Jaime decidió aceptar el reto y levantándose de la mesa de conferencias pulsó el teléfono para llamar a su secretaria. Laura apareció en la puerta casi de inmediato.

—¿Ha llegado la señorita Jansen? —preguntó Beck a Laura.

—Está esperando fuera.

—¿Karen? —Jaime se asombró—. ¿Qué hace Karen aquí?

—Me he tomado la libertad de llamarla en su nombre —dijo Beck—. Estaba seguro de que usted querría saber la verdad. —Luego Beck se dirigió a Laura—. Por favor, dile a la señorita Jansen que pase.

97

Gutierres observaba a White con atención. Había algo que no le gustaba, algo iba mal; radicalmente mal. White había llegado puntual a la cita de las cuatro y media. Cómo no. Tres pretorianos lo habían recogido en su casa para conducirlo a la Corporación. De hecho, habían establecido turnos de guardia noche y día para evitar que White escapara. Tres hombres vigilando todas las salidas posibles. Tuvieron algún problema inicial con el servicio de vigilancia privado de la lujosa urbanización donde White tenía su casa. Nada que el nombre de Davis, un poco de intimidación y una buena propina no pudieran solucionar.

Se alegraba de que White hubiera obedecido a Davis no saliendo de casa. De lo contrario, sus hombres se lo habrían impedido. Lo cual era ilegal y, aunque Gutierres no tenía un excesivo respeto a las leyes, sabía que debía ser cuidadoso para evitar problemas.

Pero su preocupación no procedía de aquella pequeña ilegalidad. White había cambiado, no era el del ayer. Al hablar, el hombretón movía sus grandes manos en gestos amplios. Sus ojos desvaídos no rehuían la mirada como en el día anterior. Y se mostraba seguro.

—Insisto en que todos los documentos que Berenguer trajo ayer son falsos —decía—. Si alguien ha estado robando a la Corporación, han sido los cátaros.

—¿Cómo me sueltas eso? —replicó Davis airado—. Las pruebas son irrefutables, la documentación es auténtica.

—Debe de haber un error.

—Bob. —Davis se dirigía al presidente de Finanzas—. Tú revisaste los documentos. ¿Qué dices?

—No hay la menor duda. La documentación es de primera mano.

—Insisto en que yo no tengo nada que ver con esto y se me está difamando.

—¡Ya basta, Charles! —intervino Andersen—. Habla de una vez, confiesa la trama. David te permitirá salir de esta sin cargos. Es una oferta generosa. De lo contrario, tenemos al inspector Ramsey esperando en la sala contigua para que te detenga. Luego te machacaremos en los tribunales y nadie te librará de una larga estancia en la cárcel.

—Sucio cátaro —repuso White con desprecio, y miró a otro lado.

Algo no funcionaba, volvió a pensar Gutierres. Esa arrogancia; White estaba demasiado seguro de sí mismo. Repetía una y otra vez que era inocente, que los Guardianes no existían, y no lograban sacarle nada. El miedo del día anterior se había disipado. ¿Por qué?

98

—Gracias Mike, puedes retirarte —le dijo Beck al guarda de seguridad que acompañaba a Karen—. Por favor, Laura, quédate con nosotros. Señorita Jansen, mi nombre es John Beck y soy del FBI. Me gustaría que participara en nuestra conversación. Señoritas, Jaime, ¿quieren sentarse, por favor?

—Jaime, ¿qué ocurre? —preguntó Karen mientras se sentaban—. Me ha llamado un guarda diciéndome que necesitabas verme con urgencia. ¿Va todo bien?

—No estoy seguro; yo no te he llamado. —Jaime se dirigió a Beck, airado—. ¿Cómo se atreve usted a llamar a la señorita Jansen usando mi nombre y sin mi consentimiento? ¿Cómo se atreve a tutear a mi secretaria y a darle órdenes? ¿Quién se ha creído que es?

—Tranquilo, Berenguer. ¿No quería saber la verdad? Pues está a punto de saberla. Para empezar, sepa que Laura, su secretaria, pertenece también a la secta cátara. —Beck hizo una pausa para estudiar la expresión de Jaime—. Sorpresa, ¿verdad? Los cátaros lo han estado espiando durante mucho tiempo, desde antes de que conociera a la señorita Jansen; lo espiaron a través de su secretaria. Así sabían todo lo referente a su carrera profesional, sus datos personales, sus puntos débiles y cómo podían captarle para su secta. Y esa fue la misión de la señorita Jansen, ¿no es cierto, Karen?

—Jaime, este individuo es un Guardián del Templo —dijo Karen, alarmada—. Estoy segura.

Jaime se sentía confuso; Laura, su secretaria, lo espiaba para los cátaros. Buscó sus ojos, pero ella mantenía la vista en Beck y sus miradas no se cruzaron. Luego sería cierto.

Karen tampoco negaba haberle captado para los cátaros y, a su vez, acusaba al agente del FBI de ser uno de los Guardianes.

Demasiada información, demasiadas sorpresas al mismo tiempo. Y demasiadas preguntas por hacer.

—Karen, ¿por qué no me contasteis que Laura era de los vuestros?

—Ya sabes que nos protegemos ocultando la identidad de nuestros fieles; ella tampoco supo que estabas con nosotros hasta ayer.

—Y así evitaron que conociéramos el papel que usted, Berenguer, jugaba en la intriga —intervino Beck—. El secretismo cátaro es ciertamente incómodo.

—¿Y cómo supo usted que Laura es cátara? —inquirió Jaime a Beck, que lo miraba sonriente.

—Solo hay una forma por la que Beck puede saber que Laura es creyente cátara; que la propia Laura se lo haya dicho —interrumpió Karen—. Solo Dubois, Kevin y yo misma lo sabíamos. Y solo hay un motivo por el que Laura revelaría su pertenencia: que sea también de los Guardianes del Templo. ¡Es una doble agente!

—Es usted muy lista, Karen. Más que el señor Berenguer. No me extraña que lo pudiera usar a su antojo.

—¡Basta de esta mierda! —dijo Jaime poniéndose de pie de un salto—. ¡Beck! ¡Salga de inmediato de mi despacho!

—La verdad duele a veces; ¿no es así, Berenguer? Usted quería saber. Aquí tengo la última prueba y estoy seguro de que le interesará verla. —Beck se inclinó hacia la bolsa de deporte abriendo lentamente la cremallera. Luego sacó una pistola con el silenciador montado. Sonreía y apuntaba a Jaime—. Esta es la última prueba. ¡Ahora siéntese estúpido! Laura, coge la otra pistola.

Jaime obedeció y Laura sacó un arma, también con el silenciador montado, de la bolsa y se colocó al lado de Beck.

—Laura está con nosotros desde siempre. Su padre era un buen Guardián del Templo. Laura se infiltró en los cátaros siguiendo nuestras instrucciones y ha sido nuestra baza secreta en este juego. Su posición en el Departamento de Auditoría era muy útil; permitía que apreciáramos desde fuera cómo funcionaba el sistema montado por White y Douglas. Sus informaciones tanto sobre la secta cátara como sobre lo que ocurría en la Corporación han sido claves. ¡Gracias, Laura! —Ella le sonrió—. ¡Ah! Y si yo me distraigo, no hay problema. El dosier que hoy he leído sobre Laura dice que es una tiradora de primera. ¿No es así?

—Aprendí con papá —informó ella con una nueva sonrisa.

—Está usted loco, Beck. ¿Qué piensa hacer? ¿Matarnos? No va a conseguir nada. Todos saben ya lo de su secta y tienen las pruebas del fraude; ahora White debe de estar confesando y dándole nombres a Davis. Están ustedes perdidos. ¿Cómo puede ser tan estúpido como para venir aquí con esas armas? ¿Por dónde cree que va a salir? Deje sus juguetes encima de la mesa, no haga tonterías.

—Es usted un patético ingenuo, Berenguer. Ya sé que matándolos solo a usted y a la señorita Jansen no nos libraríamos del lío en que nos han metido. Hay que reconocer que nos pillaron por sorpresa. Pero ¿se cree que vamos a permitir que nos derroten? ¿Así, sin más? Nos han obligado a trabajar aprisa y hemos tenido que ensayar, esta misma mañana, nuestro plan de emergencia Pero ahora todo está listo y le contaré lo que ocurrirá: acosados por la investigación del inspector Ramsey, esta tarde, los componentes de la secta de los cátaros, en un movimiento desesperado asaltarán las plantas trigésimo primera y segunda del edificio central de la Davis Communications.

—Pero ¿qué dice, Beck? ¡Está loco! —exclamó Jaime.

—Bueno, le estoy contando la versión que se hará oficial, y no me interrumpa; no tengo tiempo para contarle los detalles. Tenemos la suficiente fuerza política para que me nombren investigador oficial de los hechos. Por lo tanto, la versión oficial que se publicará y mi versión coincidirán al ciento por ciento. Por cierto, en este momento yo no estoy aquí, pero ustedes sí, y se disponen al asalto. Dentro de unos minutos harán ustedes sonar la alarma general del edificio y se correrá la voz de que hay amenaza de bomba. Los guardas de seguridad dirán a los empleados que cojan sus vehículos, que vayan a casa y que debido a la hora, no regresen hasta mañana. Cuando Davis salga de su reducto, ustedes, los cátaros, lo asesinarán junto a Ramsey, a todos los Pretorianos y a los demás que conozcan la historia que usted contó ayer. Como el viejo ha mantenido el asunto confidencial, todos los que saben del asunto están ahora en esas dos plantas.

—No engañará a Davis, no saldrá sin asegurarse de que la alarma no es una treta. Es demasiado listo.

—Es una posibilidad; molesta, pero una posibilidad. No hay problema. Si eso ocurre, los haremos salir.

—¿Cómo? Aquello es una fortaleza.

—Gases lacrimógenos. Todo está planeado al detalle. —Beck sacó un par de chalecos antibalas de la bolsa y dos máscaras antigás—. Laura, ponte un chaleco —le dijo a la chica para luego dirigirse a Jaime—. Como pueden comprobar ustedes, los cátaros han venido muy bien preparados. Van a provocar mediante explosiones varios agujeros en el techo y a través de ellos lanzarán bombas de gases lacrimógenos a la planta superior. Los de arriba tendrán que salir. Si lo intentan por el techo del edificio, un par de helicópteros se encargarán de ellos. En todo caso, los gases lacrimógenos nos permitirán subir por la escalera de emergencia, volar las puertas de seguridad y asaltar la planta.

»Bueno, se supone que todo esto será obra de ustedes, los cátaros, claro. ¡Y qué pena! Los investigadores solo encontraremos cadáveres en esta planta y en la superior. Luego se retirarán ustedes a Montsegur, donde por alguna razón desconocida el resto de los supervivientes cátaros se suicidarán. Ya se sabe. Una secta de lunáticos. Allí no se encontrará ningún documento sobre la historia que usted contó ayer. Y si algo aparece, me encargaré de ello en la investigación.

En aquel momento se oyó un golpe en la puerta y un hombre rubio, de unos veinticinco años, apareció en el umbral. Vestía un chaleco antibalas, con una máscara antigás colgada del cuello, y llevaba un rifle en su mano.

—Todo listo, Joe —le dijo a Beck con un marcado acento neoyorquino—. En dos minutos haremos sonar las alarmas y bloquearemos los ascensores.

—¿Habéis tomado posiciones en las escaleras de emergencia?

—Sí. Esperaremos a que bajen. No podrán escapar.

—¿Quién queda en esta planta?

—Un par de secretarias en el ala sur. Están bajo control y los guardas de seguridad las evacuarán cuando la alarma empiece a sonar.

—Muy bien, Paul. No me esperéis, empezad según el plan acordado. Yo aún tengo trabajo aquí.

—Si quieres te ayudo, jefe; ya sabes que soy bueno obteniendo información. Y me encantan las chicas. —Sonriendo, el hombre lanzó una significativa mirada a Karen.

—No, gracias. Hoy no. Ya me las arreglaré.

Haciendo un gesto de decepción, salió cerrando la puerta tras de sí.

—¿Cómo ha conseguido pasar todo ese arsenal a través del sistema de seguridad? Los guardas son de su secta, ¿verdad? —preguntó Karen.

—En efecto, tenemos muchos amigos entre los guardas de seguridad del edificio. Los mismos que, cuando empiece a sonar la alarma, van a desconectar la telefonía interna. Nadie podrá llamar afuera. Nadie se podrá comunicar dentro.

—No les servirá de nada. Davis y los suyos utilizarán los teléfonos móviles —afirmó Jaime.

Beck lo miró como a un alumno retrasado.

—¡Naturalmente que está previsto! Somos profesionales, señor Berenguer; hemos traído un equipo que produce interferencias en las comunicaciones telefónicas sin hilos, sean analógicas o digitales. Ni una sola palabra, ni un solo lamento saldrán del edificio.

Las miradas de Jaime y Karen se cruzaron. Todo estaba perdido. Beck y Laura, sentados frente a ambos, descansaban sus pistolas encima de la mesa, aunque las mantenían bien sujetas. Jaime observó que el dedo índice de la mano derecha de Beck, el apoyado en el gatillo, tenía una extraña cicatriz que, dividiendo la uña en dos, recordaba la pezuña de un ungulado.

—Laura. —Jaime la miró a los ojos—. ¿Cómo puedes hacerme esto, luego de tantos años trabajando juntos?

—También tú has trabajado muchos años con White y no te preocupa lo que le has hecho.

—Pero él estaba robando. ¡Maldita sea, Laura! ¡Si viniste a celebrarlo ayer noche con nosotros! ¡Ayer eras nuestra mejor amiga y hoy nos apuntas con un arma!

—Yo no quería venir; esto no es de mi agrado. Pero mis superiores dijeron que debía hacerlo y lo he hecho.

Fue entonces cuando la alarma empezó a sonar con un gemido angustioso.

99

Gutierres sentía que algo fallaba. White se mostraba arrogante, no parecía un hombre que temiera ir a la cárcel o recibir un disparo en la espalda al entrar en casa. Pero ayer sí tenía miedo. ¿Qué ocurrió durante la noche? Habló con los suyos. ¿Qué le dijeron para tranquilizarle? Nada legal. A White no lo salvaban de la cárcel, a estas alturas, ni el mejor abogado ni la mayor fianza. David podía hacer eso y más.

Instintivamente empezó a contar sus efectivos. Los seis

hombres que habían hecho las guardias de noche y mañana en la casa de White descansaban. Ocho más tenían el día libre, y treinta se encargaban de la vigilancia del rancho. Había creído que todo estaba bajo control y solo tenía ocho hombres en el edificio. Más los guardas de seguridad. Quizá treinta más.

No le cabía en la cabeza que los amigos de White intentaran algo en el edificio de la Corporación. ¿Y por qué no? Si Berenguer estaba en lo cierto, alguno de ellos debió de ayudar a los que pusieron la bomba. ¿Cuán fiables sería el resto de los guardas? El testarudo de Davis siempre quiso tener dos cuerpos de seguridad independientes y no le hizo caso cuando tantas veces él le propuso unificarlos bajo su mando. Los guardas habían mostrado con frecuencia rivalidad con respecto a los Pretorianos. Pero ¿cuán fiables serían ahora?

De pronto Gutierres sintió cómo se le erizaba el pelo del cogote al cruzar por su mente una duda, un oscuro presentimiento. Levantándose de la silla salió presuroso de la habitación ante la sorpresa de los que intentaban que White confesara.

Cogió el teléfono y llamó al pretoriano que vigilaba la limusina en el garaje.

—Rob, ¿todo bien?

—Aburridamente bien.

—¿Has visto a alguien en la última media hora?

—Bueno, sí, de hecho… —La comunicación se cortó.

Gutierres llamó varias veces sin poder contactar. ¡El rancho! ¡Haría venir a todos los disponibles!

Intentó una y otra vez hablar con el rancho a través del teléfono fijo. Luego con el móvil. No había línea. ¡Estaba incomunicado! Entonces la alarma del edificio empezó a sonar.

—¡Mierda! —dijo lanzando el teléfono al suelo—. ¿Cómo he podido ser tan estúpido? ¡Es una trampa!

100

Al oír el ulular de la alarma Jaime sintió que era el principio del fin. Su mano buscó la de Karen, sujetándola con fuerza. ¿Qué importaba ahora que lo hubiera utilizado? Jaime sabía que entre los «cadáveres» que Beck mencionaba aparecerían los suyos. No le guardaba rencor a Karen por haberle metido en aquella aventura; al contrario, la amaba más ahora, sabiendo que todo terminaría en unos momentos. Hubiera podido terminar bien. Y aun con un final triste, también habría valido la pena; Karen le había llevado, de una existencia monótona, a amar, sufrir y gozar de la vida con una intensidad nunca sentida antes. Ocho siglos en dos semanas.

—No nos queda ya tiempo y quiero la información que le he pedido, Berenguer —presionó Beck—. Deme los códigos de acceso a Montsegur.

—Necesita entrar de forma no violenta en Montsegur para escenificar su acto final de suicidio de la secta, y Laura no sabe los códigos ¿cierto? —Beck hizo una pequeña inclinación afirmativa con la cabeza—. Y luego, ¿qué? No puede dejarnos con vida; nos asesinará. ¿Qué gano dándole los códigos? Nada. No tiene con qué negociar.

Beck esperó unos momentos antes de responder y lo hizo de forma lenta, recalcando las palabras:

—Sí tengo. Y se llama dolor. Voy a pedir que venga Paul y que pase un buen rato con la señorita Jansen. Delante de usted. O ella o usted me darán lo que quiero. En poco tiempo, se lo aseguro. Dénmelo ahora y así se ahorran el sufrimiento.

—No tiene tiempo de que ese cafre de Paul haga a Karen lo que debió de hacer con Linda Americo en Miami. No sirve su amenaza.

En aquel momento, se oyeron varios estampidos en el exterior. Continuaron por un minuto y luego se hizo el silencio.

101

Gutierres dio instrucciones a sus hombres para que nadie abandonara la planta trigésimo segunda y, luego de comprobar que los ascensores estaban bloqueados, se dirigió a la sala de conferencias con rapidez. A pesar de la alarma nadie se había movido, y Davis continuaba su infructuoso interrogatorio a White. Sin pronunciar palabra, Gutierres agarró a White por las solapas de su chaqueta. White era corpulento, pero Gutierres lo era tanto o más y, de un tirón, lo hizo incorporar.

—¿Qué está pasando? —le interrogó casi escupiéndole en la cara.

—Está sonando la alarma —respondió White con un asomo de sonrisa.

Gutierres le soltó las solapas y rápido, casi antes de que White terminara de hablar, le propinó un bofetón con el revés de su mano haciéndole caer en la silla.

—¿Qué está pasando? —repitió.

—No lo sé. ¿Cómo lo voy a saber si estoy aquí? —White hablaba ahora alterado y cubriéndose con la mano la mejilla—. Solo sé que está sonando la alarma.

—¿Qué está pasando? ¿Qué traman tus amigos? —La marca de sus mandíbulas apretadas era el único signo de tensión en el rostro de Gutierres—. Cuéntame todo lo que sabes; y como mientas, te voy a cortar los huevos. ¡Habla!

—No sé nada. Te lo juro.

En aquel momento el teléfono de la sala de juntas sonó. Gutierres lo miró con extrañeza mientras el pretoriano que tomaba las minutas de la reunión descolgaba el auricular.

—Es para usted —dijo ofreciéndoselo a Gutierres.

—Gutierres. —Este reconoció la voz de Moore, el jefe de seguridad del edificio—. Tenemos un incendio causado por una pequeña explosión en el piso dieciséis en el ala sur. No se ha podido controlar aún. Debemos desalojar de inmediato el edificio por la escalera de emergencia norte. Siguiendo normas de seguridad, el ascensor ha sido bloqueado. Hay amenazas de más bombas; salgan de ahí lo antes posible.

—¿Por qué no funcionan los otros teléfonos?

—No lo sé. Quizá el incendio ha afectado algunas líneas. ¡Salgan ya!

—De acuerdo. Gracias.

Gutierres colgó el teléfono, para descolgar de nuevo e intentar una llamada al exterior. No consiguió tono. Intentó una llamada al propio Moore. Tampoco. Las líneas interiores tampoco funcionaban.

—¡Que nadie se mueva de la sala! —ordenó mientras salía por la puerta.

Fuera, estableció posiciones de guardia para sus hombres y escogió a dos para que inspeccionaran la salida por la escalera de seguridad norte.

—Extremad la precaución —les dijo—; puede ser una trampa.

102

—Laura, ve a ver qué ocurre —dijo Beck al oír los estampidos.

Laura hizo el gesto de levantarse, pero antes de que saliera se abrió la puerta y apareció otro hombre equipado de forma semejante al anterior. ¡Era Daniel Douglas, el excompañero de Jaime!

—¿Ha empezado ya la fiesta, Daniel? —preguntó Beck.

—Un par de guardaespaldas salieron por la escalera de seguridad norte. Los esperábamos, intentamos asaltar el piso veintidós pero estaban preparados y nos recibieron a tiros. Cazamos a uno el tipo ha caído muerto en la escalera, pero los de arriba nos rechazaron, encerrándose a cal y canto. Vamos a colocar las cargas explosivas en el techo. —Luego lanzó una mirada de triunfo a Jaime y le dijo—: Te creías muy listo, Berenguer. Lograste incluso que el viejo te ascendiera a presidente, ¿verdad? Pensabas que nos habías derrotado a mí y a los Guardianes. ¡Qué estúpido!

Jaime estaba sorprendido, sabía que Douglas era uno de los principales implicados en el fraude; pero no se lo imaginó así, con las armas en la mano en el asalto del edificio de la Corporación. Mantuvo su mirada, pero no respondió. Ante su silencio, Douglas dijo a Beck:

—Termina pronto con ellos.

—De acuerdo. Pero tú a lo tuyo; no debes mezclar en esto tus sentimientos personales. Seguid sin mí, según lo planeado; aún tengo asuntos que resolver aquí.

—De acuerdo, Arkángel. —Y dedicándoles a Karen y Jaime una sonrisa satisfecha, Douglas salió dando un portazo.

—Bien, por una vez tiene razón, Berenguer. No me da tiempo de llamar a Paul para que haga hablar a su amiguita, pero le contaré el programa. El primer disparo será al estómago de su chica; el segundo a los intestinos. Producen una muerte muy lenta y dolorosa. Ella suplicará morir y haré que usted lo vea; usted lo pasará aún peor que ella. —Beck apuntó al estómago de Karen—. Laura, vigila a Berenguer; que no haga ninguna tontería. Jaime, su última oportunidad de hablar.

—No digas nada. —Karen hablaba calmada—. Moriremos igualmente, y el dolor no durará siempre. Prefiero sufrir físicamente a darles una victoria.

—La cátara quiere ser mártir, ¿verdad? Bien, Berenguer. Su última oportunidad; cuento hasta tres y disparo. Uno. —Beck se levantó de la silla apuntando el vientre de Karen.

Jaime vio en la expresión fría y determinada del hombre que este era un asesino y que disfrutaba con aquello. Miró luego a Laura, que, también de pie, pálida pero firme, le encañonaba a él. Veía el siniestro agujero del cañón apuntándole al estómago. No podía creer que esa fuera la Laura que conocía; parecía una pesadilla y sintió un sudor frío.

Evaluó las posibilidades de saltar a un lado para intentar despistarles. Eran nulas; lo acribillarían de inmediato. Era imposible escapar de la habitación y, aun consiguiéndolo, lo cazarían en el pasillo como a un conejo. No le daría ese placer a Beck. Apretó la mano de Karen, y ella le devolvió el apretón.

—Dos. —Beck pronunció el número en voz más alta.

Jaime notaba cómo los pensamientos e imágenes se agolpaban en su mente. «¡Maldita sea! ¿Por qué tiene que terminar así? ¡Otra vez no!». El recuerdo de su muerte en la batalla de Muret llegaba nítido. Al menos entonces sabía en qué se había equivocado. ¿Qué había hecho mal ahora? ¡Otra vez perdía! Con rapidez de vértigo vinieron a su mente escenas de su niñez, el nacimiento de su hija, Jenny, su primer encuentro con Karen; y la intensidad con la que la había amado y la amaba.

—Te quiero, Karen —dijo quedamente.

—Te quiero, Jaime —contestó ella.

—Y tres.

El ruido sordo del disparo a través del silenciador se mezcló con el sonido indecente de hueso y carne reventando. En algún lugar del despacho la bala rebotó luego de cumplir con su nefasto cometido.

103

El segundo pretoriano tuvo que abandonar a su compañero en la escalera y a duras penas logró refugiarse de los disparos detrás de la puerta blindada.

—¡Era una trampa! —exclamó Gutierres, y pidió a un pretoriano que se asegurara de que el inspector Ramsey, que había salido de la salita de espera al oír los disparos, no entrara en la reunión. Luego se dirigió a grandes zancadas a la sala.

El puñetazo partió los labios de White, que cayó de su silla al suelo. Gutierres había recorrido la distancia de la puerta hasta él tan rápido que el hombretón no tuvo ni tiempo de incorporarse. Los demás se levantaron de las sillas para ver con una mezcla de horror y morbosidad, cómo Gutierres lo machacaba a patadas. Nadie dijo nada. La siniestra alarma amortiguaba el sonido de los golpes y los lamentos de White. Cuando Gutierres se sintió satisfecho, tirando del cabello gris de White lo hizo sentarse en el suelo, para de inmediato colocar su pistola frente a los ensangrentados labios. Golpeó la boca hasta que White la abrió e introdujo el cañón del arma hasta el fondo.

—Por última vez, ¿qué está pasando? —Y dejó transcurrir unos instantes clavando su mirada en los ojos desorbitados del hombre. Luego apartó el revólver.

—Quieren matarles a todos. —Las palabras salían con dificultad de los labios hinchados—. Asaltarán esta planta.

—¿Cuántos son?

—Quizá unos veinticinco o treinta.

—¿Cómo podemos salir de aquí?

—No pueden. Toda posibilidad ha sido considerada.

—Debemos comunicarnos a toda costa con el exterior. —Gutierres se dirigía por primera vez al resto de los presentes—. Los Guardianes nos tienen sitiados y han bloqueado los teléfonos. A falta de un plan de acción para escapar, debemos esforzarnos en pedir ayuda. Intenten una y otra vez la comunicación tanto con sus teléfonos móviles como con los fijos.

104

Ocurrió con mucha rapidez; no había terminado Beck de pronunciar el número «tres» cuando Laura, veloz, le encañonaba a la sien, disparando de inmediato.

Jaime vio cómo una masa de despojos sangrientos salía por el lado derecho de la cabeza. Por unos segundos, Beck se mantuvo de pie, con la sonrisa aún en la cara y una expresión de sorpresa. El brazo de la pistola cayó, mientras el cuerpo se desplomaba golpeando la mesa antes de hacerlo en su asiento. Y allí quedó, en una extraña posición, de rodillas en el suelo, cabeza apoyada en la silla y una mirada vacía perdida en el techo.

—¿Hablamos ahora de mi aumento de sueldo? —Laura, brazos en jarras, sujetando aún la pistola, sonreía mostrando los dientes en una expresión felina que Jaime no recordaba haber visto en ella, pero que le era familiar. La miró con asombro sintiendo un alivio infinito. Ahora percibía el olor a pólvora. La situación era surrealista—. Bueno, ¿qué hay de mi aumento? —insistió Laura.

Jaime necesitó tiempo para reaccionar.

—¡Concedido! —exclamó al fin, admirando su extraño sentido del humor—. Pero antes tienes mucho que contarme.

—No hay tiempo ahora —intervino Karen, teléfono en mano—. Beck tenía razón. Están cortadas todas las líneas.

—Debemos ayudar a los de arriba —dijo Laura—. Jaime, tú tienes experiencia con armas. ¿Verdad?

—Alguna.

—¿Y tú, Karen?

—No.

—Entonces, Jaime, coge la pistola de Beck, ponte su chaleco y cuélgate al cuello la máscara antigás. ¿Sabes cómo funciona?

Jaime manipuló la mascarilla, afirmando luego con la cabeza.

—Ahora, mientras están entretenidos con los explosivos, podemos limpiar la escalera de emergencia norte para que Davis y los suyos escapen.

—Un momento, Laura —le detuvo Jaime—. ¿Cómo sabrán que nosotros somos los buenos? Los pretorianos dispararán al primero que vean.

—Hay que correr el riesgo —repuso Laura—. Si el asalto triunfa moriremos igualmente, incluso si lográramos escapar del edificio. Los conozco. Te seguirían toda la vida hasta terminar contigo.

—Hay otra alternativa —advirtió Karen.

—¿Cuál?

—El cableado de ordenadores interior del edificio es independiente de las líneas telefónicas, ¿cierto?

—Sí.

—Veamos si el correo electrónico interno funciona.

—Dudo que en esta situación Davis se entretenga leyendo sus mensajes —dijo Laura.

—Quizá sí lo haga —afirmó Jaime—. Los de arriba deben de estar intentando comunicarse con el exterior de cualquier forma posible.

Avanzó a zancadas hasta su mesa y tecleando en el ordenador accedió al correo interno de la Corporación sin mayores problemas.

Escribió un mensaje dirigido a Davis con copia a Gus Gutierres. Llevaba la indicación de «muy urgente», titulándolo «Vida o muerte».

«Aquí Jaime Berenguer. Están a punto de romper el suelo de su planta y lanzar gases lacrimógenos para hacerles salir. Protéjanse. No salgan al techo, les esperan helicópteros. Tenemos dos armas. Podemos limpiar la escalera norte para que bajen y tomen posiciones aquí». Jaime envió el mensaje rezando para que lo recibieran.

Laura y Karen, a sus espaldas, contenían el aliento mirando la pantalla del ordenador con ansiedad mientras Jaime repetía envíos. Lo intentó dos veces más, sin resultados; el tiempo corría en su contra. Decidieron un último intento antes de salir al pasillo.

105

Los sitiados del piso treinta y dos se aplicaron con desesperación para comunicarse con el exterior.

Gutierres se maldecía a sí mismo por no haber anticipado aquello. Pero ¿quién lo iba a suponer? Jamás hubiera imaginado que los Guardianes pudieran organizar un asalto dentro del edificio de la Corporación. Aunque sí debiera haber sospechado de Moore, el jefe de seguridad. Pero, aun sospechando de él, ¿cómo podía ocurrir aquello? Los Guardianes debían de estar muy preparados, muy seguros de su victoria para atreverse a tanto.

Trenzaba alternativas de escapatoria posibles. Nadie percibiría desde fuera el sonido de los disparos, la insonorización interna haría que el ruido casi no saliera al exterior. Los ascensores estaban bloqueados y les esperaban en las escaleras. Podían salir al tejado del edificio e intentar descolgarse por las pequeñas barcas que utilizaban los operarios de limpieza de cristales. Seguro que el enemigo había tenido ya en cuenta esa alternativa y los estaría esperando. Solo usaría esa vía cuando agotara todas las posibilidades de escapatoria. Mientras, lo mejor era resistir allí e intentar comunicarse.

El correo electrónico interior estaría seguramente cortado junto con las líneas de teléfono. Probaría si había salida al exterior. En el peor de los casos, si el cableado funcionaba, al menos podría dejar en el sistema un mensaje de acusación, un testamento. Quizá los asaltantes no lo pudieran borrar. Entró en el correo, y con sorpresa leyó un mensaje en entradas: «Vida o muerte».

106

¡Al fin un mensaje de Gutierres! El pretoriano, desesperado, debía de haber estado tratando de enviar mensajes de socorro al exterior cuando recibió el suyo.

A Jaime le sorprendía que los Guardianes tuvieran aquel fallo. Quizá no pudieron desconectar el cableado en las dos últimas plantas o quizá planeaban borrar en la central de correo interno los mensajes una vez que nos mataran a todos, meditaba.

«Aquí Gutierres. ¿Cómo sé que es usted y no una trampa?».

—¡Maldita sea, ahora ese hijo de puta no se fía! —exclamó Jaime, forzándose a pensar. ¿Qué le podía decir a Gutierres para que supiera que realmente era él? Escribió la respuesta. En español. Sabía que Gutierres lo entendía. «Ayer le pedí a Davis que quería conservar a mi secretaria. Me dijo que no le importunara con tonterías y hablara con Andersen. Usted no estaba allí, y tampoco White; compruébelo con Davis y Andersen. Y va a tener que confiar o están muertos. Nos reconocerán porque llevaremos una servilleta roja encima del chaleco antibalas. En un minuto estaremos limpiando la escalera».

Entonces una explosión sonó en el pasillo. Al cabo de un minuto otra más lejana. De nuevo otra cercana; estaban volando trozos del techo para lanzar los gases.

Jaime envió el mensaje y sacando de un cajón unas servilletas de papel rojas le dio un par a Laura.

—Ponte una servilleta cuando bajen los de arriba. Ahora vamos fuera; con la máscara puesta los Guardianes no nos reconocerán.

—¡Gutierres dice que está de acuerdo! —gritó Karen, que manipulaba ahora el ordenador.

—Lo siento, Karen —dijo Laura, tomando la iniciativa—. Tenemos que salir, pero solo hay dos juegos de chalecos, máscaras y armas. No puedes venir con nosotros. Es demasiado peligroso, pero también lo es quedarse aquí. Vendrán a ver qué le ha pasado a Beck.

—Deberás esconderte en algún sitio para que no te vean —terció Jaime—. ¡Ya sé! Estábamos limpiando los armarios de detrás de mi mesa. Si quitamos las estanterías, cabrás dentro.

Sin más comentarios Jaime fue al armario, lo abrió y quitando los estantes los puso en otro armario, también en proceso de limpieza. Karen entró y comprobaron que cabía, aunque en posición medio inclinada.

—Un día me vengaré de esta ofensa, Jaime —intentó bromear—. ¡Por favor, no cierres con llave! Sujetaré la puerta desde dentro. ¡Buena suerte! Te quiero. Que el buen Dios nos ayude.

Besando sus labios, Jaime revivió la angustia de Pedro al despedirse de Corba. Luego ajustó con cuidado la puerta mientras musitaba un «Dios mío, ayúdanos».

—¡Vamos allá! —dijo a Laura colocándose la máscara antigás.

Al salir al pasillo encontraron la puerta de la escalera de emergencia, situada a pocos metros a su derecha, abierta. Más al fondo en un área entre despachos, vieron cascotes en el suelo y un boquete en el techo, bajo el cual había cinco hombres con chalecos antibalas y máscaras ya puestas. Uno se disponía a lanzar, a través del agujero en el techo, una granada de gases al piso de arriba, y los demás lo cubrían.

Daniel Douglas y otro hombre, aún sin máscara y armados con escopetas, a mitad de camino entre la puerta y el grupo, contemplaban la operación. A su espalda, en el pasillo, casi frente los ascensores, pudieron ver a más asaltantes bajo otro agujero en el techo.

Jaime sentía la adrenalina correr por su sangre y sus sienes palpitando. No tenía miedo, solo inquietud por Karen y una intensa agitación; con paso rápido, siguió a Laura, que entraba en la escalera de emergencia. Algunos de los Guardianes los miraron sin reaccionar; la máscara y el chaleco eran un excelente disfraz.

En un descansillo de la escalera, a mitad de camino del piso superior, habían colocado una mesa a modo de barricada, y dos hombres se parapetaban apuntando hacia arriba, en espera de la salida del grupo de Davis. Con su elegante traje arrugado, uno de los Pretorianos estaba tendido en el tramo de escalera que continuaba hacia abajo. Tenía los ojos abiertos y su blanca camisa manchada de sangre. Jaime reconoció al que escribía las actas en la reunión del día anterior. Un tercer hombre con chaqueta antibalas y rifle les salió al encuentro.

—¿Habéis lanzado los gases ya? —preguntó con acento neoyorquino al verles la máscara puesta.

Era aquel tipo joven de aspecto sádico llamado Paul. Por toda respuesta, Laura le colocó la pistola con silenciador en la cara, disparando. El individuo cayó hacia atrás, mientras ella se lanzaba escaleras arriba seguida por Jaime. Los dos hombres tras la mesa notaron que algo pasaba y uno volvió la cabeza. Laura, a dos metros, hizo blanco en él. El otro intentó girarse y Jaime disparó. La bala dio en la mesa. Cuando el hombre ya le encañonaba, Laura le colocó una precisa bala en el centro de la frente. Jaime estaba impresionado; Laura era una tiradora de élite y mantenía una admirable sangre fría.

Levantando su máscara, Jaime le advirtió:

—¡Cuidado, ahora vendrán desde la puerta!

Laura cogió una de las escopetas y las municiones de los bolsillos del muerto, luego bajaron hacia la puerta. En el umbral aparecieron los dos hombres del pasillo. Laura disparó al primero certeramente y la detonación produjo un gran estruendo; el segundo era Daniel y disparó su escopeta, pero su primer tiro se perdió en el techo. Las dos balas que Jaime le envió dieron en el chaleco antibalas y en una pierna. El tipo volvió a disparar mientras caía, pero tampoco acertó. Laura y Jaime respondieron al mismo tiempo y la cara de Daniel se llenó de sangre. Jaime no sintió lástima, solo alivio.

—Coge ahora la escopeta; es una Remington 870; excelente a media distancia. ¡Y no te olvides de los cartuchos! —le dijo Laura quitándose la máscara y dejándola colgada del cuello—. Tenemos que cubrir la puerta.

—¡La servilleta! —avisó Jaime al oír ruido arriba. Ambos la colgaron a la espalda del chaleco.

107

¡Tumbad las mesas que podáis y cubríos atrás! —gritó Gutierres—. ¡Van a volar el suelo! —Pero él continuó tecleando su ordenador impasible a las explosiones. Por suerte las alfombras amortiguaron parte de los cascotes y nadie resultó herido. Tenían poco tiempo.

Gutierres ordenó que se agruparan junto a la puerta de emergencia norte y que Bob, el pretoriano más corpulento, ayudara a White, que casi no podía andar. En precaución de otro intento de asalto, colocaron varias mesas como barricadas frente a la puerta. Solo había dos máscaras de gas para caso de incendio, y el jefe de los Pretorianos las reservó para Davis y él mismo. El resto debería proveerse de toallas mojadas en los aseos.

Así esperaron unos minutos. Sonaron disparos en la escalera, y al terminar estos, Gutierres dijo:

—Salgamos. Mike y Richy, los primeros. Yo os sigo y, si

todo está bien, luego los demás. Al final Charly y Dan protegiendo al señor Davis.

108

Laura y Jaime pudieron oír una nueva explosión en otro lado del edificio, los Guardianes estarían ya volando la puerta sur de la escalera de seguridad y asaltando la planta superior.

Jaime notó que Gutierres y uno de los Pretorianos bajaban moviendo la mesa para dejar paso a los demás; otro pretoriano, Mike vistiéndose el chaleco de uno de los muertos, cogió una escopeta y se colocó al lado de Jaime.

Mientras, Gutierres daba instrucciones en la escalera:

—Inspector Ramsey, coja una escopeta y colóquese detrás de la chica.

Ramsey obedeció, colocándose junto a Laura, de forma que la puerta tenía dos defensores a cada lado. Mientras, arriba, a Davis le vestían el chaleco de uno de los cadáveres. El humo ya les afectaba y empezaban a toser.

—Dan, coloca a White frente a la puerta; que proteja el paso.

El hombretón quiso resistirse, pero Dan lo golpeó un par de veces con la empuñadura de su revólver. Al final quedó tambaleante frente al hueco de la puerta, con el pretoriano, revólver desenfundado, vigilando. White parecía a punto de derrumbarse y ya no ofreció más resistencia. Jaime casi no podía reconocer la cara hinchada y ensangrentada de su exjefe y se sorprendió a sí mismo sintiendo lástima por él. Los guardaespaldas hicieron cruzar a Davis casi en volandas, con Gutierres cubriéndolo con su propio cuerpo, por delante de la peligrosa puerta pero por detrás de White. El viejo parecía más pequeño que nunca.

—Estoy en deuda con usted, Berenguer —le dijo a Jaime al cruzar a su altura.

Detrás de Davis bajaban Cooper y Andersen. Les seguía Ruth, la gobernanta de la planta, con dos pretorianos cerrando la comitiva, perseguidos por el humo que ya inundaba el piso superior. Justo habían logrado cerrar la puerta de arriba cuando los Guardianes intentaban un nuevo asalto, con una descarga cerrada.

Disparos, maldiciones y ayes se mezclaron con el siniestro ulular de la alarma del edificio, y al responder al fuego desde la escalera se estableció un intenso tiroteo. Varios de los asaltantes cayeron frente a la puerta, y los demás se retiraron sin dejar de disparar. Los lamentos continuaban dentro y fuera de la escalera. Jaime miró a Laura; no estaba herida y ella le hizo el signo de «esto va bien» con el pulgar hacia arriba; la extraña impresión que sentía con respecto a su secretaria continuaba.

Ramsey, sin chaleco antibalas, se había protegido detrás de Laura y se encontraba bien, pero Mike, el pretoriano, estaba tumbado en el suelo. Tenía una herida en la pierna izquierda que sangraba en abundancia. Pero no era él el que se quejaba. La andanada había dado de lleno a White, que se había derrumbado, y a Cooper, que tuvo la mala suerte de cruzar en aquel momento. Cooper, herido en el vientre, se retorcía aullando de dolor, y Ruth gritaba horrorizada mirando a los heridos. Con el pecho ensangrentado y tumbado de lado, White babeaba sangre; estaba moribundo. Jaime pensó que su muerte había sido una ejecución y al cruzar su mirada con la de Gutierres tuvo la seguridad. De no haber hablado ya, nunca lo haría.

—¡Bajad la mesa! —gritó Gutierres a los dos pretorianos de arriba.

Ramsey empujó a Ruth y a Andersen, haciéndoles pasar por encima de los cuerpos que yacían en el suelo, colocándolos escaleras abajo, lejos del peligro.

Los dos pretorianos colocaron la pequeña mesa de forma

que les protegiera de los disparos desde la puerta y desde escaleras arriba. Ahora cubrían la puerta con sus armas, Laura cogió los fusiles de los muertos y se los lanzó. Uno de los caídos en el umbral movió un brazo, tratando de incorporarse con un débil lamento; desde atrás de la mesa un pretoriano le voló la cabeza de un disparo.

—Ya han entrado arriba —dijo Jaime a Gutierres—. Pronto descubrirán que han escapado por aquí y estaremos entre dos fuegos. Tienen que bajar.

—El peligro está en la salida al *hall* y a la calle —comentó Gutierres pensativo—. Moore, el jefe de seguridad del edificio, es enemigo, luego la mayoría de los guardas de seguridad lo serán. El corte de comunicaciones también les debe de afectar a ellos; debemos aprovecharlo y bajar antes de que se den cuenta. Intentaremos escapar en la limusina blindada.

—Esta escalera de emergencia termina en el *hall*, y las puertas de bajada al garaje están siempre cerradas —advirtió Jaime.

—Nosotros sabemos cómo abrirlas —repuso Gutierres—. ¡Vayámonos de aquí antes de que nos ataquen también desde arriba!

—¡Un momento, Gutierres! —Jaime le detuvo—. Tenemos dos heridos y no podemos dejarlos aquí para que los asesinen.

—Mi misión es proteger a Davis; lo siento, pero no voy a arriesgar su seguridad por los heridos. ¡Vamos!

—No; yo no voy —anunció Jaime—. Karen está también aquí arriba. No la dejo.

—No discutiré. ¡Quédese si quiere! Gracias por cubrirnos las espaldas. ¡Los demás, abajo! —dijo medio susurrando para no ser oído por el enemigo—. Bob y Charly, abrís la marcha; detrás el inspector Ramsey, luego Richy con Davis y el resto siguiéndoles.

El grupo empezó a bajar por las escaleras.

—Yo me quedo con Jaime —afirmó Laura.

—Yo también me quedo —dijo Ramsey.

—Usted no puede —objetó el guardaespaldas jefe—. Lo necesitamos abajo para coordinar con la policía tan pronto como podamos salir; tiene que acompañarnos.

—No dejaré a este par solos, defendiendo a los heridos —insistió Ramsey—. Usted sabrá arreglarse bien con la policía.

—No. Sin usted, la policía tardará en coordinar el asalto y esos individuos podrán escapar. Su lugar está fuera. No necesita usted probar aquí su valor; hay tanto peligro abajo como arriba.

—Lo siento, no los abandono.

—No podemos perder tiempo discutiendo; le propongo un cambio —negoció Gutierres—. Dejo aquí a uno de los míos y usted nos acompaña. Un hombre por otro. ¿Hace?

—De acuerdo —aceptó Ramsey.

—Dan, tú te quedas. ¡Buena suerte, chicos! —Y Gutierres siguió a Ramsey escaleras abajo.

109

Bajaron por las escaleras con rapidez pero sin correr. Bob y Charly, encabezando la marcha, portaban rifles y los chalecos antibalas de los cadáveres; les seguía Ramsey.

—Después de Davis, usted es el más importante para el éxito de la operación —insistió Gutierres cuando Ramsey se negó a vestir el chaleco—. Sin usted coordinando a la policía, esos individuos huirán.

Ramsey se lo puso a regañadientes y lanzó una maldición al mancharse con la sangre del anterior propietario.

El personal había desalojado el edificio por las escaleras de emergencia, así que encontraban las puertas de acceso a las plantas entreabiertas conforme bajaban. Bob y Charly se turnaban. El primero cerraba la puerta y mantenía su cuerpo contra ella para evitar que pudiera ser abierta de nuevo y que les sorprendieran cuando Davis pasara. Mientras, Charly ejecutaba la misma operación con la siguiente. Cuando Davis había pasado y la puerta quedaba bajo el control de Gutierres, Bob corría hacia abajo adelantando la comitiva y bloqueaba la siguiente puerta libre. Andersen marchaba delante de Davis, y justo al lado de este se movía Richy, el tercer pretoriano, siempre intentando cubrir con su cuerpo al viejo, en caso de un posible ataque. Ruth y Gutierres cerraban la comitiva.

Así llegaron hasta el primer piso, donde Gutierres pasó a la vanguardia para organizar el siguiente paso. En el nivel cero había dos puertas, una hacia el interior del *hall* y otra que daba al jardín exterior que rodeaba el edificio, y entre ambas un amplio descansillo; luego, la escalera continuaba hasta los aparcamientos subterráneos.

Gutierres envió a Richy a cerrar la puerta del *hall*, que estaba entornada, mientras Bob y Charly corrían a controlar la puerta exterior del jardín, que no podían ver desde su posición en la escalera. Los temores de Gutierres se confirmaron cuando vieron a Nick Moore con cuatro guardas armados con escopetas vigilando la parte exterior. Por suerte no esperaban que el grupo apareciera por allí y solo un par estaba en posición de ver la puerta.

—¡Adelante! —susurró Charly, y Gutierres se lanzó a la carrera hacia las escaleras de bajada, cargando literalmente con Davis; los demás los siguieron, mientras Bob intentaba cerrar la puerta del jardín sin conseguirlo, al estar sujeta al suelo de alguna forma. Los guardas dieron la voz de alarma a sus compañeros, que hicieron ademán de girarse con las armas.

—¡Quietos o disparamos! —gritó Charly.

Por unos segundos pareció que los guardas dudaban pero, cuando Moore se giró empuñando su pistola, Charly y Bob empezaron a disparar.

Ramsey y Andersen habían ya cruzado cuando sonaron los disparos, pero Ruth retrocedió hacia la escalera superior. Richy, que protegía la puerta del *hall*, no llevaba chaleco antibalas y fue alcanzado de lleno.

Moore, herido en una pierna, cayó junto con dos de los guardas, y los otros se echaron al suelo disparando por encima de los cuerpos de sus compañeros. Charly y Bob consiguieron salir del umbral de la puerta sin ser heridos y quedaron cubriendo la retaguardia del grupo.

Mientras, Gutierres había logrado abrir la entrada que daba acceso al nivel primero de los aparcamientos. Hizo pasar a los cinco supervivientes y cerró la puerta mientras se preguntaba angustiado si podrían alcanzar la limusina.

110

El grupo de arriba organizó su defensa. White parecía muerto, y lo dejaron en el rellano de la escalera junto a varios cadáveres de asaltantes. Jaime y Dan trasladaron a Bob Cooper, a pesar de su fea herida en el vientre, al descansillo inferior de la escalera; sangraba en abundancia y aulló de dolor. No dejaba de gemir ni un momento.

Laura ayudó a Mike, el pretoriano herido, también hasta el descansillo; le habían hecho un torniquete en la pierna y aguantó estoicamente el dolor, manteniendo sujeto con fuerza su revólver en la mano derecha. Aun perdiendo su posición de ventaja con respecto a la planta treinta y uno, decidieron instalar la destrozada mesita que les servía de barricada, un escalón por debajo del rellano del piso; la escalera casi no tenía hueco, y la nueva posición permitía una buena defensa tanto si el ataque llegaba del piso superior como desde la puerta que continuaba abierta.

Parapetados, hombro con hombro, y con Laura en el centro, se dispusieron a esperar el ataque.

—Yo también reviví mi vida del siglo XIII —oyó Jaime en un murmullo.

—¿Qué?

—Era una fiel convencida de los Guardianes, como lo fue mi padre. — Laura hablaba con suavidad, casi confesándose—. White influyó en ti para que me tomaras como tu secretaria y me convencieron de que me infiltrara en los cátaros. Fui a su centro de reuniones en Whilshire Boulevard, dije que había oído hablar de ellos y que quería conocerlos a fondo. Poco a poco me gané la confianza de Kepler; le interesaba la información que le ofrecía sobre la Corporación, Jaime Berenguer incluido. Y los Guardianes estaban también encantados con lo que les contaba tanto de los cátaros como de la Corporación.

—Coincide con lo que Beck dijo.

—En parte. Porque al principio los rechazaba, pero al final los sermones de Dubois me hicieron pensar. Un buen día me condujeron con los ojos vendados a Montsegur, estuve en la cueva frente al tapiz de la herradura y me encontré viviendo en el siglo XIII. Sufrí una tremenda impresión.

»Aquello ya no se lo conté a los Guardianes, y tampoco el resto de las experiencias que viví. Cuando cerré mi ciclo, y luego de un tiempo de introvertirme, decidí que creía en la certeza de las enseñanzas de los cátaros. Confesé a Dubois el trabajo que hacía para la secta y, desde entonces, pasé a informar a Kevin sobre los Guardianes.

—Entonces, Karen sabía que tú eras de los nuestros y que el agente del FBI era enemigo.

—Sí. Sabía de mí, pero no de Beck. Todo ha ido muy rápido; ayer por la noche, después de la fiesta, los Guardianes me advirtieron de que hoy ocurriría algo y que debía obedecer en todo a Beck. Antes no sabía que ese hombre era un guardián.

—Podrías haberme avisado.

—¿De qué? No sabía que se fueran a atrever a tanto. Y gracias a que actuasteis con naturalidad estáis ahora vivos.

—Es verdad. —Jaime se quedó rumiando lo oído con la mirada pegada al descansillo, por donde esperaba el nuevo asalto. De pronto, recordando lo primero que Laura había dicho, quiso saber más—. Pero, dime, ¿me reconociste en el siglo XIII?

—Sí.

—¿Y te conocía yo a ti?

—También.

Entonces la puerta del piso superior chirrió al abrirse. Dan le dio un codazo a Laura.

—Parad de cuchichear y estad atentos.

111

Gutierres comprobó que, en contra de las normas de evacuación por bomba o incendio, se había permitido a los empleados retirar sus vehículos. El grupo cruzó el desierto aparcamiento sin incidentes, y sacando un manojo de llaves Gutierres logró abrir la puerta metálica que daba acceso al área reservada para los coches de los presidentes. Vieron varios coches de gran cilindrada.

Sorprendieron a los dos guardas que custodiaban la limusina y que al verse encañonados se limitaron a levantar las manos. Allí, en el suelo, boca abajo, vieron el cuerpo del pretoriano que guardaba el garaje; Bob comprobó que estaba muerto.

Ramsey esposó a los guardas mientras Gutierres abría la puerta de la limusina. Davis y Andersen se instalaron en el asiento trasero, y Gutierres revisó cerraduras, bajos del coche, motor, maletero y exteriores en busca de algo extraño. Al sentirse satisfecho, se puso al volante, y Ramsey se sentó a su lado.

Luego quiso abrir la puerta del garaje con el mando a distancia, sin éxito; la puerta parecía bloqueada. Dio instrucciones a Charly y Bob de que se apresuraran hacia el mecanismo de apertura manual.

Cuando la puerta llegaba a mitad de su camino de apertura, comprobaron que dos coches colocados horizontalmente bloqueaban la salida al final de la rampa. Gutierres dio marcha atrás hasta casi tocar la pared del garaje. Esperó a que la puerta estuviera abierta del todo y dijo:

—Aseguren sus cinturones y agárrense bien, la salida será violenta.

Aceleró el coche y, en el corto espacio de unos cincuenta metros y a pesar de la pendiente de la rampa, logró colocar la tercera marcha. La imponente masa de la limusina blindada golpeó contra el lugar donde los dos coches se tocaban y estos se desplazaron un par de metros debido al impacto. Mostraban grandes abolladuras pero aún bloqueaban la salida. La limusina perdió el parachoques, aunque su estructura parecía no haberse visto afectada.

Gutierres dejó caer el vehículo hacia atrás por la rampa hasta llegar a la pared del fondo. Fuera se oían disparos; Bob y Charly se estarían enfrentando a los guardas. De nuevo aceleró la limusina, impactando la tremenda masa otra vez contra los coches. Estos saltaron unos metros más allá dejando el paso libre, pero el vehículo se caló. Ahora las balas rebotaban en los cristales y en los bajos en busca de los neumáticos.

Cuando Gutierres puso en marcha el coche, lo lanzó a toda velocidad hacia la avenida de las palmeras. Hacía sonar la bocina y al saltarse el primer semáforo le dijo a Ramsey:

—Inspector, ¿quiere comprobar si su móvil funciona bien aquí?

Ramsey estableció contacto telefónico con facilidad y empezó a dar instrucciones.

Gutierres observaba preocupado a su jefe a través del retrovisor; este no había pronunciado una sola palabra desde hacía mucho tiempo. Ni siquiera respondía al excitado parloteo de Andersen; tenía la mirada perdida, como si estuviera abatido ¿Habría sufrido un *shock*? Como a todo humano, la edad le afectaba, y aquella no era una aventura para sus setenta años. El viejo estaba sumergido en sus propios pensamientos. Ensimismado.

—Gus —dijo al cabo de un rato.

—Sí, señor Davis.

—Quiero que localices a nuestro mejor guionista. A Sheeham o a Weiss. Mejor a Sheeham. Lo quiero ver mañana sin falta.

—Sí, señor —contestó Gutierres extrañado.

—Aquí hay material para una buena película de acción, y los decorados costarán poco dinero.

Gutierres sonrió al ver el brillo de los ojos de Davis a través del retrovisor. El viejo diablo continuaba en forma.

112

—No disparéis hasta verles la cara —dijo con voz queda Laura—. Dan, tú dispara a las piernas, Jaime y yo, a la cabeza. Cuando caigan hay que asegurarse de que estén muertos.

Todos callaron. La alarma continuaba sonando y desde abajo se oían los lamentos de Cooper.

Los de arriba se movían con cuidado. Un hombre fue bajando con lentitud y giró en el recodo de la escalera; estaba armado y llevaba puesta la máscara antigás. Le seguía otro. Los de abajo dispararon, y el hombre cayó hacia delante por la escalera hasta el rellano de la planta, frente a la mesa. El otro escapó.

—No le hemos dado al segundo —dijo Jaime.

—Han caído al menos diez de los suyos —comentó Laura—. Contando a los llegados de fuera y los guardas de seguridad del edificio, no serán más de treinta y cinco. Y Beck está muerto. Deberían darse cuenta de que han fracasado.

—Tendrán aún la esperanza de coger a Davis —razonó Dan.

En aquel momento oyeron varios disparos justo detrás de ellos. Los primeros eran de pistola, pero un par de escopeta les siguieron.

—Dan, Jaime, ¡abajo! —gritó Laura.

Al llegar, vieron que la puerta del piso inferior estaba entornada. Mike, medio incorporado en el descansillo, pistola en mano les dijo con voz débil:

—Han intentado atacar desde el piso treinta, pero los he rechazado. Estoy seguro de que le he dado a uno.

—Tenemos suerte de que no se puedan comunicar y lanzar ataques coordinados —dijo Jaime—. Dan, quédese con Mike. Yo vuelvo con Laura.

Justo cuando Jaime daba media vuelta para subir, intentaban un nuevo asalto desde la planta treinta y una. Laura devolvía el fuego, y Jaime notó un fuerte golpe en el hombro derecho, cayendo hacia atrás pero dando, por fortuna, con la espalda en la pared; el chaleco le había salvado. Laura, bien parapetada, continuaba disparando con acierto, y los otros se retiraron. Jaime, adolorido, logró llegar detrás de la mesa.

—Son unos fanáticos testarudos —se quejó Laura—. Como sigan así, al final van a lograr su propósito de eliminarnos; espero que no lo intenten con explosivos.

—Ha pasado ya tiempo suficiente para que Davis y los suyos escapen. —A continuación Jaime se puso a gritar—: ¡Hey! ¡Estáis perdidos, mamones! ¡Hace mucho que Davis escapó! ¡La policía ya viene hacia acá! ¡Tenéis poco tiempo para salvar el culo!

No recibió otra respuesta que la de la alarma y los ayes de los heridos.

—¿Tú crees que funcionará? —preguntó Laura.

—Es lo único que podemos hacer. —Y se puso a gritar de nuevo—: ¡Salid corriendo ahora que podéis! ¡Davis ha escapado del edificio! ¡Estáis perdidos!

Algo cayó rebotando por los escalones. Jaime se escondió instintivamente detrás de la mesa.

—¡Las máscaras! —gritó Laura, que no se había movido—. ¡Una granada lacrimógena!

Jaime se puso la máscara e hizo signo a Laura de que le cubriera. Luego, con la culata de su escopeta, empujó con cuidado la humeante granada hasta el hueco de la escalera, por donde cayó. Al regresar junto a Laura, los hombros de ambos se tocaban y así esperaron en silencio obligado. Los pensamientos de Jaime regresaron a su amada. ¡Karen! ¡Dios mío! ¡Que esté bien Karen! Ella conocía el papel de Laura, lo había utilizado como dijo Beck, pero ya no importaba; con tal de que lo amara solo un poco de lo que él la amaba a ella, la perdonaba.

Laura. Años trabajando juntos. Monotonía, aburrimiento y, de pronto, esto. ¿Quién sería?

Pasaron unos diez minutos de tensa espera y no ocurrió nada. La maldita alarma continuaba sonando angustiosa, y los lamentos de Cooper ya no se oían; Jaime no podía más. Tocó el hombro de su compañera y le hizo una seña indicando que él salía al piso trigésimo primero, ella negó con la cabeza y le hizo gesto de que esperara. Jaime esperó. El humo era ya poco denso. Cinco. Seis minutos más. No aguantaba su inquietud por Karen, no aguantaba la maldita máscara en la cara. Finalmente se incorporó. Laura le tocó el hombro para avisarle que ella también iba. Pasaron por encima de la mesa, apuntando hacia el pasillo de la planta trigésimo primera. No había nadie al frente de la puerta. Laura cubrió la escalera hacia arriba, pero también estaba desierta. Jaime sentía el corazón acelerado. ¡Que esté bien Karen! Saltaron el montón de cadáveres y entraron en el pasillo. También desierto. Aparentemente los Guardianes se habían marchado de la zona con prisa, abandonando los cadáveres. Jaime se lanzó a grandes zancadas hacia su nuevo despacho.

La puerta del despacho estaba cerrada, y cuando entraron vieron que los gases no habían llegado allí. El cadáver de Beck se encontraba tendido en el suelo, alguien había estado allí manipulándolo. Jaime se quitó la mascarilla y llamó con los nudillos al armario donde Karen se refugiaba. No hubo respuesta.

—Karen, el peligro ha pasado. ¿Estás bien?

Volvió a llamar y la puerta se abrió ligeramente, luego más. Allí estaba Karen, con gesto de dolor y encogida.

—No.

—¿Qué te pasa? —preguntó Jaime alarmado.

Al salir, Karen le dedicó una gran sonrisa.

—Me he roto dos uñas aguantando la puerta del maldito armario desde dentro —dijo antes de abrazarlo.

Viernes

113

—¿Por qué debo suponer que los cátaros son mejores que los Guardianes? —inquirió Davis.

Jaime lo miró, y su cubierto se detuvo a medio camino de la boca. «Será una comida amistosa», le había anticipado Gutierres al invitarlo. Y ahora se encontraba frente a frente con el viejo, en su lujoso salón comedor, que sin solución de continuidad se expandía en una enorme área diáfana, ocupando una buena extensión del ala sur de la planta trigésimo segunda del edificio corporativo. Los desperfectos del intento de asalto habían sido pequeños en aquel lugar y fueron los primeros en ser reparados.

Una cuidada decoración establecía, con una mínima presencia de paredes, varios ambientes permitiendo el recogimiento del despacho, el relax del comedor y una amplia sala de estar que podía acoger fiestas con cientos de invitados. Antigüedades, obras de arte moderno y un mobiliario ecléctico se combinaban con gusto y estilo.

Los grandes ventanales ofrecían una vista en un ángulo de más de ciento ochenta grados, en la que el océano brillaba al fondo, más allá de Santa Mónica e incluso por encima de Palos Verdes, al sur. Hoy era un día claro y brillante, y Ruth había hecho bajar algunos de los cortinajes para moderar la intensa luz exterior.

—Gracias a los cátaros ha descubierto un fraude de millones, salvando su vida y evitando que una secta fundamentalista controle la Corporación. ¿Le parece poco? —respondió Jaime.

—Cierto, pero los cátaros han obtenido mayor poder. ¿Cómo sé que no intentarán lo mismo que los Guardianes?

—Yo soy el único que ha ganado poder, y ha sido porque usted me lo ha dado. Usted tiene buenos informadores, sabe que los cátaros no son una secta; no persiguen el poder material como otros hacen, solo quieren el desarrollo espiritual de la humanidad. No luchamos para controlar la Corporación, sino para evitar que otros, de ideología ultraconservadora y fundamentalista, tomaran el poder. Creemos que los mensajes que lanza al mundo la Corporación son neutrales o buenos para el desarrollo de un individuo mejor y deseamos que así continúe.

—Entonces ¿los cátaros aprueban mi línea editorial? —Davis sonreía divertido.

—Sí, y seremos buenos aliados, tómenos como tales. Todo el mundo necesita amigos; usted también.

—Me han informado que es usted un cátaro reciente.

—Cierto.

—¿Sabe?, tiene usted un gran futuro. —La sonrisa de Davis se había tornado irónica—. Y ya que está en cambiar de religiones, quizá le pudiera recomendar otra que le iría mejor profesionalmente.

Jaime lo miró con atención. Su cara de vieja esfinge arrugada mantenía aquella sonrisa difícil de interpretar; no podía creer lo que el viejo le estaba diciendo. ¿Lo estaría probando? ¿Sondeaba su reacción? O quizá le tanteaba seriamente.

—Este tipo de conversación es anticonstitucional, señor Davis.

—No. En absoluto. Tengo un testigo que jurará que no hemos hablado de eso —dijo señalando a Gutierres, que les acompañaba en la comida.

—Habla usted de abrazar una fe como de inscribirse en un club. «Hágase socio de mi club. Tendrá ventajas sociales y quizá laborales».

—¿De qué se asombra? La gente cambia. De trabajo, de religión y de amantes. Usted se divorció hace unos años y hace unas semanas cambió de religión. ¿Por qué no iba a cambiar de nuevo?

—Es imprudente negarle alternativas a la vida —contestó Jaime con cuidado—, pero no hay ganancia profesional que me compensara de la pérdida afectiva que sufriría con un cambio.

—¡Ah! —Davis amplió su sonrisa, lanzando una mirada a Gutierres, que mantenía su expresión impasible—. Esa rubita, ¿verdad?

Sin contestar, Jaime se concentró en la comida.

Después de una pausa, el tono de Davis cambió al tiempo que su sonrisa se esfumaba.

—Lo ocurrido hace una semana es muy grave. Me refiero a los Guardianes. Murieron algunos de los nuestros y muchos de ellos, pero no necesariamente los más importantes. No puedo esperar a que usted reúna pruebas para llevarlos a la justicia. De algunos jamás probaremos nada; confiaba en que White hablara, pero no lo hizo. Sé que los cátaros han tenido agentes dobles infiltrados y quiero que me dé la lista de los cabecillas máximos de esa secta. Quiero saber quiénes en la Corporación pertenecen a ella, y su grado de responsabilidad. La muerte de Kurth continúa impune, y yo conozco otra forma de justicia más rápida y segura.

—Los cátaros jamás lo aceptarán. El «ojo por ojo» va contra sus principios; es propio del Dios malo, el Dios del odio. Los nombres que le daré serán los de quienes tengamos pruebas para llevarles a los tribunales.

—Yo sí creo en el «ojo por ojo». Y no le pido nada a los cátaros. Se lo pido a usted. Esa gente es aún peligrosa y hay que cortar la cabeza de la víbora antes de que vuelva a morder.

—Lo que insinúa es ilegal. Si yo le doy los nombres sabiendo las intenciones que tiene, me convierto en su cómplice y puedo ir a la cárcel por ello. No pienso hacerlo.

—¡Maldita sea, Jaime! —Davis golpeó la mesa—. ¡No sea estúpido! Usted y su amiguita peligran tanto o más que yo. Los Guardianes sí creen en la venganza, y ustedes les deben varios «ojos». Me he informado sobre los antiguos cátaros; un tal Brice Largaud escribió: «En la historia, el catarismo fue esa Iglesia que solo tuvo tiempo de perdonar y desaparecer».

»¿Qué pretenden? ¿Perdonarles y desaparecer de nuevo cuando ellos recuperen fuerzas y se puedan vengar? ¡Claro que los cátaros no son una secta! ¡Son una pandilla de estúpidos!

Jaime se encogió de hombros.

—Los cátaros nunca le ayudarán a que haga su propia justicia. ¡Nunca! Va contra lo más fundamental de sus creencias. Y yo estoy con ellos.

—¡No sea bobo! ¿Se quiere usted suicidar? Olvídese de esa gente. Es su propia vida la que se juega. Y quizá la mía. Y eso no se lo consiento. —El viejo hizo una pausa y luego continuó con toda su energía—. Y ya no se lo pido, ¡se lo ordeno! ¡Quiero esos nombres!

Davis hablaba ahora con la fuerza intimidante que le hacía legendario en Hollywood. Pero Jaime no se sentía intimidado, al contrario, sentía la indignación crecer dentro de sí y se encontró odiando a aquel viejo arrugado y pequeño. Lo odiaba desde mucho antes.

—¿Qué pretende hacer, Davis? ¿Crear otra vez la Inquisición? ¿Le gusta mandar a la gente a la hoguera, verdad? Le gusta oler la carne quemada y el sufrimiento ajeno. —Jaime se puso de pie. Sentía, surgiendo de su interior, un resentimiento antiguo y profundo hacia el viejo—. Después de ocho siglos quiere repetir la historia, solo que con otras víctimas. Quiere volver a exterminar, ¿verdad? ¡No cuente conmigo!

—No sé de lo que está hablando. —Davis le miraba sorprendido.

—Pues yo sí. —Jaime arrojó la servilleta con rabia encima de la mesa—. Gracias por su comida —dijo antes de darle la espalda y dirigirse a los ascensores—. Pero la invitación tenía un precio demasiado alto —añadió a media voz y sin girarse.

Las miradas de Davis y Gutierres se cruzaron interrogándose.

Sábado

114

—¿Cómo crees que les va? —preguntó Karen.

—Con dificultades, pero existe una fascinación entre ellos —respondió Jaime—. Nunca he visto a Ricardo tan enamorado, persigue a Laura como si se tratara de su primer amor.

Jaime y Karen reposaban en un sillón columpio en el cuidado jardín de los Berenguer, en Laguna Beach. Buganvillas, rosales y colibríes. Tomaban una Coronita y la mesa estaba ya dispuesta en el jardín. Joan Berenguer había terminado de cocinar una paella que colocó orgulloso en una mesita lateral. El viejo permanecía de pie junto a su obra de arte y anunció en español:

—¡La paella está lista y hay que empezar a comerla en cinco minutos!

—Ahorita termino, don Joan, y nos sentamos. Prometido, cinco minutos —informó Ricardo, que preparaba las hamburguesas ayudado por Laura.

—¿Qué dicen? —preguntó Karen.

—Que hay que sentarse a comer en cinco minutos.

—¿Cuándo te diste cuenta de lo de Laura?

—Cuando estábamos atrincherados en la escalera me explicó que nos habíamos conocido en tiempo de los cátaros.

Estamos vivos gracias a su puntería y sangre fría; se comportó en el tiroteo como si tuviera costumbre de mil batallas. Ya antes había notado en ella algo a la vez extraño y familiar; primero deseché la idea, pero al final de la refriega estaba seguro: ¡ella es Miguel de Luisián! Alférez real y, junto con Hug de Mataplana, mi mejor amigo entonces.

—Ya te dije que según las enseñanzas cátaras, las almas creadas por el Dios bueno no tienen sexo. —Karen sonreía divertida—. El sexo y los cuerpos son invención del Dios malo y de su demonio tentador.

—Pues vaya jugada del demonio si nos llega a tocar a ti y a mí el mismo sexo —balbució Jaime con tono jocosamente alarmado—. ¿Qué haríamos?

—No sé tú, pero ya sabes que yo tengo al menos otra alternativa. —Karen se puso a reír al ver la expresión en la cara de Jaime—. ¡Es broma tonto!

Pero a Jaime el comentario no le era gracioso y se quedó en silencio. El recuerdo de Kevin flotaba ahora entre los dos, y el temor a perder a Karen dentro de pocos meses llegó como un rayo. ¡Dios! ¿Sería verdad que lo utilizaba? Quiso apartar el maldito pensamiento; el presente era lo que contaba, y en este momento ella era suya.

Karen se divertía, pero al ver las nubes de tormenta en los ojos de Jaime intentó suavizarlo:

—Eres un hombre afortunado; tu amor de entonces es tu amor de hoy.

—Esposa —cortó Jaime.

—De acuerdo, esposa —aceptó ella besándole en la mejilla—. Y no solo has encontrado a tus dos mejores amigos de ayer, sino que quizá terminen casándose.

—¿Tú crees? ¿Has hablado con ella? —Jaime recuperó el placer de la conversación—. ¿Qué te dijo de Ricardo?

—Que es muy atractivo y que se siente muy bien con él, pero intuyo que tiene algún problema en lo sexual. Creo que ella opina que Ricardo es demasiado licencioso; un depravado sexual o algo así.

—Eso ya lo creía hace ocho siglos. —Jaime reía—. Cierto que Ricardo es o ha sido muy mujeriego, pero el problema de Laura es que sabe demasiado. Ella se acuerda de aquella vida anterior y Ricardo no. Y claro, lo de acostarte con un amigo no debe de ser tan fácil, ya sabes, demasiado morbo.

—No se trata de eso. —Karen también rio—. Yo creo que el problema viene de la tradición ultrapuritana de su familia. Recuerda que Laura fue una Guardián del Templo totalmente convencida. Y cuando se encuentra con Ricardo, este le hace un par de gracias, la invita a bailar, le dice lo hermosa que es y le propone que se acuesten. Por la soltura de Ricardo, Laura comprende que este es su estilo habitual y llega a la conclusión de que tu amigo es un crápula.

—Lo que demuestra que tengo una secretaria muy lista. Pero las cosas irán bien. Ricardo está loco por ella y dispuesto a enmendarse. Ayer noche salieron juntos. Y Ricardo me ha contado, muy feliz, que ella se dejó besar en la boca. Ya verás cómo estos se casan.

—Sí, pero será una relación difícil.

—Todo lo que vale cuesta —sentenció filosófico, pensando en su propio caso.

—¡Ya llega la ensalada! ¡Todos a la mesa! —gritó Jenny, la hija de Jaime, trayendo un gran cuenco de ensalada y seguida por su abuela Carmen.

Todos se pusieron a comer con apetito, y las invitadas elogiaron calurosamente la paella de Joan.

—Muchas gracias —respondía feliz y orgulloso.

—¡Hombre de Dios! —le censuró Carmen—. ¡Háblales en inglés, que no te entienden!

—Entienden lo de «gracias» —se defendió Joan—. Y por eso les hablo en español, para que lo aprendan. Saber algo de español les puede servir de mucho en el futuro.

Ricardo y Jaime cruzaron una mirada sonriente, sabiendo que se avecinaba una de las graciosas discusiones en las que el matrimonio Berenguer se enzarzaba cuando tenía un público de confianza enfrente.

—¡No! ¡Fíjate, Jaime! —Carmen gesticulaba—. Toda la vida tu padre peleando y chivando con el catalán. Y ahora a su nieta y a las yankies les quiere hablar en español. ¿Tú me entiendes? ¡Vaya castigo de viejo peleón que tengo que aguantar! —Luego Carmen se dirigió de nuevo a Joan—: ¡A ver si asustas a las chiquitas y estos dos se nos quedan para vestir santos!

—Vieja gruñona —le reprochó cariñosamente Joan—. Lo que te ocurre es que tienes envidia porque tu arroz cubano no te sale tan bien como mi paella.

—¡Pero padre! —Jaime decidió echar leña al fuego—. Cuéntame eso. Siempre nos hiciste hablar en catalán contigo. ¿Por qué la misma batalla, para que primero Jenny y ahora Karen y Laura hablen español? ¿Es que de viejo has cambiado tus principios?

—¡Ay hijo! —contestó Joan con una sonrisa y aparentando resignación—. Me temo que con ellas llego una generación tarde. ¡No tienen ni idea de dónde está ubicado el lugar donde nací!

—¡Vaya! —Jaime continuó presionándolo—. ¡Así que de viejo has renunciado a tus ideales!

—No, Jaume —repuso cortante—. Solo los he adaptado al clima.

Jaime se lo quedó mirando pensativo, intentando adivinar qué quería decir con aquello y luego miró a Karen, que seguía la conversación con atención, sin entender nada, pero intuyendo su contenido.

Desde el otro extremo de la mesa, Ricardo hizo una broma en inglés a Carmen, y esta contestó con una contagiosa risa a la que se unieron los demás.

La conversación, ahora en inglés, se fue a otros asuntos.

La comida había terminado, y también la sobremesa. Carmen estaba con Jenny; había echado a todos los demás de «su» cocina y solo aceptaba la ayuda de su nieta.

Ricardo pretendía enseñarle las flores más escondidas del amplio jardín a Laura, quizá esperando la recompensa de otro beso.

Y en la mesa, Joan Berenguer disfrutaba de su segundo café, su copa de brandy español y su gran cigarro habano ilegal. Al otro lado, Jaime y Karen le acompañaban incluso con un puro, mientras el sol de invierno bañaba la mesa del jardín y una suave brisa movía las hojas de los árboles. Nadie hablaba, y la sensación de paz era extrema. Jaime pensó que aquel era uno de esos momentos a los que uno se debe aferrar, coleccionar su recuerdo. Era feliz. Pero las preguntas volvían para enturbiar el instante. ¿Cuánto tiempo duraría lo suyo con Karen? Deseaba que para siempre, pero él no tenía la respuesta. ¿Cuánto era real en aquello y cuánto manipulación? ¿Qué pretendían en realidad los cátaros? ¿Quién era el jefe oculto? Le costaba creer que fuera Andersen. El elegante marinero sería un gran abogado, pero luego de verle actuar en los últimos días estaba seguro de que él no era el líder. ¿Quién sería?

«¿Qué importa? —se dijo—: En esta vida jamás se tienen todas las repuestas; hay que saber vivirla y disfrutarla con todas sus incertidumbres». Y él quería vivir aquellos instantes al máximo. Miró a Karen. ¡Cómo la quería! Ella lo miró a él y le dedicó una sonrisa deliciosa. Después le hizo un gesto de complicidad señalando a Joan. Jaime entendió.

—Joan —le dijo en inglés—, Karen tiene una pregunta para ti.

—Dime, bonita. —Sonreía bajo su blanco bigote.

—¡Vamos Jaime! —protestó ella—. Si es lo que pienso, es demasiado íntimo para que se lo pregunte yo. Tú eres su hijo, y a ti te corresponde formular ese tipo de preguntas.

—Bien, de acuerdo —aceptó, e hizo una pausa antes de preguntar—: Padre, te fuiste de tu tierra en busca de la libertad, cruzaste el Mediterráneo y luego el Atlántico para rastrearla en Cuba. Luego nos llevaste a Nueva York y finalmente a California continuando en tu empeño. ¿La has encontrado al fin? ¿Eres un hombre libre?

Joan había estado escuchando, afirmando con la cabeza conforme su hijo hablaba, pero al terminar este se quedó inmóvil y pensativo. Soltó un par de volutas de humo. Luego miró hacia los árboles más lejanos del jardín y su vista se perdió en sus horizontes interiores.

—Mira, Jaume. —Joan hizo una larga pausa—. En algún lugar de mi largo camino sentí cansancio, me senté y decidí hacer un pacto entre mis ideales y mis limitaciones.

Los jóvenes se miraron con sorpresa mientras Joan les contemplaba sujetando su puro cerca de la boca.

—¿Quieres decir que renunciaste a tu búsqueda?

—Yo solo he dicho que hice un pacto.

—Pero pactar es ceder, no alcanzar lo que se desea —intervino Karen—. ¿No es una renuncia?

—Sí y no.

Se quedaron callados mirándolo en espera de una aclaración. Joan tomó un lento sorbo de brandy, dio una profunda calada a su puro, bebió un poco de café expreso y les sonrió.

—Hace muchos años un amigo mío me dijo que había aprendido a pactar entre sus sueños y sus limitaciones. El hombre había corrido el mundo persiguiendo sus sueños. Y sus sueños siempre corrían más que él.

»Entonces yo me escandalicé tanto como quizá vosotros lo hayáis hecho hace un momento. Pero la vida me enseñó que, para ganar, muchas veces hay que pactar. Desde que mi amigo pactó consigo mismo, logró soñar lo que podía alcanzar y así alcanzó, al fin, sus sueños. —Joan hizo otra pausa repitiendo la ceremonia del brandy, el puro y el café—. ¿Sabéis, queridos Karen y Jaume, lo que es la libertad?

—Bueno… —Jaime inició una respuesta.

—Una utopía —cortó Joan—. La libertad es un concepto, algo que solo existe en la mente, y que es distinto para cada individuo y tiene una parte física y otra mental. Una vez que la parte física está cubierta en un mínimo razonable, lo demás pertenece a la mente. Libertad es poder hacer lo que uno desea. Yo he aprendido a saber desear. Yo hago lo que deseo. Soy libre.

Se lo quedaron mirando pensativos mientras Joan volvía al café, el puro y el brandy.

—*Grandpa!* —Jenny llegó corriendo de la cocina seguida de Carmen, que portaba una nueva cafetera humeante. La niña se sentó junto a Joan y cogiéndolo de un brazo posesivamente, le pidió—: Abuelo, cuéntanos una historia de Cuba o de España.

—Sí, mi amor. —Y sonriendo a los adultos les dijo—: Pero no cerréis vuestro pacto antes de los sesenta años.

—¿Por qué no antes? —inquirió Karen.

—Porque si pactáis demasiado pronto, no tendréis historias que contarles a vuestros nietos.

Lunes

115

—Extraño mensaje en el correo electrónico. —Davis levantó la vista de los contratos que revisaba para mirar a Gutierres—. Está dirigido a usted con copia para mí.

—¿De qué se trata?

—Permítame que lo ponga en pantalla. —Gutierres entró dentro del e-mail de Davis utilizando la clave secreta de este—. Aquí está. Fíjese. Lista de líderes de la secta. Lista de nombres de empleados y grado de implicación. Bajo. Medio. Alto. Mucho más de lo que usted pidió.

—Me alegro. Ya sabía que Berenguer es en el fondo de los míos. Es mejor sacarle el ojo a tu enemigo antes de que este te lo saque a ti. —Davis hizo una pausa mirando la pantalla, y luego añadió en tono bajo—: White y Douglas están muertos, y a Nick Moore le esperan un juicio y años de cárcel. Ya hablaremos cuando salga. —Señaló nombres en la pantalla—. Ya sabes lo que hay que hacer. Empieza por Cochrane y con esos otros dos, como líderes principales. Cuando termines revisaremos los siguientes de la lista.

—Sí, señor. —Gutierres anotó los nombres en su agenda y Davis regresó a los contratos, con toda naturalidad, como si solo hubiera pedido un café.

Después de unos minutos, Gutierres reinició la conversación.

—Pero aquí está lo extraño. El acceso al e-mail de Linda Americo no se anuló cuando fue asesinada; su nombre está como firmante del mensaje y han usado su ordenador y su clave personal para transmitirlo. Todo igual que como si ella lo enviara; pero, claro, sabemos que está muerta. —La voz de Gutierres sonó irónica—. ¿Un mensaje desde el más allá?

—No, Gus —respondió Davis luego de pensar—. Los muertos no envían mensajes. Esta es una forma segura de mandar la información sin dejar rastro de quién la envió. Muy hábil, en especial si luego hay muertes y las cosas se complican.

»Además, ya sabes que la señorita Americo era cátara y que los cátaros creen en la reencarnación. Tengamos algo de fe, Gus. Linda Americo se ha reencarnado y nos está pidiendo que hagamos justicia con sus asesinos. —Con una sonrisa añadió—: Sí. Me gusta la idea. El mensaje procede en realidad de Linda. Y Berenguer es un buen cátaro que jamás daría una información que conduzca a alguien a la pena de muerte. ¿No dicen los cátaros que ellos son la Iglesia del amor?

Gutierres afirmó con la cabeza.

—Pues Berenguer es cátaro por causa del amor. Del amor de una mujer. —Davis miró pensativo, a través de la mesa de nogal, más allá de sus ventanales, hacia un azul océano Pacífico y añadió—: Está enamorado, mucho, pero no creo que ni ciega ni locamente. Tampoco parece que sea un tipo dispuesto a perder la cabeza por puro amor cátaro.

—Tengo la impresión de que Berenguer no ha enviado ese mensaje —interrumpió Gutierres.

—Claro que lo ha enviado él. ¿Quién si no?

—La información es demasiado completa; hay nombres de gente de poca relevancia, es mucho más de lo que usted pidió. Ha sido enviado por alguien que pretende que erradiquemos hasta el último guardián. Alguien que persigue obtener poder dentro de la Corporación. Podría ser el verdadero número uno cátaro, el líder oculto.

—Quizá tengas razón en que los cátaros traman algo más, pero el mensaje lo ha enviado Berenguer. Me gusta ese chico y nos puede ser útil en un futuro; sin los Guardianes del Templo para mantener un equilibrio, quizá en unos años tengamos demasiados cátaros fanáticos en la Corporación.

Gutierres miró atentamente al viejo y supo que pensaba a muy largo plazo. ¡Claro que Davis no creía en la reencarnación! Era un esfuerzo inútil para él: ¡no pensaba morirse!

El pretoriano continuaba pensando que el mensaje no venía de Berenguer. Se encogió de hombros, no por indiferencia, sino porque otra vez el dolorcillo de una premonición le mordía en la cruz de la espalda.

Viernes

116

La pantalla parpadeó; unos dedos nerviosos teclearon el código: ARKÁNGEL

El ratón fue a «mensaje nuevo». «Hermanos, ayer noche murió otro de los nuestros. Muchos cayeron en la batalla de Jericó, pero los asesinatos continúan.

»Davis está tomando una cruel venganza.

»Debéis guardaros. Huid los que os sintáis en peligro. Ahora debemos escondernos y hacer penitencia para ser dignos a los ojos de Dios. Él quiso enseñarnos humildad con esta derrota. Pero juro ante el Señor que hemos de volver y que nuestra venganza será bíblica.

»Esperad mi mensaje; esperad con fe mi llamada. ARKÁNGEL II».

Las manos descansaron sobre el teclado y un sollozo rompió el silencio de la noche cuando el mensaje voló a través de los cables a sus múltiples destinos.

Sábado

117

En algún lugar recóndito del océano internet, un segundo mensaje, muy distinto, se cruzó con el anterior, pocas horas después, en la madrugada del sábado.

«Hermanos/hermanas cátaros de grado primero:

»El Dios bueno nos ha concedido la victoria y los nuestros controlan ya puestos claves en la Corporación.

»La bestia ha sido vencida y nuestros enemigos siguen cayendo a manos de Davis.

»Ahora debemos consolidar posiciones con discreción. En el momento oportuno cada uno recibirá instrucciones precisas.

»La Corporación será el púlpito para extender nuestra fe».

Unas manos femeninas, con dos uñas de su mano derecha recortadas, teclearon la firma: LINDA AMERICO.

Una vez transmitido el mensaje, se apresuraron a borrarlo.

La mujer apagó el ordenador, y en silencio, para no despertar a su compañero, regresó a la cama.